KJB

Holly Smale wollte schon im Alter von fünf Jahren schreiben, als sie feststellte, dass Bücher nicht wie Äpfel auf Bäumen wachsen. Ihre Leidenschaft für Geschichten führte sie zu einer Reihe von Abenteuern, darunter Modeln, Unterrichten von Kindern in Japan sowie Rucksackreisen durch Dutzende von Ländern auf der ganzen Welt. Sie studierte Literatur und Feminismus an der Universität in Bristol, England. Ihre Serie über das *Geek Girl* Harriet war ein riesiger Erfolg und verkaufte sich weltweit über drei Millionen Mal. *Perfect Girl* ist der zweite Band ihrer neuen Serie über *Die Valentines – verdammt berühmt*.

Alle Bände der Trilogie *Die Valentines – verdammt berühmt*:
Band 1: *Happy Girl*
Band 2: *Perfect Girl*
Band 3: *Rebel Girl* – erscheint voraussichtlich im Herbst 2021

Weitere Informationen zum Kinder- und Jugendbuchprogramm der S. Fischer Verlage finden sich unter
www.fischerverlage.de

HOLLY SMALE

Die VALENTINES
verdammt berühmt

Perfect Girl

Band 2

Aus dem Englischen
von Petra Koob-Pawis

KJB

Erschienen bei FISCHER KJB

Die englische Originalausgabe erschien 2020 unter dem Titel
The Valentines – Far From Perfect
bei HarperCollins Children's Books,
a division of HarperCollinsPublishers Ltd, London

Umschlaggestaltung und -abbildung: Frauke Schneider, Wittighausen,
unter Verwendung eines Motivs von Levskaia Kseniia / shutterstock
Satz: Dörlemann Satz, Lemförde
Druck und Bindung: CPI books GmbH, Leck
Printed in Germany
ISBN 978-3-7373-4197-4

Für Judith, die immer bei mir sein wird.

VALENTINE – ZEIT FÜR EINEN WANDEL?

Die langbeinige Beautyqueen Faith Valentine hat sich gestern Abend mit einem völlig neuen Hairstyle präsentiert. Als sie das *Ivy* alleine verließ (links), wurde sie mit glatten Haaren gesichtet. Die fehlenden Locken werfen Fragen auf: Wie steht es tatsächlich um ihre Beziehung mit Popstar Noah Anthony?

FAITH VALENTINE (16), brandheißer Neuzugang in der Topliste der FITTY FIFTY, schafft es sofort auf Rang 11. Groß, schlank, mit karamellfarbener Haut und engelsgleichen Augen ist sie der Inbegriff einer modernen Göttin. Als Online-Influencerin, aufstrebender Filmstar und JA, Teil DER Familie, ist sie der Wunschtraum für unseren nächsten Valentinstag.

»Ich bin eine Frühaufsteherin«, gesteht Faith während unseres Interviews im sonnendurchfluteten Salon der eindrucksvollen Valentine-Villa. »Ich wache in der Morgendämmerung vom Gesang der zwitschernden Vögel auf. Als Erstes trinke ich einen Schluck Wasser – das bringt die Verdauung in Schwung –, dann starte ich mit Ballettübungen in den Tag.« Kleine Grübchen erscheinen auf ihren zarten Wangen. »Ich tanze, seit ich klein war. Das Ballett bedeutet mir sehr viel, denn es erdet mich.«

WILLKOMMEN BEI GO-ZIP!
EURE QUELLE FÜR EXLUSIVE PROMI-NEWS AUS ERSTER HAND!

Die Valentines haben alles: Sie sind berühmt, heiß und *mega* reich (lasst mal einen Fünfer für mich springen, LOL!). DIESER preisgekrönte Blogger (Link unten, und NEIN, ich hab mir das nicht ausgedacht, KEVIN, es ist alles echt) hat ein PRIVATES INTERVIEW mit FAITH VALENTINE geführt, der besten von allen. Werdet zum Insider mit *GO-ZIP*!

Sie sind das heißeste Paar des Jahres, doch ein Blick hinter die Kulissen offenbart: Dunkle Wolken sind über dem Paradies aufgezogen. Stimmen aus dem Umfeld berichten, dass die beiden kaum noch Zeit füreinander finden. Neben Noahs Tournee und Faiths Filmkarriere bleibt wenig Gelegenheit für gemeinsame Momente. Allerdings scheint *sie* eindeutig mehr darunter zu leiden als *er*. Experten sind sich einig: Ihre Körpersprache verrät, dass sie sich mit beiden Händen an die Beziehung klammert. Aber reicht das wirklich aus?

1

Schnarchen.

Das ist das Erste, was ich höre. Lautes Schnarchen, gefolgt von der Erkenntnis, dass außer mir niemand im Zimmer ist, was nur einen Schluss zulässt – ich bin diejenige, die schnarcht. Draußen gurren die Ringeltauben und zwitschern die Spatzen, aber ich bin allen Ernstes vom Maschinengewehrrattern meiner flatternden Nasennebenhöhlen aufgewacht.

Große Klasse, Faith Valentine.

Ohne die Augen zu öffnen, löse ich meine Zunge mit einem schnalzenden Geräusch vom Gaumen. Dann setze ich mich auf, gähne meinen nach leicht gammliger Schmutzwäsche riechenden Atem in die Welt hinaus, trinke einen Schluck von dem Glas auf meinem Nachttisch und spucke prompt zerlaufene Zahnpasta und Paprika über meine Bettdecke.

Am Boden des Glases klebt ein Zettel:

Na, hat das DEINE VERDAUUNG IN SCHWUNG GEBRACHT?
LOL. Max xxx

Ich verziehe das Gesicht – mein Bruder braucht dringend ein Hobby – und öffne den Vorhang. Sonnenlicht strömt herein. Verschlafen schwinge ich die Beine aus dem Bett, kratze mich am Knie und schalte das Radio ein. Dann tapse ich zur Matte.

Eine Wand meines Zimmers ist komplett verglast, auf die gesamte Länge von sechs Metern, und in diesem Licht sehen meine Poren aus wie tiefe Krater. Mit Kletterseil und Schutzhelm ausgerüstet, könnte man glatt in eine davon hinabsteigen. Ich versuche, nicht allzu genau hinzuschauen, und halte mich an der hölzernen Ballettstange fest. Dann gehe ich tief in die Knie.

Ich hebe die Fersen vom Boden, atme gähnend durch die Nase aus und strecke den linken Arm zur Seite: *Grand Plié*. Dann setze ich die eine Ferse wieder auf und strecke das andere Bein nach hinten: *Arabesque*. Ein *Relevé* mit gestrecktem Fuß. *A la sec* –

Ich werde meine Peeling-Routine intensivieren müssen, sonst bringt Grandma mich um.

Battement fondu, battement frappé, quatrième devant.

Vielleicht sollte ich es mal mit Spachtelmasse versuchen?

Gliss–

»Und jetzt«, kündigt eine Frauenstimme im Radio überschwänglich an, »der neueste Hit von Noah Anthony! Dieser Song ist Romantik pur und trifft mich jedes Mal voll ins Herz.«

»Ja«, antwortet eine Männerstimme ohne jede Spur Begeisterung. »Ich krieg mich kaum mehr ein.«

»Ich schmelze nur so dahin«, stimmt sie zu, ohne auf seinen Sarkasmus einzugehen. »Und hier kommt sie! Großbritanniens neueste Nummer eins, von unseren Ohren direkt in eure!«

Ich halte mitten in einer Drehung inne. *Von unseren Ohren direkt in eure?* Was soll das heißen?

Mit einem Satz bin ich beim Radio, als auch schon die ersten Akkorde einsetzen. Von leichten Gewissensbissen geplagt, stelle ich die Lautstärke leiser, bevor mein Freund mit seinen *Mmms* und *Duu-duu-duu*s anfangen kann.

Sorry, Baby. Love you.

Obwohl meine Muskeln noch vom Vortag verspannt sind, kehre ich zu meiner Matte zurück, atme tief ein, schließe die Augen, strecke mich, atme aus, berühre dann mit den Fingerspitzen meine Zehen und harre ein paar Minuten lang friedlich aus. Anschließend trete ich mit beiden Füßen zurück, bis mein Körper ein umgedrehtes V bildet: Füße und Hände auf dem Boden, Kopf nach unten, Knie leicht gestreckt und –

»Du bist echt ein Freak, Effie. Das ist dir hoffentlich klar, oder?«

Ich öffne die Augen. Das Gesicht meiner älteren Schwestern ist dreißig Zentimeter von meinem entfernt, denn sie liegt auf dem Boden direkt unter mir. Sie muss sich in mein Zimmer geschlichen und unter mich geschoben haben, während ich mit dem Herabschauenden Hund beschäftigt war.

»Irgendwas stimmt nicht mit dir«, stellt Mercy trocken fest. »Meinst du, es ist ein medizinisches oder ein psychologisches Problem? Ist es genetisch bedingt oder doch eher ein

Mangel an kulturellem Anpassungsvermögen? Ich möchte es wirklich gerne wissen.«

Mer ist so nah, dass ich die einzelnen Fasern ihrer Mascara sehen kann.

Ihr Eyeliner ist an den Augenwinkeln verlaufen und bis zum Haaransatz verschmiert, so dass es aussieht, als trüge sie eine Maske. Um die Nase herum blättert ihre Foundation ab, und von ihrem burgunderroten Lippenstift sind nur noch Reste übrig. Ihre kurze pinkfarbene Perücke ist an manchen Stellen leicht verknotet und so verrutscht, dass der Pony schief sitzt.

Meine Schwester sieht trotzig und erschöpft aus. Ihr Anblick versetzt meinem Herzen einen Stich.

»Guten Morgen.« Ich beuge mich zu ihr und hauche einen Kuss auf ihre von einem leichten Schweißfilm überzogene Stirn. »Wie war die Party? Welches arme, aber wahrscheinlich gar nicht so arglose Geschöpf hast du diesmal zum Weinen gebracht?«

Dann stehe ich auf und mache einen tiefen Ausfallschritt – über meine in schwarzen Lycrastoff gehüllte Schwester hinweg.

»O mein Gott«, blafft Mercy mich an. »*Hör sofort auf, mich für deine Fitnessübungen zu missbrauchen*.«

Sie rutscht über den Holzboden und zieht sich langsam an meinem Bett hoch, einen Muskel nach dem anderen anspannend, wie eine mürrische Tiefseekreatur.

»Nur über meine Leiche«, fügt sie hinzu und schlägt mit der Hand auf den Aus-Knopf meines Radios. »Ich werde mir nicht auch noch das lahme Gesülze deines langweiligen Freunds anhören. *No way.*«

»Mercy«, sage ich tadelnd.

»Was denn? Ich bitte dich. Seine Musik ist scheiße, und das weißt du auch.« Mit zusammengekniffenen Augen blinzelt sie ins Licht. »Und *das* kannst du auch gleich noch ausschalten.«

»Meinst du die Sonne?«, frage ich und drehe eine akkurate Pirouette.

»Ja.« Mer sieht mir voller Abscheu zu. »Sie tut meinem Kopf weh. Und du auch, Faith Valentine. Hör auf, dich so zu verrenken. Es ist noch nicht einmal sechs. Du bist völlig durchgeknallt.«

Nachdem sie ihre rituellen Beleidigungen losgeworden ist, legt Mer einen Arm übers Gesicht, schließt ihre dunklen Augen und macht genau da mit dem Schnarchen weiter, wo ich aufgehört habe. Sie klingt wie ein Bohrer, der sich durch eine massive Backsteinwand arbeitet.

Ich betrachte meine große Schwester, die sogar im Schlaf wütend sein kann.

Man könnte fast glauben, wir würden uns ein Gemeinschaftsbett teilen wie in einer billigen Time-Sharing-Ferienwohnung auf Mallorca. Ich darf es nachts benutzen, und meine siebzehnjährige Schwester belegt das After-Party-Zeitfenster von fünf Uhr morgens bis zwei Uhr nachmittags. Ich bin mir nicht sicher, ob Mercy überhaupt noch weiß, wo ihr eigenes Bett steht. Sie ist ein Jahr älter als ich, aber falls ich je mein Zimmer abschließen sollte, würde sie sich zum Schlafen vermutlich auf einem feuchten Handtuch vor meiner Tür einrollen wie ein Welpe.

Behutsam – na ja, so behutsam es eben geht – ziehe ich meine nach Minze und Paprika riechende Decke über sie. Dann fülle ich das Glas mit nicht-maxifiziertem frischem Wasser, stelle es zurück auf den Nachttisch und schlüpfe aus meinen weißen Seidenshorts und meinem Cami-Pyjamaoberteil. Auf einem Bein hüpfend zwänge ich mich in neongrüne Leggins und ziehe ein oranges T-Shirt an. Vorsichtig, um meine Locken nicht zu zerdrücken, binde ich meine Haare zu einem losen Knoten zusammen, dann setze ich eine Cap und eine Sonnenbrille auf.

Nachdem ich meine Turnschuhe geschnürt und meinen Fitnesstracker festgeklickt habe, schleiche ich mich zur Tür hinaus. Einen Moment lang bleibe ich im Gang stehen.

Aus Hopes Zimmer kommen niedliche Quietschlaute – bei meiner kleinen Schwester gibt es keine hässlichen Bohrgeräusche –, Max ist wie immer noch unterwegs, und am anderen Ende des langen Gangs ist Mums Tür (wie auch die Tür daneben) demonstrativ geschlossen. Noah hatte gestern Abend einen Auftritt in Wembley, und Dads Flieger aus Kalifornien ist noch gar nicht gelandet, das heißt, beide sind im Augenblick nicht ansprechbar.

Mit anderen Worten – ich hole tief Luft und strecke mich: Sämtliche Menschen in meinem Leben schlafen tief und fest, und alles unter der Sonne gehört ganz allein mir. Heute ist ein wichtiger Tag. Sobald der Rest der Welt aufwacht, muss ich zu meiner Höchstform auflaufen und strahlend, glanzvoll und absolut perfekt sein.

Ich muss Faith Valentine sein. Aber bis dahin bleiben mir noch zwei Stunden.

Deshalb gehe ich jetzt erst einmal laufen.

2

Wovon träumt eine Katze nachts?
Von einem Muskelkater.

Wenn ich laufe, bin ich niemand.

Wenn ich laufe, bin ich keine Valentine und keine Freundin, keine große oder kleine Schwester; ich bin keine Tochter oder Enkelin; nicht die Nummer elf der *Fitty Fifty*, keine aufstrebende Schauspielerin, kein vielversprechender Nachwuchsstar und kein *Mädchen an der Schwelle zur Frau* (würg).

Und auch nicht die Inspiration für einen Lovesong.

Während ich die große Auffahrt entlangjogge und die elektronisch gesteuerten Tore passiere – und der Schweiß sich wie ein kleiner salziger Schnurrbart auf meiner Oberlippe sammelt –, löse ich mich langsam auf, bis nur noch das rhythmische Ein und Aus meines Atems übrig bleibt und meine Lunge zu einem stampfenden Kolbenmotor wird.

In der Morgendämmerung ist Richmond Park wunderschön. Alles ist von Tau benetzt und in ein rotgoldenes Licht getaucht. Der Weg führt um den großen See herum, vorbei an Enten, die in der frühmorgendlichen Sonne Party machen, und weißen Schwänen, die majestätisch ins Nichts gleiten.

Ich beschleunige meine Schritte und genieße das Brennen in den Beinen, das heiße Gefühl in der Brust und den Schweiß, der durch den Stoff meines T-Shirts dringt. Ich verziehe das Gesicht – sobald ich zu Hause bin, muss ich mir sofort den Rasierer schnappen, sonst bekommen meine stachligen Achseln ihre eigenen Headlines –, dann biege ich nach rechts ab und starte richtig durch. Ich schwinge die Arme vor und zurück, halte den Kopf gesenkt und –

»Faith Valentine?«

Noch nicht, noch nicht, noch –

»Faith? Faith Valentine? Du bist es doch, oder?«

Wie aus dem Nichts ist ein Junge aufgetaucht und joggt jetzt neben mir her. Seine Akne glänzt im Sonnenlicht, als er mir in den Weg springt, unter meine Mütze späht und mir dabei seinen Atem ins Gesicht bläst.

Wieso riecht er nach Chips mit Krabbencocktailgeschmack? Frühmorgens um sechs?

»Nö.« Ich ziehe meine Cap tiefer und renne noch etwas schneller. »Tut mir leid, du scheinst mich mit jemandem zu verwechseln.«

»Garantiert nicht«, erwidert er gut gelaunt und legt ebenfalls einen Zahn zu. »Du bist Effie Valentine. Ich habe gelesen, dass du jeden Morgen laufen gehst, und ich weiß, dass du in dieser Gegend wohnst. Also bin ich eine ganze Woche lang jeden Tag superfrüh aufgestanden, habe erst die Piccadilly-Linie und dann die District-Linie nach Richmond genommen, und – *Ta-da*, hier bist du!«

Er rennt locker neben mir her, als wären wir vertraute

Joggingpartner, die über ihre alltäglichen Probleme mit dem öffentlichen Nahverkehr sprechen.

Rasch wäge ich meine Optionen ab. Ich könnte schneller rennen, obwohl ich eigentlich eher zu den Langstreckenläuferinnen gehöre, oder ich könnte stehen bleiben – aber das würde er als Einladung zu einem kleinen Plausch missverstehen. Ich könnte natürlich auch einen Haken schlagen und irgendwo zwischen den Bäumen verschwinden, was vermutlich die idiotischste Idee ist, die ich je in Erwägung gezogen habe.

Stattdessen drehe ich unauffällig ab und renne durchs Gras zurück Richtung Hauptweg. Ich will ja schließlich seine Gefühle nicht verletzen.

»Nicht zu fassen, du bist es wirklich!«, fährt er überschwänglich fort. Er ist allerhöchstens dreizehn. Warum spielt er keine Videospiele oder pinkelt an der Toilettenschüssel vorbei oder sonst was? »Das ist so toll! Wow, ich hatte recht, du bist *wirklich* heiß. Ich meine, auf natürliche Art heiß. Nicht der leiseste Hauch von Make-up und so. Das ist die Art von heiß, die ich am liebsten mag.«

Die Art von heiß, die er am liebsten mag? Als gäbe es für diesen vorpubertären Jungen mit einem überreifen Pickel zwischen den Augenbrauen verschiedene Arten von *heiß*, zwischen denen er auswählen kann?

»Danke.« Ich lächle. »Das ist so süß von dir.«

»Kommst du häufig hierher? Ist das deine feste Strecke?« Er passt sich mit schlaksigen Bewegungen meinem Tempo an. »Also, was hältst du ganz allgemein von Parks?«

»Ähm.« Anscheinend versucht er es jetzt mit einer neuen und ziemlich merkwürdigen Flirtmethode.

»Nein, das ist nicht meine übliche Strecke.« *Diese Strecke ist ab heute verbotenes Terrain.* »Und, hm, Parks sind … nett?«

»*Nett!*« Meine Antwort scheint ihn zu begeistern. Suchend lässt er den Blick schweifen. »Und was ist dein … Lieblingsbaum?«

»Eiche.« Zum Glück bin ich auf schnell abgefeuerte Fragen trainiert, daher kann ich antworten, obwohl ich noch gar nicht richtig wach bin.

»Lieblingsessen?«

Cornish Pasty. »Sushi.«

»Farbe?«

Grau. »Grün.«

»Mega!« Wir laufen immer noch sehr schnell, ein erster Schweißtropfen rinnt ihm übers Kinn. »Kriege ich ein Autogramm von dir?« Wie von Zauberhand taucht ein Filzstift vor meiner Nase auf. »Du kannst auf meinen Arm schreiben!«

Die Hand gegen die Rippen gepresst, bleibe ich stehen und wische mir über die Stirn, bevor ich den Stift in meine verschwitzte Hand nehme.

Faith Va-

»*All my love*«, drängt er mich. »Schreib *all my love.*«

All my love, Faith Valentine.

Unvermittelt legt er seinen Arm um mich, zieht mich an seine von Deo durchtränkte Seite, drückt seine feuchten

Lippen auf meine Wange und hält ein Handy vor unsere verschwitzten Gesichter. Mein Magen macht einen Satz. Oben blinkt ein kleines rotes Licht: *4:36, 4:37, 4:38* –

Er hat gar nicht mit mir geflirtet. Das war ein *Interview.*

»Und das«, spricht der Junge in die Kamera und malt mit seiner freien Hand ein Z in die Luft, »war *Go-Zip* in Aktion.« Er grinst mich triumphierend an. »Danke für das Exklusivgespräch, Eff. Elf-schmelf, du bist eindeutig meine Nummer eins! Beziehungsweise Nummer zwei. Gleich hinter Lily Aldrige. Sie ist ein *Victoria's Secret Angel*, und ich werde sie heiraten.«

Dann rennt er los, und im nächsten Moment ist er bereits zwischen den Bäumen verschwunden.

Ich werde meine tägliche Sportroutine überdenken müssen.

Vielleicht sollte ich früher aufstehen und schon um vier anfangen. Ich könnte im Kreis um den See in unserem Garten rennen. Ich könnte natürlich auch auf das Laufband in unserem Fitnessraum im Keller gehen, aber da komme ich mir immer vor wie ein riesiger Neonhamster.

Zurück im Haus, wische ich über meine Stirn, checke die Uhrzeit und nehme mein Handy vom Tisch. Es blinkt hektisch, es warten bereits Nachrichten und Google-Alerts auf mich.

Während ich meine Muskeln dehne, schicke ich Noah seine tägliche Nachricht zum Aufwachen.

Guten Morgen, mein Hübscher! Wie war die Show? Ich habe gestern Abend kurz auf YouTube reingeschaut – es sah phantastisch aus! Ich bin so stolz auf dich xxxx

Dann schreibe ich eine E-Mail an meine Agentin und lockere dabei meine Schultern.

Hi, Persephone! Danke für das Update! Ist das die finale Version des Skripts, oder kommt da noch was? x

An Mum:

Kann ich dir ein Frühstück machen? Wie wär's mit einem gesunden, leckeren Porridge? Gib mir Bescheid! xx

An Dad:

Weißt du schon, wann du voraussichtlich ankommst? Soll ich einen Schlüssel für dich hinterlegen? Freu mich schon auf dich! xxx

An Max:

Wo steckst du? Alles okay? xx

Der Morgen bricht bereits mit aller Macht über mich herein, daher gehe ich mitten in der Empfangshalle auf den Boden und mache dreißig Liegestütze. Dreißig Hocksprünge. Dreißig Dips am nächstbesten Stuhl. Siebenundzwanzig Kniebeugen mit Gewichten (die fehlenden drei hänge ich nach dem Zähneputzen dran).

Ich nehme mein Handy und rufe die Nachrichten von Genevieve auf, der persönlichen Assistentin meiner Großmutter. Das erste Foto zeigt eine knallgrüne Smoothie-Bowl mit einem goldenen Löffel auf einer marmornen Anrichte, hübsch dekoriert mit Himbeeren und Kokosnussflocken in Herzform. Der Filter gibt dem Foto einen rosigen, nostalgischen Touch.

Jede Wette, das Zeug schmeckt wie welkes Gras.

Stirnrunzelnd kopiere ich den dazugehörigen Text und füge ihn als Bildunterschrift ein:

Starte den Tag mit einem erfüllten Herzen (und einem vollen Magen)! Guten Morgen, ihr Lieben :) ♡ ♡ xxx

Und … POSTEN.

Schnell stibitze ich ein gummiartiges Stück von Mercys kalter Takeaway-Pizza aus der Schachtel auf dem Küchentisch und schlinge sie hinunter. Sie ist so fettig, dass ich schon auf der Treppe aufstoßen muss. Oben angekommen, kritzele ich rasch meinen Katzenwitz auf einen Post-it-Zettel. Nachdenklich lege ich den Kopf zur Seite. *Ein Muskel-Kater!* Ist das lustig? Ich glaube schon. Wobei ich allerdings bezweifle, dass Katzen überhaupt Muskelkater kriegen können. LOL.

Leise husche ich in das leere Zimmer, drücke einen Kuss auf den Post-it-Zettel und klebe ihn an die Wand. *Erledigt*. Dann blicke ich auf die Uhr und atme langsam aus. 8 Uhr 23.

Jetzt habe ich nur noch eine Aufgabe vor mir.

3

Meine kleine Schwester schläft so leicht und mühelos.

Anders als Mercy, für die Dunkelheit ein Feind ist, gegen den man die Krallen ausfährt – und Max, der nachts erst so richtig auf Touren kommt –, schließt Hope einfach die Augen und ignoriert alles um sie herum.

Leise husche ich in Hopes Zimmer. Sie schläft tief und fest unter ihrer zerwühlten Decke, das Sonnenlicht fällt durch die weit geöffneten Samtvorhänge, ihre wirren schwarzen Locken sind verwuschelt, und sie hat ihren nagelneuen Camcorder an sich gedrückt. Ihr linker Fuß zuckt, und sie murmelt leise: »*Cut! Cut! Cut!*«

Liebe durchströmt mich, ungetrübt und hell, ohne den Hauch eines Schattens.

»Pudel.« Sanft lege ich meine Hand auf ihren Kopf. Der Wecker neben ihr piepst, ohne Erfolg. »Wach auf, Baby.« Ich habe ihr versprochen, sie nicht mehr so zu nennen, jetzt, da sie fast sechzehn ist, aber ... »Heute ist dein großer Tag.«

Hope regt sich und murmelt: »*Action!*«, dann schlägt sie die Augen auf und strahlt mich an. Anders als der Rest der Familie ist die jüngste Valentine von einer Sekunde auf die nächste hellwach. Sie legt einfach einen Schalter um – und schon ist sie präsent, der Dreh kann beginnen.

»Mein Traum wird wahr!« Hope setzt sich auf, wackelt

mit den Zehen und breitet die Arme aus wie ein Seestern. »Lass uns den Tag euphonisch begrüßen.«

Ich lächle zärtlich. »Euphorisch.«

»Sag ich doch.« Mit einem Satz hüpft sie aus dem Bett, streckt träumerisch die Arme über den Kopf und fängt an, sich im Kreis zu drehen. Heute ist Schnuppertag an ihrer neuen Schule, bevor im September der eigentliche Unterricht beginnt. Seit ihrer Rückkehr aus Kalifornien vor einer Woche hat Hope sich mit Feuereifer darauf vorbereitet.

Und wenn ich sage *vorbereitet*, dann meine ich damit, dass sie bereits Dankesreden geübt hat, wahlweise für ihre Ernennung zur Klassensprecherin / Beliebtesten Schülerin / Party-Queen.

Mein Handy macht *Pling!*

> Guten Morgen, meine Schöne. Wäre so gern bei dir. Das Publikum war wie entfesselt! Sehen wir uns später? Love, N xxxx

»*Faith und Noah* …«, fängt Hope an zu singen, während ich lächelnd eine Antwort schreibe.

> Na klar! Kann es kaum erwarten! Wann passt es dir? xxx

»*… sitzen auf einem Baum und knutschen rum, man glaubt es kaum.*«

Dann schwebt meine kleine Schwester durchs Zimmer

und sammelt die farbenfrohen neuen Klamotten ein, die ich ihr vor ein paar Tagen gekauft habe. »Man wird mich schon von weitem sehen«, sagt sie glücklich seufzend und schwingt die Sachen über ihrem Kopf wie Flaggen. »Ich werde beliebt sein, Eff, bei meinem Sternzeichen versteht sich das von selbst. Wir Krebse sind gesellig. Alle werden mich *anbeten*, so viel steht fest.«

Lächelnd nehme ich ihr Schreibmäppchen vom Kaminsims. Hope ist von Natur aus fröhlich, aber seit sie aus Los Angeles zurück ist, hüpft sie buchstäblich vor Glück. Doch wenn ich sie frage, was *genau* dort passiert ist – war da nicht was mit einem Jungen? –, ist sie plötzlich sehr verschwiegen.

»Ach«, sagt sie dann grinsend, »nichts Besonderes, Eff. Wir sind nur ein bisschen rumgefahren.«

Sie hat sich angewöhnt, Türen zuzuschlagen und in den unpassendsten Momenten laut herumzuschreien – was gar nicht zu ihr passt, sie aber noch liebenswerter macht. Obwohl ich mich schon fragen muss, was Dad sich dabei gedacht hat, ein fünfzehnjähriges Mädchen ans Steuer seines Autos zu lassen.

»Vielleicht solltest du deine Aufmerksamkeit nicht nur auf das Sozialleben der Schule richten?« Ich schüttle ihr Mäppchen, aber der kleine Mausebär ist leer. »Das könnte dir Glück bringen.«

»Glück hin, Glück her.« Hope zuckt mit den Schultern. »Das Schicksal liegt in unserer Hand, Eff. Die Schule ist eine *Bildungsanstalt*. Eine *Kathedrale des Lernens*. Da wird es ja wohl Stifte geben.«

Mit einem lauten »Aaah!« reißt sie das Fenster auf.

»Ben!«, ruft sie und legt dabei ihre Hände trichterförmig an den Mund. »Benjamin! Ben-ja-mi-no! Wir sind hier oben! Kannst du *à la* Spiderman am Regenrohr hochklettern, oder müssen wir runterkommen und dich reinlassen?«

Sie dreht sich um, sieht mich an und wackelt mit den Augenbrauen.

Ich habe einen festen Freund, den ich wirklich sehr liebe. Aber nicht *er* ist es, der draußen vor der Haustür steht – ein unbedeutendes Detail, das für meine kupplerische Schwester allerdings keinen Unterschied macht.

»Geh und sag Hallo.« Hope schiebt mich Richtung Zimmertür. »Ben ist den ganzen weiten Weg von Edinburgh gekommen, Faith. Wo bleiben deine Manieren?« Sie gibt mir einen Schubs.

»Ich finde, du –«

»Außerdem«, fährt meine Schwester fröhlich fort und tätschelt meine Schultern, »sollten wir uns *uno momento* Zeit nehmen, um zu würdigen, wie süß er ist, Eff. Ben ist hinreißend, findest du nicht? Er ist wie …« – sie sucht nach einem passenden Vergleich –, »wie Harry Potter in einem Staffelfinale oder so.«

Ihr niedliches kleines Gesicht strahlt vor Aufregung. Meine Schwester liebt mich sehr – und sie mag auch meinen Freund Noah –, aber noch mehr liebt sie eine gute Lovestory. Benjamin hat Gänseblümchen gerupft und sie für mich auf den Küchentisch gestellt, da waren wir gerade mal sechs Jahre alt. In ihren Augen reicht das für eine solide Dreiecksbeziehung.

»Ähm«, murmle ich zögernd, während sie mich zum Treppenabsatz schiebt. »Baby, ich muss erst mal duschen, bevor ich mich unter Menschen wagen kann. Ich bin verschwitzt und müffle, außerdem bin ich beim Joggen in Entenkacke getreten, also –«

Hope beugt sich zu mir und schnuppert. »Rosen«, stellt sie sachlich fest und dreht mich Richtung Treppe. »Rosen und Tautropfen und Makronen und kleine Kätzchen. Egal, was du machst, Faith Valentine. Du bist immer *perfekt*.«

4

Warum hat der Bankräuber ein Bad genommen?
Damit ihm eine saubere Flucht gelingt.

»Einen Moment!«, rufe ich durchs Schlüsselloch.

Rasch reibe ich eine edle Duftkerze über meinen Hals, wische mit dem T-Shirt über mein verschwitztes Gesicht und setze einen Blick auf, der sagt: *Ich-bin-nur-eine-alte-Freundin-fast-wie-eine-Schwester-und-nicht-die-romantisch-Angebetete-die-dich-plötzlich-in-einem-ganz-anderen-Licht-sieht-also-schau-mich-nicht-so-an*. Ben hat nämlich eindeutig zu viele Liebeskomödien gesehen.

Dann öffne ich schwungvoll die Tür. Aus dem geplant lässigen »Oh, hallo!« wird angesichts meines Gegenübers ein verdattertes »Oh, verflixt!«.

Eine Zeitlang herrscht Stille.

»Faith«, sagt Dame Sylvia Valentine schließlich und mustert mich mit stählernem Blick von Kopf bis Fuß. »Soll das ein Scherz sein?«

Blinzelnd spähe ich zur Tür hinaus. Von Ben ist weit und breit nichts zu sehen. Beim Anblick meiner berühmten Großmutter und ihres berüchtigten Gehstocks ist er offenbar fluchtartig ins Gebüsch abgetaucht. Kluger Junge.

»Ein *Scherz*? Wie meinst du das?«

»Ich meine *das* hier.« Grandma fuchtelt mit ihrem Gehstock und schnüffelt wie ein aufgescheuchter Bluthund. »Als ich dich bat, möglichst *natürlich* auszusehen, dachte ich dabei nicht an einen heruntergekommenen Landstreicher, der« – sie beugt sich vor – »nach Bitterorangen und Lavendel riecht.«

Meine Nase zuckt. Grandma kann man nichts vormachen, was die Produktpalette der *Liberty*-Kerzen angeht.

»Hattest du nicht *zehn Uhr* gesagt? Es ist aber erst –«

»Du bist eine *Valentine.*« Sie hebt ihre blasse, mit Diamanten geschmückte Hand. »In einem derart nachlässigen Aufzug öffnen wir keine Türen, egal wie hoch die Sonne steht. Was, wenn ich ein Journalist wäre? Oder eine verrückte, x-beliebige Person? Was, wenn ich ein Video-log hätte?«

Ich halte den Kopf gesenkt, damit sie meine geblähten Nasenflügel nicht sieht. *Video-log?* »Tut mir leid, Grandma.«

»Wir müssen *allzeit bereit* sein.« Ich blicke kurz hoch. Grandma spricht jetzt mit ihrer Kammerbühnenstimme. »Für uns gibt es keine Theaterpause, Faith. Für uns ist der Vorhang *immer* hochgezogen.«

Mein Kopf sackt noch etwas tiefer. »Tut mir leid, Grandma.«

»Steig bitte ins Auto«, sagt sie knapp. »Von deinen Geschwistern hätte ich ein derart ungebührliches Verhalten erwartet, nicht aber von dir.«

Mit diesen Worten dreht sie sich um und stapft zu ihrer silbernen Limousine. Ihre Schultern drücken tiefste Entrüstung aus.

Plötzlich fühle ich mich schuldig. Die zwei freien Morgenstunden, in denen ich joggen war, haben gar nicht mir gehört. Ich hätte mich waschen, schrubben, rasieren und zupfen sollen, hätte meine Zeit mit Conditioner, Maske, Feuchtigkeitscreme, Gesichtspackung und Contouring verbringen müssen. Ich hätte die Löcher in mir zukleistern müssen, damit niemand sie bemerkt.

»Tut mir leid, Grandma«, sage ich zum dritten Mal. *Stets zu Diensten, Grandma.*

Dann befolge ich brav ihre Anweisungen.

»… *großes Potenzial*«, liest Grandma vor, während ich mich in der Limousine zurücklehne und mein Gesicht mit einem Feuchtigkeitstuch abrubble, das nach Gurke riecht. »Mit der strahlenden Schönheit einer modernen Filmlegende« – sie blickt mich vielsagend an – »und als weibliche Hälfte eines der heißesten Teenie-Pärchen dieses Jahres hat Faith Valentine alle Voraussetzungen, um im Filmgeschäft Furore zu machen. Schon jetzt erhält sie Rollenangebote aus der ganzen Welt.«

Genevieve reicht mir ein weiteres Feuchtigkeitstuch aus ihrer großen Strohtasche, in der sie anscheinend die komplette Ausrüstung für einen Wellness-Tag im Spa mitschleppt. Es würde mich nicht wundern, wenn sie irgendwann auch noch einen Whirlpool und ein Dampfbad daraus hervorkramt. Ich fange an, meinen Hals abzurubbeln.

»Hast du übrigens schon deinen ersten Post in das World Wide Web hinausgeschickt?« Grandma zieht die Augenbrauen hoch. »Eine Botschaft mit Vorbildcharakter, die dein Image befördert, wie ich hoffe?«

Bei ihr klingt es so, als müsste man ein Formular ausfüllen und es zusammen mit dem Personalausweis und einem frankierten und adressierten Umschlag an die kleinen Roboter senden, die *das Internet betreiben*.

»Ja, Grandma.« Ich lächle Genevieve dankbar an, dann bohre ich geistesabwesend mit dem Finger in meinem Ohr. »Nach einer halben Stunde hatte ich schon über hundertzweiunddreißigtausend Likes.«

»Braves Mädchen.« Grandma schlägt eine Seite in meinem goldenen Album mit Zeitungsausschnitten auf (auch bekannt als *Buch der Schande*). »Leider konzentrieren sich die Klatschblätter auch weiterhin auf deine Probleme mit diesem Noah Anthony. Das wirft kein gutes Licht auf dich, Faith.«

Sie hält das Album hoch und zeigt mir ein Paparazzifoto, auf dem ich meinem Freund einen finsteren Blick zuwerfe, während an meinem Kinn ein großer Klumpen Mayonnaise hängt, der mich aussehen lässt, als hätte ich einen weißen Spitzbart.

»Ich war hungrig«, sage ich errötend. »Glaub mir, bei uns läuft alles bestens.«

Kann mir mal jemand verraten, wie man einen Burger isst und dabei zu verstehen gibt: *Wir sind total ineinander verliebt, aber du wolltest keine Pommes, also Hände weg von meinen extradünnen Fritten!*

»Valentines waschen ihre schmutzige Wäsche nicht in der Öffentlichkeit«, ermahnt Dame Sylvia mich ernst. »Wir bezahlen Leute dafür, dass sie das diskret in einer geheimen Prominentenwäscherei tun, möglichst weit weg auf der anderen Seite der Stadt. Habe ich mich deutlich genug ausgedrückt?«

Ich nicke reumütig.

Millionen von Menschen haben jetzt nur noch dieses eine Bild vor Augen: Noah, den hingebungsvollen, fürsorglichen Freund, und mich, die missmutige, gierige Kuh, die nicht einmal weiß, wo ihr Mund ist.

Du musst dich noch mehr anstrengen, Eff.

»Wo wir gerade davon sprechen«, fährt Grandma fort. »Ich habe heute Morgen die Korrekturabzüge der nächsten *Variety* bekommen.« Sie schlägt eine neue Albumseite auf. »Du siehst sehr hübsch aus, bist aber stumm wie ein Fisch, Faith. Versuch in Zukunft, interessante Bemerkungen einzuwerfen. Niemand will eine schweigende Statue interviewen, selbst wenn es die Statue einer Göttin ist.«

»Aber Marcy und Max haben immerzu geredet …«

»Dann musst du dir eben Gehör verschaffen.« Grandma blättert erneut eine Seite um, überfliegt sie und seufzt. »Die *Daily Mail* nennt dich zum wiederholten Mal *unnahbar* und bezeichnet dich als *Eiskönigin*. Schatz, wenn du ein Mann wärst, ginge das als *rätselhaft* durch. Bei einer Frau bedeutet das so viel wie *Albtraum*. Du *musst* versuchen, Wärme auszustrahlen. Allerdings nicht so viel Wärme, dass man sie mit Verzweiflung verwechselt.«

Genevieve und ich tauschen Blicke aus.

Die Assistentin meiner Großmutter trägt eine Samtjacke,

einen mittellangen Rock und eine Rüschenbluse, obwohl sie gerade mal Anfang zwanzig ist. Sie wirkt wie eine Zwillingsversion von Dame Sylvia. So als hätte man einen Ableger von ihr in einen kleinen Topf mit Erde eingesetzt, um eine neue Pflanze zu ziehen.

Mit hochgezogenen Augenbrauen nickt sie mir zu. *Zeig Wärme, Faith.*

»Klar. Tut mir leid.«

Unsere Limousine kommt mitten auf der Straße zum Stehen – mit unnachahmlicher Arroganz und völlig ungerührt vom Hupkonzert der frustrierten Autofahrer hinter uns. Eine Welle der Übelkeit erfasst mich.

Wenn ich mich richtig heftig übergebe, vielleicht darf ich dann wieder nach Hause? Aber irgendetwas sagt mir, dass man mir lediglich ein Feuchtigkeitstuch in die Hand drücken, mich mit dem Tannenduft des Lufterfrischers einsprühen und losschicken würde.

Mein Handy macht *Pling!*

> Omeingottomeingott, ich habe vergessen, dir VIEL GLÜCK zu wünschen! Du rockst das! Du bist ein Parasitenbeispiel an Femininität! H xxx

»Hm.« Ich muss unwillkürlich lächeln, während ich das weiße, fließende Kleid, das ich gereicht bekomme, über meinen feuchten orangen Sport-BH ziehe. »Grandma … können wir … meinst du … könnten wir vielleicht noch einmal kurz durchsprechen, was mich erwartet und wie –«

»Seit fast einem Jahr beschäftigen wir uns jeden Mittwoch mit der Schauspielkunst, Faith«, unterbricht meine Großmutter mich stirnrunzelnd. »Hast du denn gar nicht zugehört? Haben wir nicht alles genau besprochen?«

»Ja, ich habe Stanislawski und Tschechow und Meisner und Adler gelesen, ich kenne ihre Texte in- und auswendig. Es ist nur –«

»Wo ist dann das Problem?«

Einen Augenblick herrscht Stille.

»Schauspielen liegt dir im Blut«, bekräftigt Dame Sylvia Valentine, fünfmalige Oscar-Gewinnerin, Trägerin des Britischen Filmpreises für ihr künstlerisches Lebenswerk und längst ein nationales Kulturgut. »Eine ebenso seltene wie kostbare Gabe, die von meiner Mutter an mich weitergegeben wurde, dann an deine Mutter und schließlich an dich.«

Der Chauffeur öffnet die Tür, und Genevieve drückt mir ein ausgedrucktes Skript in die Hand.

Erneut hupen hinter uns entnervte Autofahrer.

»Du bist eine *Valentine*, mein Schatz«, erklärt meine Großmutter mit einem schmalen Lächeln. »Die Welt wird dir auf einem Silbertablett serviert. Jetzt darfst du es nur nicht vermasseln.«

5

FAITH VALENTINE FINDET PARKS »NETT«

Ja, *GO-ZIPPERS*, ihr habt richtig gehört! In einem EXKLUSIV-INTERVIEW hat die phantastische Effie V EXKLUSIV zugegeben, dass sie Eichen, Sushi und die Farbe Grün mag! Und ich habe sie geküsst!
Klick links für das Beweisvideo, KEVIN.

Du darfst es nicht vermasseln, Faith.

Du darfst es nicht vermasseln, nicht vermasseln, nicht vermasseln, nicht vermasseln, nicht –

Als ich die Tür aufziehen will, wird sie im selben Moment von der anderen Seite aufgestoßen und knallt mir fast ins Gesicht.

»Whoa, sorry!« Ein zierliches Mädchen mit kurzen, blonden Haaren und Sommersprossen sieht mich an und verdreht ihre grünen Augen. »Da wird ja die Katze auf dem pinken Fahrrad verrückt! Bist du es wirklich? Da hätte ich mir den verdammten Vormittag sparen können. Viel Freude mit deinem unverdienten Erfolg, Valentine. Muss nett sein, wenn einem alles zufliegt.«

Dann stapft sie in ihrer Latzhose und mit den schweren

Silberboots zur Tür hinaus und schafft es dabei, trotz ihrer Statur unheimlich viel Raum einzunehmen. Blinzelnd blicke ich ihr hinterher.

»Faith *Valentine*?«, piepst die Empfangsdame, als ich mich wieder umdrehe. »O mein Gott, du bist *da*! Und du bist sogar *noch hübscher* als auf deinen Fotos! Wie geht es deiner armen *Mutter*? Ich war *untröstlich* über Juliets« – sie senkt ihre Stimme zu einem unüberhörbaren Flüstern – »*TRAGISCHEN ABSTURZ*.«

Als mein Name fällt, blicken alle Kandidatinnen im Raum kurz auf, kneifen die Augen zusammen und senken sofort wieder die Köpfe.

»Sie ist –«

»Wunderbar!« Die Empfangsdame steht auf und scheucht eine Schauspielerin weg, die nervös vor dem Casting-Raum wartet. »Du da, setz dich wieder hin. Ich habe die *strikte Anweisung*, Faith Valentine unverzüglich reinzuschicken. Bitte, Faith, nach dir.«

Sie öffnet die Tür und macht eine kleine Verbeugung, als bräuchte ich Hilfe beim Betreten und Verlassen von Räumen. Ich schlucke verlegen, dann trete ich über die Schwelle.

Zeig *Wärme*, Faith, aber nicht *zu viel Wärme*.

Sei enthusiastisch, aber nicht verzweifelt. Ruhig, aber nicht langweilig. Lustig, aber nicht krampfhaft witzig. Schwungvoll, aber nicht überdreht. Temperamentvoll, aber nicht aggressiv. Schön, aber nahbar. Elegant, aber nicht unterkühlt. Selbstbewusst, aber nicht arrogant. Weiblich, aber nicht mädchenhaft. Nett, aber nicht fade.

Sei du selbst, aber … na ja … jemand anderes.

Meine Großmutter und ich haben jeden Mittwoch die ersten zehn Minuten meiner Unterrichtsstunde damit verbracht, die Stanislawski-Methode einzuüben. Man zieht in Gedanken einen unsichtbaren Kreis um sich und blendet alles um einen herum aus, damit man sich beschützt und sicher fühlt, ganz egal, was passiert.

Aber hier gelingt mir das nicht.

Ich stehe vor einem Raum voller Fremder, die mich von Kopf bis Fuß prüfend mustern. Sie nehmen mich regelrecht auseinander, um alle Einzelteile zu begutachten: die Augen meiner Mutter, die Nase meiner Großmutter, Mund und Größe meines Vaters … so lange, bis ich nur noch aus kleinen Stücken anderer Leute bestehe. Ein Mix aus recycelter Schönheit, die von Generation zu Generation weitergegeben wird und die man pfleglich behandeln muss wie eine alte Uhr oder eine Vintage-Handtasche.

»Die mittlere Valentine«, verkündet eine ältere Frau mit Schildpattbrille. »Die Tochter von Mike und Juliet!«

»Bemerkenswert«, sagt jemand und macht sich Notizen. »Exotisch und klassisch zugleich. Die Kamera wird sie *lieben*.«

Wie aufs Stichwort lege ich den Schalter um.

»Hallo!« Ich trete einen Schritt nach vorne und zeige beim Lächeln das Grübchen auf meiner linken Wange. »Es freut mich *sehr*, Sie kennenzulernen.« Ich habe Routine darin, mir unauffällig auf die Wange zu beißen. Niemand weiß, dass das Grübchen ein Fake ist, nicht einmal Noah.

»Hi!«, sage ich nacheinander zu allen Anwesenden. *Grübchen.* »Hallo.« *Grübchen.*« »Hey.« *Grübchen. Grübchen. Grübchen. Grübchen.* Die Innenseite meiner Wange hat zu bluten angefangen.

»Hallo.« Inzwischen bin ich bei dem berühmten Casting-Direktor Teddy Winthrop angelangt. Er ist so alt und verschrumpelt, dass meine Großmutter im Vergleich zu ihm wie ein junges Mädchen auf einem Debütantinnenball aussieht. »Es ist mir eine Ehre.«

Unter Einsatz meines Grübchens – *autsch!* – gebe ich ihm die Hand.

»Nun gut.« Teddy nickt unbeeindruckt. »Ich denke, wir dürfen uns jetzt alle ausreichend gegrüßt fühlen. Können wir dann anfangen?«

Er richtet seine wässrigen blauen Augen auf den leeren Stuhl in der Mitte des Raums. Ich blicke auf meinen Text.

»Ohne Skript, wenn ich bitten darf«, sagt der Casting-Direktor in eisigem Ton.

Entsetzt starre ich ihn an. »Aber meine Agentin sagte –«

»Mag sein, aber du bist eine *Valentine*, wie man mir wiederholt und unermüdlich versichert hat. Da darf ich doch wohl davon ausgehen, dass du eine einzelne kleine Szene auswendig vortragen kannst?«

Mit einem Mal bin ich mir nicht mehr sicher, dass die Beziehungen meiner Familie für mich von Vorteil sind. Womöglich hat er bereits mit Mercy Bekanntschaft gemacht.

»Natürlich.« Folgsam lasse ich das Skript zu Boden fallen. »Ja, kein Problem.«

Dann setze ich mich auf den Stuhl. Sofort gehen zwei riesige Lichter an. Ich zucke zusammen. *Such deinen Kreis, Eff.* Jetzt komme ich mir vor wie ein Exemplar einer seltenen Echsenart in einem grell erleuchteten Terrarium.

»Wo soll ich –«

»Bäng«, sagt die Frau mit der Brille abrupt. »Knack. Uuuh-iii-uuuh. Wuu. Wuu. Wuuuuuu. Yiiiha. Yiiiha. Wuff, wuff, miau, oink, arrruuuga.«

Ich starre sie verdattert an. Was zum –

Aus dem Augenwinkel sehe ich das grüne Licht der Kamera blinken. »Haben wir schon angefangen? Wir haben angefangen. Ähm. *Fred!* Was war das? Ich habe etwas gehört … da draußen ist jemand!«

»Daistniemand«, liest die Frau monoton vor.

»Wir haben einen Fehler gemacht«, sage ich mit einem genau dosierten Beben in der Stimme. »Wir sollten g-gehen – wir sollten f-f-fliehen. Moment, ich glaube, die Batterie reicht noch bis –«

»EsistnureinSchafoderso.«

»Aber Schafe machen nicht solche Geräusche.«

»DanneineKuh.« Die Frau sieht mich mit hochgezogenen Augenbrauen an. »OdereineZiegeoderwaseshiersonstsogibt. Wartehier,ichgehraus –«

Moment mal. *Kenne* ich die Frau nicht irgendwoher?

In meinem Kopf macht es *Klick*, und plötzlich ist die Erinnerung da. Eine Party meiner Eltern vor fast zehn Jahren. Musik, Gelächter, Blumen, ein großes weißes Gartenzelt. Wir saßen alle zusammen auf den Stufen und hörten, wie –

»… Kuss.«

Meine Eltern standen auf dem Rasen, sprachen einen Toast aus und –

»Kuss.«

Gläser klirrten, und ich sah mich um und –

»*Kuss.*«

War das etwa mein Stichwort?

»Ah.« Blinzelnd blicke ich von der Frau, die auf der Party meiner Eltern war, zu Teddy. Ich kann mich nicht erinnern, dass im Originalskript etwas von einem Kuss stand. »Kuss? Was? Wen … wen genau soll ich denn küssen?«

Verwirrt schaue ich mich im Raum um.

»Wie wär's mit mir?« Ein junger Typ in der hinteren Reihe springt auf. »Wenn ihr jemanden braucht, der mit Faith Valentine knutscht, dann melde ich mich freiwillig! Ich kann gerne einspringen. Zu Übungszwecken … oder so.«

Teddy starrt den armen Kerl so lange an, bis er sich wieder hinsetzt.

Ich fahre mit der Zunge über meine Lippen. *Tu etwas, Faith.*

Spontan schließe ich die Augen und fange an, leidenschaftlich meinen Handrücken abzuknutschen. Er schmeckt nach Schweiß und Angst und antibakteriellen Frischetüchern mit Gurkenduft.

»F-F-Fred!« *Kuss.* »Geh nicht!« *Kuss.* »Bitte! Ich liebe dich! Lass mich nicht hier allein!« Kuss. »Was, wenn – O nein, o nein. Er ist weg. Er ist weg. Er ist weg, er ist –«

»Stopp«, sagt Teddy Winthrop.

Ich halte inne.

»Was machst du da?« Der Casting-Direktor sieht mich stirnrunzelnd ab. »Willst du diese Rolle überhaupt? Oder ist es für eine berühmte Valentine unter ihrer Würde, sich mit Fernsehen abzugeben?«

»Nein!« Vor Entsetzen werde ich knallrot. »Natürlich will ich diese Rolle, Sir. Die Schauspielerei ist mein Leben.«

»Was du nicht sagst.« Mr. Winthrop blickt zu der Frau mit der Brille, dann wieder zurück zu mir. »Du bist die einzige Figur, die noch lebt. Für das Publikum verkörperst du den ganzen Film. Du bist allein und verängstigt, und dir passiert gerade etwas sehr Unschönes. Jetzt kommt es *ganz auf dich* an. Also zeig, dass du die Szene *beherrschen* kannst.«

»Würde es helfen, wenn ich ... mich bewege?«

»Von mir aus kannst du Rad schlagen, Schätzchen. Hauptsache, du spielst diese Rolle nicht mit dem Charisma eines alten Holzlöffels.«

Autsch. *Sei die Orange, Faith.*

Ich straffe meine Schulter und stehe auf. Setze mich wieder hin. Stehe wieder auf. Ich drehe den Kopf zur Seite. Und dann wieder zurück. Mein Körper ist wie ein Fahrzeug, das von jemandem gesteuert wird, der noch keinen Führerschein hat.

Streng dich an, Faith. Du bemühst dich nicht genug. Hol *mehr* aus dir heraus.

Ich hole tief Luft und schreie: »*NEEEIN!*«

Die Faust an die Brust gepresst, fall ich auf die Knie

und schließe die Augen. »Fred! FREEED!!!« *Mehr.* »FREEEEEED!!!!«

»Ja, ich denke, wir haben genug gesehen.«

Ich öffne die Augen. Meine Wangen brennen.

»Bitte, Mr. Winthrop.« *Du darfst nicht verzweifelt wirken. Auf keinen Fall verzweifelt.* »Gibt es noch etwas, das ich –«

»Nein, danke«, sagt Teddy knapp. »Schick bitte das nächste Mädchen herein.«

Ich blinzle ein paar Mal, dann räuspere ich mich und stehe wortlos auf. Streiche mein Kleid glatt, werfe meine Haare zurück und lächle. Denn der Vorhang ist immer hochgezogen, das Publikum sieht immer zu, und die Aufführung endet immer mit einer Verbeugung, auch wenn niemand klatscht.

»Danke, dass Sie sich Zeit für mich genommen haben«, sage ich höflich und senke kurz den Kopf. »Ich würde mich freuen, Sie bald wiederzusehen. Einen schönen Tag noch.«

Lautlos husche ich nach draußen.

Die Tür ist viel zu dünn.

»Tja«, höre ich Teddy Winthrops mürrische Stimme von der anderen Seite. »Die berühmte Eiskönigin hat vielleicht das richtige Aussehen, aber selbst meine Küchenanrichte könnte die Rolle besser verkörpern.«

Ich schließe die Augen.

»Was für ein Trauerspiel«, stimmt die alte Freundin meiner Eltern ihm zu. »So ein *nettes* Mädchen. Hat keinen Funken Talent, aber meine Güte: *Was für ein Gesicht*.«

6

HOL DIR DEN VALENTINE-GLOW!

Du möchtest die umwerfende Ausstrahlung eines Valentine-Girls haben, nur leider fehlen dir das Star-Gen, die kostenlosen Designerklamotten und das fette Konto? Hier sind unsere besten Tipps für Luxuslooks zu bezahlbaren Preisen!

Tja, was für ein Spaß.

Der Chauffeur meiner Großmutter steigt aus dem Wagen, tippt sich an die Mütze und öffnet die Tür für mich. Sofort sprudele ich los: »Meine Güte, das ist richtig gut gelaufen! Ich bin mir zwar nicht sicher, ob ich dem Typ entspreche, den sie suchen« – Typ menschliches Wesen, das überzeugend ein anderes menschliches Wesen verkörpern kann –, »aber ich habe sofort eine Verbindung zum Direktor aufbauen können, und beim nächsten Mal werde ich sicherlich –«

Der Rücksitz neben mir ist leer.

»Sie sind zu *Fortnum & Mason* gegangen, um Einkäufe zu erledigen, Miss«, sagt der Fahrer, und mein aufgesetztes Lächeln löst sich in Erleichterung auf. »Ihrer Großmutter stand der Sinn plötzlich nach einer Tasse Tee im Hilton.«

Meine Großmutter ist eine lebende Karikatur. Irgendwann ist sie in die Rolle einer zeitlosen britischen Lady geschlüpft – Gehstock, majestätische Haltung, überheblicher Blick, abrupte Sinneswandel und eine Vorliebe für Tee im Hotel – und hat sie seither nie wieder abgelegt. Aus diesem Grund muss ich mir immer wieder in Erinnerung rufen, dass ich halb Amerikanerin und nur halb *Downton Abbey* bin.

Mein Handy macht *Pling*.

> Baby, dieses Album kostet mich den letzten Nerv.
> Kommst du und munterst mich auf? :(Nx

»Wohin soll's gehen, Miss?« Grandmas Chauffeur setzt sich wieder hinters Steuer. »Dame Sylvia lässt ausrichten, dass Sie sich gerne anschließen können.«

Aus Höflichkeit tue ich ein paar Sekunden lang so, als würde ich den Vorschlag ernsthaft in Erwägung ziehen.

Ähm, in einem überfüllten, goldüberladenen Raum Scones essen (»Haben Sie schon meine Enkelin Faith kennengelernt? Sie verkörpert die *Zukunft* der Valentines, müssen Sie wissen. Schatz … nicht so viel Marmelade!«) oder meinem süßen Freund dabei zusehen, wenn er aufgeregt an den Schaltern eines gigantischen Mischpults herumfummelt wie am Kontrollboard eines Raumschiffs, das er zum ersten Mal allein fliegen darf?

Mit einem Gefühl der Befreiung krame ich im Türfach nach meiner geheimen Make-up-Tasche und halte mir einen kleinen Spiegel vors Gesicht. Ich sehe müde aus. Aber hier und da ein paar sorgfältig platzierte Tupfer Abdeckcreme, Highlighter, Foundation, Concealer, Rouge, Mascara, Eyeliner, Bronzer – und schon sind alle überzeugt, dass es mir gut geht.

Mit geübten Handgriffen trage ich das Make-up auf, von dem außer mir niemand etwas weiß.

Zum Glück habe ich meinen Freund.

»Fahren Sie mich bitte in die Abbey Road, John.«

Noah erwartet mich bereits draußen vor der Tür.

Als die Limousine vor dem weltberühmten Tonstudio hält, sehe ich meinen Schatz schon von weitem. Er hockt auf einem Poller, die langen Beine abgewinkelt und die großen dunklen Augen konzentriert zusammengekniffen, und trommelt mit den Fingern rhythmisch auf seiner Jeans. Kennst du diesen Moment, kurz bevor man in ein warmes Bad steigt, wenn alles kribbelt und irgendwie luftig ist und dich plötzlich die Angst überkommt, du könntest zerfließen und dich in Nichts auflösen, du aber nichts dagegen hättest, wenn es so wäre?

So fühle ich mich jedes Mal, wenn ich Noah Anthony sehe. Als würde ich mich auflösen und hätte nicht das Geringste dagegen.

»Eff!« Er blickt hoch, als ich aus dem Auto steige, und ich merke, wie ich anfange zu strahlen, ganz ohne Grübchen. »Megagut, dass du da bist! Ich habe den ganzen Vormittag dieselben drei Akkorde gespielt, und irgendwann war ich kurz davor, mir die Finger auszurenken.«

Noahs Nase ist ein bisschen schief, seit ihm sein Bruder einen Faustschlag verpasst hat, als er klein war. Über seiner linken Augenbraue hat er eine Narbe, und seine Vorderzähne stehen nicht ganz gerade, weil er sich geweigert hat, eine Zahnspange zu tragen. Aber es sind genau diese kleinen Makel, die meinem Freund dieses umwerfende Aussehen verleihen, denn sie bieten dem Auge etwas, an dem der Blick hängen bleibt.

Mein Lächeln wird breiter, als ich auf ihn zugehe. Vor zwei Tagen hat er seine Haare kurz geschoren, um ein bisschen mehr *edgy* auszusehen, aber in Wahrheit sieht er jetzt weich und verletzlich aus wie ein kleines Lämmchen.

»Hey.« Ich küsse ihn sanft und schaue ihn forschend an. »Läuft es *so* schlecht?«

Er verzieht das Gesicht.

Noah tut so, als würde ihn die Achterbahnfahrt des Erfolgs überwältigen – tatsächlich genießt er jede einzelne Kurve.

Er liebt den Druck, zugleich sieht er sich selbst gerne als grüblerischen, überarbeiteten Künstler, daher spiele ich mit.

»Es ist zum *Verrücktwerden.*« Er verdreht die Augen und seufzt. »Manchmal frage ich mich, warum ich mir das alles antue. Ich sehne mich nach den Tagen zurück, als ich noch alleine mit meiner Gitarre in meinem Zimmer saß. Heute wollen die Akkorde einfach nicht so wie ich.«

Er macht ein Trauriges-Emoji-Gesicht, also suche ich fieberhaft nach einem passenden Witz. »Welche Musik kann man nicht hören?«

Noah runzelt die Stirn. »Hä?«

Ich strecke die Handflächen aus. »*Zukunftsmusik!*«

Einen Moment lang herrscht Stille.

»*Zukunfts*musik!«, wiederhole ich, diesmal mit einer etwas anderer Betonung. »Das ist ein Wortspiel … verstehst du?«

Mein Freund lacht kurz auf – »Ha!« – und drückt mir einen Kuss auf die Nase. Es hätte nur noch gefehlt, dass er mir den Kopf tätschelt. »Wer sagt, dass Mädchen nicht hübsch und lustig zugleich sein können?«

Erleichtert erwidere ich seinen Kuss. »So ziemlich jeder.«

Er grinst. »Wir leben in traurigen Zeiten.«

»Noah?« Plötzlich wird mir vor Scham ganz flau im Magen. »Heute Morgen …« Allein schon bei der Erinnerung zucke ich zusammen. »Das Vorsprechen … es ist … nicht besonders gut gelaufen.«

Charisma eines alten Holzlöffels. »Ich fürchte, ich war … nicht gerade der Hit. Kann sein, dass ich etwas … hölzern rübergekommen bin.«

Selbst meine Küchenanrichte könnte die Rolle besser verkörpern.

»Red keinen Unsinn, Baby.« Noah lächelt mich stolz an. »Du bist immer so streng mit dir, Eff. Du musst nur genauso an dich glauben, wie ich es tue.« Und schon folgt die unvermeidliche Anspielung auf meinen Namen. »Wozu heißt du *Faith*, wenn du nicht an dich glaubst? Verstehst du?«

Er lacht. Das tut er immer, wenn er das sagt.

»Nein, ich meine es ernst, Noah.« Meine Augen werden

feucht. »Es war schrecklich. Grandma wird toben, meine Agentin wird wütend auf mich sein, und ich weiß nicht, was ich tun soll, wenn –«

»Also bitte! Als könnte jemand *so etwas* ablehnen.« Er tritt einen Schritt zurück und deutet auf mich, als wäre ich eine aus Meerschaum geborene Göttin. »Du bist im wahrsten Sinn des Wortes das schönste Mädchen der Welt. Und das süßeste. Ich meine, *schau dich doch an*, Eff. Diese Augen? Diese Haare? Dieser *Mund*. Diese –«

Ich rolle mit den Augen und versetze ihm einen sanften Stoß. »Ja. Danke, Noah.«

»Ich meine ja nur.« Er legt seine Hände zärtlich um mein Gesicht. »Die Leute sind doch nicht *blind*.«

Wir schauen uns liebevoll an.

Für einen kurzen Moment sehe ich meinen Freund vor mir, wie er an dem Abend ausgesehen hat, als ich ihn auf der Aftershow-Party der Brit Awards kennengelernt habe. Er feierte seinen ersten großen Triumph, während ich auf dem Boden umherkroch und den Kellnern dabei half, heruntergefallene Horsd'œuvre aufzusammeln.

Es war mir nichts anderes übrig geblieben. Mercy hatte sie umgestoßen.

»Noah«, fange ich an, halte jedoch abrupt inne. Seine großen dunklen Augen haben wieder diesen leicht abwesenden Ausdruck, und ich spüre, wie seine Fingerspitzen zucken.

»Noah, spielst du gerade auf meinem Gesicht Klavier?«

»Was?« Er weicht zurück. »Nein. Wieso?«

»Doch, das tust du.«

»Tu ich nicht. Wir sprechen gerade über *deine Karriere*, Eff. Dein Schicksal, deinen Lebensweg, dein –« Er fährt sich über die kurzgeschorenen Haare. »Okay, kann sein. Dein kleiner *Witz* hat mich wohl inspiriert, denn mir ist eine Idee gekommen. Es muss ein *a-Moll* sein, kein *C*. Ein *a-Moll*! Nicht zu fassen, dass ich da nicht schon früher draufgekommen bin!«

Ich lache, auch wenn er gerade Gänsefüßchen in die Luft gemalt hat, als er von meinem Aufheiterungsversuch sprach.

Man kann Noah einfach nicht böse sein. Er hat unglaublich lange Wimpern und ein sonderbares Talent dafür, große Kulleraugen zu machen, so dass man sich vorkommt, als würde man ein kleines Kälbchen schimpfen wollen.

»Los!« Spielerisch schubse ich ihn Richtung Studiotür. »Schnapp dir dieses a-Moll! Wie heißt es gleich wieder? Wenn dic Inspiration kommt, muss man sie an der Mütze packen … oder so.«

Noah bemüht sich sehr, so zu tun, als wäre er unschlüssig. »Bist du sicher?«

»Ja, ganz sicher.«

»Weil, na ja …« Er packt meine Hand und zieht mich zu sich, um mir einen Kuss zu geben. Ich spüre seinen Atem auf meinen Lippen: süß, warm, köstlich. Er hat seinen Kaffee wieder mit drei Zuckerwürfeln getrunken. »Du bist schließlich den ganzen Weg hierhergekommen, und *sooo* wichtig ist das neue Album nun auch wieder nicht. Ich könnte mich mit dem zweiten Platz der Charts zufriedengeben und dafür ein bisschen länger bei dir bleiben …«

Meine Nase zuckt, aber ich setze meinen strengsten Blick auf. »Ab ins Studio mit dir, nimm diesen Song auf.«

»Vielleicht könnte ich mich sogar mit dem dritten Platz abfinden« – er küsst meine Augenbraue –, »oder vielleicht sollte ich meine Gitarre in die Tonne werfen, und wir könnten …«

Ich schiebe ihn erneut weg. »Los jetzt!«

Er küsst mein Augenlid. »… den ganzen Nachmittag rummach –«

»Noah Anthony, fort mit dir!«

Im selben Moment höre ich die *Klick-Klick-Klicks*.

7

Ich wirble herum. Aus allen Richtungen sind Kameraobjektive auf uns gerichtet wie Gewehrläufe.

»FAITH! NOAH!« Überall tauchen plötzlich Paparazzi auf. Rufend, drängelnd und schubsend springen sie hinter Mauern und Mülltonnen und parkenden Autos hervor. »SCHAUT HIERHER! HEISST DAS, IHR SEID OFFIZIELL WIEDER ZUSAMMEN?«

»STEHT EURE BEZIEHUNG NOCH IMMER AUF DER KIPPE?« Noch mehr Gedrängel. »WART IHR BEIM PAARPSYCHOLOGEN? HABT IHR SCHON IN BETRACHT GEZOGEN, EUCH HILFE BEI EINEM LIEBESWAHRSAGER ZU HOLEN?«

»EUER KOMMENTAR ZU DEN GERÜCHTEN UM AVERY?«

»WELCHER PAARNAME GEFÄLLT EUCH AM BESTEN? FOAH? FAINOAH? ODER JOITH? JAITH?«

»WIE WÄR'S MIT NOTIH? NITH?«

Noah lacht. »Fainoah gefällt mir am besten – klingt wie etwas, womit Hipster ihre Avocado bestreichen würden.« Aber meine Gedanken überschlagen sich bereits, und die letzten Minuten spulen in einer hektischen Endlosschleife vor meinem inneren Auge ab. Wie lange sind die Paparazzi schon hier? Was haben sie gesehen? Haben sie bemerkt, dass ich den Tränen nahe war? Sah es so aus, als würden wir streiten?

Ich habe Noah immer wieder weggeschubst, und er hat immer wieder nach meiner Hand gegriffen.

Ach herrje, ich habe ihm sogar einen *Klaps* verpasst.

»KOMM SCHON, FAITH! HAST DU DENN GAR KEIN MITLEID MIT DEM ARMEN JUNGEN?«, ruft eine Stimme wie aufs Stichwort.

Entsetzt drehe ich mich um und schaue meinen Freund an.

»Ups.« Noah grinst unbekümmert. »Mein PR-Team muss ihnen wohl verraten haben, dass wir hier sind. Mein Fehler.«

Mein Blick flackert umher, während ich wie gehetzt nach einem Ausweg suche.

»Hey, hey.« Noah ergreift meine Hände. »Reg dich nicht auf, Baby. Das gehört alles zum Berühmtsein, weißt du? Ich meine, ich hasse das Ganze doch auch. Ich verabscheue es mit jeder Faser meines Körpers« – tut er nicht –, »aber was können wir schon dagegen tun?«

Hm, keine Ahnung – wie wär's, wenn du die Paparazzi nicht über jeden unserer Schritte auf dem Laufenden hieltest?

Ich wünsche mir nur eines: Ich möchte meinen Freund in seiner Pause kurz umarmen, ohne dass Millionen von Menschen am nächsten Morgen vor ihren Cornflakes sitzen und Überlegungen anstellen, *was genau das zu bedeuten hat*. Ich möchte, dass nicht jedes kleinste Detail meines Gesichtsausdrucks oder meiner Frisur oder meines Outfits unter die

Lupe genommen wird. Dass keine ausführlichen Artikel geschrieben werden, die unsere Körpersprache auf versteckte Botschaften hin analysieren. *Sie hat sich aus der Umarmung gelöst: Die Beziehung liegt in Scherben! Ihre Füße zeigen in unterschiedliche Richtungen? Klare Sache, zwischen den beiden herrscht keine echte Nähe. War da nicht ein verdächtiges Glitzern in ihren Augen?*

Dieses Paar steckt in einer tiefen Krise. Betet für sie, liebe Leser! Betet für FOAH!

Aber wenn ich das laut sage, klinge ich mürrisch und undankbar – und nichts ist unattraktiver als das –, daher beiße ich mir auf die Wange und hole meine Grübchen zurück.

»Können wir –«

»Oder …«, unterbricht Noah mich nachdenklich, und seine Augen beginnen zu funkeln. »Ich meine, wenn sie ohnchin über uns schreiben, Eff, dann können wir ihnen genauso gut den Stoff dazu liefern, oder? Hast du Lust auf ein bisschen Spaß?«

»Absolut.« Ich nicke enthusiastisch. »Super Idee!«

Mein Freund zwinkert mir zu, dann flüstert er: »Bereit?«

Ich nicke.

Und dann küsst er mich. Leidenschaftlich. Eine Hand in meinen Nacken gelegt, die andere in meinem Haar vergraben, beugt er mich so tief zurück, dass ich mich an ihm festhalten muss, um nicht das Gleichgewicht zu verlieren. Mir ist warm, ich bin außer Atem, und ich fühle mich merkwürdig kraftlos.

Es ist ein Filmkuss. Ein Plakatkuss. Ein Titelseitenkuss.

Klick, klick, klick, klick, klick, klick.

Verwirrt erwidere ich seinen Kuss.

»So, und jetzt zieht Leine!«, ruft Noah, als wir uns voneinander lösen. »Fort mit euch, Paparillos! Husch! Gönnt uns etwas Privatsphäre! Seht ihr nicht, wie wunderschön mein Girl ist? Verdammt, ich brauche eine kurze Auszeit!«

Die Paparazzi lachen. Noah liebt den Ruhm – er hofiert ihn, flirtet mit ihm –, und der Ruhm liebt ihn zurück. Ich hingegen trage meine Berühmtheit auf dem Rücken mit mir herum wie eine widerwillige Schnecke, und das spüren die Paparazzi, da können meine Grübchen noch so tief sein.

»Ich liebe dich sehr«, flüstert Noah und drückt meine Hand. »Das weißt du doch, Eff. Oder?«

»Ja.« Ich entspanne mich etwas und lächle. »Ich liebe dich auch.«

»Heute Abend rufe ich dich an, okay? Nach dem Gig?«

Dann muss ich meinen Wecker wohl auf Mitternacht stellen. Noah ist so aufgedreht und mit Koffein gedopt, dass es sicher wieder ein sehr später Videoanruf wird. »Bleibt es bei unserem Treffen –«

»Morgen?« Noah grinst. »Na klar, Baby. Das Datum ist hier eingemeißelt.«

Er klopft sich auf die Brust, dann drückt er einen Kuss auf meine Stirn. Niemand macht auch nur ein einziges Foto. Ein Kuss auf die Stirn ist uninteressant, es sei denn, er taugt zu einer Schlagzeile wie: *Hat Fainoah ihren Glanz eingebüßt?*

»Viel Glück!«, rufe ich dem Rücken meines Freundes zu,

als Noah ins Studio eilt und seine ungeduldigen Finger bereits eine unhörbare Musik spielen.

Ich atme tief durch und halte den Kopf hoch. Nicht zu hoch. Nicht arrogant-hoch, nicht hochnäsig-hoch, nicht *Ich-bin-besser-als-du*-hoch. Sondern exakt so hoch wie das selbstbewusste, vernünftige Mädchen, das in einer festen und glücklichen Langzeitbeziehung ist.

Die Tür der Limousine öffnet sich für mich.

Kopf hoch, Kopf hoch, Kopf hoch, lächeln, lächeln, selbstbewusst, selbstbewusst – ich steige ein, die Tür fällt zu, und ich sacke hinter den verdunkelten Fensterscheiben zu einem erschöpften Häufchen zusammen.

»Nach Hause?«, fragt John, unser Fahrer.

»Ja, bitte.« Ich schließe die Augen. »Nach Hause.«

8

Ich trage immer noch Weiß.

Aber jetzt ist es ein Bettlaken, das in meinem Nacken verknotet ist, dazu ein großer weißer Hut von Mum, der mir ins Gesicht rutscht, und abgetragene weiße Tennisschuhe, die mir eigentlich viel zu groß sind. Mitten im Zimmer stehe ich auf einem umgestürzten Karton, hinter der breiten Hutkrempe halb verdeckt und halb in Deckung gehend.

In der Hand halte ich einen … Kerzenleuchter?

»Und *wo* …« – der Junge rückt seinen smaragdgrünen Schal zurecht – »waren Sie gestern Abend um achtzehn Uhr achtunddreißig? Das ist eine ganz einfache Frage, *Madam*.«

»Ich –«

»Nicht antworten!« Ein kleines Mädchen in einem großen türkisblauen Pullover und blauen Strümpfen springt auf und hält ein Staubsaugerrohr in die Höhe. »Das ist eine Impertinität! Sie müssen diese Frage nicht beantworten!«

»Sie sind nicht die *Anwältin* dieser ehrenwerten Dame, Mrs. P.« Ein leises Glucksen. »Sie sind eine weitere Verdächtige.«

»Und Sie ebenfalls! Und Ihr … Schraubenschlüssel … ach Mist … Eselsohren, *da haben wir's*.«

»Wahnsinn, Birdy! Schnapp ihn dir.«

Ich hebe mit dem Finger die Hutkrempe, um freie Sicht

zu haben, als vor mir eine kleine rosa Zunge rausgestreckt wird, in Richtung des anderen Jungen, der ein leuchtend gelbes Fell trägt und ein senffarbenes Springseil in der Hand hält.

»Können wir jetzt weitermachen?« Unter einem extravaganten roten Hut hervor richten sich funkelnde Augen auf ein Plastikschwert. »Heute Abend ist Vorstellung, und *jeder, der Rang und Namen hat*, wird zuschauen.«

»Ich war …« Ich räuspere mich und lasse den Blick durch die staubige Dachmansarde schweifen. Alle starren mich an. Sofort steigt die vertraute Panik in mir auf. Wo *war* ich gestern Abend um sechs Uhr achtunddreißig? Wem gehört dieser Kerzenleuchter? Wieso halte ich ihn in der Hand?

Bin ich es gewesen? Habe ich es getan?

»Ich war … ich war … ich …« Mein Atem geht immer schneller, meine Wangen glühen. Hektisch fahre ich mir mit der Hand übers Gesicht. »Ich weiß nicht … ich kann nicht … *ich erinnere mich nicht!*«

Eine kurze Stille tritt ein.

»Sie weiß, dass sie es nicht getan hat, oder? Es steht doch im Skript. Wird sie gleich einen grässlichen Mord gestehen, den sie nicht einmal begangen hat?«

»Na toll, sie versaut uns *alles*.«

Am Rand meines Blickfelds tauchen schmutzige violette Turnschuhe auf. »Hey du, runter von der Bühne.«

Völlig überfordert steige ich von der Bühne.

»Roll dich auf dem Fußboden zusammen und atme.«

Ich mache, was die Stimme sagt.

»Und jetzt schließ die Augen und konzentrier dich, okay?« Die Stimme ist tief und heiser, wird aber von einem Lachen begleitet, das unbeschwert ist wie ein springender Kieselstein auf dem Wasser.

»Du bist vollkommen rund. Deine Haut glänzt und hat Dellen. Du bist süß und bestehst aus einzelnen Segmenten. Du hast Kerne und schmeckst köstlich in Kombination mit Schokolade. Verstanden?«

Ich schließe die Augen und strenge mich an. »Nein. Was meinst du?«

»Wenn du dir einreden kannst, dass du eine Orange bist, dann kannst du alles spielen, und jeder wird dir glauben.« Wieder das vertraute, trockene Lachen. »Und jetzt steh auf und versuch's noch mal.«

Langsam stehe ich auf und räuspere mich.

Sei die Orange.

»ICH-BIN-UNSCHULDIG!«, schreie ich und schiebe Moms breiten Hut aus dem Gesicht, als ich mich plötzlich wieder an meinen Text erinnere. »Er war es, mit einem Schraubenschlüssel, im Wintergarten! Ich habe ihn gesehen! *Sie* sind der Mörder, Sir! Gestehen Sie!«

Erleichterter Applaus rieselt über mich hinweg – endlich, das genügt, du kannst wieder von der Bühne runter –, dann ist das Mädchen in Rot an der Reihe. Mit einem vielsagenden Augenrollen zieht sie mich von dem Pappkarton herunter und beginnt ihren dreiseitigen, selbst verfassten Monolog.

Ich drehe mich zu meiner violetten Retterin um.

Meine Schauspiellehrerin zwinkert – so stolz, so liebevoll – und löst sich langsam zu Puder auf.

Wird zu Farbe.

Lila, Violett und Lavendel – Wasserfarben, die mit der Luft verschmelzen, sich in einen leuchtenden Amethystwirbel verwandeln und Richtung Fenster schweben. Erst da merke ich, dass das Fenster offen steht. Ich mache einen Satz, springe so weit ich kann, um es zu schließen. Ich greife nach der Farbe und versuche, sie festzuhalten, aber das Violett rinnt über meine Finger und an meinen Armen herab und sickert durch mich hindurch, in mich hinein, und ich kann nicht, ich weiß nicht wie, ich kann es nicht festhalten –

Ich kann es nicht festhalten –

Ich kann nicht –

Ich –

9

Ich schrecke hoch.

»Wo bin ich? Nein, nein, wie *spät ist es?*«

Verstört starre ich auf meine Hände. Ich drehe mich um – ich sitze immer noch auf der Rückbank der Limousine – und blicke durch das abgedunkelte Fenster.

Das Auto parkt am Ende unserer Auffahrt, aber die Sonne hat sich bereits rosa verfärbt und steht tief am Himmel. Wie *lange* habe ich geschlafen? Das kann nicht wahr sein. Ich hätte längst Genevieves restliche Fotos posten müssen. Ich muss duschen, eine Gesichtsmaske auftragen, meine Haare waschen und föhnen, mich anziehen, vorbereiten, schminken, ein weiteres Skript lernen, Noah anrufen, den morgigen Tag planen –

O nein. O nein. Nein, nein, nein –

»Ich hatte die strikte Anweisung, Sie schlafen zu lassen, Miss.« Der Chauffeur legt seine Zeitung beiseite und wirft mir über die Schulter hinweg einen freundlichen Blick zu. »Ihre Großmutter meinte, Sie sähen so aus, als hätten Sie es nötig.«

Ich merke, wie ich rot werde. Ein Blick auf mein Handy sagt mir, dass es 17:30 Uhr ist, das kleine blaue Licht blitzt mich an wie ein empörtes Auge.

ENTGANGENER ANRUF: Hope

ENTGANGENER ANRUF: Hope

ENTGANGENER ANRUF: Hope

ENTGANGENER ANRUF: Hope

ENTGANGENER ANRUF: Hope

Wo bist du? KOMM SOFORT NACH HAUSE!!! Hope :) XXX

Yo, Sis, bist du deinem BF? Du wirst hier gebraucht! Max x

LOL, ich meine * bei deinem. Sorry, vertippt. Max x

ENTGANGENER ANRUF: Hope

ENTGANGENER ANRUF: Hope

ENTGANGENER ANRUF: Hope

Hi Faith,
wir haben ein Feedback zu deinem Vorsprechtermin bekommen.
Sie haben sich entschieden, eine andere Richtung

einzuschlagen, bedanken sich aber, dass du dir die Zeit genommen hast. Sie deuteten an, du hättest Probleme beim Vorsprechen gehabt. Daher würde ich erneut vorschlagen, dass wir zunächst nach kleineren Engagements Ausschau halten, damit du dich nach und nach an bedeutendere Rollen herantasten kannst. Das ist eine bewährte Methode, um eine dauerhafte Schauspielkarriere aufzubauen. Auf diese Weise kannst du dein Talent stetig weiterentwickeln.
Ich hoffe, du bist nicht allzu enttäuscht.
Anbei ein weiteres Skript für ein Vorsprechen nächsten Monat.
Persephone

ENTGANGENER ANRUF: Hope

ENTGANGENER ANRUF: Mercy

Meine Augenbrauen schießen in die Höhe. *Mercy?*

Ich hätte nicht sagen können, ob sie meine Handynummer hat oder nicht. Jedes Mal, wenn wir uns streiten, hält sie ihr Handy hoch und löscht demonstrativ meine Nummer.

Rasch bedanke ich mich bei John, dann steige ich aus und renne zum Haus. Über das Vorsprechen kann ich mir später noch Gedanken machen. Für circa drei Uhr morgens habe ich bereits eine ganze Stunde anberaumt, um wach im Bett zu liegen und nervös an die Decke zu starren, da werde ich genug Zeit für diese E-Mail haben.

Ich stoße die Haustür auf und –

»… HAUS! WIE KANNST DU ES WAGEN, EINFACH HEREINZUSCHNEIEN UND –«

»– HYPOTHEK. UND RECHNUNGEN. UND DIE –«

»– DIESER FAMILIE SEIT HUNDERT JAHREN, UND DU GLAUBST, DU KANNST DEIN FLITTCHEN IN MEIN –«

»RUTH IST KEIN –«

»ALSO BITTE. DANN EBEN DEIN BETTHÄSCHEN. KLINGT DAS BESSER?«

»SEI NICHT SO KINDISCH, JULIET! ICH HABE MIT KEINEM WORT VORGESCHLAGEN, DASS –«

»KOMM MIR BLOSS NICHT MIT *SEI NICHT SO KINDISCH, JULIET*! ICH LASSE MICH NICHT BEHANDELN WIE EIN –«

»DANN BENIMM DICH NICHT SO –«

Auf meiner Lippe kauend, betrete ich das Wohnzimmer.

Es ist wie in einem Flugzeug. In der einen Minute liest man friedlich die *Variety* und isst zu Abend; in der nächsten befindet man sich mitten in einer dicken Sturmwolke, und die Sicht ist gleich Null. Man spürt nur noch das Ruckeln und Beben, während alles zu wackeln anfängt und das Bœuf Stroganoff im Schoß landet.

Meine Mutter und mein Vater sind die Sturmwolke.

Mum, schmal und schön und silbrig und elektrisch aufgeladen. Alles an ihr knistert, ihre Schlüsselbeine, ihre Fingerknöchel, ihr spitzes Kinn. Und Dad, der Sekunden später mit einem dumpfen Grollen antwortet.

Rechts von mir liegt Max auf einem Sofa. Die langen Beine ausgestreckt, isst er betont lässig einen Apfel und tut so, als würde er durch seine Sonnenbrille hindurch ein Buch lesen. Hope sitzt auf einem anderen Sofa, den Blick an die Decke geheftet, die Finger ineinander verkrallt. Mercy steht einfach nur da, ihre Augen sind unnatürlich hell und ihre Wangen seltsam gerötet.

So viel zu einer »freundschaftlichen Scheidung«, Leute. Warum brauchen Schauspielerinnen und Regisseure *immer und überall* ein Publikum?

»DAS HABEN WIR DOCH LÄNGST BESPROCHEN!«, poltert Dad. »JULIET, DAS HABEN WIR AUSFÜHRLICH BESPROCHEN, VOR FÜNF TAGEN! WAS SOLL DAS? WARUM MUSST DU AUS ALLEM EIN –«

»– DU SCHLEPPST *DIESE FRAU* HIER AN UND TAUSCHST MICH EINFACH AUS WIE EINE –«

»– DAVON WAR *NIE* DIE REDE. DAS IST KEINE ERWACHSENE ART, DAMIT UMZUGEHEN –«

»– KOMM DU MIR NICHT MIT ERWACHSENSEIN!«

Als Hope mich entdeckt, springt sie auf wie ein überdrehter Springteufel.

»Eff!« Sie kommt zu mir gerannt und streckt mir einen Stoffbeutel mit aufgedrucktem Schullogo entgegen. »Sieh mal! Sie haben mir ein Mäppchen mit allem Drum und Dran geschenkt. Hab ich's dir nicht gesagt? Und sie haben eine Theater-AG, und ich habe ein Mädchen kennengelernt, das Olivia heißt! Sie ist Sternzeichen Fische, genau wie du, also passen wir supergut zusammen. Ich glaube, sie wird meine allerbeste Freundin sein. Ist das nicht cool?«

Ähm, das ist nicht mein Sternzeichen. Ich habe im Oktober Geburtstag und bin Waage. Aber jetzt ist nicht der Moment, ihr zu widersprechen.

Die Wangen meiner kleinen Schwester sind ebenfalls gerötet, und sie wippt mit den Zehenspitzen auf und ab, wie immer, wenn sie am liebsten ganz woanders wäre. Wenn sie verzweifelt versucht, dem Hier und Jetzt zu entfliehen.

Ich blicke zu meinen anderen Geschwistern. Keine Ahnung, wie lange dieser Streit schon andauert, aber Max' Augen sind unter seiner Sonnenbrille ganz glasig, und an Mercys Kiefer zuckt ein Muskel so rhythmisch wie der Sekundenzeiger einer Uhr.

Das muss aufhören, und zwar *sofort*. Entschlossen greife ich ein.

»Dad!« Mit ruhigen Schritten durchquere ich die dicke Sturmwolke und gebe ihm einen Kuss auf die Wange. »Wie war dein Flug? Ich habe dich vermisst. Wie läuft's in Kalifornien? Hast du deinen Film gut abschließen können? Ist Ruth okay?«

Dann wende ich mich meiner Mutter zu. »Mum! Ich habe heute eine Frau kennengelernt, die ein begeisterter Fan von dir ist. Sie hat mir erzählt, wie beeindruckt sie von *Gipfelhöhen* war, und mir von deinem unglaublichen Talent vorgeschwärmt.«

»Pudel?« Ich drehe mich zu meiner kleinen Schwester um, die mich mit großen Augen ansieht und auf Anweisungen wartet. »Könntest du uns allen eine Tasse Tee machen? Max, wie wär's, wenn du Dads Gepäck nach oben bringst? Mercy …« Meine Schwester sieht mich finster an, aber in ihrem Gesichtsausdruck liegt auch Erleichterung – als hätte ich gerade den Fernsehstecker gezogen, mitten in einer Serie, die sie hasst, aber von der sie sich nicht losreißen kann. »Würdest du uns … ein paar Kekse holen?«

Meine Eltern finden langsam ihre Fassung wieder. Sie sehen sich staunend um wie kleine Kinder beim Aufwachen. Dad wirkt peinlich berührt, und Mum zieht sich ganz in sich selbst zurück.

Das ist kein echter Streit – das wissen wir alle –, aber manchmal muss man einschreiten, bevor sie sich gegenseitig in Stücke reißen, nur um sich etwas zu beweisen.

»Kekse?«, knurrt Mer. »Ich soll *Kekse* holen? Bin ich ein Hund oder was?« Aber sie wirft mir einen dankbaren Blick zu und eilt hinaus.

Langsam weicht die Anspannung, die sich im Raum aufgestaut hat.

»Juliet«, sagt Dad, jetzt viel leiser. Er sieht Mum beschwörend an. »Bitte. Natürlich werde ich Ruth nicht hierherbringen. Das wäre absolut unpassend. Sie übernachtet in einem Hotel in der Stadt. Ich dachte nur, es wäre eine gute Idee, wenn sich alle gegenseitig kennenlernen, bevor die Paparazzi Wind davon bekommen. Du weißt doch selbst, dass wir die Scheidung noch nicht öffentlich gemacht haben.«

Meine Mutter hält ihren hübschen Kopf kerzengerade.

»Nun gut.« Ihre grauen Augen blicken unfokussiert in

die Ferne. Der Vorhang fällt. Die Scheinwerfer sind aus. »Warum hast du das nicht *gleich* gesagt, Michael? Hier liegt ein Missverständnis vor. Ich fürchte, wir haben nicht genug *Platz* für Besuch.«

Unser Haus hat fünfzehn Schlafzimmer.

»Hm.« Dad räuspert sich. »Ich dachte, unsere Kinder hätten vielleicht Lust, in aller Ruhe mit Ruth zu Abend zu essen, um sie kennenzulernen.«

»Juhu«, sagt Mer tonlos, als sie mit leeren Händen und einem Mund voll Keksen zurückkehrt. »Dein brandneues Anhängsel scheint ja ein Hauptgewinn zu sein.«

»Ja, das ist sie!«, juchzt Hope hinter ihr und verschüttet drei Tassen Tee auf dem weißen Teppich. »Ruth ist toll, Mer! Sie ist sooo freundlich und sooo schlau, und sie trägt Shorts mit ungefähr einer Million Taschen. Und *o mein Ryan Gosling*, ich kann es nicht erwarten, bis sie euch alle psychologisiert. Ganz besonders *dich*, Max.«

»Okaaay.« Max lacht. »Seien wir doch ehrlich, ich bin vermutlich das faszinierendste Familienmitglied der Valentines.«

»Bist du nicht«, sagt Mercy schnippisch. »Das denkst du nur.«

Ich merke, wie meine Familie sich langsam wieder einkriegt. Alle finden in ihre Rollen zurück, erinnern sich an ihren Text und nehmen die für sie vorgesehenen Plätze ein.

»Selbstverständlich würde ich nichts lieber tun, als mich dazuzugesellen«, sagt Mum mit eisiger Stimme. »Aber die amerikanische Psychotante ohne einen Funken Modeverstand wird wohl noch etwas auf mein Autogramm warten müssen.«

Mit steifem Rücken verlässt sie das Zimmer.

»Uff«, raunt Max, als wir in den stillen Gang hinaustreten. »Gut gemacht, Eff. Noch fünf Minuten länger, und wir hätten unsere eigene Realityshow bekommen. Apropos –«

Dabei fühle ich mich alles andere als gut. Es kommt mir so vor, als hätte ich die schwarze Wolke eingeatmet, um sie verschwinden zu lassen, und jetzt klebt sie in meiner Brust wie zähflüssiger, blubbernder Teer.

Mein Handy macht *Pling!* Ich werfe einen Blick auf die Pop-up-Nachricht.

»Faith«, ruft Max, als ich mich auf die unterste Treppenstufe fallen lasse und die Schnürsenkel meiner Turnschuhe straffziehe. »Sis … jetzt sag bloß, du willst *schon wieder* laufen gehen?«

Ich runzle die Stirn. Training tut gut, das weiß doch jeder.

»Ich muss an die frische Luft.«

10

NOAH ANTHONY BRAUCHT EINE AUSZEIT

Eine vor Wut schäumende Faith Valentine hat heute Morgen in der Abbey Road einen Streit mit ihrem On-Off-Freund vom Zaun gebrochen. Dort laufen gerade die Aufnahmen für sein neuestes Album – was Faith nicht daran gehindert hat, ihn mit Tränen in den Augen von sich zu stoßen und jeden seiner Beschwichtigungsversuche abzuschmettern.
»Faith passt es ganz offensichtlich nicht«, kommentieren Experten, »dass er seine Zeit nicht ausschließlich mit ihr verbringt. Wenn sie sich weiter so verbissen an Noah klammert, wird sie ihn bald vertrieben haben.«
Auch Noah scheint das so zu sehen, wenn er eingesteht: »Ich brauche eine Auszeit.«

Schwer atmend folge ich dem Flusslauf.

Während ich den Pfad entlanglaufe, der sich durch unseren Garten schlängelt, versuche ich, mich auf die Luft in meiner Lunge und das leise Platschen meiner Turnschuhe auf dem aufgeweichten Untergrund zu konzentrieren. Auf die gedämpften Farben des Tages, das schöne Silber und Grau und das – ich meine, *was zur Hölle* –

Konzentrier dich auf das pulsierende Blut in deinen Adern, Faith. Auf die Wärme in deinen Beinen, das Glühen in deinen Wangen.

Atmen. Atmen. Atm–

Wollen die mich *verarschen*? Ich bin zum Studio gekommen, weil Noah mich darum *gebeten* hatte. Und ich habe ihm gesagt, dass er wieder reingehen soll, um weiter an seinem Song zu schreiben.

Ich schlage einen Haken um einen Baum und springe über einen am Boden liegenden Stamm hinweg.

Und von On-Off-Beziehung kann keine Rede sein. *Er war auf Tournee.*

Die schiere Wut beschleunigt meine Schritte. *Nicht zu fassen*, dass sie ihn schon wieder absichtlich falsch zitiert haben. Ich biege nach links und renne tiefer in den Wald hinein – sein *Ich brauche eine Auszeit* ist total aus dem Zusammenhang gerissen, aber sie haben trotzdem irgendwelche Beweise an den Haaren herbeigezogen. Wenig schmeichelhafte Fotos, auf denen ich angriffslustig aussehe, während Noah erschöpft und ach-so-geduldig rüberkommt.

Atmen. Atmen, atm–

Unser filmreifer Kuss war von vornherein uninteressant und hätte es nicht in die Zeitungen geschafft.

Langweiliges Pärchen knutscht zum dreitausendsten Mal verkauft sich eben nicht so gut. Ich weiß, es ist nicht wichtig. Es ist nicht wichtig. Es sind nur Fotos, es ist nicht wichtig, es ist nicht –

Nur, dass es *eben doch* wichtig ist.

Ich werde die Fotos andauernd zu Gesicht bekommen: Sie werden ausgeschnitten in meinem Album kleben, sie werden in Magazinen analysiert werden, Noahs Fans werden sie mir ins Gesicht halten, wenn sie mich vor einem Restaurant anschreien: »WARUM KANNST DU NICHT EINFACH NETT ZU IHM SEIN?« Diese Bilder werden mich einholen, wenn ein Tourfoto von Noah neben einer hübschen Background-Tänzerin unter der Überschrift »*Chillen mit der coolen Avery*« veröffentlicht wird. Oder wenn eine große Rolle zu besetzen ist und sie mich übergehen und lieber eine andere nehmen, die nicht den Ruf einer Diva hat.

Sie werden mir im Kopf herumspuken, wenn ich in der Öffentlichkeit Noahs Hand halten will und es dann doch nicht tue, um nicht besitzergreifend zu wirken. Wenn ich mich am liebsten für einen Kuss an ihn schmiegen würde, aber Angst habe, es könnte nach Verzweiflung aussehen.

Jeder Artikel, jedes Foto, jede Überschrift wird sich zwischen uns drängen. Bis eine Version von uns entstanden ist, die zwar nicht der Wahrheit entspricht, aber die wir beide irgendwann selbst glauben werden. Bis die Kluft zwischen Realität und Fiktion so groß geworden ist, dass sie sich nicht mehr überwinden lässt – genau wie bei meinen Eltern.

Aufgebracht stoße ich einen Ast zur Seite und spüre im nächsten Moment, wie mein blödes Flatterkleid sich an ihm verfängt und reißt.

Ich werde ihnen *zeigen*, was »vor Wut schäumen« heißt.

Nein, werde ich nicht. Natürlich nicht.

Stattdessen bleibe ich unvermittelt stehen, wische mir mit dem Handgelenk die Nase und krame nach meinem Handy. Genevieves niedliches Mopsfoto kann mir gestohlen bleiben. Ich muss schleunigst ein Selfie posten, sonst denken alle, ich würde mich aus Scham verstecken.

Ich halte das Handy über meinen Kopf, lasse das Grübchen auf meiner Wange erscheinen und lächle strahlend.

Klick.

Ich schaue das Foto prüfend an. Auf dem Boden hinter mir ist eine leere Chipstüte zu sehen, also hebe ich sie auf, stecke sie in die Tasche meines Kleids und starte einen neuen Versuch. Diesmal senke ich das Kinn und lege den Kopf leicht schief.

Klick.

Jetzt habe ich eine Monsterstirn.

Klick.

Mein linkes Auge ist zugekniffen.

Klick.

Eindeutig zu viel Brust. Wir wollen doch ein braves Foto, das zu meinem Image passt, Leute.

Klick.

Angestrengt und verzweifelt.

Klick.

Unterkühlt.

Klick.

Total bekloppt.

Klick.

Kennst du das, wenn man ein Wort ständig wiederholt,

bis es jede Bedeutung verliert und nur noch ein völlig belangloses Geräusch ist? Genau das passiert gerade mit meinem Gesicht.

Klick.

Allmählich sieht es aus wie eine Ansammlung bizarrer Formen.

Klick.

Zwei haselnussbraune Kleckse, ein hervorstehender Knubbel, zwei rosafarbene Wackellappen, wahllos verteilte braune Farbspritzer und ein flaumiger Wirrwarr.

Klick.

Es kommt mir so vor, als müsste ich nur die Hand ausstrecken, um meine Gesichtszüge neu zu arrangieren. Als könnte ich meine Lippen auf die Stirn kleben und meine Augen in die Ohren schieben und meine Nase um hundertachtzig Grad drehen wie Mrs. Potato Head.

Klick.

Tja, was sagst du jetzt, Instagram?

Was für ein zauberhafter Abend! In Augenblicken wie diesem quillt mein Herz vor Glück über!! Ich wünsche euch allen eine wunderschöne Nacht xxx

Und … POSTEN.

Zwei weitere Pop-up-Fenster ploppen auf.

HALLO, GO-ZIPPER!
PHANTASTISCHE NEUIGKEITEN!

EFFIE VALENTINE, unser Lieblings-Promigirl, ist bald wieder auf dem Single-Markt! Popstaridioten wissen nicht, wie man mit einer ECHTEN FRAU umgeht. Bei HOTTIES muss man sich ins Zeug legen, das weiß doch jeder. Wenn er keine Lust mehr hat, dann bin ich gerne zur Stelle. Ruf mich an, Effie! Handynummer findest du unter KONTAKT.

FAITH VALENTINE – BEAUTY ODER BASIC?

Klick unten, um abzustimmen!

Was um alles in der –

Als wäre ich ein spontan gekauftes Cabrio – im Showroom des Autohauses der absolute Hingucker, der sich dann aber als so zeit- und kostenintensiv erweist, dass er in der Garage landet und sein restliches Dasein unter einer Abdeckplane fristet.

Eine Welle der Übelkeit erfasst mich. Ich schlucke schwer und tippe eine kurze Nachricht an Noah.

Hey. Diese Headlines mal wieder, was? Grrr. LOL xx

Schon kommt das nächste Pop-up.

NEON IST WIEDER DA!

Weißes Kleid mit neonfarbenem Sport-BH? Da seid ihr bei uns genau richtig! Ein weiterer Promi, die unglücklich verbliebte Faith V, wurde gesichtet, wie sie ihre Unterwäsche zur Schau stellt. Holt euch den Look zu Schnäppchenpreisen – klickt HIER, HIER und HIER.

Diesmal muss ich tatsächlich lachen.

Leute, zieht euch nicht so an wie ich! Wollt ihr wirklich Fashion-Inspiration von einer siebzigjährigen Frau mit Chiffonschal und einem Mädchen, das regelmäßig die Morgendusche gegen Feuchttücher eintauscht?

Pling.

Krass, oder? Aber keine Sorge,
du siehst umwerfend aus!
N xx

Verdattert starre ich auf Noahs Antwort – *ähm, das war nicht gerade das, was ich meinte* –, bevor ich zurückschreibe.

Awww. Danke :) :) :) xxx

Auf meinem Gesicht ist kein Lächeln – und schon gar nicht drei –, als ich mein Handy wieder in die Tasche gleiten lasse.

Dann renne ich weiter.

11

ENTGANGENER ANRUF: Persephone

ENTGANGENER ANRUF: Grandma

ENTGANGENER ANRUF: Persephone

Hallo, Faith,
bitte ruf mich baldmöglichst zurück. Persephone

ENTGANGENER ANRUF: Persephone

ENTGANGENER ANRUF: Persephone

Faith, eine bekannte Filmjournalistin möchte unbedingt mit dir sprechen. Bitte melde dich. ASAP. Persephone

ENTGANGENER ANRUF: Grandma

ENTGANGENER ANRUF: Noah

Hi Baby, habe gerade die Zeitungen gesehen!! HAB'S DIR DOCH GESAGT. Du bist die Beste. N xxxx

Ähm, SIS!? Max

Yes yes yes yes yes yes yes yes yes yes yes yes yes yes yes yes yes yes yes yes yes yes!!! Hope xxxxxx

WT actual f*

Mercy geht davon aus, dass ihr Stil unverkennbar ist, daher hält sie es meist nicht für nötig, ihre Nachrichten mit ihrem Namen zu versehen. Verwirrt blinzle ich ein paar Mal, dann setze ich mich ruckartig im Bett auf und starre meinen Wecker an.

Es ist *zehn Uhr*. Anscheinend habe ich mich gestern beim Laufen so verausgabt, dass mich heute Morgen weder mein Wecker noch meine innere Uhr noch die Vögel vor dem Fenster noch mein von Nachrichten explodierendes Handy aus dem Schlaf reißen konnten. Das Handy blinkt so fieberhaft, als würde es jeden Moment hochgehen wie eine Rakete.

Ich rolle mich zur Seite – die linke Hälfte meines Betts ist zerknittert, und das Kissen ist mit schwarzem Eyeliner verschmiert. Mercy muss neben mir geschlafen haben und wieder aufgestanden sein, ohne dass ich es gemerkt habe.

Mit wirr abstehenden Haaren springe ich aus dem Bett und schlüpfe in meinen Morgenmantel. Er weht hinter mir her wie ein flauschiges Cape, als ich die Treppe hinuntersegle.

»Hier kommt sie!« Max taucht gut gelaunt in der Küchentür auf und löffelt Erdbeermarmelade aus dem Glas. »Faith Valentine. Megastar, Ikone, Sirene. Was für eine Erscheinung am Morgen, inklusive glänzender Stirn und einem Popel im linken Nasenloch.«

Geistesabwesend zupfe ich an meiner Nase und schnippe den Popel weg.

»Was ist passiert?« Alarmiert packe ich meinen Bruder am T-Shirt. »Kannst du dir bitte *einmal* deine spöttischen Kommentare verkneifen und mir verraten, *was los ist*?«

»Weg von mir mit deinen Popelfingern!« Lachend weicht er mir aus. »Aus irgendeinem Grund scheinen die Leute dich für halbwegs attraktiv zu halten, Eff. Was mir ein echtes Rätsel ist.«

Wie es aussieht, ist aus meinem idiotischen Bruder keine vernünftige Antwort herauszubekommen, also wende ich mich an meine anderen Geschwister. Hope wippt aufgeregt am Küchentisch auf und ab – ihr Gesicht besteht praktisch nur aus Grübchen und strahlenden Augen –, während Mercy mich mit Gewittermiene anblitzt. Man sieht förmlich die finsteren Gedanken, die sich in ihrem Kopf zusammenballen wie Sturmwolken.

»Was?« Ich starre sie an. »*Was ist denn?*«

Es ist extrem frustrierend – normalerweise bin ich diejenige, die immer weiß, was los ist.

»VERFLIXT NOCHMAL!«, schreie ich die Decke an. »KANN MIR BITTE JEMAND VERRATEN, WARUM MEIN HANDY FUNKEN SPRÜHT?«

Übers ganze Gesicht grinsend, schlägt Hope eine Zeitung auf und breitet sie mit dramatischer Geste vor mir auf dem Tisch aus. Es folgt eine zweite Zeitung. Dann noch eine. Und noch eine. Auf allen prangt mein Gesicht, nur dass ich diesmal nicht böse dreinschaue. Und diesmal kleben auch keine Essensreste an meinem Kinn.

Ich bin perfekt und porenlos – eine bis zur Unkenntlichkeit gephotoshoppte und von Grandma autorisierte Version meiner selbst. Die Schlagzeilen lauten:

VALENTINE-SPROSS IN DER
ROLLE DES JAHRZEHNTS

GLAUB AN DICH, FAITH!
EISKÖNIGIN TRITT IHRE
STARKARRIERE AN

BRITISCHE SCHÖNHEIT SCHLÄGT
AMERIKANISCHE KONKURRENZ!

Ich schaue meine Geschwister mit großen Augen an.

»Du hast es geschafft!« Hope springt auf und wirft ihre Arme um mich. »Dein erstes Vorsprechen, und du hast es GEROCKT! Effie, ich bin so stolz, dass ich auf der Stelle implosieren könnte! Ich wusste, dass du Hollywoods Bühnen erobern wirst, und jetzt bist du deinem Traum einen Schritt nähergekommen! Wenn du den Oscar als beste Newcomerin gewonnen hast, spielst du dann in meinem Debutfilm mit? Bitte? Ich verspreche dir, dass es am Set nur erstklassige Sandwiches geben wird.«

Mein Blick gleitet zu Mercy.

»Tja«, sagt sie düster. »Echtes Talent scheint im heutigen Filmbusiness nicht mehr zu zählen.«

»*Mercy.*« Max legt beschützend eine Hand auf meine Schulter. »Bei allen Einhörnern, kannst du zur Abwechslung mal *nicht* das übliche Monster sein? Wie wär's, wenn du dich fünf Minuten lang für deine kleine Schwester freust? Sieh es als kurze Pause an. Gönn uns eine Auszeit, damit wir alle mal durchschnaufen können.«

»Na gut.« Mercy starrt missmutig die Tischplatte an. »Gut gemacht, sehr aufregend, du hast es dir wirklich verdient, und so weiter und so fort.«

Mein Kopf fühlt sich an, als hätte ich ihn mit einer Kaschmirsocke ausgestopft.

»Ich verstehe nicht.« Meine Stimme klingt belegt. »Was soll das? Meinen sie etwa die Rolle in *Vierzehn. Tage der Angst*? Ich habe das Vorsprechen vermasselt. Zumindest haben die das gesagt. Ich habe es selbst gehört.«

»Dann musst du dich wohl verhört haben«, sagt mein Bruder. Überschwänglich hält er mir sein Marmeladenglas hin. »Zucker? Gegen den Schock?«

Ich greife nach einer Illustrierten und überfliege den Artikel.

Beauty-Queen Faith Valentine ist die Top-Favoritin für die »größte Teenie-Rolle aller Zeiten«. »Es ist eine ganz

große Nummer«, bestätigt eine Quelle. »*Vierzehn. Tage der Angst* war ohnehin schon in aller Munde, aber diese Nachricht katapultiert die Serie auf ein ganz neues Level.«
Die Tochter von A-Promi Juliet Valentine und dem BAFTA-prämierten Regisseur Michael Rivers …

Ich lese schneller. Ja, ich kenne meine Abstammung, vielen Dank auch. Ich bin kein Hund beim Rassewettbewerb.

Moment mal …

»Sie ist ein Riesentalent«, schwärmt ihr Freund Noah Anthony. »Aber sie selbst hält sich für eine schreckliche Schauspielerin! Sie glaubt, sie hätte nicht das Zeug dazu. Total verrückt, oder? Außerdem ist sie einfach wunderschön! Sie können sich glücklich schätzen, sie zu bekommen.«

Wann haben sie mit *Noah* gesprochen?

»Wie ich sehe, ist auch dein charmanter Boyfriend wieder mal am Start«, sagt Mercy schneidend. »Wie *reizend* von ihm, dass er seinen Kommentar abgibt, bevor du selbst etwas sagen kannst.«

Ich werfe ihr einen bösen Blick zu – *hör auf damit* –, dann nehme ich mein Handy und rufe meine Agentin an.

»Persephone?« Ich drehe mich zur Seite und stecke mir einen Finger in das freie Ohr, damit ich das grässliche Schnalzen von Max nicht höre, der mit den Fingern gegen

Mercys Stirn schnippt. »Hi. Stimmt das wirklich? Bin ich in der nächsten Vorsprechrunde?«

Knister, knister, knister.

»… ja.« Meine Agentin ist kurz angebunden. Sie hat etwas von einem Feldwebel an sich, mit Smalltalk hält sie sich gar nicht erst auf. »*Knister* – administrativer Fehler – *knister* – Endrunde – *knister* – morgen früh. *Knister*, *knister* – Details.«

Der Handyempfang in unserer Küche ist katastrophal.

Ich halte mein Handy hoch und versuche, mich in die Lücke zwischen Kühlschrank und Wand zu zwängen, damit ich Persephone besser verstehe.

»Ja«, höre ich Hope im Hintergrund. »Ich werde alle Leute filmen, die ich an meinem ersten Schultag kennenlerne –«

»Aber …« Kann es wirklich sein, dass ich den Casting-Direktor falsch verstanden habe? Habe ich vielleicht nur ein paar Wortfetzen aufgeschnappt und mir den Rest mit meiner eigenen negativen Einstellung selbst zusammengereimt? »Glaubst du wirklich, ich kann –«

»Sie haben – *knister* – eine neue Szene geschickt.« Persephone verschwendet keine Zeit darauf, mein Ego zu streicheln. »Off-Script – *knister* – Zeit, den Text zu lernen.«

»Aber heute Abend ist doch …« Ich halte inne. »Kein Problem. Geht klar.«

»Du willst nicht ernsthaft ein Vorsprechen für deine zukünftigen Freundinnen abhalten?«, fragt Max unsere kleine Schwester lachend.

»Selbstverständlich«, antwortet Hope entrüstet. »Wie soll ich sonst herausfinden, ob sie in den Film meines Lebens passen?«

Erneutes Lachen, diesmal noch lauter. »… nicht genug Knallfolie, kleine Sis.«

Mit einem vielsagenden Blick über die Schulter – *Sch!* – quetsche ich mich noch etwas weiter in den Kühlschrankspalt hinein.

»… viele Anfragen – *knister* – Interviews«, sagt Persephone gerade. »Aber – *knister* – exklusiv.« Im Hintergrund höre ich, wie bei ihr mehrere Handys klingeln. »Also – *knister* – in einer halben Stunde bei dir.«

Entsetzt reiße ich die Augen auf. »Moment, wie bitte?«

»Kommt ganz auf den Verkehr an.«

»Bei mir?« Ich blicke mich in der Küche um: Auf dem Fußboden klebt Erdnussbutter. »Bei uns zu Hause? Also … *hier*?«

»Ja. Um zu sehen, wie du so lebst – *knister* – ein ganz privater Einblick in das Leben von Faith Valentine.«

Ich spüre förmlich, wie meine Kehle sich zuschnürt.

»Ähm. Ich –«

»Faith, wir können es uns nicht leisten, diese Chance für positive Publicity auszuschlagen – *knister* – wenn du ins Filmgeschäft willst. Offizielles Medienprofil – *knister* – damit die richtigen Leute auf dich aufmerksam werden. Sei einfach du selbst, und die Welt liegt dir zu Füßen.«

Ich mache den Mund auf, um etwas zu sagen.

»Muss jetzt Schluss machen«, beendet Persephone abrupt

das Gespräch. »Tom ist in der anderen Leitung. Du weißt ja, wie er ist – *knister* – später!«

Und schon hat sie aufgelegt.

12

Sei einfach du selbst.

In Wahrheit habe ich einen dicken Ordner mit allen von meiner Großmutter verfassten und abgesegneten Interviewantworten, die ich seit fast einem Jahr jeden Mittwoch bis zum Abwinken einstudiere.

Lieblingsfarbe.

Lieblingsessen.

Lieblingsfilm.

Lieblingseiscreme.

Lieblingshunderasse.

Licblingsmusik.

Lieblingsjahreszeit.

Um *einfach ich selbst zu sein*, brauche ich ein gut trainiertes Gedächtnis, höchste Konzentration und stapelweise gelochtes Papier.

Zittrig werfe ich einen Blick auf meine Uhr.

Für einen Anruf bei Noah bleibt keine Zeit mehr, daher tippe ich hastig eine Nachricht.

> Crazy!!! Hier geht's gerade drunter und drüber, aber wir sehen uns noch, oder? Wo und wann?? xx

Dreißig Sekunden später:

Klar, meine Hübsche! 16:00 Uhr, Covent Garden.
Freu mich schon. Love, love, love you xxx

Ich lächle und atme tief aus.

Love, love, love zurück xxx

Dann widme ich mich wieder ganz meiner Panik. Unsere Haushälterin Maggie hatte diese Woche frei, weil ihr Sohn Ben zu Besuch ist, und das bedeutet …

Tja. Ich sehe die Schlagzeilen schon vor mir:

Schweinestall statt Glamour: Hinter den Mauern ihrer Multimillionenvilla vegetieren die Valentines vor sich hin!

»Aufstehen!«, fauche ich Max an, der auf dem Sofa lümmelt, die Hände hinter dem Kopf verschränkt, und mir dabei zusieht, wie ich hektisch durchs Wohnzimmer wirbele. »Steh sofort *auf*!«

Er versinkt noch tiefer im Sofa wie ein störrischer Hund.

»Max, *bitte.*« Unter beträchtlicher Kraftanstrengung zerre ich meinen schlaksigen Bruder vom Sofa auf den Boden. Zwischen den Kissen kommen Nudelreste mit Pesto zum Vorschein. »Hier wird gleich eine Journalistin auf der Matte stehen! Diese Leute dürfen nicht mitbekommen, wie es bei uns aussieht!«

»Warum nicht?« Er lacht. »Wir sind zwar berühmt, reich und schön – zumindest ich –, aber wir sind auch Teenager, die bekanntlich nicht besonders gerne aufräumen. Stoff für die Titelseite.«

»Nein.« Ich schüttle die Kissen auf. Ein verschrumpelter Karotten-Stick fällt mir entgegen. »Das ist nicht das Bild, das wir abgeben möchten, Max. Und Mum ist oben, schon vergessen? Soll die Öffentlichkeit wirklich erfahren, dass es ihr noch nicht gut geht und Dad nicht bei uns wohnt? Dass wir praktisch auf uns alleine gestellt sind?«

Einen Moment lang herrscht Stille.

»Guter Einwand.« Max steht auf und klatscht in die Hände. »Wir können nicht zulassen, dass jemand vom Sozialamt hier auftaucht und euch zum Promikochen abkommandiert … oder so. Ich werde also losziehen, um das zu tun, was auch immer Leute mit einem Staubsauger tun.«

Hope schwebt durch das Zimmer und lässt ihre Hand über die staubigen Oberflächen gleiten. »Ich weiß, es ist nicht mein Interview, Eff. Aber meinst du, du könntest meine zukünftigen Projekte ins Gespräch einfließen lassen? Eine kleine, beiläufige Erwähnung? Zum Beispiel: *Meine Schwester Hope, die bedeutende Regisseurin*. Oder vielleicht: *Meine Schwester, die im Filmgenre Maßstäbe setzen wird …*«

»Hope.« Ich packe sie bei ihren Schultern. »Ich liebe dich, und ich verspreche dir, ich werde dich erwähnen. Aber kannst du jetzt bitte ganz schnell die Küchentür abschließen?«

»*Mäh-wie*«, ruft sie fröhlich. »Das ist französisch für: Ich bin so aufgeregt, dass ich laut *Mäh* rufen könnte *wie* ein Schaf.«

Als sie weg ist, blicke ich vom Sofa hoch.

Mercy ist auf den Knien und rubbelt wortlos an den Flecken herum, wo Hope gestern den Tee verschüttet hat. Bei ihrem Anblick zieht sich mein Herz zusammen. Das ist die Art meiner großen Schwester, sich zu entschuldigen. Sie sagt nicht: *Tut mir leid, dass ich deinen Freund beleidigt und deine Fähigkeiten, dein Aussehen und deine Persönlichkeit in Zweifel gezogen habe.* Aber sie achtet darauf, mich nicht aufzuwecken, wenn ich noch tief und fest schlafe. Und sie schnappt sich einen feuchten Lappen und macht sich an die Arbeit.

Mer blickt unter ihren dunklen Augenbrauen hoch und blitzt mich an.

Ich erwidere ihren finsteren Blick mit einem dankbaren Lächeln. Dann renne ich in die Eingangshalle, reiße mir meinen Morgenmantel vom Leib, ziehe ein figurbetontes Etuikleid aus dem Kleiderschrank mit den Designergeschenken, öffne meine Haare und lasse meine Locken über die Schultern fallen. Dann beiße ich mir auf die Lippen und kneife mir in die Wangen, als wäre ich mitten in einer Szene aus *Vom Winde verweht.*

Ich bin gerade auf dem Weg zur Haustür, als es auch schon klingelt. Die Hand auf der Klinke, bleibe ich kurz stehen und schlucke.

Denk dran, Faith. Du bist die Zukunft der Valentines. Es ist ein Staffellauf, der schon hundert Jahre andauert, und jetzt musst du den Stab übernehmen.

Also. Lass. Ihn. Nicht. Fallen.

Ich straffe die Schultern und öffne die Tür. Die Journalistin, die heute geschickt wurde, ist Rani Basu, eine einschüchternde Frau mit dick umrandeter Brille, blauschwarzem Bob und ernstem Blick. Sie sieht nett aus. Seriös. Aber vor allem, stelle ich mit einem Anflug von Zuversicht fest, sieht sie aus wie jemand, der tatsächlich zuhört.

Das könnte meine Chance sein. Keine Zitate von Noah oder Vermutungen oder *ungestellte* Fotos, die die Wahrheit verdrehen. Es ist mein Interview, und das, was ich sage, wird auch gedruckt werden. Genau darauf habe ich mich so lange vorbereitet.

Endlich.

»Hallo«, sage ich strahlend. »Ich bin Faith Valentine.«

»... und *hier* ist die untere Eingangshalle«, erkläre ich und strecke anmutig die Hand aus. »Die Standuhr da drüben hat meine Urgroßmutter Pauline im Jahr –«

Die Küchentür geht quietschend auf, und Hopes erwartungsvolles Gesicht späht dahinter hervor. Mit ein paar schnellen Schritten stelle ich mich hinter die Journalistin und nicke Hope zu, woraufhin sie wieder verschwindet.

»... 1920 erworben, kurz nachdem sie den ersten ihrer zahlreichen Oscars gewonnen hat.« Geschmeidig führe ich Rani Richtung Wohnzimmer. Grandma hat keinen Zweifel daran gelassen, in welcher Reihenfolge ich die Zimmer präsentieren soll: In meinem Ordner befindet sich ein mit Leuchtstift markierter Grundriss. »Und hier haben wir unseren offiziellen Salon. Das ist der Ort, an dem sich die Familie Valentine versammelt, um Weihnachten, Geburtstage und andere festliche Anlässe zu feiern« – *oder sich anzuschreien.*

»Ah ja.« Die Journalistin nickt und macht sich Notizen. »Darauf wollte ich ohnehin zu sprechen kommen. Ihre Mutter ist erst kürzlich aus der Reha zurückgekehrt, aber soweit ich weiß, hat sie sich seither nicht in der Öffentlichkeit gezeigt. Ist sie denn noch sehr krank? Und stimmt es, dass Ihr Vater sich in Amerika befindet? Gerüchten zufolge steht nach einer Affäre die Scheidung bevor?«

Ich lächle gewinnend. *Vielen Dank auch.*

»Meiner Mutter geht es hervorragend.« Lüge Nummer eins. »Sie ist gerade mit der Auswahl von Filmskripten beschäftigt.« Lüge Nummer zwei. »Es gab nie eine Affäre, und es wird auch keine Scheidung geben –« Lüge Nummer drei – »und in der Familie Valentine ist alles in bester Ordnung.«

HahahahahahaHAHAHA.

Mit hochgerecktem Kopf schwebe ich zum Kinoraum und öffne die Tür. »Als eine der berühmtesten Filmdynastien der Welt« – Grandma wird entzückt sein, dass ich diesen Satz unterbringen konnte – »haben wir unserer Liebe zu den darstellenden Künsten einen eigenen Raum gewidmet. Dies ist –«

»Das war sicher keine einfache Zeit«, unterbricht mich Rani hartnäckig. »Ist es nicht genau zwei Jahre her, seit –«

»Dies ist«, wiederhole ich unerbittlich und wedele mit der Hand, »unser Heimkino, wo wir häufig zusammenkommen, um gemeinsam über Darbietungen zu diskutieren …«

Ich schließe die Tür wieder. Uff, ich hasse diesen Raum.

»Und hier haben wir unsere Bibliothek«, fahre ich fort, während ich eine weitere Tür öffne. »Da wir eine Familie von Künstlern sind, gilt unsere Liebe natürlich den Büchern und Theaterstücken –«

WUFF WUFF WUHUUU!

»Sie haben … einen Hund?« Die Journalistin sieht sich neugierig um. »Das wusste ich noch gar nicht.«

Ähm, ich auch nicht.

»Ja.« Ich nicke. Das ist Max' *geheimer* Alarmruf, den er erfunden hat, als er ungefähr fünf war. »Zwei Hunde. Huskys.« Ich blicke über meine Schulter. »Rocket und … Book.« *Ein Hund namens Book.* Super Idee, Eff. »Ich fürchte, es sind … sehr private Hunde.«

Max steht auf halber Höhe auf den Treppenstufen.

Er *WUFF*t erneut und deutet nach oben: *Mum im Anmarsch.* Mum – eine der berühmtesten Frauen dieses Planeten, in ihrem schmuddeligen Nachthemd, mit zerzausten Haaren, leeren Augen und der charmanten neuen Angewohnheit, willkürlich Leute anzuschreien – wird jeden Moment völlig unvorbereitet einer Vertreterin der überregionalen Presse in die Arme laufen.

»Private Hunde?«, fragt Rani zweifelnd.

»Ah«, sage ich seufzend und bugsiere die Journalistin in eine andere Richtung. »Ja. Die beiden bleiben gerne unter sich. Sie sind so eigenbrötlerisch, dass man sie fast schon als misanthropisch bezeichnen könnte. Wissen Sie was? Ich denke, wir sollten jetzt unbedingt –«

Vom oberen Treppenabsatz dringt ein Geräusch zu uns herunter.

Juliet Valentine, Oscar-Gewinnerin und beliebter Star aus *Anker unserer Herzen*, ist endgültig übergeschnappt – hier der Beweis!

»… in mein Zimmer gehen!«, beende ich den Satz verzweifelt. Das verstößt gegen alle Regeln – Grandma hält es für *höchst unangemessen*, Journalisten Zugang zu Privaträumen zu gewähren –, aber was bleibt mir anderes übrig? Entweder das oder eine Besichtigungstour des Waschraums. »Was halten Sie davon, wenn ich Ihnen mein Schlafzimmer zeige? Ganz exklusiv! Das hat noch niemand vor Ihnen zu Gesicht bekommen!«

Mum taucht auf der Treppe auf. Sie ist so wackelig auf den Beinen, dass sie sich am Geländer festhalten muss.

»Ihr Lieben«, ruft sie. Ihre Stimme ist hauchzart wie eine Feder. »Ist jemand –«

»Kommen Sie mit!« Panisch packe ich Rani an den Schultern, als sie sich gerade umdrehen will, und schiebe sie in die entgegengesetzte Richtung. »Wir nehmen die *geheime Dienstbotentreppe*, ist das nicht aufregend?«

Mit diesen Worten ziehe ich sie fort, so schnell ich kann.

13

Leise schließe ich die Zimmertür hinter mir und atme erleichtert aus. Dann tue ich so, als würde ich am Türschloss herumhantieren, während ich mein Panikgesicht gegen ein heiteres, ruhiges und gelassenes Lächeln eintausche.

Fast hätte die Journalistin eine filmreife Version der *Verrückten Frau von unserem Dachboden* zu Gesicht bekommen.

Ich drehe mich um.

»Also«, sage ich und schenke Rani ein warmes Lächeln. »Willkommen an meinem Zufluchtsort. Meinem Hafen. Meiner Oase. Hierher komme ich, um die Herausforderungen des Tages Revue passieren zu lassen und … einfach ich selbst zu sein.«

Die Journalistin sieht sich um und nimmt an meinem Schminktisch Platz.

»Ich liebe es, zu tanzen«, fahre ich fort. »Meine Eltern haben den Spiegel und die Ballettstange anbringen lassen, als ich noch klein war, und seither übe ich jeden Morgen. Mein Zimmer ist zum Garten ausgerichtet, daher erwache ich bei Tagesanbruch zum Gesang der Vögel. Das hilft mir sehr, mich –«

»Sehr hübsch.« Sie hört mir nicht zu. »Also … diese neue Rolle.«

Ich nicke und lasse mich langsam auf mein Kissen sinken, um die Flecken von Mercys Eyeliner zu verdecken. »*Jaaa?*«

»Es soll eine der teuersten Produktionen aller Zeiten sein. Wir reden hier von *Milliarden*.« Plötzlich wird mir auf unangenehme Weise bewusst, wie durchdringend der Blick der Journalistin ist. »Wie fühlt es sich an, für eine so prominente Rolle in der engeren Auswahl zu stehen? Das wäre Ihr allererster Job, oder?«

»Ja.« Ich muss bescheiden rüberkommen. Dankbar. Aber auch zuversichtlich. Ein Mädchen, das weiß, was es wert ist. Aber sich andererseits auch nicht überschätzt. Genau die richtige Dosis an Selbstvertrauen, nicht mehr und nicht weniger. »Es ... wäre mein erster Job. Es ist ein schönes Gefühl. Ich bin sehr glücklich.«

Ich atme aus: *geschafft*.

»Und Ihre Großmutter Dame Sylvia Valentine unterrichtet Sie persönlich?«

Auf keinen Fall hochnäsig klingen. Du musst zeigen, dass du deine Privilegien nicht für selbstverständlich nimmst. »Ja, das stimmt.«

Eine lange Pause tritt ein.

Plötzlich komme ich mir vor wie bei einer Partie *Schiffe versenken*: ein falscher Zug und – *ZACK!* – Game Over.

»Was fasziniert Sie so an der Schauspielerei?« Die Journalistin runzelt die Stirn. »Sie sind natürlich in eine Künstlerfamilie hineingeboren, aber was reizt Sie daran, die Familientradition fortzuführen?«

Oooh, die Frage ist eine meiner leichtesten Übungen. »Schon als kleines Mädchen stand für mich fest, dass ich als Schauspielerin in die Fußstapfen meiner Familie treten möchte.« Ich zaubere mein liebenswürdiges Grübchen hervor. »So viele unterschiedliche Menschen zu verkörpern, unterschiedliche Leben darzustellen, unterschiedliche Geschichten zu erzählen ... darin liegt ein ganz besonderer ...«, ich tue so, als müsste ich nach dem richtigen Wort suchen, »*Zauber.*«

Stille.

»Verstehe.« Rani runzelt erneut die Stirn. »Sie sind erst sechzehn, Faith. Im letzten Jahr ist kein Tag vergangen, ohne dass in den einschlägigen Medien nicht mindestens ein Mal Ihr Name aufgetaucht ist. Wie ist das für Sie?«

Ich nicke und bemühe mich, so gelassen wie möglich dreinzuschauen.

Einfach nur schrecklich.

»Ich wurde gut auf dieses Leben vorbereitet, daher ist das für mich ganz natürlich.« Ich halte Augenkontakt, wie Grandma es mir beigebracht hat. »Ich habe ein phantastisches Netzwerk von Freunden und Familie, die mich alle unterstützten. Mein Freund Noah Anthony ist ein wichtiger Teil meines Lebens. Wir stehen uns sehr nahe – unsere Beziehung ist felsenfest und unerschütterlich –, und wir haben das Glück, die Erfahrung unserer frühen Berühmtheit miteinander teilen zu können.«

Rani notiert sich etwas, und ich entspanne mich ein bisschen. Nur zu, Journalisten-Lady, druck das genau so ab.

Vielleicht könnten noch ein paar Einzelheiten für die

Headlines hilfreich sein: »Zufällig ist heute unser erster Jahrestag! Noah plant ein großes, romantisches Date. Er ist unglaublich süß und verwöhnt mich ständig mit schönen Überraschungen.«

Höre ich mich an wie eine verhätschelte Prinzessin?

»Natürlich mache ich auch nette Sachen für ihn«, füge ich hastig hinzu. »Unsere Beziehung ist sehr *gleichberechtigt*. Ausgewogen. Harmonisch. Ich liebe ihn sehr. Wirklich sehr. Er ist die Welt für mich.«

Zu dick aufgetragen, Faith. Viel zu dick.

»Natürlich nicht meine *ganze* Welt«, korrigiere ich mich und schlucke nervös. *Ach, verdammt. Genau aus diesem Grund sollst du dich an dein Skript halten, Faith.* »Nur ein … sehr großer Brocken. Wie zum Beispiel, ähm … Russland. Oder vielleicht China.«

Stille.

»Aha. Die *Vogue* beschreibt Sie als eine der schönsten jungen Frauen der Welt.« Rani blickt ausdruckslos auf ihre Notizen. »Das *Gesicht eines Engels*, so drückt es ein anderes Magazin aus. Ist dieses ungewöhnlich attraktive Aussehen für Sie eher eine Bürde oder ein Privileg?«

Ich starre sie verblüfft an. Was glaubt sie eigentlich, was ich jeden Tag mache? Morgens vor dem Spiegel stehen und mir selbst ein High-Five geben? Ich sehe so aus, wie ich eben aussehe – eine Kombination aus verschiedenen Körperteilen und Gesichtszügen, denen ich meistens keine Beachtung schenke, es sei denn, ich zupfe an ihnen herum oder male sie an.

Es ist eine Fangfrage. Wenn ich bestätige, dass ich gut aussehe, dann gebe ich öffentlich zu, dass ich mich für hübsch halte – und das geht *absolut gar nicht*. Aber wenn ich ihr widerspreche, sieht es so aus, als wäre ich nur auf weitere Komplimente aus – was ebenfalls ziemlich unsympathisch rüberkommt.

Also lächle ich und zucke mit den Schultern: »Ich bin mir nicht sicher.«

Wir starren uns ein paar Sekunden lang an.

»Noah Anthony wird mit der Aussage zitiert, Sie würden sich selbst nicht für eine gute Schauspielerin halten.« Die Journalistin sieht mich an, ohne zu blinzeln. Ich setze mich noch ein wenig gerader hin. »Eine *schreckliche Schauspielerin*, so drückt er es aus. Eine, die *nicht das Zeug dazu hat*. Ist das die Wahrheit?«

Was um alles in der – Grandma wird mich *umbringen*.

»Nun ja.« Ich setze einen liebevollen, aber zugleich leicht entnervten Gesichtsausdruck auf – *Ach, so sind sie eben, die Boyfriends. Wer kennt das nicht?* – und lache laut auf. »Die Familie Valentine ist mit so viel Talent gesegnet, dass man sich selbst hin und wieder ganz klein vorkommt.«

War das die richtige Antwort? Bestimmt habe ich etwas vergessen.

»Meine Schwester Hope zum Beispiel«, füge ich rasch hinzu. »Sie wird einmal eine berühmte Regisseurin sein, genau wie Dad. Es lohnt sich also, sie im Auge zu behalten!«

Die Journalistin macht sich nicht einmal die Mühe, mitzuschreiben. *Sorry, Pudel.*

»Aber …« Rani lehnt sich im Stuhl zurück und mustert mich prüfend. »… was macht dich zu der Person, die du bist? Das ist es, was unsere Leser und Leserinnen brennend interessiert.«

»Also gut.« Ich lächle souverän. »Mein Lieblingsessen ist Sushi, meine Lieblingseiscreme ist Salted Caramel, meine Lieblingsjahreszeit Sommer und meine Lieblingsfarbe –«

»Das war nicht meine Frage«, unterbricht mich die Journalistin.

Ich spüre, wie meine Kehle immer enger wird.

Die Frau, die ich seit ungefähr neunzehn Minuten kenne, beugt sich vor und kommt mir dabei viel zu nahe. Plötzlich bereue ich es, sie in mein Zimmer geführt zu haben. Das ist der Ort, an dem ich *schlafe*.

»Ich frage mich, wie die *echte* Faith ist«, fährt Rani fort. »Abseits von Rampenlicht, Schlagzeilen und rotem Teppich, und ohne Smoothie-Bowl-Inspirationsbilder und Jogging-Selfies? *Wer ist Faith Valentine?*«

Zorn durchfährt mich wie ein Blitz. Für den Bruchteil einer Sekunde verspüre ich den Drang, ihr eine Kopfnuss zu verpassen. Ich möchte diese völlig fremde Frau am liebsten von ihrem Stuhl schubsen und ihr rechts und links eine knallen.

Wie kann sie es wagen, mich so etwas zu fragen?

Stattdessen entscheide ich mich für mein Grübchen. »Ach«, sage ich und beiße so fest ich kann auf die Innenseite meiner Wange. »Ich bin einfach ein ganz normales Mädchen.«

14

Welcher Vogel ist meistens traurig?
Der Pechvogel.

Das habe ich gut hinbekommen.

Sobald die Journalistin weg ist, kehre ich wieder in mein Zimmer zurück und gehe im Geist die Myriaden von Möglichkeiten durch, wie meine Antworten zitiert, zerlegt und interpretiert werden könnten.

Ich bin mir ziemlich sicher, dass ich nichts gesagt habe, was übermäßig dumm, kontrovers oder faszinierend ist. Ich war weder zu warm noch zu kalt. Und ich habe keine schwere Körperverletzung begangen – Hurra! –, also waren die Mittwochvormittage mit meiner Großmutter vielleicht doch nicht umsonst.

Obwohl meine Lieblingseiscreme in Wahrheit Mint-Schokochip ist. Und meine Lieblingsjahreszeit der Herbst.

Nur so nebenbei.

Jetzt bleiben mir weniger als zwei Stunden, um das neue Skript für morgen zu lernen, mein Geschenk für Noah zum Jahrestag fertigzustellen, mich zu duschen und zu schminken, in ein dem Anlass entsprechendes Outfit zu schlüpfen und mich quer durch London kutschieren zu lassen.

Genevieve – die natürlich weiß, was heute in meinem Kalender steht – hat mir (für meinen dritten Post des Tages) ein Bild von mir und Noah geschickt, das an Weihnachten in Paris entstanden ist. Wir stehen unter glitzernden Lichtern auf der Champs Elysées, Wange an Wange und übermütig lachend. Der Rotz an unseren halb erfrorenen Nasen ist dank Photoshop auf wundersame Weise verschwunden.

Sie hat auch eine Caption dazu geschrieben, aber ich übernehme sie nicht, sondern schreibe meine eigene.

Und … POSTEN.

Alles Gute zum Jahrestag! Was für ein phantastisches Jahr mit meinem Bae. All die Abenteuer, die wir gemeinsam erlebt haben. Ich freue mich schon auf unser nächstes xxxx

Innerhalb von Sekunden steigt ein Schwarm von Herzen auf.

OMG! Das. Ist. So. Süß!!

Pärchen-Goals!

Ihr beide gebt meinem Leben SINN. FAINOAH FOREVER!

In meinem Feed erscheint ein neues Foto. Noah und ich eng umschlungen auf einem blauen VIP-Teppich. Wir sehen blendend und makellos glatt aus, mein Kopf ruht sanft an seinem maßgeschneiderten Schulterposter. Ich frage mich, ob auch er dieses Bild von seinem PR-Team zugeschickt bekommen hat.

Heute bin ich seit einem Jahr mit diesem wunderschönen Mädchen zusammen. Ich bin der glücklichste Mensch der Welt. Liebe dich so, so sehr. Xxx

Ich drückte auf das Herzsymbol.

Awww. Zum Dahinschmelzen.

IHR BEIDEN!!! Congrats!!!!

All. The. Heart. Eyes.

Es war der Premierenabend für Mums Blockbuster-Schnulze *Gipfelhöhen*. Noah ist nach ungefähr fünf Minuten eingedöst und hat durchgeschlafen, bis ich ihn beim Abspann wachgestupst habe.

Da fällt mir ein …

Seufzend drucke ich den Anhang von Persephones E-Mail aus und versuche, die Panik zurückzudrängen, als ich sehe, wie der Drucker eine Seite nach der anderen ausspuckt: *eins, zwei, drei, vier, fünf, sechs, sieben, acht* – Hallo, *Krieg und Frieden*.

Dann befestige ich alle elf Seiten meiner neuen Szene mit Klebeband an den Kacheln meines persönlichen Badezimmers und fange mit einem Hautpeeling an. Ich rasiere meine Beine, trage eine Gesichtsmaske auf, massiere einen Conditioner in meine Haare und föhne sie, dann greife ich nacheinander zu Primer, Foundation, Highlighter, Eyeliner, Mascara, Lidschatten und Augenbrauengel … während ich gleichzeitig versuche, meine Textzeilen laut vorzulesen:

»Wohin fahren wir? War auf der Karte nicht die andere Richtung angezeigt?«

Und: »Was meinst du damit: *mein Schicksal*?«

Und: »Nein! Halt sofort an! Das ist doch Wahnsinn!«

Immerhin scheint die Figur, die ich verkörpern soll, ziemlich durcheinander und überfordert zu sein – es dürfte mir also nicht schwerfallen, mich in sie hineinzuversetzen.

Von Kopf bis Fuß geschrubbt und aufpoliert, greife ich schließlich nach dem bodenlangen, enganliegenden, schillernd weißen und mit Pailletten besetzten Valentino-Kleid, das Noah mir vor ein paar Tagen geschickt hat, schlüpfe hinein und lasse mich etwas steif auf den Boden gleiten, um sein Geschenk fertigzustellen. Beim Einjährigen schenkt man etwas aus *Papier*, also habe ich uns zwei Flugtickets erster Klasse nach New York gekauft, für eine gemeinsame Reise nach Abschluss von Noahs derzeitiger Tournee. Aber meinem Freund einfach einen Umschlag aus dem Reisebüro in die Hand zu drücken, erscheint mir irgendwie … unpersönlich. Also zeichne ich schnell ein paar Herzchen drauf.

Herzchen. Herzchen. Herzchen.

»Nein!«, murmle ich, während ich den Umschlag vollkritzle. Noch ein Herzchen. »Halt sofort an! Nein, halt *so-*

fort an?« Herzchen. »*Das ist doch WAHNSINN*. Nein.« Herz. »HALT SOFORT A –«

Pling!

Bin spät dran, werde es aber bis 16:20 schaffen!! Xxx

Vielleicht kann ich die gewonnenen Minuten nutzen, um herauszufinden, wie man in diesem Kleid auf die Toilette geht.

Kein Problem! Bis gleich! Was ist geplant?! Bin schon so gespannt! Xxx

Haha. Dann wäre es keine Überraschung mehr ;) xx

Ein letzter Schlenker meines Stifts – *Herzchen* –, dann stecke ich den Umschlag in meine Handtasche. Ich greife nach meinem Post-it-Block, tripple raschelnd den Gang entlang und klebe den Vogelwitz an die Wand. Danach stakse ich hölzern die Treppe hinunter.

»*Awww.*« Hope sitzt auf dem Treppenabsatz neben dem Fenster. Sie sehnt sich so verzweifelt danach, mit ihrem sechzehnten Geburtstag in ihr glamouröses Valentine-Leben starten zu können, dass sich mir beim bloßen Gedanken daran das Herz zusammenzieht. Dabei wünsche ich mir insgeheim, wir könnten die Rollen tauschen. »Herzlichen Glückwunsch zum Jahrestag! Du siehst *exquisit* aus, Eff!«

»Danke.« Lächelnd breite ich die Arme aus. Ich fühle

mich seltsam – steif und ausstaffiert wie eine Puppe. »Ist es nicht erstaunlich, was ein Zwölftausend-Pfund-Kleid und eine *suuuper*-enge Shapewear-Unterhose bewirken können? Meine inneren Organe sind zusammengequetscht wie abgepackte Würstchen.«

»Du solltest öfter richtige Kleidung anziehen«, sagt meine Schwester und tänzelt verträumt die Stufen hinunter, während ich versuche, hinter ihr her zu hoppeln. Ich öffne noch einmal den Schrank mit den Gratisklamotten und nehme einen burgunderroten Samtmantel von Gucci und goldene High Heels von Prada heraus.

»Noah wird hin und weg sein. Hach, gibt es etwas Schöneres als Schimmelsandwich-Liebe?«

Einen Fuß hochgestreckt, halte ich mitten in der Bewegung inne. »Wie bitte?«

»Weißt du nicht mehr?« Sie strahlt mich an. »Vor ein paar Wochen hast du gesagt, deine Liebe ist für Noah wie Schimmel. Dass sie die richtigen Bedingungen braucht, um zu wachsen. Damals habe ich das nicht verstanden, aber jetzt weiß ich, was du gemeint hast … glaube ich zumindest.«

Ich blinzle meine kleine Schwester verständnislos an. *Schimmelsandwich-Liebe?*

Beschreibt das tatsächlich meine Gefühle für ihn? Ist meine Liebe wie ein *matschiges, vergammeltes Brötchen*?

Was für eine unsterbliche Romanze.

»Mmm.« Ich küsse sie liebevoll auf die Wange. »Kleines, bist du sicher, dass du heute Abend alleine zurechtkommst? Ich hoffe, du fühlst dich nicht zu einsam?«

»Ach nein, Ben kommt vorbei, und wir schauen uns Filme an«, sagt Hope unbekümmert. »Er muss jeden einzelnen *dreimal* anschauen: einmal einfach so, das zweite Mal mit den Kommentaren des Regisseurs und das dritte Mal mit *meinem Kommentar*. Und, tja, was soll ich sagen?« Mit theatralisch aufgerissenen Augen blickt sie über meine Schulter. »Hier kommt er schon, der zweite Lover in deinem garnicht-mal-so-geheimen Liebesdreieck.«

Meine Schwester wackelt mit den Augenbrauen.

Irgendetwas sagt mir, dass sie dieses zufällige Aufeinandertreffen absichtlich eingefädelt hat, diese raffinierte kleine Romantikratte.

»Ist es wirklich schon so spät?« Ich blicke sie schief von der Seite an. *Netter Versuch, Sis, aber das kannst du vergessen.* »Meine Güte! Ich muss los! Viel Spaß!«

Mit diesen Worten verschwinde ich glitzernd in der wartenden Limousine.

15

HEY, GO-ZIPPERS! ES GIBT NEWS!

Nach sorgfältigen RECHERCHEN ist es mir gelungen, FAITH VALENTINES Agentin aufzuspüren! Ich schicke ihr einen Beileidsbrief, bevor sie rausgeschmissen wird. Dann lade ich Faith zu einem ROMANTISCHEN EISCREME-DATE ein! Nein, KEVIN, der Altersunterschied ist KEIN Problem. Jungs entwickeln sich schneller, Dumbo.

ALSO BLEIBT DRAN!

Ein Königreich für Leggins und einen XL-Hoodie.

Die Glitzerpailletten meines Kleides schreien laut SEHT MICH AN, da könnte ich genauso gut ein quietschgelbes Hühnerkostüm tragen und ein Schild mit der Aufschrift HIER ENTLANG schwenken. Mindestens fünfzehn Touristen bleiben stehen, um mich zu fotografieren. Kein Wunder, ich sehe aus wie eine Eisläuferin an ihrem Hochzeitstag.

Es war süß von Noah, mir etwas Besonderes zum Anziehen zu schicken, aber in einem Onesie und mit verrückten Socken würde ich mich definitiv wohler fühlen.

Erschöpft gehe ich hinter einer Säule in Deckung und schreibe:

Hey, Babe! Ich bin da? Wo bist du? x

Dann mache ich einen kurzen Online-Check. Insgeheim hoffe ich, dass die Journalistin von heute Morgen ihren Artikel bereits veröffentlicht hat. Vielleicht etwas in der Art von:

Faith Valentine ist ein ganz normales, nettes Mädchen – sie liebt ihren Freund über alles und ist nicht die schreckliche Zicke, für die wir sie alle hielten!

Oder:

Unglaublich, wie wenig Diva-Allüren Faith Valentine hat!

Ich wäre sogar zufrieden mit:

NEWS FLASH! Faith Valentine IST KEIN MONSTER!!

Aber der einzige neue Artikel über mich stammt von dem Blogger aus dem Park.

Natürlich schätze ich seinen aufdringlichen und etwas seltsamen Support – wer würde das nicht? –, aber ich kann nur hoffen, dass Persephone seine Eiscremeeinladung nicht an mich weiterleitet. Abgesehen davon, würde es mich nicht wundern, wenn seine gesamte Leserschaft nur aus diesem ominösen Kevin bestünde.

Pling.

Bin noch unterwegs! Geh schon mal ohne mich rein! Sorry! xx

Das ist mal wieder typisch Noah.

Wohin? Du hast mir nicht gesagt, wohin wir gehen! ;) x

Oh! Ja. Mein Fehler!! Ballett! Das mit den Enten!! xx

Eine Welle des Glücks rauscht durch mich hindurch und hebt mich auf meine Zehenspitzen.

Schimmelsandwich? *Himmelsandwich!*

Schwanensee?!!! Nicht dein Ernst!! Mein Lieblingsballett! xx

Weiß ich doch! Bin fast da! Komme gleich nach! Love you! x

Ich blicke hoch, und mein Herz macht einen Hüpfer. Das Royal Opera House ist gleich um die Ecke. Aufgeregt und mit eingequetschten Nieren stöckele ich über den Gehsteig und strahle dabei übers ganze Gesicht.

Als ich vor dem großen, eleganten Gebäude stehe, schlägt mein Herz noch höher.

Ach, Noah.

Ich liebe dieses Ballett, seit Mum mich mit vier Jahren zum ersten Mal zu einer Aufführung mitgenommen hat. Es ist der Grund, warum Tanzen meine Leidenschaft geworden ist. Noah hätte sich kein passenderes Geschenk ausdenken können.

Funkelnd wie ein deplatzierter Weihnachtsbaum (es ist die Nachmittagsvorstellung – alle anderen Besucher tragen Jeans), hole ich im goldschimmernden Foyer meine Eintrittskarte und hopple die Stufen hinauf, um in Ruhe zu warten.

Noah hat uns eine *Loge* gebucht. Eine Loge für sechs Personen. Ganz vorne an der Bühne. *Wow.*

Erst als ich dort bin, wird mir klar, was das bedeutet: Bis Noah kommt, sitze ich ganz alleine hier.

Ganz alleine auf dem herausgehobensten Platz des ganzen Saals. Ich schwebe in einem kaum übersehbaren goldenen Kasten über dem Parkett, und meine weißen Pailletten fangen alle Lichter auf und spiegeln sie bei jeder Bewegung millionenfach wider. Ich komme mir vor wie eine menschliche Discokugel.

Huhu, ich bin's! Faith Valentine!

Nicht lange, und die ersten neugierigen Gesichter wenden sich mir zu. Ich höre Raunen und Kichern und sehe gezückte Handys blitzen. Ich mache mich ganz klein und versuche, mich nicht zu bewegen.

Mein Handy vibriert.

SCHRECKLICHER Verkehr. Werde mich superleise reinschleichen, versprochen! Sorry! Love you! xx

Ich beiße mir auf die Lippe.

Klar! Kein Problem! xx

Im selben Moment vibriert mein Handy erneut.

Naaa, wie läuft das große romantische Date? x

Mercy muss wegen heute Morgen ein ziemlich schlechtes Gewissen haben, denn sie hängt *nie* einen Kuss an ihre Nachrichten an. Außerdem ist es vermutlich die einzige Möglichkeit, um mir zu verstehen zu geben, dass ihr Text nicht zu hundert Prozent sarkastisch gemeint ist.

Ich schreibe zurück:

Phantastisch! Wir schauen uns Schwanensee an!! :) x

Dann lösche ich den letzten Teil.

Phantastisch! N ist mit mir zu Schwanensee gegangen!! :) x

Neuer Versuch:

Phantastisch! N hat Tickets für Schwanensee gekauft!! :) x

So ausgedrückt entspricht es der Wahrheit. SENDEN. Ein paar Sekunden später:

Er ist nicht da, oder?

Alle schwärmen immer so von der einzigartigen Verbindung zwischen Schwestern. Dieses besondere Band, das es ihnen ermöglicht, gegenseitig in ihr Herz zu schauen, ihre Gedanken zu lesen und sich ohne Worte zu verstehen.

Wenn ihr mich fragt, wird das total überbewertet.

Noch nicht, aber er ist schon unterwegs!!! X

Na klar doch. Was für ein Vollpfosten!

Nur weil Noah im Verkehr feststeckt, ist er noch lange kein Vollpfosten, Mer! Er ist bestimmt bald da.

Wie naiv kann man sein? N wird nicht kommen, Punkt. Er hasst Ballett, und das weißt du – er findet es L A N G W E I L I G.

Verärgert stecke ich mein Handy in die Tasche zurück.

Lass mich in Ruhe, Miesmacher-Mer.

Dann nehme ich mich zusammen und schaue wieder glücklich und voller Vorfreude drein. Mit großen Augen und einem dankbaren Blick, der sagt: Ich liebe Ballett, ich liebe meinen Freund, und ich schwöre, er wird JEDEN MOMENT hier sein.

Das Letzte, was ich jetzt brauche, ist ein Schnappschuss von mir, wie ich mit bösem Blick auf ein paar unschuldige Ballerinen herabschaue.

Faith Valentine, einsam und verlassen

HASST FRAUEN UND VERABSCHEUT ALLES, WAS FREUDE MACHT

Die Lichter werden langsam gedimmt, bis nur noch ein zartrosa Kerzenschimmer den Zuschauerraum erhellt, in dem es jetzt ganz still wird. Endlich kann ich mich entspannen. Der Orchestergraben füllt sich, die Musiker nehmen Platz. Der Dirigent verbeugt sich und hebt den Stab. Sanfte, wehmütige Musik erklingt. Ich beuge mich erwartungsvoll vor.

Dann wird es dunkel, und der Vorhang geht auf.

16

Nur, um das klarzustellen: Ballett ist *nicht* langweilig.

Es ist Geschichtenerzählen durch athletische Höchstleistung. Kraft und Anmut, vereint mit Musik. Prinz Siegfried erscheint auf der Bühne – er springt und wirbelt, während farbenprächtige Höflinge und Festgäste ihn umkreisen. Es ist reine Magie.

Zugegeben, ein Großteil von *Schwanensee* besteht darin, dass der Prinz Party macht. Eigentlich sogar drei Viertel des Stücks.

Mein Handy leuchtet auf.

Bin fast da! Was machen die Enten? x

Ich lächle. *Siehst du, Mercy?*

In der ersten halben Stunde lassen sie sich noch nicht blicken. Du hast also noch Zeit! Der Prinz versucht, auf dem Fest eine Frau zu finden. Irgendetwas sagt mir, dass ihm das nicht gelingen wird. LOL x

Ist das nicht die gleiche Story wie bei allen anderen Märchen? x

Ja. Im Grunde ist es *Die kleine Meerjungfrau* mit Flügeln x

Cool! x

Erleichtert blicke ich über die Brüstung. Stirnrunzelnde Gesichter schauen zu mir herauf, wie ich im blauen Handylicht in der Dunkelheit leuchte. *Junge Promis, so respektlos – glauben wohl, die Regeln gelten für sie nicht etc. etc.*

Ich werde rot – *tut mir leid, tut mir leid* – und stecke hastig mein Handy in die Tasche zurück, ehe ich mich wieder dem Geschehen auf der Bühne zuwende. Nach etwa einer halben Stunde schwillt die Musik zu einem Crescendo an, und der Vorhang fällt: Die Party ist vorbei.

Stille Dunkelheit. Unauffällig werfe ich einen Blick auf mein Handy. Nichts.

Dann setzt die Musik wieder ein, zart und gefühlvoll. Der Vorhang öffnet sich und gibt den Blick auf einen See frei. Er ist nebelverhangen und blau, dahinter erheben sich wunderschön gemalte Berge. Eine dicke Wolkenschwade kriecht über die Bühne.

Die Lichter gehen langsam aus. Hinter dem Vorhang tanzen zwei Reihen Schwäne hervor und bilden einen perfekten Kreis. Die Arme über die Köpfe gestreckt wie Schwanenhälse, bewegen sie sich in vollkommener Symmetrie.

Und da ist sie: Odette, der Weiße Schwan. Die wunderschöne Prinzessin ist dazu verdammt, ihr Leben als Schwan zu verbringen, nur bei Nacht kann sie ihre wahre menschliche Gestalt annehmen. Ein Aufatmen geht durch die Reihen der Zuschauer, als sie elegant auf die Bühne schwebt.

Endlich.

Wie immer trägt sie ein weißes Tutu, weiße Ballettschuhe und einen weißen Federkopfschmuck. Mit ihren kleinen, graziösen Bewegungen verwandelt sie sich in den anmutigen Vogel: Sie plustert die Federn auf und reckt ihren langen, vornehm geschwungenen Hals.

In fahles blaues Licht getaucht, dreht Odette sich langsam auf ihrer Fußspitze. Ich bin so gebannt von ihrem Anblick, dass ich meine Arme um mich schlinge.

Mein Handy vibriert.

Und?? Ist er schon aufgetaucht?

Verärgert runzle ich die Stirn.

Er muss jede Minute hier sein.

Sicher doch.

Himmel nochmal, Mer, ich bin im Ballett und würde gerne die Aufführung genießen.

Ich tue dir nur einen Gefallen. Du bist so eine alte Oma, Eff. Hoffe nur, dem Prinzen rutschen seine MÄNNLICHEN STRUMPFHOSEN nicht runter. LOL.

Ich blicke hoch und sehe Siegfried, wie er mit Odette tanzt. Eng umschlungen, voller Hingabe und Leidenschaft. Von wegen *alte Oma*! Die Szene ist echt *heiß*.

Was hast du eigentlich für ein Problem mit seiner Strumpfhose? Ist Siegfried für dich auch ein Vollpfosten?!

Keine Ahnung. Hab das Ende nie gesehen. SCHNARRRCH.

Ich will gerade eine empörte Antwort schreiben, als ein donnernder Schlussakkord ertönt. Der Vorhang fällt, die Lichter gehen an. Erst da merke ich, dass ich fast die ganze erste Hälfte meines Jahrestaggeschenks verpasst habe, weil ich mit meiner Schwester hin und her schreibe.

Vielen Dank auch, Mer.

Unter mir im Zuschauerraum schwillt das Stimmengewirr an. Mit einem Anflug von Neid spiele ich kurz mit dem Gedanken, mich unter die Leute zu mischen: auf die Toilette zu gehen, ein Eis zu kaufen und vielleicht ein Schwanen-T-Shirt und ein Programmheft, um dann gemeinsam mit anderen Zuschauern von der phantastischen Inszenierung zu schwärmen.

Aber –

Faith Valentine! OMG! Wie cool, dich hier zu treffen! Kann ich ein Foto von dir haben? Ich warte DIREKT HIER vor der WC-Kabine, während du pinkelst. Keine Sorge, ich hör nicht hin!

Vielleicht sollte ich mir das mit der Toilette einfach verkneifen.

Pling.

Bin gleich da! Sind die Enten schon aufgetaucht? x

Ich spüre einen Hauch von Verärgerung. *Du bist seit über einer Stunde* gleich da, *Noah. Und spar dir das mit den Enten – das war schon beim vorletzten Mal nicht mehr lustig.*

Ja! Jetzt ist Pause! x

Sehr schön! Ich hoffe, du hast Spaß! xx

Ich lasse den Blick über die vibrierende Lebendigkeit im Zuschauerraum schweifen und sehe mich dann in meiner leeren Loge um.

Und wie! Danke! x

Eine Glocke ertönt, und die Zuschauer nehmen langsam wieder ihre Plätze ein. Mein Blick gleitet immer wieder zu dem Vorhang am Eingang unserer Loge. Noah wird jetzt *jede Minute* hier sein. Dann kann ich endlich meine stocksteife *Ist-das-nicht-alles-wundervoll*-Haltung ablegen und das Ballett genießen, ohne die mitleidigen Blicke spüren zu müssen.

Faith V – OVERDRESSED UND WIEDER ALLEIN!

Zum Glück erlöschen nun die Lichter. Wieder beginnt ein Ball, diesmal mit einem ungebetenen Gast: dem Schwarzen Schwan. Sie ist identisch mit Odette, jetzt allerdings (Überraschung!) ganz in Schwarz gekleidet. Während der Weiße Schwan sanft und zärtlich ist, zeigt sich der Schwarze ungestüm und wild. Die Tänzerin wirbelt mit schwindelerregenden Pirouetten über die Bühne und schlägt den Prinzen so in ihren Bann, dass er sie auf der Stelle heiratet.

Auf dem Bühnenhintergrund erscheint die Projektion eines weißen Schwans, der mit der Verzweiflung eines gebrochenen Herzens mit seinen Flügeln gegen ein Buntglasfenster schlägt. Der Fluch erfüllt sich, das Ende ist nahe, holt die Taschentücher raus, es wird ein echter *Kracher*.

Pling.

Und?

Mit einem Kloß im Hals blicke ich nach vorn. Wir sind wieder am See. Schwäne versammeln sich auf der Bühne, und Odette vollführt ihr atemberaubend tragisches Solo: *der Sterbende Schwan*.

Noah kommt nicht. Er ist noch nicht einmal auf dem Weg hierher, und tief in mir drin wusste ich es die ganze Zeit. Mein Geschenk zu unserem Jahrestag besteht darin, alleine dazusitzen und zuzusehen, wie ein Schwan sich mit großer Geste ertränkt.

Halt verdammt nochmal die Klappe, Mercy.

Auf der Bühne steigt Nebel auf, und Siegfried verschwindet mit seiner Prinzessin für immer im blauen See. *Ende.*

Ich blinzle die Tränen zurück und schlucke. Mit einem Griff in die Handtasche schalte ich mein Handy aus. Dann beuge ich mich über die Brüstung und klatsche so laut ich kann.

Alles Gute zum Jahrestag, Effie.

17

Ich bin schon halb zur Tür draußen, als ich ihn entdecke. In einem schwarzen Anzug steht er im Foyer, in der Hand einen riesigen Strauß weißer Rosen.

Noahs Fahrer macht eine tiefe Verbeugung.

»Faith Valentine? Würden Sie mir bitte folgen?«

Nicht weinen, nicht weinen, nicht weinen –

Mein Herz hämmert gegen meine Rippen.

Ist das etwa Teil von Noahs großem romantischen Plan? War *Schwanensee* nur eine hübsche Ablenkung für mich, während er unser echtes Date vorbereitet hat?

Wie konnte ich mich nur so von Mercys Sticheleien beeinflussen lassen und ernsthaft an meinem Freund zweifeln?

Rasch wische ich mir über die Augen und straffe die Schultern. In einem öffentlichen Foyer auf dem Fußboden zusammenzubrechen und vor Erleichterung loszuheulen, entspricht nicht dem Benehmen einer Valentine.

»Mister Anthony hat etwas *ganz Besonderes* für Sie geplant«, sagt der Fahrer, als ich ihn zaghaft anlächle. »Sie können sich sehr, sehr glücklich schätzen.«

Mit diesen Worten legt er behutsam einen schwarzen Schal um meine Augen.

»Wo gehen wir denn hin?« Ich lache. Noah ist immer so

extravagant. »Es besteht doch sicher kein Grund, mir die Augen zu verbinden?«

»Tut mir leid, aber ich habe strikte Anweisungen, Miss. Halten Sie sich fest.«

Er führt mich zum Rücksitz einer Limousine, zumindest nehme ich das an.

Der Motor springt an, und wir fahren schweigend los. Ich versuche herauszufinden, in welche Richtung es geht. Das Ziel könnte *überall* sein. Ein exklusives Privatrestaurant? Eine Kunstgalerie mit limitiertem Zutritt? Eine Yacht? Was hat Noah vor?!

In letzter Zeit haben wir uns kaum gesehen. Bestimmt hat er sich einen ganz wundervollen Ort ausgesucht, wo wir alleine sein können. Eine Stunde verstreicht, und meine Laune wird immer besser. Bei all den Schlagzeilen, die momentan kursieren, brauchen wir wirklich *Zeit für uns.*

Schließlich hält die Limousine an. Der Chauffeur hilft mir aus dem Auto und führt mich vorsichtig zu ein paar Stufen, die ich ungeschickt hinaufstolpere.

Mit einem Klicken öffnet sich eine Tür. Ein Geräusch dringt an meine Ohren: Anfangs ist es noch leise, aber je näher wir kommen, desto lauter wird es. Erst ist es nur ein dumpfes Dröhnen, dann schwillt es zu einem Grollen an, dann zu einem lauten Getöse und schließlich zu einer Wand aus Lärm. Sind das Flugzeuge? Ein Privatjet, der die Motoren hochfährt? Eigentlich hört es sich an wie …

Schreie?

Ich taste nach meiner Augenbinde.

»Nur noch ein paar Sekunden«, sagt der Fahrer vergnügt und fängt meine Hände ab. »Eines kann ich Ihnen sagen, meine Tochter würde *alles* dafür tun, um mit Ihnen den Platz zu tauschen.«

Ich werde vorwärtsgeschoben. Die Luft um mich herum verändert sich. Sie wird heiß und stickig und irgendwie … miefig. Das Geschrei ist so laut, dass mein Paillettenkleid erbebt. Es hört sich an, als würde gleich die Welt explodieren. Als hätte jemand sie so heftig in Schwingung versetzt, dass sie jeden Moment zu zersplittern droht wie Glas. Von einem Moment auf den anderen hört der Lärm auf.

Mit einer einzigen, raschen Bewegung wird mir die Augenbinde vom Kopf gezogen.

Ich blinzle. Ich stehe an der Seite einer riesigen Bühne, halb hinter dem Vorhang verborgen. Im Scheinwerferlicht erwartet mich Noah, seine Lieblingsgitarre über die Schulter geschlungen. Der Boden ist übersät mit Blütenblättern, überall funkeln pinke Lichterketten, und er steht mittendrin, in einem blendend weißen Hemd und einer Designerjeans.

Mein wunderschöner Freund dreht sich zu mir und lächelt mich an.

Mir steigen die Tränen in die Augen. Mein Herz fängt an zu leuchten und schießt in den Himmel wie eine Rakete.

Ich erwidere sein Lächeln: *Hallo, du.*

Noah dreht sich zu der Menge in der Arena und hebt die Hand wie ein Dirigent.

»FAITH!«, kreischen die Fans im Chor. »FAITH! FAITH!

FAITH! FAITH! FAITH! FAITH, FAITH, FAITH, FAITH, FAITH, FAITH, FAITH!«

Schlagartig erlischt das warme Leuchten in mir.

Nein. Nein. Nein –

»W-was …«, stammle ich, aber da packen mich bereits zwei starke Hände an den Schultern, und ich werde auf die Bühne geschoben, mitten ins Scheinwerferlicht. »Bitte nicht … ich möchte nicht –«

»UND HIER IST SIE!« Grinsend streckt Noah die Hand nach mir aus. »DAS SCHÖNSTE MÄDCHEN DER WELT! UND JETZT ALLE: EIN RIEEESENWILLKOMMEN FÜR MEINE INSPIRATION, MEINE SEELENVERWANDTE UND DIE LIEBE MEINES LEBENS … FAITH VALENTINE!«

Ich kriege keine Luft. Instinktiv drehe ich mich um und will weglaufen, aber in diesem bescheuerten Kleid kann ich das nicht.

Die Rufe werden lauter. Ein Orchester setzt ein, und pulsierende Neonlichter formen den Schriftzug FAITH VALENTINE. Ich werde geschoben, geschoben, geschoben, geschoben, geschoben, geschoben –

»Nur zu, meine Liebe!« Große Hände schubsen mich entschlossen zur Bühnenmitte. »Nicht so schüchtern, Kleines! Geh und genieß es!«

Steif drehe ich mich um.

Neunzigtausend Leute brechen in ohrenbetäubenden Jubel aus.

90.000.

Eine Neun und vier Nullen.

»LEUTE!«, ruft Noah über den Krach hinweg. »LEUTE! LEUTE! SEID MAL KURZ STILL! ICH MÖCHTE ETWAS SAGEN! KOMM HER, BABE! KOMM!«

Das Gejohle bricht über uns herein, als Noah meine Hand nimmt, mich an sich zieht und mich wie eine Trophäe im Kreis dreht. Dann hebt er mich hoch und setzt mich auf einen dieser schmalen, hohen Stühle, wie sie immer bei Konzerten von Boygroups zum Einsatz kommen, wenn die Jungs die Oktave wechseln und dabei locker vom Hocker steigen.

Ich bebe am ganzen Körper, als wäre ich selbst ein Glas kurz vor dem Zerspringen.

Noah wendet sich wieder dem Publikum zu.

»HEUTE …« Er hält die Hand hoch, und sofort wird es still. »HEUTE IST UNSER ERSTER JAHRESTAG! ES IST GENAU EIN JAHR HER, SEIT ICH DIESE GÖTTIN AUF DER AFTERPARTY EINER PREISVERLEIHUNG KENNENGLERNT HABE. STIMMT'S, EFF?«

Er dreht sich zu mir, eine strahlende Figur im Scheinwerferlicht. Zitternd schlucke ich den Kloß in meinem Hals hinunter und nicke.

»UND WISST IHR WAS?« Noah wendet sich wieder an das Meer aus Gesichtern. »DIESE BEAUTY-QUEEN IST AUF DEM BODEN HERUMGEKROCHEN UND HAT DEN KELLNERN BEIM AUFWISCHEN GEHOLFEN! IST SIE NICHT SÜSS?«

Ich öffne den Mund.

»VON DER ERSTEN SEKUNDE AN WAR ES MIR KLAR.« Noah legt den Arm um mich. »DAS IST DAS MÄDCHEN, NACH DEM ICH GESUCHT HABE. WIE IHR ALLE WISST, HAT FAITH MICH ZU MEINEM MEGA-HIT *FOR YOU I WAS WAITING* INSPIRIERT, ABER HEUTE ABEND MÖCHTE ICH ETWAS GANZ BESONDERES FÜR SIE SPIELEN.«

Auf ein Kopfnicken von Noah hin fängt das Publikum an zu toben. »WIR LIEBEN DICH, NOAH! DU BIST SO ROMANTISCH, NOAH!«

Mein Freund nimmt meine Hand, küsst sie, dann schnappt er sich seine Gitarre und schlägt den ersten Akkord an. a-Moll.

Mein Magen verknotet sich.

»DER SONG HEISST *FAITH IN ME*« Noah grinst erst mich, dann das Publikum an. »ES IST DER ERSTE TRACK MEINES BRANDNEUEN ALBUMS *ON THE RISE*! ES KOMMT MORGEN RAUS! ICH HOFFE, ES GEFÄLLT EUCH!«

Mein Mund klappt auf.

»*Mmmmmm*«, summt er, plötzlich ganz ernst, ins Mikrophon. »Uuuh. *Duu-duu-duu. Mmm.*« Wieder ein Akkord. »Du bist so schön und zart / Du bringst mein Herz in Fahrt / Du liest sogar Descartes / bist unglaublich smart.«

Das ist er.

Der Traum meines Lebens.

Die große romantische Geste.

Der Augenblick, den ich nie vergessen werde.

Ich stehe in einem glitzernden Designerkleid auf einer gigantischen Bühne, und mein berühmter, hinreißender Freund singt ein Lied, das er nur für mich geschrieben hat, während Tausende meinen Namen schreien. Ich bin von Glück und Liebe verwöhnt wie kein anderes Mädchen auf dieser Welt.

Also warum würde ich am liebsten davonlaufen? *Was stimmt nicht mit mir?*

»*Mmmmmm* ... Du bist Glücksgefühl pur / Mit dir ist meine Welt in Dur / Für dich fahr ich nach Singapur ...«

Meine Nase fängt an zu zucken – Noah hat sich mal wieder durch das Online-Reimwörterbuch geklickt. Ich senke den Kopf, damit er meinen Gesichtsausdruck nicht sieht.

»... Babe, du bist meine Gegenwart und mein Futur.«

Überall in der Arena werden Handytaschenlampen geschwenkt, sie funkeln wie künstliche Sterne.

Freu dich einfach, Faith. Bitte, sei einfach normal und freu dich. Freu dich, freu dich, freu dich, freu dich, freu dich, freu dich, freu dich, freu dich –

Aus dem Dunkeln tritt eine junge Geigerin hervor und kommt zu uns auf die Bühne. Ihre langen blonden Haare schimmern. Schwungvoll setzt sie den Bogen an und beginnt zu spielen.

»FAITH, ICH GLAUB AN DICH.« Noah dreht sich zu mir. Ich nehme an, das ist der Refrain. »GLAUB DU AUCH AN MICH!«

Ich weiß nicht, wo ich hinschauen soll.

»ZWISCHEN UNS HAT ES GEFUNKT / DU BIST MEIN MITTELPUNKT.«

Jetzt wird ein Flügel hereingerollt. Lächelnd reicht Noah seine Gitarre an jemanden aus seiner Crew weiter und setzt sich ans Klavier. »Ich stell dich auf ein Podest / Wenn du mich nur lässt / Unsere Liebe ist ein Fest / Mit dir geh ich bis nach …«

Budapest.

»Bukarest.«

Ein winzig kleiner Popel fliegt mir aus der Nase. Ich weiß nicht, ob ich lachen oder weinen soll. Das ist so süß, so speziell, so riesig.

Aber eigentlich hätte ich mir von Noah nur gewünscht, dass er tatsächlich gekommen wäre, so wie er es versprochen hatte. Dass er nicht behauptet hätte, er wäre schon unterwegs, obwohl das gar nicht stimmte. Dass er mit mir zusammen ein langweiliges Ballett angeschaut hätte, *nur dieses eine Mal*, weil er weiß, wie viel mir das bedeutet.

Stattdessen stehe ich jetzt hier, lege lächelnd eine Hand auf meine Brust und lasse meine Augen feucht glitzern.

Was habe ich doch für ein Glück, Leute. Was für ein Glück.

Er singt weiter – eine Reimkaskade aus *Leben / Streben / Herzbeben / Spinnweben*, gefolgt vom Refrain –, bevor er atemlos mit einem langen, hohen Schlusston endet.

Ich öffne den Mund.

»APPLAUS FÜR FAITH VALENTINE!«, ruft er und springt vom Klavier auf. Er zieht mich von meinem Hocker und wirbelt mich erneut im Kreis, bis ich zu einem blendend weißen Funkeln verschwimme. Plötzlich ergibt mein Kleid/Geschenk einen völlig neuen Sinn. »ICH LIEBE DICH SO SEHR, BABY! ALLES GUTE ZUM EINJÄHRIGEN!«

Noah kippt mich nach hinten und küsst mich.

Es gibt einen lauten Knall, und plötzlich ist alles voller Silberglitzer und pinkfarbener Blüten, die mir ins Gesicht fliegen. Das Publikum rastet völlig aus.

Ich öffne wieder den Mund.

»Okay, das wäre erledigt, Baby«, flüstert mir mein Freund ins Ohr, als er mich wieder hochzieht. »Bleib doch zur Aftershow-Party da, okay? Die wird richtig gut.«

Und schon werde ich von der Bühne bugsiert.

18

SIE IST SEINE VALENTINE

Gestern Abend hat Noah Anthony die bis auf den letzten Platz gefüllte Wembley-Arena mit seiner neuen Nummer-eins-Single *Faith in Me* zum Toben gebracht. Der Song ist seiner Freundin Faith Valentine gewidmet. Girlie-Schwarm Noah sang seiner glücklichen Herzdame auf der Bühne ein Live-Ständchen, während sie, in einem funkelnden Valentino-Kleid (links), durchwegs die Fassung bewahrte.

Ich wache alleine auf.

Dabei hätte ich wetten können, dass Mercy mich um fünf Uhr morgens aus dem Schlaf rütteln würde, nur um sich über mich lustig zu machen. Ein YouTube-Video der gestrigen Show ist bereits viral gegangen, und der Fest/Bukarest-Reim allein reicht aus, um meiner Schwester tagelang Munition zu liefern. Aber als ich die Augen aufschlage, liege ich alleine im Bett.

Ein paar Sekunden lang starre ich die Decke an. Gestern Abend war …

Rasch rolle ich mich zur Seite, schnappe mein Handy und schicke Noah seine tägliche Aufwachnachricht:

Guten Morgen! Das gestern war der WAHNSINN. Danke für den tollen Abend. Tut mir leid, dass ich nicht bleiben konnte, es war PHANTASTISCH. Freue mich, wenn wir uns heute sehen. Dann kann ich dir DEIN Geschenk geben. Eff xx

Mein vollgekritzelter Umschlag aus dem Reisebüro kann jetzt wohl nicht mehr mithalten. Jay-Z hat Beyoncé eine zwanzig Millionen Dollar teure einsame Insel vor der Küste Floridas geschenkt. Vielleicht findet sich ja eine etwas kostengünstigere Strandhütte irgendwo in Schottland?

Ich ziehe mein von Grandma abgesegnetes Vorsprech-Outfit an und poste pflichtschuldigst das Bild von Noahs Gig, das Genevieve mir gestern spätabends noch geschickt hat, zusammen mit einem Copy-and-Paste-Zitat – *Luckiest girlfriend ever!!!* ♡ ♡. Dann hole ich die Zeitungen von der Türmatte herein, gehe wieder nach oben und husche auf Zehenspitzen den Gang entlang zu Mers Zimmer.

Zum ersten Mal seit Monaten liegt meine Schwester in ihrem eigenen Bett. Sie schläft auf dem Rücken, die Arme an der Seite. Ihr Gesicht ist unbewegt, und sie hat die Decke straff unter die Achseln geklemmt.

Der Anblick ist gruselig und rührend zugleich – wie ein Vampir in einem Krankenhausbett.

Ich widerstehe der Versuchung, unter ihrem Bett nach blutleeren Opfern zu suchen, und lege ihr stattdessen einen ganzseitigen Artikel hin, damit sie gleich beim Aufwachen von Noahs großer romantischer Geste erfährt.

Was sagst du jetzt, Mercy Valentine?

Ich spähe in Hopes Zimmer, aber dann fällt mir ein, dass sie sich schon in aller Frühe mit der mysteriösen Ruth treffen wollte, um Schulsachen einzukaufen.

Ausgiebig gähnend stakse ich in meinen wackeligen Vorsprechschuhen die Treppe hinunter. Ich wollte nach der Show *wirklich* auf Noah warten, aber dann sind so viele Paparazzi und Fans zur Bühne gestürmt, dass ich mich lieber heimlich davongestohlen habe, um zu Hause mein Skript für heute zu lernen.

Der Text ist nicht besonders *schwer,* vorausgesetzt, man weiß, wie sich ein normales menschliches Wesen benimmt – was ich, wie sich gestern Abend gezeigt hat, nicht von mir behaupten kann.

»Nein!«, murmle ich, während ich rasch online nach einem Stern suche, den ich kaufen und nach Noah benennen könnte. »Halt sofort an! Das ist *Wahnsinn*!«

Ein kleines Grundstück auf dem Mond? Ist das romantisch?

»Es ist mir *egal*, dass wir hier mitten im Nirgendwo sind …«

Und überhaupt, wer hat eigentlich die Eigentumsrechte am Mond?

Es läutet an der Tür.

»Es ist mir *egal*, dass wir hier mitten im Nirgendwo sind …«, lese ich laut von meinem Skript ab und öffne die Tür. »Lass mich bitte gehen. Irgendetwas stimmt hier nicht –«

Genevieve nickt knapp. Grandma ist bei Dreharbeiten in Devon – ein kleiner Cameo-Auftritt, der ihr allein für ihre unnachahmliche Art, die Augen zusammenzukneifen, garantiert einen weiteren Oscar einbringen wird. Aber selbst aus der Ferne stellt sie sicher, dass ich pünktlich und ohne Kerzenwachs am Dekolleté beim Vorsprechen eintreffe.

»Guten Morgen!«, sage ich betont zuversichtlich.

»Wohin gehst du, Darling? Hast du etwas Nettes vor?«

Überrascht drehe ich mich um.

Meine Mutter steht am Fuß der Treppe, in einer blassblauen Hose und einer marineblauen Seidenbluse, das dünne Haar fest zu einem Nackenknoten gebunden. Ihr schmales Gesicht ist von Erschöpfung gezeichnet, und ihre nackten Füße sind knochig – aber immerhin, sie hat sich angezogen und ist nach unten gekommen.

Dieser Anblick ist fast so selten wie eine Meerjungfrau, das Monster von Loch Ness oder eine herumschwirrende Zahnfee.

Ich werfe Genevieve einen Blick zu, um sicherzugehen, dass sie das Gleiche sieht wie ich. Sie nickt leicht.

»Mum!« Ich setze ein Lächeln auf und drehe mich wieder zu ihr um. »Wie geht es dir? Du siehst« – *erschöpft, ausgezehrt, völlig entkräftet* – »strahlend schön aus, wie immer!«

Ihre normalerweise leuchtend grauen Augen sind matt und gleiten durch die Eingangshalle wie auf Schienen, ohne dass ihr Blick irgendwo hängen bleibt.

»Oh«, erwidert meine Mutter höflich, obwohl sie offensichtlich nicht zugehört hat. »Wie nett von dir, so etwas zu sagen, mein Schatz.«

Beim Anblick der ausgedruckten Seiten, die ich gerade in meine Handtasche stopfe, runzelt sie geistesabwesend die Stirn.

»Skripte, Darling? Für mich? Ich habe Persephone doch *ausdrücklich* darum gebeten, in nächster Zeit alle Angebote für mich abzulehnen. *Gipfelhöhen* ist an den Kinokassen so erfolgreich, da gibt es wirklich keinen Grund –«

»Ähm.« Ich räuspere mich. »Eigentlich … ist es *mein* Skript.«

Mums unbeteiligter Blick flackert kurz zu Genevieve, als hätte sie gerade erst bemerkt, dass sie hinter mir an der Tür steht. »Deins?« Pause. »Wie meinst du das?«

»Es ist eine Rolle. Für mich.« Ich spüre, wie meine Wangen heiß werden. »Für ein Vorsprechen. Persephone hat sie mir gemailt. Ich bin gerade auf dem Weg zur Endauswahl. Es ist eine … große Fernsehserie. Alle sind schon sehr gespannt.«

Mum runzelt die Stirn. »Aber du bist noch viel zu jung, mein Schatz.«

Wie bitte? »Ich bin sechzehn, Mum. Laut Familienregel dürfen wir nach unserem sechzehnten Geburtstag mit der Schauspielerei anfangen, weißt du nicht mehr? Du verwechselst mich mit Hope.«

Ihr Blick gleitet wieder in die Ferne.

»Mum?«

Dann schweift er hoch zum Fenster über der Treppe.

»*Mum.*«

»Hmm?« Mit einem Hauch von Interesse schaut sie mich an. »Ach ja, Darling. Wahrscheinlich hast du recht. Nun ja, du warst schon immer die Schönheit in der Familie. Benutzt du eigentlich die teure Creme, die ich dir gegeben habe? Diese hochauflösenden Kameras fangen jeden noch so kleinen Makel ein.«

Ich blinzle. »Ja, Mum. Ich –«

»Wo ist deine Schwester?«, unterbricht sie mich. »Ich kann sie nicht finden. Sie ist nicht in ihrem Zimmer. Sie ist überhaupt nicht mehr in ihrem Zimmer.«

»Mercy schläft.« Mein Magen verkrampft sich. »Und Hope ist unterwegs, um einen Schulrucksack zu kaufen, zusammen mit Dad und … Ruth.«

Meine Mutter starrt mich an.

»Nun ja.« Ihre Miene wird wieder ausdruckslos, aber ihre Lippen berühren sanft meine Wange. Es ist, als würde man von einer Pusteblume geküsst werden. »Ich denke, ich lege mich noch ein wenig hin. Bis dann.«

Langsam steigt sie die Stufen hinauf, Schritt für Schritt, den schmalen Rücken durchgedrückt, das Kinn hoch erhoben. Genevieve und ich schauen ihr hinterher.

Für einen kurzen Moment sehe ich vor meinem inneren Auge Bilder meiner wunderschönen Mutter, flackernd wie die Flamme einer Kerze: wie sie Hope hoch in die Luft wirft, wie sie eine kichernde Mercy kitzelt, wie sie Max Huckepack nimmt, wie sie mir übers Haar streicht, wie sie über einen albernen Witz lacht und die Hand vor den Mund schlägt.

Dann erlischt die Kerzenflamme, und ich sehe nur noch eine geschlossene Tür.

»Also.« Genevieve gibt sich brüsk und geschäftsmäßig. »Faith, wir können deine Social-Media-Präsenz während der Fahrt auf den neuesten Stand bringen. Ich dachte an *Gute Gedanken, Gute Vibes, Gutes Leben,* mit einem Foto einer Yogapose im Gegenlicht. Hashtag *Bhujangasana*, Hashtag *livingmybestlife*, Hashtag *sunlightinmysoul.* Gehen wir.«

Ich starre die Assistentin meiner Großmutter an, die bereits ungeduldig auf ihrem Handy tippt.

Wo treibt sie diese Fotos eigentlich immer auf? Was für eine bizarre Vorstellung: Genevieve führt Tag für Tag mein Fake-Leben und durchforstet das Internet nach den passenden Bildern.

Ich weiß nicht einmal genau, was *Bhujangasana* ist. Eine Baumpose? Eine Brücke? Ein Adler? Irgendeine Art von Kessel? Ach, wen kümmert's?

Ich ziehe mein Handy hervor und schreibe:

> Auf dem Weg zu meinem zweiten Vorsprechen! Sooo nervös! Drück mir die Daumen! Heute Abend wartet dein GESCHENK auf dich! Love you! xxx

Von einem plötzlichen Geistesblitz getroffen, tippe ich noch eine Nachricht:

Pudel, NOTFALL! Brauche DRINGEND GESCHENKIDEEN für Noah. Wenn dir was einfällt, schreib mir ASAP! Je kitschiger, desto besser! xxx

Stirnrunzelnd schicke ich eine weitere Nachricht hinterher:

Meinte natürlich nicht kitschig, sondern ROMANTISCH. xxx

Wenn sich jemand mit Romantik auskennt, dann Hope.

»Okay«, sage ich, beruhigt in dem Wissen, dass mein Liebesleben bei meiner kleinen Schwester in den besten Händen ist. »Los geht's.«

19

Warum kracht ein Schauspieler
durch den Bühnenboden?
Damit er endlich seinen Durchbruch hat.

Okay, ich bin *bestens vorbereitet.*

Die Textzeilen sind in meinem Gehirn eingraviert, auf die Rückseite meiner Augäpfel gemeißelt. Noch in Jahrzehnten werden Satzfetzen aus diesem Skript mitten in der Nacht durch meinen Kopf spuken, selbst wenn ich die Rolle nicht bekomme.

Und ja – die Figur, die ich verkörpern soll, ist so unglaublich passiv, dass sie quasi eine weiblich besetzte Leerstelle ist. Aber wenn Lethargie das ist, was ein Casting-Direktor der Extraklasse wie Teddy Winthrop für diese Rolle will, dann soll er sie haben.

Beim letzten Mal hat es ja auch funktioniert, oder?

»Hallo, da bist du ja wieder!« Die Empfangsdame blickt hoch und strahlt mich an. »Faith! Ich *wusste*, dass du diese Rolle bekommen würdest! Das habe ich bis in meine Knochen hinein gespürt!« Sie beugt sich vor. »Ich habe Vorahnungen – *gruselig*, was? Verstehst du? Hahaha!«

Ich hasse es, wenn Leute einen Witz machen und dann so etwas sagen.

Nein, würde ich am liebsten schreien. *Warum fragst du so dumm?*

»Klar, verstehe!« Ich lache laut auf. »Gibt es irgendetwas, das ich wissen sollte, bevor ich reingehe?«

»Nein, eigentlich nicht.« Sie grinst. »Das Ganze ist nur eine Formalität. Geh gleich durch, du wirst bereits erwartet.«

Ich atme noch einmal tief durch, dann öffne ich die Tür.

Heute sitzen auf der anderen Seite des Raums noch mehr Leute als beim ersten Mal. Sie schauen mich erwartungsvoll an. Panisch springt mein Blick von einem zum anderen. Ganz vorne stehen die Frau mit der Schildpattbrille, Teddy Winthrop und ein jüngerer Mann, den ich nicht kenne.

Ein Blick in Teddys Gesicht, und ich weiß, dass *er* sicher nicht der Grund ist, warum ich heute noch einmal hier bin. Er ist starr vor Wut.

»Faith Valentine!« Der unbekannte Mann kommt auf mich zu. Schwarzes T-Shirt, Jeans, silbrige Haare – der Standard-Look eines Regisseurs. »Ich bin Christian Ellis. Das Schicksal hat mich dazu verdammt, der Regisseur dieser Serie zu sein.«

Mein Blick gleitet zu Teddy. Seine Lippen bilden eine schmale, dünne Linie.

»Joy«, sagt er tonlos.

»Nein, das ist *Faith*! Haha! Ich habe dein erstes Vorsprechen gesehen«, sagt der Regisseur und lächelt wohlwollend. »Bei dir erkenne ich sehr viel, womit wir arbeiten können, weißt du?«

»Ja, da liegt wirklich jede Menge Arbeit vor uns«, stimmt Teddy trocken zu.

»Wir hoffen, dass du uns heute etwas Valentine-Magie zeigen kannst.« Christian deutet auf einen von zwei Stühlen, die vor den Zuschauern aufgestellt sind.

»Sehr gerne.« Ich lächle liebenswürdig und setze mich, zunehmend verwirrt. »Vielen Dank für die Einladung.«

Ähm, was geht hier vor? Der Casting-Direktor mustert mich, als wäre ich auf dem Bauch hereingekrochen und hätte ihm die Füße vollgekotzt. Also: *Warum* bin ich hier?

»Wir warten nur noch auf die andere Schauspielerin«, fährt Christian fort. »Sobald sie da ist, können wir loslegen.«

Ich starre ihn verständnislos an. Welche andere Schauspielerin?

»DA BIN ICH!« Die Tür fliegt auf und hinterlässt eine tiefe Delle in der Wand. »Da bin ich, da bin ich! Ach, verflixt! Hab *ich* diese Schramme in die Wand gemacht? Also, da war dieser Typ im Zug, und er saß breitbeinig da, und ich so: *Dude, spar dir dein Manspreading*. Und er so: *Was redest du da*? Und ich: *Was glaubst du eigentlich, was du zu bieten hast, den blauen Diamanten von der Titanic?* Und er dann: *Was fällt dir ein, du eingebildete kleine* –« Lautes Lachen. »Um es abzukürzen: Bei der nächsten Haltestelle hat der Schaffner mich aus dem Zug geschmissen. Daher die Verspätung.«

Sie breitet die Arme aus und verbeugt sich. *Ta-da!*

Dann blickt sie mich mit ihren blitzenden grünen Katzenaugen unter ihrem gebleichten Fransenpony hindurch an.

»Oh«, sagt sie tonlos. »Du bist es. *Was für eine Überraschung.*«

»Alle mal herhören!«, ruft der Regisseur enthusiastisch. »Darf ich euch Scarlett Bell vorstellen, ein Riesennachwuchstalent, nominiert als Vielversprechendste Newcomerin bei den diesjährigen Olivier-Awards. Wir sind überglücklich darüber, dass wir sie für die Rolle der Frankie verpflichten konnten.«

»Nominiert, aber nicht gewonnen«, verkündet sie laut in den Raum hinein. »Was gut ist, dann weiß noch niemand, wer ich bin, und so macht es *viel mehr* Spaß!«

Ihr Blick fällt auf einen Typen in der letzten Reihe. Sie schnippt mit den Fingern. »Hey, wach auf, Kumpel! Es heißt *Newcomer*-Award und nicht *Koma*-Award – Letzterer würde wohl kaum die Zukunftschancen verbessern.«

Dann lacht sie über ihren eigenen schlechten Witz, schnaubend und viel zu laut.

Mein Hirn rotiert, als würde es im Scheinwerferlicht eine Pirouette drehen.

»Frankie? Du spielst … Frankie?«

»Yep.« Sie grinst mich mit rosigen Wangen an. Ihr Mund ist unglaublich breit und an den Mundwinkeln nach oben gezogen, was sie leicht boshaft aussehen lässt wie Joker in *Batman*. »Frankie. The Frankster. Franko. Frankenstein, the Franking-Machine. Höchstpersönlich.«

Aber … »Heißt das, meine Rolle ist …«

»Such's dir aus, Kollegin.« Scarlett lässt sich auf den anderen Stuhl fallen, lehnt sich zurück und verschränkt die Arme hinter dem Kopf. »Eine Ananas? Ein Fischer? Das neueste Mitglied einer aufstrebenden Boygroup? Du hast die Wahl.«

Ich starre sie an.

»Das war ein Witz«, sagt sie seufzend. »Da wird ja die Katze auf dem pinken Fahrrad verrückt. Wo habt ihr das Promi-Girl aufgelesen? Moment, ich glaub, ich weiß, wo.« Sie fängt an zu summen. »Bist du nicht *Glücksgefühl pur*? Nein, warte … du bist *Gegenwart und Futur*. Ach, und du bist so *smart und liest Descartes*.«

Mein Gesicht brennt wie Feuer. *Vielen Dank auch, Noah.*

»Faith …« Christian lächelt liebenswürdig. »Du sprichst heute für die Rolle der Agatha vor. Ich dachte, das wäre aus den Angaben hervorgegangen, die wir dir zugeschickt haben.«

Also habe ich die letzten vierundzwanzig Stunden damit verbracht, den falschen Text zu lernen.

Nein, nein, nein, nein, nein, nein –

»Kein Problem!« Ich lächle möglichst überzeugend. »Natürlich kann ich Agatha spielen! Ich suche nur kurz …« M*eine Zurechnungsfähigkeit, den Inhalt meines Magens, meinen Lebenswillen*. »Meinen Lipgloss. Ich brauche glänzende Lippen, um … den Charakter authentisch verkörpern zu können.«

Panisch tauche ich in meine Handtasche ab und versuche, rasch das Skript zu überfliegen. Aber meine Hände zittern so heftig, dass ich die Seiten nicht umblättern kann.

Scarlett blickt auf meine bebenden Finger, dann in mein Gesicht. Ihre Miene wird weich.

»Mit Skript ist doch auch in Ordnung, oder?«, ruft sie. Ihre Stimme ist plötzlich gar nicht mehr schneidend. »Mr. Ellis, darf Faith mit Skript vorsprechen? Ich meine, sie hat gerade einen linken Haken einstecken müssen. Sie kann ihre Textzeilen doch auch ablesen.«

»Selbstverständlich.« Christian gluckst. »Keine Sorge! Ich bin kein *Monster* wie unser guter alter Teddy-Boy.«

Teddy-Boy, der locker die Siebzig überschritten hat, macht ein finsteres Gesicht.

»Ja«, sagt er lapidar. »Es wäre ja auch wirklich zu viel verlangt, dass eine Schauspielerin ein paar kurze Zeilen auswendig lernt, um eine prestigeträchtige Rolle zu bekommen, in der sie besagte Zeilen rezitieren muss. Wie *herzlos* von mir.«

Mit einem dankbaren Lächeln in Scarletts Richtung ziehe ich mein Skript aus der Tasche.

Ich weiß ungefähr, was Agatha in der Szene sagt, aber ich habe keine Ahnung, wie sie als Figur charakterisiert ist. Abgesehen davon bin ich überrascht, dass dieses Energiebündel neben mir ausgerechnet Frankie mit ihrer Wischi-Waschi-Art spielen soll.

Scarlett ist viel zu … *präsent*.

»Also los!« Als könnte sie meine Gedanken lesen, klatscht sie laut in die Hände. Große Scheinwerfer leuchten auf, die Kamera läuft an. »In den sechzig Jahren Lebenszeit, die mir verbleiben, möchte ich noch ein paar aufdringliche Fremde anschreien«, sagt Scarlett. »Und die Uhr tickt.«

Sie zwinkert mir zu und räuspert sich.

Was dann folgt, ist die reinste Magie: Ihr Sommersprossengesicht verwandelt sich. Von einem Moment auf den anderen wird ihr Mund weicher und zarter. Ihre mandelförmigen Augen verlieren das freche Funkeln und werden hell, rein und unschuldig.

»*Tu so, als würdest du fahren*«, flüstert sie mir zu, weil ich sie immer noch völlig verdattert anstarre. Wie hat sie das gerade gemacht?

Ich blinzle. »Was?«

»*Tu. So. Als. Würdest. Du. Fahren.*« Ein kaum merkliches Zucken mit der Augenbraue. »In dieser Szene fährst du Auto, schon vergessen?«

»Oh! Ja! Ähm …« Ungeschickt balle ich meine rechte Hand zur Faust und fummle mit der linken an meinem Oberschenkel herum. Jetzt sehe ich aus, als würde ich mich an einer winzig kleinen Kuh festhalten. »Und los geht's.«

Scarlett senkt kurz den Kopf. Als sie wieder hochblickt, beben ihre Lippen, und sie ist zu Frankie geworden.

»Wir haben Fred zurückgelassen.«

Zum ersten Mal spüre ich, was dieser kurze Satz wirklich bedeutet. *Wir haben ihren Freund, den sie liebt, irgendwo im Niemandsland zurückgelassen, nach Hilfe schreiend, während wir einfach wegfuhren.*

»Ja«, sage ich mit Blick auf mein Skript. »Wir hatten keine andere Wahl.«

»Es gibt *immer* eine andere Wahl.« Ihr Kiefermuskel spannt sich an, und plötzlich wirkt Frankie nicht mehr schwach, sondern trotzig und kämpferisch. »Wir haben uns dafür entschieden, uns selbst zu retten.«

»*Dich* zu retten«, sage ich, aber im Vergleich zu Scarlett klinge ich monoton, daher beuge ich mich aus einer spontanen Eingebung heraus zu meiner Partnerin, packe sie am T-Shirt und schüttle sie heftig. »NICHT MICH. NUR DICH.«

»*Du fährst immer noch Auto*«, flüstert sie. »*Lenkrad. Gangschaltung. Gaspedal. Augen auf die Straße, bitte.*«

»Oh!« Verlegen lasse ich ihr T-Shirt los. »Entschuldige.«

»Wir haben uns dafür entschieden, *uns selbst* zu retten«, gibt sie mir das Stichwort, als ich die Kontrolle über unser imaginäres Fahrzeug zurückerlangt habe.

»*Dich zu retten. Nicht mich. NUR DICH.*«

»Ich … verstehe nicht.«

Sie wirkt, als würde sie es tatsächlich nicht verstehen. Frankie macht einen so verwirrten Eindruck, dass ich am liebsten die Szene abbrechen und auf mein Skript zeigen würde: *Da, schau her, es steht alles da drin. Zeile neun. Ich kapiere es ehrlich gesagt auch nicht.*

»Es ist *zu spät* für MICH«, sage ich steif und überfliege Zeile zehn. »Das war es bereits vor sechs Wochen.«

Moment mal. *Was?*

»Heißt das … willst du damit sagen, dass …« In Frankies Gesicht steht das nackte Entsetzen. Ein Muskel ihrer Wange zuckt, und ein fast unmerkliches Schaudern überläuft ihren Körper, als wäre sie plötzlich angewidert von mir. »Nein. Ich glaube dir nicht.«

Du bist die einzige Figur, die noch lebt.

Genau das waren Teds Worte beim ersten Casting. Wie

konnte mir entgehen, dass Frankie mit einem Zombie im Auto sitzt?

»Warum hast du mir geholfen?« In Frankies Augen stehen echte Tränen. *Wie macht sie das?* Plötzlich blitzt Wut in ihnen auf. »Warum hast du mich nicht einfach bei Fred zurückgelassen? Was hast du mit mir vor? Wie soll das enden?«

Ich öffne den Mund.

»UUUND ... CUT!!«

Ich blinzle. Wie endet es denn?

»Gut, gut«, sagt Scarlett, wieder ganz sie selbst, und springt auf. »War nett, dich kennenzulernen, Valentine. Ich brauche jetzt dringend eine Pizza. Bin am Verhungern. Rufen Sie mich, wenn die nächste Agatha dran ist, okay, Mr. Ellis? Mein Hintern tut schon weh – diese Stühle sind wirklich das Letzte! Bis später!«

Und schon ist sie weg.

20

Ich hab's geschafft.

Während ich auf das Loch starre, das Scarlett bei ihrem schwungvollen Auftritt in der Wand hinterlassen hat, weicht nach und nach die Spannung aus meinem Körper.

Endlich bin ich bereit, den Stab der Valentines zu übernehmen, loszurennen und dem Familiennamen Ehre zu machen. Ich bin bereit, in die Fußstapfen meiner Mutter, meiner Großmutter und meiner Urgroßmutter zu treten. Womöglich macht es sogar *Spaß*: immer wieder neue Kostüme tragen, mit anderen Stars abhängen, Texte einstudieren und in verschiedene Rollen schlüpfen –

»Verstehst du jetzt, was ich meine?«, explodiert Teddy. »Hörst du mir *endlich* zu, Chris? Das ist mein *Job*. Und zwar schon seit *fünfzig Jahren*. Ich weiß, wovon ich rede.«

»Geht das nicht auch etwas leiser, Ted?«

»Nein, geht es nicht! Erst hast du mich für das Casting *engagiert*, und jetzt wirfst du meine *Entscheidungen* über den Haufen, untergräbst meine *Autorität* und stellst meine *Professionalität* infrage –«

»Das ist weder die Zeit noch der Ort, um –«

»Und all das nur für ein bisschen Gratis-Publicity! Nur damit die Serie es in die Medien schafft, hast du diese talentlose, mediengeile Familienerbin angeschleppt!«

Talentlose, mediengeile Familienerbin?

Moment mal, meinen sie etwa *mich*?

Sicher nicht. Ich stehe ja direkt hier, *im selben Raum wie sie*.

»Du siehst es doch selbst, oder? Mir ist egal, wie hübsch sie aussieht oder wer ihre Eltern sind oder wie einflussreich ihre Großmutter ist oder dass sie mit Noddy Wie-heißt-er-doch-gleich ausgeht. Sie ist absolut nicht zu gebrauchen!«

»*Theodore*.« Die Stimme der Schildpattfrau ist laut und scharf. »*Das reicht!*«

Ich blicke auf meine Hände. Ich bin doch immer noch hier, oder etwa nicht?

Teddy Winthrop kommt plötzlich zur Besinnung. Erst jetzt scheint ihm aufzufallen, dass ich über voll funktionsfähige Hörorgane verfüge.

»Es tut mir leid, dass du das mitanhören musstest«, sagt er, als wäre es undenkbar gewesen, zu warten, bis ich den Raum verlassen habe. »Ich bin sicher, du bist ein *sehr nettes* Mädchen.« Er spuckt das Wort *nett* aus, als wäre es giftig. »Aber das hier ist das echte Leben, Faith. Ich möchte eine gute Serie machen. Eine *großartige* Serie. Keine, deren Hauptzweck es ist, der Familie Valentine den Rücken zu tätscheln.«

»Es war nur ein Publicity-Trick?« Ich mache einen Schritt auf ihn zu. »Sie haben mir eine zweite Chance gegeben und meinen Namen an die Presse durchsickern lassen, nur damit Ihre Serie in den Zeitungen auftaucht?«

»Nein!«, protestiert Christian Ellis energisch. »Nein! Ganz

und gar nicht! Na ja … vielleicht ein bisschen. Im Grunde genommen schon. Trotzdem habe ich ehrlich gehofft, du wärst in der Lage … du weißt schon.«

»Eine tote Person darzustellen?«

»Genau!« Er nickt. »Aber leider …«

»… bin ich das nicht.«

»… Nein. Sehr schade«, fügt er mit einem leichten Schulterzucken hinzu. »Ich dachte, in dir steckt etwas, womit wir arbeiten können, aber … ich glaube, da ist nichts.«

In meinem Inneren zerbricht etwas. Also hole ich tief Luft und setze mein hübschestes und liebenswürdigstes Gesicht auf. Ich bin ruhig, ich bin dankbar, ich bin gefasst.

Haltung bewahren ist ganz leicht. Man muss nur den Drang danach, laut loszuschreien, so tief in sich vergraben, dass niemand ihn bemerkt. Mit ein wenig Übung schafft das jeder. Ich perfektioniere diese Kunst seit *Jahren*.

»Dafür habe ich vollstes Verständnis.« Ich lächle und schüttle Christian Ellis mit festem Griff die Hand. »Danke für Ihre Offenheit. So oder so, es war mir ein Vergnügen, Sie kennenzulernen.«

Dann wende ich mich an Teddy Winthrop. »Ich weiß Ihre Ehrlichkeit zu schätzen.« *Grübchen*.

Zu der Frau mit der Brille: »Vielen Dank, dass Sie mir eine Chance gegeben haben.« *Grübchen*. »Vielleicht können Sie ja eines Tages noch einmal auf mich zurückkommen, wenn ich meine Fähigkeiten weiterentwickelt habe.« *Grübchen, Grübchen, Grübchen*.

Und *Exit*.

»Mmm«, grummelt Teddy, als ich mich ohne ein weiteres Wort zum Gehen wende. »Jetzt fühle ich mich schlecht.«

»Tja«, sagt die Schildpattfrau vorwurfsvoll. »Vielleicht solltest du das auch.«

Ich schließe die Finger um die Türklinke und klammere mich für ein paar Sekunden daran fest. Meine Kehle schnürt sich zu, meine Brust tut weh, und mein Lächeln droht zu zerreißen wie ein zu straff gespannter Faden. *Nein. Nein. Nein. Nein.*

»Einen wunderschönen Tag allerseits!«, rufe ich über die Schulter. »Das Wetter soll heute traumhaft werden!« Blindlings verlasse ich den Raum.

Nein.

Die Tür fällt hinter mir ins Schloss. Ich schließe für einen Moment die Augen, denn alles dreht sich, und mein Herz trommelt und flattert, während in meinem Gehirn ein Panikgewitter wütet. *NEIN, NEIN, NEIN, NEIN, NEIN, NEIN. NEINNEINNEINNEINNEINNEINNEIN* –

Als ich die Augen wieder öffne, sehe ich ein kleines Kärtchen vor mir auf dem Boden. Verärgert hebe ich es auf – wer bitte verteilt seinen *Müll* in einem Empfangsraum? Nach einem kurzen Blick darauf stecke ich es in meine Handtasche. Im selben Moment vibriert mein Handy.

ENTGANGENER ANRUF: Noah

ENTGANGENER ANRUF: Noah

ENTGANGENER ANRUF: Noah

ENTGANGENER ANRUF: Noah

ENTGANGENER ANRUF: Noah

Es ist so süß von ihm, an mich zu denken. Aber ich bin noch nicht bereit dafür, über das zu reden, was gerade passiert ist. Noch nicht. Vielleicht niemals.

Rasch schreibe ich zurück:

Bin noch beim Vorsprechen.
Melde mich später xx

»*Naaa?*« Die Empfangsdame strahlt mich an. »Ich wette, du hast sie vom Hocker gehauen! Ich *wusste*, dass du sie begeistern würdest.« Sie senkt ihre Stimme zu einem ehrfürchtigen Flüstern. »Manchmal darf ich die Skripte lesen, weißt du? Das ist der Grund, warum ich diesen öden Job am Empfang mache. Er ist meine Eintrittskarte ins Business!«

Ich lächle, auch wenn meine Lippen taub sind. »Viel Glück!« Mein Gesicht fühlt sich an, als wäre es aus steifem Plastik. »Hoffentlich erfüllt sich Ihr Wunsch. Auf Wiedersehen.«

Da ich inzwischen alle Ausrufezeichen meiner gespielten Begeisterung aufgebraucht habe, halte ich zwei überkreuzte Finger hoch und fliehe nach draußen, wo schon eine silberne

Limousine auf mich wartet. Ich nehme auf der Rückbank Platz, mit hoch erhobenem Kopf, elegant und beherrscht.

Valentines treten immer mit Klasse auf.

Selbst. Wenn. Sie. Nie. Einen. Auftritt. Haben. Werden.

21

Was macht ein arbeitsloser Schauspieler?
Er spielt keine Rolle.

»Da-da-da-DA! Kameras auf Faith Valentine! Fanfaren!«

»Roter Teppich! Rosenblüten! Spot on!«

»Zeit, den Umschlag zu öffnen!«

»*Uuund hier ist sie*, Ladys und Möchtegern-Gentlemen, die großartige mittlere Valentine-Schwester, unvergängliche Ikone des britischen Films! Faith! Verrate uns doch, woher du deine Inspiration nimmst! Woher hast du dieses Kleid? Wie schaffst du es, auf diesen Absätzen zu laufen? Teile deine Geheimnisse mit uns, schöne Frau! Wir sind es nicht wert, in deinem göttergleichen Glanz zu baden!«

Ein echter Oscar wird mir in die Hände gedrückt.

»Der erste von vielen! Moment, wir müssen ihn aufpolieren – er verstaubt seit zehn Jahren auf der Toilette im Erdgeschoss.«

»Igitt, da hängt Toilettenpapier dran. Dafür wird jemand *gefeuert*.«

Blinzelnd betrachte ich die goldene Statuette. Dann schaue ich zu meinen Geschwistern, die auf den Eingangsstufen vor unserem Haus stehen. Sie haben eine pinke flauschige Badematte über den Fußabstreifer gelegt. Mercy lässt verklebtes Potpourri über meinen Kopf rieseln, Hope wedelt mit einem aufgerissenen alten Umschlag herum, und Max streckt die Stehlampe aus der Eingangshalle zur Tür hinaus, so dass sie mir direkt ins Gesicht scheint.

»Sie ist sprachlos! So wie alle wahrhaft großen Stars! Und jetzt dankt sie ihren Eltern, ihrer Großmutter, der Filmindustrie, ihren Schwestern, aber vor allem ihrem attraktiven und charmanten Bruder, ohne den nichts von alledem möglich gewesen wäre!«

Max springt zur Seite und tut so, als würde er sich vor sich selbst verbeugen.

»Oh, danke, du unerhört gutaussehender Max! Ja, es war mir eine Ehre, dieses liebenswerte Äffchen durch seine von einer rotzigen Nase geprägten frühen Jahre zu begleiten und mitanzusehen, wie es sich zu dem hochgewachsenen Sportfreak entfaltete, der heute vor uns steht.«

Mercy wirft noch mehr Potpourri in die Luft.

»*And the winner is …*« Hope öffnet mit großer Geste eine Gasrechnung und gibt vor, sie aufmerksam zu studieren. »Rihanna! Moment … das war die falsche. Ups, wie peinlich. Faith Valentine!«

Ich kann nicht anders, ich muss losprusten.

»Wie ist es gelaufen?« Hope zerreißt die Gasrechnung in zwei Hälften. »Erzähl uns *alles*! Wir sitzen hier schon auf blühenden Kohlen!«

»*Glüh*enden Kohlen!«, sagt Max grinsend. »Das hat nichts mit Blumenkohl zu tun.«

Ich beiße mir auf die Lippe.

»Ich denke, es ist …« Nacheinander blicke ich in ihre erwartungsfrohen Gesichter. »Ähm … noch zu früh, um etwas Definitives sagen zu können …« – *sie ist absolut nicht zu gebrauchen* – »… wir werden es wohl von Persephone per E-Mail erfahren.«

Ich werde niemals wieder meine E-Mails abrufen.

»*Ich bitte dich*«, sagt Mer und tätschelt völlig unerwartet meinen Arm. »Komm schon, Eff. Sie wären bescheuert, wenn sie dein perfektes Gesicht nicht auf sämtliche Busse Londons kleistern würden.«

Überrascht schaue ich meine große Schwester an. »Was ist denn mit dir los?«

Dann blicke ich auf ihre Hand, die auf meinem Arm liegt. Hat Mercy mich gerade freiwillig … berührt? Hält sie in ihrer Hand etwas versteckt? Einen kleinen Elektroschocker vielleicht?

»Ich kann auch nett sein!«, faucht sie und verschränkt die Arme. »Also ehrlich, Faith, kannst du mich nicht ein einziges Mal nett sein lassen?«

Lächelnd drücke ich ihr einen Kuss auf die Wange. »Nur, wenn das nicht zur Gewohnheit wird. Es ist ein bisschen gruselig.«

»Wie du meinst«, sagt sie grummelnd.

Max zieht mich triumphierend in die Küche. »Wir haben dir zur Feier des Tages einen Kuchen gemacht! Und mit *gemacht* meine ich bestellt, und mit *Kuchen* meine ich Donuts. Außerdem gibt es ein Picknick! Und mit *Picknick* meine ich … TA-DA!«

Auf dem Tisch erwartet mich die willkürlichste Zusammenstellung von Essen, die ich je gesehen habe. Hastig zusammengeklatschte und völlig durchweichte Tomaten-Thunfisch-Sandwiches sind zu schiefen Türmen gestapelt. Käsebällchen purzeln aus übervollen Schüsseln. Dazu ein Teller mit gekochten Eiern, an denen noch Schalenreste kleben. Neonfarbene Sprudelgetränke, die schon halb leer getrunken sind, und eine Platte mit kleinen Würstchen, die, wie ich bei genauerem Hinsehen erkenne, auf weißen Zahn-Sticks aufgespießt sind.

In der Mitte steht eine große Platte, auf der normalerweise Schmorbraten serviert wird. Darauf sind glasierte Donuts angeordnet. Jeder Donut ist mit einem Buchstaben aus Zuckerguss dekoriert.

GLÜCKWNSCHEFFIE

»Das *U* ist leider auf dem Fußboden gelandet«, erklärt Hope und leckt sich die Finger. »Danach musste es sofort gegessen werden. Du weißt ja, die Fünf-Sekunden-Regel und so weiter.«

Plötzlich habe ich einen dicken Kloß im Hals. Was wäre ich nur ohne diese drei?

»Ich bin schwer beeindruckt.« Schmunzelnd setze ich mich auf einen Stuhl und wähle ein Zahnstocherwürstchen aus. »Und das alles von einem professionellen Caterer. War es derselbe, der auch Brad Pitts Geburtstagsfeiern ausrichtet?«

»Das hätte Brad wohl gern!«, gluckst Max. »Bei ihm genießen die Gäste nicht den Luxus, dass sie ihr Besteck nach dem Essen auch zur Zahnreinigung benutzen können.«

Lachend versammeln wir uns um den Tisch.

Max stopft sich die Eier als Ganzes in den Mund, und Hope und Mercy versuchen, das am wenigsten durchweichte Sandwich zu ergattern. Alles ist fast so wie immer. Stimmengewirr, lautes Kichern, der Austausch von Beleidigungen, die vertraute Leichtigkeit und Wärme. Fast.

»Eff!«, sagt Hope mit vollem Mund. »Ich habe eine Idee für Noahs Geschenk! Sie ist so gut, dass sie in der Geschichte romantischer Gesten sanguinär ist.«

»Singulär«, korrigiert Max.

»Was?«

»Du meinst *singulär*, Pudel.«

»Hör auf, mir Worte in den Mund zu legen.« Meine Schwester sieht ihn entrüstet an. »Woher willst du wissen, was ich meine, wenn ich euch noch gar nicht verraten habe, worum es sich handelt?«

Ich muss lachen, als im selben Moment mein Handy zu vibrieren beginnt.

EINGEHENDER ANRUF: Noah

»Merk dir, was du sagen wolltest, Hope. Obwohl ich jetzt schon weiß, dass ich deine Idee übernehmen werde«, sage ich grinsend. Während ich noch auf einem Käsebällchen kaue, greife ich nach meinem Handy. *Noddy Wie-heißt-er-*

noch-gleich LOL. Irgendwie habe ich das Gefühl, dass mein Freund diesen Namen alles andere als witzig finden würde. »Hey! Wie geht's? Wir sitzen gerade beim schrecklichsten Picknick der Welt.«

»Moment mal!«, protestiert Max und wirft sich ein Ei in den Mund, während er gedankenverloren über das Display seines iPads wischt. »Wie gemein von dir!«

In der Leitung knackt es.

»… nicht … ich … gestern … was … *knister* … können …«

»Noah, ich verstehe dich ganz schlecht«, sage ich lächelnd. »Wir sind in der Küche, und hier ist schlechter Empfang, wie immer. Warte mal …« Ich springe auf und zwänge mich wieder hinter den Kühlschrank. Igitt, sind das etwa matschige Zucchini? Wie kommt es, dass immer wieder Lebensmittel hier hinten vor sich hingammeln, wo wir doch überhaupt nicht *kochen*?

»… du darfst nicht … *knister* … ich kann nicht … ich …«

»Noah?« Er klingt, als wäre er in einer Flasche Cola, die zu heftig geschüttelt wurde. »Bist du im Studio? Bleib kurz dran, ich muss –«

»… du … *knister* …«

»Effie.«

Ich halte den Finger hoch. »Eine Sekunde, Max.« Dann stecke ich den Finger in mein Ohr. »Noah? Ist alles okay? Kannst du mich hören?«

»… total … aus … *knister* … von …«

»Effie.«

»Nicht jetzt, Max. Noah versucht, mir etwas zu sagen –«

»*Knister* … erklären.«

»FAITH VALENTINE!«, brüllt Max hinter mir. »LEG SOFORT DAS VERDAMMTE HANDY WEG!«

Erschrocken lege ich auf. Meine Geschwister schauen mich mit großen Augen an. Vor ihnen auf dem Küchentisch leuchtet das Display von Max' iPad.

»Was? Was ist denn los?« Meine Eingeweide verknoten sich. Bestimmt hat es etwas mit dem Vorsprechen zu tun. Die Story ist schon draußen, und jetzt weiß die ganze Welt, dass ich eine Schande für meine Familie bin. »*Was ist los?*«

»Setz dich, Effie«, sagt Max behutsam und zieht mir einen Stuhl heran. »Hol erst mal tief Luft, denn das wird ein ziemlicher Schlag für dich, Sis.«

Was ist – wie ist – wer ist –

Reiß dich zusammen, Faith. Fassung bewahren!

»Ich werde mich *nicht* hinsetzen«, sage ich mit unnatürlich ruhiger Stimme. »Danke, aber ich bleibe lieber stehen. Bitte zeig mir, was auf dem Bildschirm zu sehen ist.«

Langsam dreht er das iPad in meine Richtung.

Eine Sekunde lang begreife ich nicht, was ich sehe: weder das Foto noch die Headline noch die Bildunterschrift. Einen Moment lang ist es nur ein weiterer Witz, den ich nicht verstehe. Ein schlechter Gag auf einem Post-it-Zettel, an die Wand geklebt und mit einem Kuss signiert.

Dann ergeben die Worte plötzlich einen Sinn.

TREULOSE POPSTAR-RATTE BEI SEITENSPRUNG MIT MYSTERIÖSER BLONDINE ERWISCHT

Vor etwa einer Stunde sind Fotos von Chartstürmer Noah Anthony aufgetaucht, die ihn zeigen, wie er heiß und innig eine unbekannte Blonde küsst. Frauenheld Noah, zurzeit in einer festen Beziehung mit Promi-Schönheit Faith Valentine, wurde auf seiner Aftershow-Party gesichtet, wie er mit einem mutmaßlichen Fangirl herumknutschte. Bedeutet dies das Aus für Fainoah?

»Faith«, sagt Mercy leise. Ihre Augen sind ganz dunkel.

Ich senke den Blick und lese weiter.

Anthony streitet alles ab und erklärt: »Es ist nicht das, wonach es aussieht!« Doch die Bilder sprechen für sich (links)! Bisher ist es nicht gelungen, die mysteriöse junge Frau zu identifizieren, aber Zeugen bestätigten, dass der untreue Sänger »nur noch Augen für sie« hatte.

Es ergibt keinen Sinn. Noah liebt mich, das weiß ich. Bestimmt handelt es sich wieder einmal um ein Missverständnis, eine weitere Fake-Story. Vielleicht ist das Bild mit Photoshop bearbeitet. Oder es wurde aus einem ungünstigen Blickwinkel aufgenommen, und der Kuss war in Wahrheit nur eine freundschaftliche Begrüßung. Vielleicht ist das Foto *uralt*, vor Jahren entstanden, als Noah und ich uns noch gar nicht kannten. Nein – mit zusammengekniffenen Augen versuche ich, auf dem verschwommenen Foto Details zu erkennen –, es ist zweifellos Noah, und seine Haare sind eindeutig kurzgeschoren.

Das heißt, dieses Foto kann nicht älter als zwei Tage sein.

Und die Art, wie sie sich küssen, hat nichts mit Freundschaft zu tun.

»Und das, nachdem er dir seinen romantischen Song gewidmet hat!« Hope ist vom Tisch aufgesprungen. Ihre Augen sind feucht, aber sie hat die Hände zu Fäusten geballt. »Die romantische Geste, die ich mir für ihn ausgedacht habe, kann er sich abschminken! Was für ein ... was für ein ... was für ein *stinkendes Häufchen Kacke*!«

Mein Handy klingelt wieder.

EINGEHENDER ANRUF: Noah

Ich drücke ihn weg.

EINGEHENDER ANRUF: Noah.

Ich drücke ihn weg. Dann gehe ich hinaus in die Eingangshalle, setze mich auf die unterste Treppenstufe, schlüpfe aus meinen Vorsprech-High-Heels und ziehe entschlossen meine Neonlaufschuhe an.

»Faith!« Max reißt mir wütend einen Schuh aus der Hand und schleudert ihn in den Gang. »Schluss damit! Was ist los mit dir? Du kannst doch nicht immer ... *wegrennen*.«

Und ob ich das kann.

»Ähm«, räuspert sich Mercy, den Blick aus dem Fenster gerichtet. Ihre Wangen sind gerötet. »Eff. Ich fürchte, du musst schnell rennen.«

Müde blicke ich zu ihr hoch. »Warum?«

»Die Paparazzi sind schon da.«

22

Ich bin nicht schnell genug.

Innerhalb von Sekunden stehe ich an der Hintertür, den einen Turnschuh am Fuß, den anderen in der Hand – dann werde ich eben durch den Garten spurten –, aber als ich die Tür öffne, erwarten mich Blitzlichter, Geschrei und eine Flut von Fragen. Ich weiche sofort zurück und schlage die Tür wieder zu.

»*Wie* …« Ich drehe mich zu meinen Geschwistern um, die hinter mir stehen und mich besorgt ansehen. »Ich versteh das nicht. Wie sind sie aufs Grundstück gekommen? Das ist … *illegal.*«

»Jemand muss den Torsummer gedrückt und sie hereingelassen haben.« Max runzelt die Stirn. »Wir waren so doof und haben ihnen freiwillig Zutritt gewährt. Wie Vampiren oder Lieferanten.«

War das Mum? Ist ihr Verstand so vernebelt, dass sie dachte, ein Dutzend Vertreter der nationalen Presse würden in diesem Haus willkommen sein?

»FAITH!«, ruft jemand durch den Briefkastenschlitz.

»FAITH VALENTINE! WIE GEHT ES DIR? DU MUSST AM BODEN ZERSTÖRT SEIN!«

Mein Herz hämmert.

EINGEHENDER ANRUF: Noah

Ich drücke den Anruf weg.

»Was mach ich denn jetzt? Ich glaube, ich kann das nicht …« Meine Wangen fangen an zu brennen, und mein Hals schnürt sich zu. »Kann bitte jemand diese Leute wegschicken?«

»Aber sicher.« Max plustert sich auf. »Ich werde ihnen klar und deutlich sagen, wohin sie gehen sollen. Verzieh dich in dein Zimmer, Eff, ich kümmere mich darum.«

Mein Bruder rollt seine Ärmel hoch, als wollte er die Situation mit ein paar gut platzierten Faustschlägen erledigen.

»Und ich werde sie *in der Luft zerreißen*!«, droht Hope mit sich überschlagender Stimme. Sie hebt die Fäuste zum Angriff wie ein Boxer. »Ich werde sie … ich werde sie … ich werde ihnen ihre kleinen Gehirne durch die Ohren *herausquetschen* mit … mit *Essstäbchen* … und dann werde ich diese Gehirne auf den Grill legen und rösten und Sauce darüber kippen, und dann werde ich sie *essen*!«

Wir starren sie an, für einen Moment abgelenkt von der lauernden Meute.

»Also wirklich, Hope«, sagt Max. »Ist das nicht ein bisschen übertrieben? Diese Leute machen doch auch nur ihren Job.«

Hope überlegt. »Oder ich schreie sie an: HAUT AB, IHR SCHIMMELIGEN CHICKEN NUGGETS!«

»Das klingt schon besser.«

EINGEHENDER ANRUF: Noah

Ich drücke ihn weg.

Mit wachsender Panik steige ich die Stufen hinauf. Ich will nur noch in mein Zimmer, zu meinem Zufluchtsort, wo ich im Dunkeln liegen und nachdenken kann, wie ich –

»*Oder* …«, sagt Mercy langsam, »du gehst da jetzt raus.«

Ich halte mitten auf der Treppe inne. »Wie bitte?«

»Du könntest rausgehen und mit ihnen reden.« Ihre schwarzen Augen blitzen. »Du könntest Einfluss nehmen auf das, was sie schreiben. Deine eigene Geschichte darstellen. Nicht mehr zulassen, dass andere in deinem Namen sprechen. Du musst nicht immer das Opfer sein, weißt du?«

Meine große Schwester sieht mich forschend an.

»*Oooh*«, sagt Max und rollt seine Ärmel wieder herunter. »Genau. Vergiss meinen Vorschlag, der von Mercy ist *viel* besser. An deiner Stelle würde ich genau das tun.«

»Aber …« Ich mache ein paar vorsichtige Schritte nach unten. »Ich weiß doch gar nicht, was *meine* Geschichte ist. Ich weiß ja noch nicht einmal, was genau passiert ist. Dazu müsste ich erst einmal mit Noah reden.«

EINGEHENDER ANRUF: Noah

»Und dir seine lahmen Ausreden anhören?« Mercy presst die Zähne zusammen. »Irgendeinen Bullshit wie: *Es ist nicht das, wonach es aussieht, du musst mir glauben, es war ein Fehler, ich liebe dich, Baby, können wir bitte ganz schnell vergessen, dass es passiert ist*? Warum? Was soll das? Er hat seinen Teil gesagt, Eff. Er hat bereits mit den Zeitungsfritzen gesprochen. Jetzt bist *du* an der Reihe.«

Ich drücke seinen Anruf weg. Dann mache ich zaghaft noch einen Schritt nach unten. »Aber … was soll ich tun?«

»Schreien!«, ruft Hope aufgeregt. »Kreischen! Mit Gegenständen werfen!«

»Heulen«, schlägt Max vor. »Sei total traurig und weinerlich. Dann fühlt er sich *schrecklich*.«

»Tu so, als wärst du gerade aufgestanden und noch ein bisschen dösig. Um zu demonstrieren, dass dir die Sache egal ist und du wie ein Murmeltier geschlafen hast.«

»Sei entschlossen, aber würdevoll! Bereit zu verzeihen, aber nur nach stundenlangem Betteln.«

»Aber sei auch mutig!«

»Und kämpferisch!«

»Indigoniert.«

»Unbeirrt.«

Himmel noch mal – »KÖNNT IHR ZWEI BITTE AUFHÖREN, MIR REGIEANWEISUNGEN ZUZURUFEN? DAS HILFT MIR *REIN GAR NICHTS*!« Ich wende mich an meine große Schwester. Sie hat nichts mehr gesagt, dabei brauche ich gerade jetzt ihre Stärke und ihren Rat. »Mer, hilf mir. Was soll ich ihnen sagen?«

Mercy runzelt die Stirn. »Genau das ist der springende Punkt, Eff. Du kannst sagen, was du willst.«

Für lange Überlegungen bleibt keine Zeit. Max öffnet kurz die Haustür und kündigt an, dass ich in zehn Minuten einige Dinge klarstellen werde, dann bugsieren sie mich in Hopes Zimmer. Hastig bekomme ich das *Ultimative Herzschmerz-Make-up* verpasst, wie Hope es nennt, wobei man sich allerdings uneins ist, wie ich mich präsentieren soll: makellos – *Von sowas lasse ich mich doch nicht beeindrucken!* – oder zerzaust – *Ich bin am Boden zerstört!* – oder glamourös – *Endlich frei!* – oder mit geröteten Augen und geschwollener Nase – *Wie konntest du mir das antun?* – oder strahlend – *Ich habe ihn schon längst hinter mir gelassen!*

»Das ist knifflig«, sagt Hope leicht frustriert und schleppt ihren großen Kasten mit ausrangierten Make-up-Utensilien heran. »Welcher Lippenstiftfarbton sagt: *Mein fester Freund küsst andere Mädchen, während ich zu Hause im Bett bin?*«

Max sieht sie an und schüttelt nur den Kopf.

»Was?« Sie reißt die Augen auf. »Was hab ich denn gesagt?«

Als ich wieder zur Treppe geführt werde, bin ich zugleich aufgehübscht und ungepflegt, übernächtigt und ausgeruht, funkelnd und matt, zottelig und glänzend – und das alles mithilfe von gezielt verteilten Mascaraflecken und grellrot geschminkten Lippen.

»Okay«, sagt Max und reibt sich die Hände. »Also denk daran: Er ist die Ratte, und du bist die Göttin. Er verdient dich nicht, du bist zu gut für solche Spielereien, zum Glück hast du sein wahres Ich noch rechtzeitig erkannt bla, bla, bla.«

»Wir lieben dich!« Hope spritzt mir Wasser ins Gesicht und verschmiert meinen Eyeliner noch ein bisschen mehr. »So, so sehr! Viel Glück!«

Mercy schaut mich prüfend an und drückt meinen Arm. Die Tür geht auf.

»FAITH!« Blitzlichter blenden mich. »FAITH VALENTINE! WIE FÜHLST DU DICH?«

»WIE IST ES, DIE BETROGENE ZU SEIN? HATTEST DU EINEN VERDACHT, ODER WARST DU AHNUNGSLOS?«

»WIE HAST DU ES HERAUSGEFUNDEN? HAT NOAH ES DIR GESTANDEN?«

»WIRST DU IHM VERZEIHEN?«

»WER IST DAS MÄDCHEN? IST ES WIEDER AVERY?«

»IST DAS DER LETZTE SARGNAGEL FÜR EURE ON-OFF-BEZIEHUNG?«

Ich öffne den Mund.

HUUUUUUP, HUUUUUUP.

Alle drehen sich um. Eine Silberlimousine rollt majestätisch die Auffahrt entlang und hält mit knirschenden Reifen an. Die Tür geht auf, meine Großmutter steigt aus und kommt den Kiesweg entlangmarschiert. Bei jedem Schritt klackt ihr Gehstock auf den Boden wie das Holzbein eines Piraten.

Alle weichen zurück.

»Aus dem Weg!« Sie fuchtelt mit ihrem Stock in der Luft herum. »Weg da, Aasgeier! Das hier ist kein Zirkus.

Wir sind die *Valentines*. Und Sie befinden sich nicht in einer Kitschshow auf einem dieser Liebes-Archipele!«

Verwirrte Stille. Dann löst sich die Erstarrung.

»Dame Sylvia!« Jemand hält ihr mutig ein Diktaphon vors Gesicht. »Dame Sylvia! Was sagen Sie zu dem Verrat an Ihrer Enkelin? Haben Sie Noah Anthony schon immer für einen Taugenichts gehalten?«

»Kein Kommentar«, blafft Grandma.

»Sehen Sie einen Zusammenhang zwischen diesem Vorfall und erneuten Gerüchten über die eheliche Untreue Ihres Schwiegersohns Michael?«

»Kein Kommentar.«

»Was sagt Juliet dazu, dass ihre Tochter das gleiche Schicksal ereilt hat wie selbst?«

Ich zucke zusammen. In all dem Chaos ist mir nicht in den Sinn gekommen, dass man die beiden Ereignisse miteinander in Verbindung bringen könnte.

Valentines schaffen es nicht, ihre Männer zu halten.

Ein Ruck geht durch Grandma. »Wollen Sie etwa *andeuten*«, faucht sie und richtet sich zu ihrer ganzen Größe auf, »dass Frauen für die Unzulänglichkeiten der Spezies Mann *verantwortlich* sind?«

Das bringt sie alle zum Schweigen.

»UND JETZT VERSCHWINDEN SIE ENDLICH!«, ruft sie mit ihrer dröhnenden Stimme für die ganz große Bühne und rammt ihren Gehstock in den Boden, einen Zentimeter neben dem Zeh des Journalisten. »Na los, verziehen Sie sich.« Ein weiterer Stoß mit dem Stock. »Sonst sorge ich dafür, dass Sie Ihre restliche Karriere damit verbringen, über Kätzchen in Bäumen, Ortsfeste und Geburtstagsfeiern zum Neunzigsten zu berichten.«

Innerhalb von Sekunden sind die Stufen vor der Haustür frei, und wir schauen zu, wie die Vans der Paparazzi rückwärts wenden und davonbrausen.

»Grandma, ich –«

»*Was* habe ich dir zum Thema Türöffnen gesagt? Du siehst grauenvoll aus, Liebes. Hope, geh ins Haus und setze eine Tasse Tee für deine Schwester auf.«

23

»Vollkommen inakzeptabel … leben wie die Barbaren … Käse auf dem Fußboden … deine Mutter ist nicht … dein Vater vergnügt sich munter … empörend … verwahrloste Zustände … in meinem ganzen Leben nicht …«

Ich bin in einem Schwebezustand zwischen Wachen und Träumen.

Meine Augen sind offen, mein Rücken ist gerade, aber ich tauche immer nur kurz an die Oberfläche, bevor ich wieder in die Tiefe sinke.

»Ja, Grandma.«

»… nicht, was ich … glaub bloß nicht … ganz und gar nicht dein Fehler … schäbiges Benehmen … nicht deine Schuld …«

»Ja, Grandma.«

»… moderne Kultur … Geisteshaltung … kein Anstand …«

Blinzelnd stehe ich auf.

»Tut mir leid, Grandma, ich weiß deinen Besuch zu schätzen. Aber ich denke, ich muss mich jetzt hinlegen.«

Langsam gehe ich Richtung Treppe.

EINGEHENDER ANRUF: Noah

»Ja.« Meine Stimme klingt hohl.

»Baby?« Noah stößt den Atem aus. »Eff, endlich! Du musst mir zuhören – die ganze Geschichte ist maßlos übertrieben … du weißt doch, wie das ist. Du *weißt*, wie alles immer aufgeblasen wird. Du bist die Liebe meines Lebens. Ich könnte dir niemals weh tun. Wir finden gemeinsam einen Weg, du musst es nur zulassen –«

»Stimmt es?«

Für den Bruchteil einer Sekunde herrscht Stille. »Die Sache ist die, Eff, ich weiß selbst nicht, wie es dazu … es kam total überraschend und –«

»Stimmt es, Noah?«

»Es sieht schlimmer aus, als es war, ich schwör's. Es hat höchstens eine Minute gedauert, und ich habe praktisch kein Wort mit ihr geredet und –«

»Noah, hast du dieses Mädchen geküsst oder nicht?«

Stille.

»Ja, das habe ich, Effie. Es tut mir so leid.«

»Wer ist sie?«

»Keine Ahnung. Irgendein Mädchen. Es spielt keine Rolle, *wer* sie war, wichtig ist nur, dass ich dich liebe, dass ich mich für dich entschieden habe, dass ich nur dich will und sonst keine. Du musst mir zuhören, wenn ich dir –«

»Danke für deinen Anruf und für die Informationen. Einen schönen Tag noch.«

Ich lege auf und gehe weiter.

Pling.

Mein Exklusivinterview mit Faith Valentine fand in der Villa ihrer Familie in Richmond statt, in ihrem privaten Zimmer – einem leeren weißen Raum, den sie ihren »Zufluchtsort« nennt. Für die Hauptrolle in *Vierzehn. Tage der Angst* in der engeren Auswahl zu sein, beschreibt sie vage als »schönes Gefühl«. Weiter erklärt sie: »Schon als kleines Mädchen stand für mich fest, dass ich als Schauspielerin in die Fußstapfen meiner Familie treten möchte. So viele unterschiedliche Menschen zu verkörpern, unterschiedliche Leben darzustellen, unterschiedliche Geschichten zu erzählen, darin liegt ein ganz besonderer Zauber.«
Faith Valentine ist makellos, zurückhaltend und – natürlich – umwerfend schön. Aber hinter der glänzenden Fassade verbirgt sich eine gewisse Oberflächlichkeit und erschreckend wenig Tiefgang. Ihr perfektes Auftreten irritiert. Sie spricht, als würde sie halbherzig einstudierte Textzeilen aufsagen. Ihre Augen sind leer. Erst als sie über ihren Popstarfreund Noah Anthony erzählt, kommt etwas Leben in sie. »Wir stehen uns sehr nahe«, schwärmt sie. »Unsere Beziehung ist felsenfest und unerschütterlich.«
Diese Worte aus dem Mund eines sechzehnjährigen Mädchens sind ebenso verstörend wie traurig. Unwillkürlich frage ich mich: Können wir ernsthaft wollen, dass unsere Teenager sich diese Art von Mädchen zum Vorbild nehmen? Ist die Popularität, die Faith unter jungen Leuten genießt, nicht vielmehr ein beunruhigendes Zeichen dafür, in welcher Gesellschaft wir leben?

Ihr Aufstieg ist ebenso kometenhaft wie unerklärlich – doch nur die Zeit wird zeigen, ob er von Dauer sein kann.

Na toll.

Als ich die Tür zu meinem Schlafzimmer öffne, liegt ein Stapel Modemagazine auf dem Bett neben einer gefalteten Decke, und auf dem Nachttisch steht ein Becher mit Tomatensuppe, die bereits kalt und geronnen ist.

Blinzelnd senke ich den Blick. Dichter violetter Nebel quillt aus dem Boden und kriecht langsam über meine Füße, bis ich sie nicht mehr sehen kann.

»Nein.«

Der Nebel steigt hoch und bedeckt meine Beine.

»*Nein.*«

Er hüllt meinen Bauch, meine Taille und meine Hände ein.

»NEIN.«

Jetzt sind meine Arme und die Brust dran. Der Nebel kriecht über meinen Hals, bis ich nur noch ein Gesicht bin. Ich kriege keine Luft mehr, und ich sehe nichts mehr, und ich löse mich auf, ich bin nicht mehr da, nicht mehr da, nicht mehr da –

»NEIN, NEIN, NEIN, NEIN, *NEIN.*«

Mit einem lauten Schrei drehe ich mich zum Spiegel. Mein Gesicht ist fremd, eine Ansammlung von verzerrten Linien, die ich nicht zuordnen kann.

»*NEIN!*«

Mit einem Satz bin ich bei einem Stuhl. Ich hebe ihn

hoch und schlage auf den Spiegel ein, immer und immer wieder. Das Glas zerbricht nicht, aber es springt, springt, springt, bis mein Spiegelbild aus tausend Einzelteilen besteht.

Klirr.

Ein Teil ist freundlich, einer nett, einer schön.

Klirr.

Einer ist ein Albtraum, eine Diva, eine Fratze.

Klirr.

Da sind das Opfer und die Ikone, die Langweilerin und die Göttin, die Imitation und der Liebling. *Klirr, klirr, klirr, klirr* – immer weiter, bis ich eine Million Mädchen sehe, die im Spiegel gefangen sind. All die Personen, die sie sein müssen. All die Menschen, denen sie gefallen müssen. All die Leben, die sie leben müssen. All die Leben, die sie *nicht* leben dürfen.

Klirr.

Ich weiß nicht mehr, was echt und was falsch ist. Ich weiß nicht, welcher dieser vielen Splitter ich bin.

Klopf, klopf, wer ist da?

Klirr.

ICH HABE KEINE AHNUNG.

24

Schwer atmend, stelle ich den Stuhl ab und gehe ins Badezimmer. Ich stecke meinen Elektrorasierer in die Steckdose und fahre damit langsam über die Mitte meines Kopfes, dann an der Stirn entlang bis zu den Schläfen. Ich mache so lange weiter, bis ich komplett kahl bin.

Dann krame ich das weiße Kärtchen aus meiner Tasche und greife nach meinem Handy.

»Hallo, hier ist Faith Valentine.«

»Hi. Ich habe mich schon gefragt, wann du anrufst.«

GEBROCHENES HERZ

Nach Noah Anthonys Liebesverrat (wir berichteten) scheint es, als habe die Verzweiflung Faith Valentine im wahrsten Sinne des Wortes die Sprache verschlagen (Abbildung links). Der Popstar und Frauenheld, der am Jahrestag der beiden auf frischer Tat beim Fremdknutschen ertappt wurde, ist seither wie vom Erdboden verschluckt.

OHNE FAITH

Business-Insidern zufolge hat Faith Valentine sich aus dem Rennen um die Hauptrolle in *Vierzehn. Tage der Angst* zurückgezogen. In der offiziellen Pressemitteilung heißt es: »Faiths Gesundheit und Glück stehen für uns an erster Stelle. Wir wünschen ihr alles Gute in dieser für sie so schwierigen Zeit.«

Es ist noch nicht aus und vorbei, sagt Noah Anthony

»Ich werde nicht aufgeben«, verkündet Popstar Noah Anthony in einer exklusiven Enthüllungsstory. »Faith ist die Liebe meines Lebens. Ich werde sie zurückgewinnen.« Während seine neue Single *Faith in Me* weiterhin Platz eins in den Charts belegt, versichert er, ohne Faith »nichts und niemand« zu sein. Inzwischen wurden bereits mehrere junge Frauen als die unbekannte Blondine identifiziert, darunter unter anderem Avery Evans, eine Background-Tänzerin, die bereits früher zu verschiedenen Anlässen an Noahs Seite zu sehen war.

Siehst du, Kevin?! So was passiert, wenn heiße Girls millionenschwere Idioten daten statt ganz normale Jungs wie mich. Jetzt ist es meine Aufgabe, Effie zu zeigen, dass ich der Richtige bin! Bleibt dran, *Go-Zippers*!

HOLT EUCH DEN VALENTINE-LOOK!

Zehn rote Lippenstifte, die sagen: »PECH GEHABT, BLÖDMANN!«

25

Wie schafft man eine glatte 1?
Mit einem Lineal.

Ich bin keine, die zu großen Gesten neigt, aber –

»Scheiß drauf«, murmle ich und klettere aus meinem Fenster wie fast jeder Teenager in fast jedem amerikanischen Film. Blinzelnd schaue ich mich um.

Seit ich denken kann, ist die Valentine-Villa mein Zuhause. Ich kenne jeden Winkel, jeden Eichenholzkorridor, jeden Marmorkamin. Aber als ich jetzt auf der Feuerleiter stehe, wird mir klar, dass ich das Haus *so* noch nie gesehen habe. Die feuchten, verstopften Abflussrinnen; das Moos auf den Dachziegeln; ein Paar zerrissene schwarze Strumpfhosen, die im Wind flatternd aus Mercys Schlafzimmerfenster hängen.

Auf der obersten Sprosse kauernd, schlage ich die Kapuze meines limettengrünen Hoodies hoch und warte, den Blick auf die Auffahrt gerichtet. Plötzlich öffnen sich laut quietschend die elektrischen Tore, und ein verbeulter oranger Mini rast den Kiesweg herauf, fährt die rosa Geranien im Blumenbeet platt und rammt die Statue der Aphrodite, die gerade aus ihrer Muschel steigt.

Ich atme tief durch.

»Ups!«, ruft Scarlett Bell aus dem Autofenster zu mir hoch. »Ich hab ihre Titten erwischt! Mein Fehler! Euer Tor-Code ist übrigens kinderleicht zu knacken!«

Ich schlucke aufgeregt, dann klettere ich die Feuerleiter hinunter und stelle die Liebesgöttin wieder auf die Beine. Verblüfft nehme ich Scarletts Auto in Augenschein. Der Lack ist fleckig, und überall kleben bunte Reisesticker – aus *Paris, Venedig, Mexiko, Australien* –, so dass das ganze Auto aussieht wie ein zerschrammter Urlaubskoffer.

Außerdem klebt eine *Fahranfänger*-Plakette auf der Heckscheibe.

»Ähm …«, sage ich unsicher und schnipse zerknüllte Schokoriegelpapierchen vom Beifahrersitz, bevor ich einsteige. »Darfst du überhaupt schon allein am Steuer sitzen … ohne eine volljährige Begleitperson?«

Ich will ja nicht pingelig sein, aber bei der Statue handelt es sich um eine dreißigtausend Pfund teure Göttin der Liebe.

»Nö, alles gut.« Scarlett nascht aus einer Chipspackung. Alles im Umkreis von sechs Metern riecht nach Käse und Zwiebeln. »Du besitzt doch sicher einen gültigen Führerschein, oder?«

Irritiert starre ich sie an. »Nein.«

»Nein?« Ihre Augen werden groß. »Machst du Witze? Bist du denn nicht so um die vierzig?«

Das war ein Scherz. Oder? »Ich bin … sechzehn.«

»*Echt jetzt?* Wow. Dann müssen wir superschnell fahren, um der Polizei zu entkommen.« Scarlett grinst mich an, dann drückt sie das Gaspedal durch, brettert wieder über den Kiesweg und biegt so scharf nach links, dass sie auf ihrem Sitz gegen die Autotür rutscht.

Als sie meinen Gesichtsausdruck sieht, prustet sie los.

»Das war ein Witz, Valentine.« Die nächste Handvoll Chips – *schmatz, schmatz, schmatz.* »Ich hab die Prüfung schon vor einem Monat bestanden, die Anfängerplakette verschafft mir nur etwas mehr Platz im Straßenverkehr. Aber du hättest mal dein Gesicht sehen sollen!«

Schweigend sitze ich neben ihr, ganz mit meinem Gefühlschaos beschäftigt, während wir durch Richmond kurven. Wo fange ich bloß an?

Also, mein Freund hat mich hintergangen, und ich werde von Paparazzi gejagt, und die Presse seziert mich wie einen Frosch, und ich habe keinen Funken Schauspieltalent, und meine Zukunft ist wie ein Kartenhaus in sich zusammengefallen, und ich habe gerade mein Zimmer verwüstet, und ich fürchte, ich verliere den Verstand, und ich habe dich angerufen, weil ich niemand sonst habe, den ich anrufen könnte.

Oh, und außerdem bist du eine völlige Fremde für mich. Daher wäre als Einstieg vielleicht angebracht: Hallo, wie geht es dir?

»Scarlett«, fange ich schließlich an. Ich ziehe meine Kapuze herunter und fahre mit der Hand über meinen kahlen Kopf. Ich komme mir seltsam entblößt und verletzlich vor, wie ein schutzloses Eichhörnchenbaby. »Hast du deine Visitenkarte absichtlich vor der Rezeption verloren?«

Scarlett sieht mich an. »Na klar, was denkst du denn?« Sie grinst. »Diese Dinger kosten ein verdammtes Vermögen.«

»Warum hast du das gemacht?«

Sie denkt ein paar Sekunden über meine Frage nach, dann legt sie den Kopf schief und kippt sich die restlichen Chips in den Mund. Danach bläst sie langsam und gleichmäßig in die Packung hinein, bis die Tüte kurz vor dem Platzen ist.

Sie wedelt damit vor meinem Gesicht herum – *das bist du* –, bevor sie die Tüte gegen das Lenkrad klatscht – *PENG!* – und mich damit so erschreckt, dass ich fast vom Beifahrersitz falle.

Ich blicke erst sie, dann die explodierte Tüte an. Mit einem tiefen Seufzer lehne ich meinen kahlen Kopf gegen die Nackenstütze. Mein ganzer Körper sackt vor Erleichterung in sich zusammen.

Ich muss nichts erklären. Scarlett weiß schon alles.

Als der rostige Mini anhält, ist es bereits dunkel. Wir haben vor einem Wohnblock geparkt: ein rechteckiger grauer Zementbau, schmutzige Fenster und Balkone, auf denen Wäsche hängt.

Ein paar Minuten sitzen wir in friedlicher Stille da und schauen zu, wie die Welt sich dreht.

Hope hatte eine Rennmaus, als sie klein war. Wir haben uns über das putzige Tierchen amüsiert: wie es auf dem quietschenden Hamsterrad gerannt, gerannt, gerannt, gerannt ist, bis es außer Tritt kam und trotzdem noch viele weitere Runden gedreht hat, bevor es aus dem Rad flog und orientierungslos auf dem Boden landete.

Ungefähr so fühle ich mich jetzt: aus dem Gleichgewicht

geraten, ins Leere strampelnd. Mein Kopf schwirrt, und ich frage mich ratlos, wo ich wohl gelandet bin.

Mein Handy macht *Pling*.

> Tut mir so leid, Eff. Es war nur ein Kuss. Bitte sprich mit mir. :(Nxx

Sofort zieht sich mein Magen zusammen, und meine Kehle wird eng. Ich starre auf Noahs trauriges Emoji. Sollte ich ihn vielleicht doch anrufen? Ja, das sollte ich. Es war nur ein Kuss, er hat sich entschuldigt und –

Mein Handy macht schon wieder *Pling*.

> Hi, Faith. Du hast seit vierundzwanzig Stunden nichts mehr gepostet. Um deine Follower und den Algorithmus von Instagram zufriedenzustellen, solltest du idealerweise dreimal am Tag etwas posten. Daher habe ich einige Vorschläge für dich angehängt (in dieser so schwierigen Zeit).
> Genevieve

Auf dem ersten Foto trage ich ein Crop-Top, habe den Bauch eingezogen und blicke nachdenklich aufs Meer hinaus (Resultat eines meiner vielen peinlichen Fotoshootings). Darunter steht: *Jeder neue Tag bringt neue Kraft und neue Gedanken – Eleanor Roosevelt #strengthfromwithin*

Auf dem zweiten halte ich liebevoll lächelnd einen kleinen Hund mit zerknautschtem Gesicht in den Armen. *Ein ruhiger Geist schenkt innere Stärke und Selbstvertrauen – Dalai Lama #positivevibes*

Auf dem dritten stehe ich auf dem roten Teppich, die Hände in die Hüften gestützt. *Wer andere beherrscht, ist stark. Wer sich selbst beherrscht, ist mächtig – Laotse #channelyour energy*

Ähm …

Die Neuigkeiten sind gerade mal sechs Stunden alt. Ich hatte noch nicht einmal die Zeit dafür, mir über *meine* Gefühle klarzuwerden – und erst recht nicht darüber, was Eleanor Roosevelt dazu sagen würde. Genauso gut hätte Genevieve schreiben können: ER HAT FAITH DAS HERZ GEBROCHEN, ABER SIE BRAUCHT KEIN MITLEID UND HAT AUCH KEINEN NERVENZUSAMMENBRUCH. IHR GEHT ES BESTENS, SEHT EUCH NUR IHREN TRAINIERTEN BAUCH AN UND WIE GUT SIE MIT TIEREN UMGEHEN KANN, IST SIE NICHT EINE TRAUMFRAU?

Keines der Fotos spiegelt wider, dass ich jedes Mal, wenn ich an Noah denke, das Gefühl habe, eine Gartenharke würde meine Eingeweide durchfurchen. Und wenn ich von ihm höre, dann ist es, als würde ein Spaten mein Innerstes aus mir herausschaufeln.

Aber Regeln sind Regeln, also –

»Was machst du da?« Stirnrunzelnd beugt Scarlett sich zu mir herüber. »Igitt. Was für ein schreckliches Foto. Warum glotzt du so aufs Meer hinaus?«

»Ich –«

»Und das hier ist ja noch schlimmer. Gehört der Hund überhaupt dir?«

Meine Wangen werden heiß. »Wir haben ihn ausgeliehen, damit ich … einfühlsam rüberkomme. Eigentlich bin ich allergisch gegen Hunde. Ich hatte noch tagelang Hautausschlag.«

»Ha! Weißt du überhaupt, wer Laotse ist?«

Mein Gesicht brennt jetzt wie Feuer. »Nein.«

»Ein alter chinesischer Philosoph, der den Taoismus begründet hat.« Sie lacht. »Soll ich dir was verraten? Das Universum wird auch ohne deine Selfies und deine zweckentfremdeten Weisheiten überleben. Und überhaupt, wenn ein Dalai-Lama-Zitat in verschnörkelter Schrift kein verzweifelter Schrei nach Hilfe ist, dann weiß ich auch nicht.«

Meine Nase zuckt. Genau das habe ich mir auch gedacht, aber …

»Du verstehst das nicht«, erkläre ich, während Scarlett mithilfe des Rückspiegels schwarzen Eyeliner aufträgt. »Ich bin eine *Valentine* – jeder meiner Schritte wird beobachtet … ich habe Millionen von Followern und muss ein positives Image aufrechterhalten … meine Vorbildrolle ausfüllen … den Widrigkeiten des Lebens mit Stärke und Würde begegnen und … und …«

Scarlett verharrt mitten in der Bewegung, den Eyeliner noch am Auge, und starrt mich an. Noch nie in meinem Leben habe ich mich so sehr wie ein *Fake* gefühlt. Nicht einmal damals, als der Make-up-Artist ein falsches Sixpack auf meinen Bauch gesprüht hat.

»Und du machst immer genau das, was man dir sagt?«

Stille.

»Ja«, gebe ich schließlich zu.

»Na dann.« Scarlett grinst und öffnet schwungvoll die Autotür. »Das ist doch ein guter Anfang.«

Der Lärm ist bereits zu hören, als ein klappriger alter Aufzug uns fast bis ins obere Stockwerk des Wohnblocks bringt. Kreischen. Stimmengewirr. Gelächter. Ein wummernder Bass. *Menschen*. Mein Herz fängt an zu hämmern, und ich spüre, wie Panik in mir aufsteigt.

Die Lifttür öffnet sich quietschend.

Ich traue meinen Augen kaum, als mein Blick als Erstes auf ein Mädchen fällt, das sich über das Balkongeländer beugt und sich herzhaft übergibt, während jemand ihr das Haar zurückhält. In einer Ecke sitzt ein Typ auf dem Boden und weint. Ein anderer wird unter lautem Gejohle von einem Mädchen mit pinkem Irokesenschnitt Huckepack den Gang entlanggetragen.

Verstört weiche ich in den Lift hinein.

Lauf, Faith!

»Also«, sage ich und lächle höflich. »Es war wirklich sehr nett, dich näher kennenzulernen, Scarlett. Danke, dass du mich abgeholt hast. Es war mir ein Vergnügen. Leider ist mir gerade eingefallen, dass ich am anderen Ende der Stadt eine wichtige gesellschaftliche Verpflichtung habe, die ich unbedingt wahrnehmen muss.«

Energisch tippe ich auf den Aufzugknopf.

Tipp.

Tipp.

Tipp, tipp, tipp, tipp, tipp, tipp –

»Lass das!«, sagt Scarlett streng und zieht mich aus dem Aufzug heraus. »Sonst machst du ihn noch kaputt, und dann müssen alle die Treppe nehmen.«

Ich blicke zu Boden. »Entschuldigung.«

»Wow.« Sie schaut mich forschend an. »Du bist ein echter Schwan. An der Oberfläche anmutig und gelassen, aber unter Wasser strampelst du wie verrückt« – sie macht hektische Paddelbewegungen mit den Händen: »*Nicht absaufen, nicht absaufen, nicht absaufen, verdammt, verdammt, VERDAMMT.*«

Vor Überraschung bleibt mir der Mund offen stehen.

»Es ist nur ein kleines Treffen unter Freunden«, sagt sie und bugsiert mich sanft durch die Tür in eine winzig kleine Wohnung hinein. »Keine große Sache. Du warst doch sicher schon mal auf einer Party, oder?«

Blinzelnd nehme ich das Chaos in mich auf.

Der Raum ist dunkel und irgendwie dunstig, erhellt nur von einer einzelnen Lichterkette an der Wand. Mindestens drei verschiedene Arten von Musik dröhnen aus Lautsprechern, dazwischen das Ploppen von Konfettikanonen. Überall stehen Flaschen und Teller herum, und an die fünfzig Leute lachen, schreien, rufen und tanzen. Die Wohnung ist knallvoll, dampfig, heiß und hämmernd laut.

Das hier ist keine Party. Zu Partys gehören rote Teppiche, Gästelisten, Designerkleider, Kronleuchter, Kellner,

Horsd'œuvres, seltsame Formen von Augenkontakt und unpassende Fragen. Automatisch streiche ich meine Kleidung glatt, blende alles aus und rufe in Gedanken meine vorgefertigten Antworten ab. Lächelnd beiße ich mir auf die Wange und –

»Dein falsches Grübchen kannst du dir hier sparen«, sagt Scarlett leichthin. »Damit machst du dir höchstens deine Mundschleimhaut kaputt.«

Verdattert höre ich auf zu lächeln.

»HEY!«, brüllt sie über die Musik hinweg. »ALLE MAL HERHÖREN! DAS IST EFF! SIE IST NEU! SAGT HALLO!«

»Hey!«

»Hi!«

»Cool!«

Und schon geht die Party weiter.

»Siehst du?« Scarlett greift nach einem pinken Drink und drückt ihn mir gut gelaunt in die Hand. »Hier stellt keiner Fragen, Valentine. Niemand. Interessiert. Sich. Dafür. Wer. Du. Bist. Oder. Was. Du. Machst.« Sie grinst. »Gar nicht so übel, was?«

26

Sei. Cool.

Aber strahle auch Wärme aus, Eff. Tapp bloß nicht in die Eisköniginnenfalle.

»Ich –«

»Klo«, verkündet Scarlett. »Muss pinkeln.« Und schon ist sie weg.

Ich schlucke nervös und wage mich weiter vor, bis ich an der Tür zu einem winzig kleinen Wohnzimmer stehe. Es ist dunkel und voll von schwitzenden, lärmenden fremden Menschen, die sich dicht aneinanderdrängen. Dazu blitzende Lichter und eine mir völlig unbekannte Musik – und statt Rhythmus nur ein Meer aus sich unkoordiniert bewegenden Körpern, die wippen, hüpfen, schwanken und sich drehen.

»Tanzt du?«

Steif drehe ich mich zu einem rothaarigen Typen um, der seine Arme pumpend auf und ab bewegt wie einer dieser seltsamen Vögel in Naturdokumentationen. »Wie bitte?«

»Ich habe gefragt, ob du TANZT?«

»Ja!« Ich nicke und lasse den Blick über die improvisierte Tanzfläche schweifen. »Ballett! Das gibt mir inneren Frieden und erdet mich. Ich widme mich dieser wundervollen Form des Tanzes, seit ich –«

Mitten in meiner einstudierten Antwort halte ich inne und betrachte die Partygäste, die ausgelassen mit ihren Armen und Beinen schlenkern.

»Nein«, gebe ich zu und werde rot. »Nicht wirklich.«

»Gut, dann tanzt du jetzt mit mir!« Der Typ packt meine Hand und schwenkt sie herum, während er mit der anderen Hand unsichtbare Fledermäuse verscheucht. Ein paar Minuten lang wippen wir ungeschickt auf und ab, während ich mir den Kopf darüber zerbreche, wie ich diese seltsam intime Interaktion etwas auflockern kann.

»ÄHHM!«, schreie ich über die Musik hinweg und beuge mich zu ihm. »WOHIN GEHEN ÄRZTE ZUM TANZEN?«

»WER?« Der Typ hat inzwischen die Augen geschlossen.

»ÄRZTE.«

»HÄ?«

»AUF DEN MEDIZINBALL!«

»WAS?«

»DAS IST EIN …« Meine Wangen glühen. *… ein total fehlgeschlagener Witz.* »Nicht wichtig! War schön, dich kennenzulernen! Danke für den Tanz! Ich mache mich jetzt auf die Suche nach einer Erfrischung! Auf Wiedersehen!«

Der Typ nickt und grinst, ohne die Augen zu öffnen.

Mit stocksteifen Bewegungen bahne ich mir einen Weg durch das Wohnzimmer zur Küchenecke, die sich gleich hinter einem Buchregal befindet. »Entschuldigung«, sage ich freundlich und tippe irgendwelche Schultern an, die allerdings keinerlei Reaktion zeigen. »Entschuldigung, bitte. Es tut mir leid, Verzeihung, Entschuldigung, dürfte ich kurz …«

Dann bleibe ich abrupt stehen.

Ein Partygast mit glatten schwarzen Haaren sitzt auf der Sofakante und beugt sich über eine Gitarre. Er spielt konzentriert, obwohl die Musik aus den Lautsprechern ihn völlig übertönt.

Ich mache einen Schritt auf ihn zu. »*Noah*?«

Er blickt auf, und natürlich ist er es nicht: falsche Gitarre, falsche Haltung, falsche Kleidung, falsche Party, falsche Frisur, falsches Lächeln, falsche Person.

Aber das Lächeln trifft mich bis ins Herz.

Noah.

Und mit einem Mal ist dieses verschwommene Aftershow-Foto nicht mehr nur ein zufälliger Schnappschuss. Plötzlich erlebe ich es wie mit eigenen Augen: seine Lippen, die ich so gut kenne; sein Atem, der nach Kaffee riecht. Kannte sie Noah bereits? Hat er das blonde Mädchen auf der Aftershow-Party mit Blicken verfolgt? Hat sie ihn auch beobachtet? Als sie meinen Freund anlächelte, hat er ihr Lächeln da erwidert? Hat er die ganze Zeit keinen Gedanken an mich verschwendet?

Nur ein Kuss, so etwas gibt es nicht. Sonst könnte ich jetzt genauso gut zu diesem fremden Typen hinübergehen, meine Hände um sein Gesicht legen, ihn an mich ziehen und ihn küssen.

Der süße Gitarrist winkt mir zu und deutet mit einem

Nicken auf das Sofa – *komm, setz dich zu mir*. Mein Magen verkrampft sich, und ich weiche ein paar Schritte zurück.

Ich kann nicht, ich kann nicht, ich –

»Hey, pass doch auf!«, faucht mich ein Mädchen an, als ich sie anremple und Krabben-Cracker quer durch den Raum fliegen. »*Toll* gemacht, VIP-Girl. Das war die letzte Packung.«

Ich blinzle verwirrt, aber da stapft sie auch schon wütend davon und geht zu einem Schrank.

Immer noch ganz durcheinander gehe ich auf alle viere und fange an, die Cracker aufzulesen und fein säuberlich zurück in die Schüssel zu legen. Überall liegen Reste, daher sammle ich gleich ein paar Chips mit ein. Etwas Party-Dip ist auf den Boden getropft, also nehme ich eine Papierserviette vom Tisch und fange an, die Flecken aufzuwischen. Dann gehe ich dazu über, verschüttetes Cola in der Mitte des –

»Ähm. Da lässt man dich für ungefähr sechs Minuten alleine, und schon kriechst du auf dem Boden herum. Was, bitte, machst du da?«

Ich blicke zu Scarlett hoch. »Ich mache sauber.«

»Ja, das sehe ich.« Sie verschränkt die Arme. »Ich meinte: *Warum*?«

Die zerknüllte Serviette in der Hand, halte ich inne.

»Ich habe den Boden dreckig gemacht«, sage ich langsam. »Also wollte ich es wieder in Ordnung bringen. Dann war da … noch mehr Dreck, deshalb habe ich noch ein bisschen weiter geputzt.« Meine Wangen fangen an zu brennen.

»Ehrlich, es kostet nicht mehr als ein paar Sekunden Arbeit. Auf diese Weise wird nicht alles in den Teppich getrampelt, und der Gastgeber hat am nächsten Morgen keine Riesenschweinerei in der Wohnung. Das ist nur vernünftig.«

»Also ist es nicht einmal *dein* Dreck.« Scarlett verdreht die Augen. »Du bist nicht für alles verantwortlich, Faith Valentine.«

»Ich weiß, aber –«

»Das bezweifle ich. Hör auf, allem aus dem Weg zu gehen, was vielleicht Spaß machen könnte.«

Ich zucke zusammen. »Nur noch ein paar …«

»Steh auf. Sofort.«

»Ich muss nur noch –«

»*Sofort.*« Scarlett sieht mich streng an, dann nimmt sie eine Flasche Barbecue-Sauce und drückt sie fest, so dass der Inhalt direkt neben mir auf den Boden tropft. »Und jetzt? Willst du meinen Dreck auch noch wegmachen?«

Ich starre auf den braunen Fleck.

»Und was ist *damit*?« Sie klatscht gelben Senf daneben. »Und *damit*?« Mayonnaise. »Und mit *dem hier*?« Roter Ketchup. »Na? Wirst du jetzt die ganze Nacht schrubben, schrubben, schrubben, nur weil ich Lust darauf habe, eine Sauerei zu veranstalten?«

Verwirrung macht sich in mir breit.

Warum? Warum macht jemand so etwas? Es ist rücksichtslos, unüberlegt und unvernünftig. Es ist –

Ein großer Ketchup-Platscher landet auf meinem Kopf.

Ich stehe auf.

»Was *machst* du da?«

»Ich zeig dir was …« Scarlett zielt wieder auf mich. »Konsequenzen« – Mayonnaise – »haben Zeit« – Ketchup – »bis morgen.«

Ich wische mir klebrige, lauwarme Gewürzsauce vom Gesicht und blicke an mir herab. Mein Hoodie ist eine Mischung aus Hotdog und einem Werk von Jackson Pollock.

»Das Leben«, sagt Scarlett lachend, »passiert im Hier und Jetzt.«

Irgendetwas regt sich in meiner Brust. Erst ist es nur ein Ziehen, doch dann löst sich plötzlich etwas.

Ich starre sie an. »*Konsequenzen haben Zeit bis morgen?*«, wiederhole ich langsam und wische mir über die Wangen. »*Das Leben passiert im Hier und Jetzt?* Das ist der kitschigste Spruch, den ich je gehört habe. Vergiss Instagram, den Satz solltest du auf ein Kissen sticken.«

Scarlett öffnet den Mund, um etwas zu sagen.

»Wie wär's mit einem Kühlschrankmagneten?« Ich greife nach einer Flasche und bespritze Scarlett mit Ketchup. »Oder einem Geschirrtuch?« Senf. »Vielleicht sogar einem Autosticker oder einer Handyhülle?« Mayo. »In verschnörkelter Schrift würde der Spruch richtig gut aussehen, am besten mit pinken Schmetterlingen drumherum und ein paar Blumen, vielleicht mit …«

Wir fangen beide an zu lachen.

»Halt die Klappe, Valentine«, sagt Scarlett und boxt mir gegen die Schulter. »Da hat jemand eine ganz schön scharfe Zunge.«

Ich boxe zurück. »Das muss wohl am Senf liegen.«

Und was auch immer es war, das sich in meinem Inneren verknotet hatte – es löst sich plötzlich auf und weht davon.

»Yo, Letty!« Ein hochgewachsener Typ gibt ihr im Vorbeigehen ein High-Five. »Danke für die Party! Nächsten Monat wieder? Gleicher Freitag?«

»Da kannst du verdammt nochmal Gift drauf nehmen«, sagt sie grinsend.

Schlagartig höre ich auf zu lachen.

»*Moment mal.*« Die Wohnung ist das reinste Chaos. Gläser und Teller sind überall auf dem Boden verteilt, vom Geschirr ist kaum etwas heil geblieben. Im Teppich kleben flachgetretene Essensreste, Stühle sind zerbrochen, auf den Sofas sind Schuhabdrücke, das Licht flackert, und die Nachbarn hämmern wütend gegen die Wand. »Scarlett, ist das *deine* Wohnung?«

Ich blicke auf den mit Sauce verschmierten Boden. Plötzlich überkommen mich Schuldgefühle.

»Ach.« Scarlett zuckt lässig mit den Schultern. »Ja. Aber wenn ich mein Lebensmotto schon auf ein Kissen sticke, dann muss ich mich ja wohl auch daran halten.«

»Oder draufsetzen«, sage ich, ohne nachzudenken.

»Touché, Faith Valentine«, lacht sie unbekümmert und hakt sich bei mir unter. »Und jetzt geht's erst richtig los.«

27

»Wo hast du gesteckt?«

Als ich durch das Fenster in mein Zimmer klettere, ist es vier Uhr morgens. Normalerweise würde ich um diese Zeit an die Decke starren, mich durch einen Albtraum kämpfen oder mich für einen besonders langen Lauf im Morgengrauen bereitmachen.

Seltsamerweise kann ich heute auf all das gut verzichten.

»Hm?« Erschöpft lasse ich mich auf mein Bett fallen. »Was?«

Mercy sitzt im Schneidersitz mitten auf meinem Teppich wie ein vorwurfsvoller Aladin. »Du warst *unterwegs*.« Sie blickt auf ihre Uhr. »Wo bist du gewesen?«

»Ach.« Ich reibe mir übers Gesicht. »Ich habe nur … eine nächtliche Jogging-Runde gedreht.«

Mer sieht mich finster an. »Und dabei hattest du einen Zusammenstoß mit einer Hot-Dog-Bude, oder was?«

»Mmm-hmm.« Es macht leise *pffft*, als ich mich drehe und an der Bettdecke kleben bleibe. »Bin im Park über einen Müllsack gestolpert.«

Ich schließe die Augen. Sekunden später spüre ich den warmen Atem meiner Schwester auf meinem Gesicht. Sie beschnüffelt mich wie eine misstrauische Katze.

»Du stinkst«, stellt sie angewidert fest. »Und was ist mit deinem Spiegel passiert? Ist ein Vogel hereingeflattert und dagegengeknallt oder was? Ich meine … geht es …« Mercy zögert. »Also …« Wieder eine Pause. »Geht es dir gut und so?«

Überrascht öffne ich ein Auge. Hat Mercy Valentine mich gerade gefragt, ob es mir gut geht? Seit Jahren versuche ich erfolglos, ihr diese Frage beizubringen.

»Ja. Mir geht's gut.«

Meine Schwester kommt gar nicht auf die Idee, dass ich den Spiegel absichtlich zerbrochen haben könnte. In ihren Augen kann ich allenfalls das passive Opfer einer verirrten Taube sein.

Schläfrigkeit schwappt in Wellen über mich hinweg. Müde ziehe ich meinen schmutzigen Hoodie aus und schleudere ihn durchs Zimmer. Sofort überfällt mich das schlechte Gewissen – *heb ihn auf, Faith! Lege ihn ordentlich zusammen! So geht man nicht mit seinen Sachen um!* –, aber dann rolle ich mich entschlossen zur Wand.

Konsequenzen haben Zeit bis morgen.

Das Leben passiert im Hier und Jetzt.

Na ja, streng genommen ist es bereits *morgen*, aber man muss ja nicht jedes Wort auf die Goldwaage legen.

»Hast du gerade deinen –« Meine Schwester schnappt entsetzt nach Luft. »Was zur Hölle, Eff! Was hast du mit deinem Kopf gemacht?«

Ins Kissen vergraben, zucke ich die Schultern. »Hatte Lust auf einen neuen Look.«

»Klar.« Mercy lacht schockiert auf. »Aber sicher doch. Ein *neuer Look*. Was für ein Zufall, dass du jetzt die gleiche Frisur hast wie dieser betrügerische Loser, der dein Exfreund ist. Hast du eigentlich irgendwann auch mal eine *eigene* Idee, Faith?«

Plötzlich ist meine Müdigkeit wie weggeblasen. Ich setze mich auf und blitze meine Schwester wütend an. Erstens ist Noah nicht mein *Ex* – das Ganze ist gerade mal einen Tag her. Und Zweitens: Hält sie mich wirklich für so erbärmlich, dass ich mir für einen Jungen die Haare abrasiere?

»Wie bitte?«

»Du imitierst ihn, stimmt's? Um ihn zurückzugewinnen.« Sie schnaubt verächtlich. »Sorry, aber das ist echt peinlich, Faith.«

Als ob ein *Sorry* jede darauffolgende Beleidung entschuldigen würde, statt sie noch zu verstärken.

In mir brennt eine Sicherung durch.

»Hau ab, Mercy.«

»Aber –«

»*Raus aus meinem Zimmer.*«

Meine Schwester starrt mich fassungslos an, und da packt mich die Wut erst so richtig. Eyeliner auf meinem weißen Kissen, überall Haare auf meinem Teppich, müffelnde Schweißflecke auf meiner Decke, lautes Schnarchen, kalte Füße an meinen Beinen um vier Uhr morgens, Wimmern im Schlaf – sie lässt mir nichts von meiner Privatsphäre, und das Nacht für Nacht.

Es ist, als hätte ich einen streunenden Hund aufgenommen, der kein bisschen Dankbarkeit zeigt. *Und dabei mag ich Hunde gar nicht.*

»Eff«, sagt Mercy und streckt überrascht die Hände aus. »Vielleicht habe ich mich falsch ausgedrückt. Ich wollte damit gar nicht sagen, dass –«

»RAUS!«, brülle ich und springe aus dem Bett. »VERSCHWINDE!«

Entschlossen packe ich meine Schwester unter den Armen und zerre sie Richtung Tür. Es ist überraschend einfach. Wer hätte gedacht, dass all das Gewichtestemmen und all die Herabschauenden Hunde für etwas anderes nützlich sind als nur für Instagram?

»Whoa, Faith.« Mercy ist so überrumpelt, dass sie sich wehrlos wie eine Stoffpuppe über den Boden schleifen lässt. »Komm schon, Sis. Das ist doch völlig verrückt. Ich meinte doch nur –«

Ich schubse meine Schwester unsanft in den Gang hinaus. Mit einem *Uff* landet sie auf ihrem Hintern.

»ZIEH LEINE!«

»Aber –« *Blinzel. Blinzel.* »Wo soll ich denn schlafen?«

»DU HAST EIN EIGENES ZIMMER, MERCY. MEINETWEGEN KANNST DU AUCH AUF DEM FLUR SCHLAFEN. ODER UNTER DER TREPPE. VON MIR AUS KANNST DU AUCH WIE EINE FLEDERMAUS AM DACHBALKEN HÄNGEN. ES IST MIR SOWAS VON EGAL – HAUPTSACHE, DU LÄSST MICH IN RUHE!«

Ich schlage meiner Schwester die Tür vor der Nase zu und schließe ab.

Klick.

Dann rolle ich mich in meinem leeren, stillen Bett zusammen und falle in einen tiefen Schlaf.

28

GLAUB AN DICH, FAITH!

Kein Grund, den Kopf hängen zu lassen, Faith! (Links im Bild, mit kühnem, neuem Haarschnitt.) Der Konkurrenzkampf um die begehrteste Partie der Stadt ist bereits in vollem Gange. Dylan Harris – Star von *Wolfgang* und ein alter Freund der Familie – hat uns EXKLUSIV verraten, dass er schon immer eine »besondere Verbindung« zu Faith hatte. »Vielleicht ist jetzt endlich die Zeit für uns beide gekommen«, erklärte er uns. Der treulose Exfreund Noah Anthony kündigte allerdings an, er werde sie »nicht kampflos aufgeben«.

Wer von beiden wird das Rennen machen? Von uns erfahren Sie die Antwort zuerst!

TRÖT.

Tröt-tröt-tröt-tröt-tröt-tröt –

»SPRING UNTER DIE DUSCHE, VALENTINE!«, ruft Scarlett, als ich am nächsten Morgen verwirrt den Kopf durchs Fenster strecke. »UND DANN KOMM RUNTER! WIR MACHEN EINE TOUR!«

Ohne ersichtlichen Grund hupt sie noch einmal.

TRÖT.

Diesmal steht ihr zerbeulter oranger Mini halb auf unserer Terrasse und halb auf dem Rasen, in dem ihre Hinterreifen eine Spur der Verwüstung hinterlassen haben. Ich blicke auf die Uhr: Es ist noch nicht einmal zehn, das heißt, ich hatte weniger als sechs Stunden Schlaf. Gar nicht schlecht für meine Verhältnisse.

»WO GEHT'S HIN?«, rufe ich nach unten.

»SPIELT DAS EINE ROLLE?«, brüllt sie zurück.

In diesem Moment wird mir klar, dass ich heute zum ersten Mal seit Monaten weder etwas zu tun habe noch jemanden treffen muss. Also hüpfe ich unter die Dusche und wasche die klebrigen Überreste der gestrigen Party ab.

Dann klettere ich vorsichtig die Feuerleiter hinunter. Natürlich könnte ich auch die Treppe nehmen – aber ich habe keine Lust, dort Mercy über den Weg zu laufen. Womöglich würde sie mich die Stufen hinunterschubsen.

»Hier«, sagt Scarlett und beißt von einem Müsliriegel ab, als ich wieder den Verpackungsmüll ihrer Snacks vom Beifahrersitz wische und einsteige. »Energiezufuhr.«

Sie reicht mir einen Becher mit geschmolzenem Erdbeereis und einen Strohhalm.

»Danke«, sage ich und nehme beides entgegen.

»Sattel die Pferde«, sagt Scarlett Bell fröhlich. »Oder Ponys. Oder Einhörner. Oder welche Tiere auch immer ihr reichen Leute als Transportmittel benutzt.«

Sie dreht Gute-Laune-Musik auf, volle Lautstärke. Mit quietschenden Reifen fahren wir über die Auffahrt, biegen scharf nach links und cruisen durch Londons Vorstadt, bis das Grau verblasst und alles grün und hügelig und lebendig wird. Ich spüre, wie meine Stimmung steigt.

Während wir singen und mit dem Kopf zur Musik wippen, während ich meinen Milchshake schlürfe und die Sonne unsere Wangen erwärmt, fühle ich mich … *irgendwie anders*.

Leicht, ein bisschen schwindelig und ungewohnt ziellos.

»Weißt du«, sage ich, während die Landschaft immer mehr der Kulisse einer Historienromanze zu ähneln beginnt, »ich hätte dich nicht für ein Landei gehalten.«

»Oh, das bin ich auch nicht.« Scarlett schüttelt den Kopf. »Londonerin durch und durch. Aber hin und wieder fahre ich gerne an einem Baum vorbei. Danach weiß ich wieder, wie sehr ich Beton liebe. Je mehr Kahlschlag, desto besser, sage ich immer.«

Ich lache – *schlürf* –, während sich das arme kleine Auto einen steilen Hügel hinaufkämpft.

Mein Handy macht *Pling*.

Der erste Tag seit einem Jahr, an dem ich ohne Guten-Morgen-Nachricht aufwache. Ich vermisse dich. :(N

Abrupt stelle ich meinen Milchshake weg.

»Wer ist das?« Scarlett sieht mich von der Seite an. Die Erleichterung des kleinen Mini ist regelrecht zu spüren, als er die Hügelkuppe passiert hat und wieder an Fahrt aufnimmt. »Du siehst aus, als hätte dir gerade jemand eine

Stricknadel in die Nase gerammt und sie im Uhrzeigersinn herumgedreht.«

»Noah«, sage ich, als mein Handy im selben Moment erneut plingt.

»Ah.«

Ich bin am Boden zerstört. Ohne dich schaffe ich das alles nicht. Bitte sprich mit mir. :'(N

Jetzt sind wir schon bei weinenden Emojis angelangt. Mein Magen dreht sich um.

»Ich muss ihn anrufen«, sage ich leise und drehe die fröhliche Musik herunter, bis sie kaum noch zu hören ist. »Tut mir leid.«

Meine Hand schwebt über Noahs Nummer. Ich weiß genau, wie das Gespräch verlaufen wird. *Er weiß selbst nicht, was in ihn gefahren ist, er ist fix und fertig, es war ein Ausrutscher, können wir uns bitte treffen, um darüber zu sprechen?* Es wird damit enden, dass ich sage: *Ich vermisse dich auch, ich verstehe, jeder macht mal einen Fehler, natürlich können wir uns treffen, wir sehen uns in einer Stunde.*

Bingo. Wieder versöhnt, Beziehung gerettet. Und genau das will ich doch, oder? Also warum habe ich das Gefühl, ich bräuchte beide Hände und noch einen Kran dazu, um den Finger zu heben und die Anruftaste zu drücken?

»Du musst gar nichts«, sagt Scarlett, als ich mir wieder meinen Milchshake schnappe, um wie wild auf dem Strohhalm zu kauen. »Das weißt du doch hoffentlich, oder?«

»Natürlich.« Ich nicke und kaue weiter. »Aber ich sollte –«

»*Sollen* ist dasselbe wie *müssen*, Eff.«

»Ja, klar.« Wie gebannt starre ich auf Noahs Namen auf dem Display. »Es ist nur … ich kann den Gedanken nicht ertragen, dass er jetzt traurig und alleine dasitzt und mich um Hilfe bittet, und ich –«

»Und du nicht sofort nach seiner Pfeife tanzt?«

»Nein, darum geht es nicht.« Ich knicke den Strohhalm um. »Ich möchte nur nicht der Grund sein, warum er sich so schlecht fühlt.«

Scarlett schnaubt. »Dir ist schon bewusst, dass er sich selbst in die Scheiße geritten hat, oder? Es sei denn, du hast das blonde Mädchen entführt und mit Tesa an seine Lippen geklebt, während er bewusstlos war und sich nicht wehren konnte.«

Ich zucke fast unmerklich zusammen. »Nein, aber –«

»Wie fühlst *du* dich denn, Eff?« Wir fahren durch einen Wald. Das Sonnenlicht, das durch die Wipfel fällt, tanzt auf unseren Gesichtern. »Vergiss mal für eine verdammte Minute, was Noah will. Die Frage ist doch: Was willst *du*?«

Für einen kurzen Moment schließe ich die Augen und versuche, mir die Zukunft vorzustellen, während in mir ein Kampf der Gefühle tobt.

Alles ist ein riesiges, lautes Durcheinander.

»Ich weiß nicht«, gebe ich zu. »Vielleicht etwas Zeit, um mir über alles klar zu werden.«

»Dann sag ihm das.«

Wie? Kann ich das wirklich machen? Ich kaue noch eine

Weile auf meinem Strohhalm herum, dann schicke ich ihm eine Nachricht:

> Ich vermisse dich auch, aber ich brauche etwas Freiraum und Zeit, um meinen Kopf klarzubekommen. Danke. Fx

Eine Sekunde später klingelt mein Telefon.

EINGEHENDER ANRUF: Noah

Mein Magen sackt nach unten. Ich drücke den Anruf weg. Sekunden später klingelt es wieder.

EINGEHENDER ANRUF: Noah

Anruf abbrechen. Und wieder.

EINGEHENDER ANRUF: Noah

Anruf abbrechen. Und schon wieder.

EINGEHENDER ANRUF: Noah

Ich gehe ran.

»Hallo?« Meine Kehle ist wie zugeschnürt. Wie es aussieht, werden wir dieses Gespräch jetzt führen, ob ich es will oder nicht. »Noah, ich –«

Das Auto kommt mit quietschenden Bremsen zum Stehen. Mein Handy wird mir aus der Hand gerissen.

»Was –?«

»Du hast ihn darum gebeten«, sagt Scarlett. Sie schaltet mein Handy aus und setzt sich darauf. »Du solltest ihn nicht zweimal bitten müssen.«

Dann dreht sie die Musik wieder auf volle Lautstärke.

»Und jetzt lehn dich zurück, Valentine, und genieß die Fahrt ins Nirgendwo.«

29

Warum ist der Baum beim Zahnarzt?
Er braucht eine Wurzelbehandlung.

Am nächsten Tag steht Scarlett wieder vor der Tür. Und auch am übernächsten.

Jeden Morgen hüpfe ich in ihren orangen Mini, wo schon ungesunde Snacks auf mich warten, dann drehen wir die Musik bis zum Anschlag auf, und schon geht's los: Wir fahren, essen, singen, reden und lachen zusammen.

Als sie am vierten Tag über die Auffahrt brettert, eine fünfstöckige Blumen-Etagere niedermäht und siebenmal hupt, kann ich selbst kaum glauben, dass ich sie jemals einschüchternd gefunden habe.

Zum ersten Mal seit ich denken kann, habe ich das Gefühl, tatsächlich meinem durchgeplanten Leben entfliehen zu können. Und es ist großartig.

Tröt. Tröt. Tröt-tröt-tröt-tröt-tröt.

»ICH KOMME!« Gut gelaunt strecke ich den Kopf durchs Fenster und winke ihr zu. »NUR KEIN STRESS AM MORGEN!«

»Oooh!« Hinter mir höre ich eine aufgeregte Stimme. »Klettern wir jetzt aus Fenstern, Eff? Das ist ja *so* filmreif! An meinem Fenster gibt es keine Feuerleiter, aber ich bin mir sicher, mit ein bisschen Weitsprungtraining könnte ich es von meinem Sims bis zu deiner Leiter schaffen.«

Einen Fuß schon auf dem Fensterbrett, halte ich entsetzt inne.

Hope steht in der Tür, ihr herzförmiges Gesicht strahlt hoffnungsfroh. Plötzlich wird mir ganz kalt. Ich kann nicht zulassen, dass meine kleine Schwester auf die Idee kommt, im dritten Stock von Fenstersims zu Fenstersims zu springen, weil sie mir nacheifern will.

Konsequenzen haben Zeit bis morgen – aber nicht, wenn sie darin bestehen, dass Hope in die Tiefe stürzt.

»Ich klettere nicht aus dem Fenster!«, sage ich mit einem gespielten Lachen und steige rasch wieder vom Sims. »Das wäre viel zu gefährlich, Hope. Versprich mir, dass du NIEMALS aus dem Fenster steigst, okay? Ich wollte nur nachschauen … ob es draußen regnet.«

Dicke Regentropfen trommeln gegen die Scheibe wie Gewehrkugeln. Ich bin wirklich die schlechteste Schauspielerin der Welt.

»Ja, es regnet.« Hope nickt unschuldig. »Daher kommt das ganze Wasser draußen.«

Sie lässt sich aufs Bett fallen und sieht sich mit ihren staunenden, großen Augen in meinem Zimmer um. »Ich habe dich seit Tagen nicht zu Gesicht bekommen, Eff«, sagt sie atemlos. »Dabei habe ich dir *so* viel zu erzählen. Ben bringt mir bei, wie man *Scrabble* spielt. Aber ich darf meine eigenen Wörter erfinden. Er sagt, das wäre meine Spezialität.«

Ich lache. »Schlau von ihm.«

»Möchtest du ihn sehen? Er kann es kaum erwarten, Zeit mit dir zu verbringen, das weiß ich genau.«

Auch das noch.

»Im Moment bin ich ziemlich beschäftigt, Pudel. Kannst du ihm Gesellschaft leisten und ihn unterhalten, solange ich weg bin?«

»Ja.« Sie nickt ernst. »Ich bin höchst unterhaltsam. Zumindest findet Ben das. Und, Effie, bitte, bitte, *bitte*, darf ich deinen Kopf anfassen? Es steht schon in allen Zeitungen, und ich habe noch nicht einmal drüberstreichen dürfen, obwohl ich deine Schwester bin. *Bitte?*«

Mit einem kleinen Lächeln nehme ich die cremefarbene Beanie-Mütze ab.

Vor zwei Tagen haben die Paparazzi ein Foto von meinem kahlen Kopf geschossen, das seither für reichlich Diskussion in den Medien sorgt. Die Presse kann sich nicht entscheiden, ob ich an gebrochenem Herzen leide, einen Nervenzusammenbruch erlitten habe, ein feministisches Statement setzen will, nur Aufmerksamkeit erregen möchte oder einfach einen mutigen neuen Military-Look ausprobiere.

So oder so, jeder hat eine Meinung dazu. Inzwischen kommen wildfremde Menschen auf mich zu und fassen mir an den Kopf, ohne mich zu fragen.

»Wahnsinn!«, quietscht Hope und streicht mit ihren Händen über meinen Kopf wie über eine magische Kristallkugel. »Das ist *so* cool! In den Zeitschriften steht, dass du ohne Haare sogar *noch* schöner bist, und da kann ich nur zustimmen. Du hast einen Trend gestartet!«

»Danke, Baby.« Ich gebe ihr einen Kuss auf die Wange. »Außerdem kann ich jetzt fünfzehn Prozent schneller rennen. Weniger Luftwiderstand.«

Meine Schwester reißt erstaunt die Augen auf. »*Wirklich*?« Sie zieht an ihrem lockigen Pferdeschwanz und greift nach einer Schere auf meinem Schreibtisch. »Meinst du, ich sollte –«

»*Nein.*« Entschieden nehme ich ihr die Schere ab und setze meine Beanie wieder auf. »Hope, Finger weg von deinen wunderschönen Haaren.«

»Okay«, sagt sie und seufzt melodramatisch, als ich mir meine Tasche schnappe und damit zur Tür eile. »Sellerie.«

Ich halte inne. »Wie bitte?«

»*Sellerie.*« Meine Schwester verdreht die Augen und erklärt mir geduldig: »Das sagen Leute, wenn sie sich mit etwas abfinden müssen. Denn niemand mag Sellerie, und trotzdem müssen alle ihn essen.«

Ich schaffe es kaum, ein Lachen zu unterdrücken.

»Du meinst *c'est la vie*, mein Schatz. Das ist Französisch und heißt *so ist das Leben*. Aber sag ruhig weiter *Sellerie* – ich liebe den Ausdruck fast genauso sehr wie dich. Viel Spaß mit Ben heute.«

Ich werfe ihr einen Luftkuss zu, dann eile ich die Treppe hinunter – und zwar so, dass meine Schwester es problemlos nachmachen kann, ohne dabei körperlichen Schaden zu erleiden.

Mein Handy plingt.

Hey. Was muss ich tun? Sag es mir. :(:(Nxx

Mein Magen zieht sich zusammen, und ich schreibe zurück:

Ich brauche etwas mehr Zeit. Sorry. Fxx

Auch mir geht es nicht gut – natürlich nicht –, aber ich bin mir immer noch nicht über meine Gefühle im Klaren, und ich weiß nicht, was ich zu ihm sagen soll.

Schon wieder vibriert mein Handy.

Bitte lass dich nicht auf ein Date
mit Dylan Harris ein. :(

Weißt du was? Vielleicht mache ich genau das.

Bitte küsse keine anderen Mädchen.
Ups, zu spät.

Verärgert schiebe ich mein Handy wieder in die Hosentasche.

Das Leben passiert im Hier und Jetzt.

»Heya, Letty!«, rufe ich und reiße die Haustür auf. »Wohin soll's diesmal gehen? Ich dachte mir, wir könnten die Autobahn nach Norden nehmen und –«

Mein Magen macht einen Satz: Ein zweites Auto rollt die Auffahrt entlang. Silbrig glänzend und sehr groß.

Welcher Tag ist heute? Bitte, lass es nicht Mittwoch sein. Verdammt, es ist Mittwoch, oder?

Nein, nein, nein, nein, nein –

»Schnell!« Ich schlage die Tür hinter mir zu, renne durch den strömenden Regen und hechte auf Scarletts Beifahrersitz. »Los! Los! Fahr los!«

»Wow.« Grinsend legt sie die Hand auf den Schaltknüppel. »Ich komme mir vor wie die Fahrerin deines Fluchtautos. Teilen wir uns die Beute, die du ergattert hast?«

Warum lässt sie sich so lange Zeit?

»FAHR LOS!«, brülle ich Scarlett an, während sie noch mit dem Zündschlüssel herumhantiert (»diese alte Karre springt nie sofort an, warte mal, da gibt es einen Trick, ich muss nur –«). »SCARLETT, FAHR ENDLICH! LOS! LOS! LOS!«

Zu spät. Genevieve ist aus der Limousine gestiegen und steht regungslos wie eine Statue hinter dem Mini, so dass wir nicht losfahren können. Inzwischen gießt es in Strömen, aber sie steht einfach nur da – pitschnass und ohne mit der Wimper zu zucken, wie eine Gestalt aus einem Horrorfilm.

»FAHR SIE ÜBER DEN HAUFEN!«, rufe ich. »Nein. Tu das nicht. Ich –«

»Faith?«, ruft Genevieve durch den Regen. »Kommst du bitte?«

30

Warum sind Eisbären weiß?
Wären sie rot, würden sie Erdbeeren heißen.

Nicht einmal ein Bärenwitz kann mich jetzt noch retten.

»Hallo, Genevieve«, sage ich vorsichtig, als die Limousine mit mir auf dem Rücksitz davongleitet, wie schon unzählige Male zuvor. »Ähm … wie geht es dir?« Dass ich gerade noch aus vollem Halse FAHR SIE ÜBER DEN HAUFEN! gebrüllt habe, übergehe ich stillschweigend.

»Gut, vielen Dank.« Die Assistentin meiner Großmutter ist wie immer von Kopf bis Fuß im unverwechselbaren Style ältlicher Damen gekleidet: Sie trägt einen Bleistiftrock aus Cordsamt, eine Rüschenbluse und um die Schultern einen gemusterten Fransenschal. Die Sachen sehen nagelneu aus. Wo gibt es so etwas überhaupt zu kaufen?

»Gut.« Ich werfe einen Blick über die Schulter. »Gut.«

Scarlett fährt hinter uns her und mampft Kekse in sich hinein. Sie winkt fröhlich – anscheinend lenkt sie das Auto mit ihren Knien – und hält sich Daumen und kleinen Finger vors Gesicht: *Ruf mich an.*

Ich nicke und ziehe eine Grimasse, dann drehe ich mich wieder um. So viel zu meiner neuen Freiheit. Offenbar sind meine glorreichen Ferien vom Ich schon wieder vorbei.

»Also, ähm …« Ich schlucke. »Wo ist meine Großmutter? Ist alles … geht es ihr gut?«

»Deine Großmutter kann dir heute keinen Unterricht erteilen, Faith. Sie nimmt an einer Besprechung teil, bei der es um die Organisation von Wohltätigkeitsveranstaltungen im kommenden Jahr geht.«

Eine Welle der Erleichterung erfasst mich, und ich lasse mich in den Sitz zurücksinken. Sekunden später richte ich mich wieder auf. *Autsch.*

»Was zum –« Erstaunt befördere ich eine goldene Halskette zutage, deren scharfkantiger, spitzer Anhänger sich in meinen unteren Rücken gedrückt hat.

»Geschenke«, sagt Genevieve tonlos. »Deine Agentur hat sie weitergeleitet. In den vergangenen Tagen wurde sie mit romantischen Offerten für dich überschüttet. Selbstverständlich habe ich die hoffnungslosen Fälle bereits aussortiert.«

Ich werfe einen Blick in die riesige Tragetasche, aus der die Kette herausgefallen ist. Darin befinden sich ein gruselig aussehender Steiff-Teddybär, eine Platinuhr, eine Schachtel mit pastellfarbenen Macarons, ein Amethystarmband, ein Parfümflacon für mehrere hundert Pfund (sie haben das Preisschild drangelassen) und jede Menge Schokolade, Blumen und so weiter und so weiter.

»Die hoffnungslosen Fälle?«, wiederhole ich matt.

»Unpassende Kandidaten. Unattraktive junge Herren ohne eigenes Profil. Zum Beispiel all jene, die Kekse mit Gluten schicken, obwohl das bekanntlich Blähungen verursachen kann. Dame Sylvia hat die Shortlist überprüft und ihre Zustimmung erteilt.«

Genevieve schlägt das goldene Album auf einer neuen Seite auf. Rechts sind Fotos – gutaussehende Hochglanzjungs – und links daneben Angaben zu Alter, Hintergrund, Karriere und ihrem Grad an Interesse an mir.

Entsetzt überfliege ich die Auswahl.

Einer der Kandidaten wird in der Sun zitiert, wie er mich »super-sexy« nennt. Ein anderer hat öffentlich verkündet, dass er schon »ganz heiß darauf ist, bei mir zu landen«. Ich bin so angewidert, dass ich nicht weiterlesen kann.

»Aber …« Ich hebe den Kopf. Meine Verwirrung wird immer größer. »Noah ist immer noch mein Freund, Genevieve. Egal, wie es ausgeht, ich bin noch nicht bereit –«

»Du darfst in der Öffentlichkeit nicht den Eindruck erwecken, als würdest du alles mit dir machen lassen, Faith. Wenn du nicht zeigst, dass du über ihn hinweg bist, dann wirst du dieses schlechte Image nicht mehr los: Faith Valentine – labil, schwach und ausrangiert.«

Ich öffne den Mund. »Aber ich bin noch nicht über ihn hinweg, und ich –«

»Apropos, mir ist aufgefallen, dass du seit beinahe FÜNF TAGEN nichts mehr gepostet hast.« Sie hält ihr Handy hoch. »Du darfst nicht einfach von der Bildfläche verschwinden. Schweigen spricht lauter als Worte, und die Leute lesen zwischen den Zeilen – vor allem dann, wenn es nichts zu lesen gibt. Du kannst von Glück sagen, dass du mich hast.«

Genevieve drückt auf SENDEN, und im selben Moment macht mein Handy *Pling*.

Ein mit Photoshop aufgehübschtes Bild von mir ploppt auf meinem Bildschirm auf: Die Arme hinter dem Kopf verschränkt, liege ich bei Sonnenaufgang in einem weißen Spitzen-Jumpsuit in unserem Schaukelstuhl im Garten. Ich kann mich noch gut an das Fotoshooting erinnern – Max meinte damals, ich würde aussehen wie ein dahinsiechendes viktorianisches Fräulein nach einem sehr ausgiebigen Sonntagslunch.

Ich blicke hoch. »Aber –«

»Ich schlage vor: *Wenn du in meinen schlimmsten Zeiten nicht mit mir umgehen kannst, hast du mich auch in meinen besten Zeiten nicht verdient*. Positiv, aber auch ein bisschen keck. Selbstbestimmt, ohne deinen Kummer zu leugnen.«

Meine Nase fängt an zu zucken. Wenn für Scarlett schon das Dalai-Lama-Zitat ein verzweifelter Hilfeschrei war, dann ist der Spruch von Marilyn Monroe der rasselnde letzte Atemzug.

»Aber –«

»Hier gibt es nichts zu verhandeln, Faith.« Genevieves Augen werden schmal. »Deine Großmutter hat keinen Zweifel daran gelassen, was sie von dir erwartet. Es ist mein Job, dafür zu sorgen, dass du ihren Wünschen gerecht wirst.«

»Ja«, sage ich und senke den Blick. »Okay.«

Ohne weiteren Widerstand poste ich das Foto mit dem Zitat auf allen Plattformen. Sekunden später:

Du bist eine INSPERATION! Xxx

Kopf hoch, Girl! Du hast SO viel Besseres verdient!!!

OMG woher hast du diesen Stuhl ich liebe ihn

Man kann darauf wetten, dass immer irgendjemand nach Möbeln oder Wohnaccessoires fragt.

»Ich habe dir eine Kopie der Kandidatenliste ausgedruckt.« Genevieve zieht ein Blatt Papier hervor. »Nimm dir so viel Zeit, wie du brauchst …«

Kurze Pause.

»… solange du nicht länger brauchst als bis morgen früh.« Sie tippt wieder auf ihrem Handy herum. »Wir dürfen keine Zeit verlieren, sonst reimen sich die Medien ihre eigene Geschichte zusammen.«

Ich lese die Namen. Plötzlich ist mir ganz schlecht. Ed, Elija, Timothy, Jim, Toby, Jeremy, Dylan, Robert – die Liste ist wie eine seltsame Gummibärchenmischung, nur dass die Tüte statt Süßigkeiten einen klebrigen Klumpen aus potenziellen Boyfriends enthält.

Und ich habe *keinen einzigen* davon selbst ausgewählt.

Die Limousine kommt zum Stehen.

Ich spähe durch das Fenster auf einen hübschen Londoner Platz hinaus: getrimmte Bäume, schmucke Häuser, Steinstufen vor Haustüren. »Ich möchte ja nicht unhöflich sein« – *FAHR SIE ÜBER DEN HAUFEN* –, »aber wenn der Unterricht bei Grandma heute ausfällt, was mache ich dann hier?«

Ich hatte angenommen, dass mich im Auto nur eine ausführliche Standpauke erwarten würde. Aber wie es aussieht, hatte die Fahrt tatsächlich ein Ziel. Ich kann nur hoffen, dass wir hier nicht vor der Haustür eines mir völlig unbekannten jungen Mannes stehen.

»Wie du ja weißt …«, fängt Genevieve an. Es macht *fttt*, als sie ihren Cordsamtrock glattstreicht. »… verfügt deine Großmutter über viele Kontakte innerhalb der Filmindustrie. Enge persönliche Freundschaften, die sich über Jahrzehnte hinweg entwickelt haben. Vertrauensverhältnisse, die von allerhöchster Diskretion geprägt sind.«

Oh. *Oooh*. Langsam wird mir klar, wohin das alles führt.

»Ihr ist zugetragen worden, dass du etwas … zusätzliche Unterstützung brauchen könntest. Ein klein wenig Ermutigung, die über das hinausgeht, wozu sie zeitlich imstande ist.«

Ich schließe kurz die Augen. Wahrscheinlich muss ich froh darüber sein, dass ich bei meinem letzten Vorsprechen nicht an den Haaren nach draußen gezerrt worden bin.

»Sie weiß, dass ich als Schauspielerin eine totale Niete bin, stimmt's?«

Genevieve strahlt mich an, und zum ersten Mal, seit ich sie vor einem Jahr kennengelernt habe, sieht sie so jung aus, wie sie ist.

»Ach, Faith.« Sie nickt süffisant. »Und ob sie das weiß.«

31

Inzwischen weiß ich, wo wir sind.

Für den Bruchteil einer Sekunde spiele ich mit dem Gedanken, Widerstand zu leisten – aus dem Auto zu springen und quer durch Soho zu flüchten –, aber wozu? Wenn es jemanden gibt, der professionelle Hilfe braucht, dann bin ich das.

»Der viertägige Schauspiel-Workshop hat bereits gestern angefangen«, erklärt Genevieve, als der Chauffeur die Autotür öffnet. »Aber deine Großmutter ist der Meinung, dass es kein Problem ist, wenn du einen Tag später einsteigst. Die anderen werden ohnehin wissen, wer du bist.«

Ich zucke zusammen. »Wunderbar. Danke.«

Nachdem ich mich höflich verabschiedet habe, steige ich mit einem mulmigen Gefühl aus dem Auto und mache mich auf den Weg ins Gebäude, wo mich wieder einmal eine Empfangsdame erwartet. Außer ihr ist niemand da, aber durch die geschlossenen Türen höre ich lautes Rufen, Schreien, Lachen und Weinen. An jedem anderen Ort wäre dies Anlass zur Besorgnis.

»Hallo, Faith«, begrüßt mich die Frau an der Rezeption, noch bevor ich meinen Mund öffnen kann. »Sieben B, dritter Stock, zweite Tür rechts. Tritt bitte leise ein, der Unterricht hat bereits begonnen.«

Auf den Treppenstufen fängt mein Körper an zu kribbeln. Als ich vor dem Klassenzimmer angekommen bin, ist meine Kehle wie zugeschnürt. Auf meiner Stirn hat sich ein feuchter Film gebildet, meine Beine zittern, und meine Augen brennen.

Ist es möglich, dass ich *allergisch* auf jede Form von Kunst reagiere? Vielleicht ist es wie ein besonders schlimmer Heuschnupfen – jede Art von Kreativität löst bei mir eine so starke Abwehrreaktion aus, dass allein meine Anwesenheit in einem Gebäude wie diesem ausreicht, um meinen Körper an seine Grenzen zu bringen.

Zögernd öffne ich die Tür. Auf dem Boden liegen acht Leute, die alle ungefähr in meinem Alter sind – flach auf dem Rücken, mit geschlossenen Augen, die Arme an den Seiten. Eine Sekunde lang frage ich mich, ob ich in die Schlussszene einer Shakespeare-Tragödie geraten bin, bis mir auffällt, dass alle leise vor sich hin summen.

»*Mmmmmmmmmmmmmmm.*«

»Nur zu!«, sagt der Lehrer laut flüsternd und winkt mich herein. Er ist von Kopf bis Fuß silbrig: Mit seinen grau melierten Haaren und dem ergrauten Bart, seinem grauen Pullover und der dunkelgrauen Hose sieht er aus wie ein Zauberer im Theater. »Such dir einen Platz, aber bitte leise!«

Blinzelnd sehe ich mich im Raum um. *Welchen Platz?*

Nachdem ich meine Turnschuhe ausgezogen habe, husche ich auf Socken zwischen den ausgestreckten fremden Menschen hindurch. »Entschuldigung«, flüstere ich. »Tut mir leid. Sorry, ich muss nur kurz meinen Fuß – o nein, war das dein Finger?«

Der Lehrer runzelt die Stirn, daher lege ich mich rasch mit angewinkelten Beinen in eine Ecke, schließe die Augen und mache folgsam *mmmmmmmmmmmm*.

»Oooooooooo«, gibt der Lehrer den nächsten Laut vor.

»Oooooooooooooooooo«, sagt die Klasse.

»Iiiiiiiiiiiiiiiiiiiiiiiiiii.«

»*Iiiiiiiiiiiiiiiiiiii*.«

»Aaaaaaaaaaaaaaaaaaaaaaaaaaahhh.«

»*Aaaaaaaaaaaaaaaaahhh*.«

»Lasst es fließen. Spürt dem Ton nach, wie er durch euren Körper klingt und sich dabei verändert. Jeder Laut ruft eine neue Vibration hervor – hört in euch hinein und findet heraus, wie ihr euch dabei jeweils fühlt.«

»*Mmmmmmmmmm* – ooooooooooo – *iiiiiiii* –«

Ich öffne die Augen und fasse den Entschluss, diesen Unsinn einfach über mich ergehen zu lassen und zu warten, bis der richtige Schauspielunterricht anfängt. Ich mache bereits Yoga – es gibt eine Grenze dafür, wie viel Hippiequatsch ein einzelner Mensch ertragen kann.

»Okay!« Ein lautes Klatschen. »Steht auf! Und jetzt lauft durch den Raum! Nehmt Augenkontakt auf! Ihr geht eine Straße entlang, die Sonne scheint!«

Ich rapple mich auf und trabe brav im Halbkreis. Meine Mitschüler blicken mir nacheinander in die Augen und blinzeln überrascht – *was zur Hölle macht Faith Valentine hier?* Ich werde rot und senke den Blick.

»Es regnet! Donner! Blitze!«

Die anderen fangen sofort an zu rennen, halten sich imaginäre Jacken über die Köpfe, spähen zur Decke hoch und zucken bei nicht existenten Donnerschlägen zusammen. Ich mache es ihnen nach, obwohl von draußen nur das Rattern eines Generators zu hören ist.

»Ihr seid unterwegs zu einem Ort, an dem ihr nicht sein wollt! Ihr trödelt und versucht, Zeit zu schinden!«

Alle verlangsamen ihre Schritte, also mache ich das auch.

»Es ist flirrend heiß!«

Alle ziehen ihre Pullover aus, fächeln sich Luft zu und wischen sich über die Augenbrauen. Ich auch.

»Ihr habt schwarze Murmeln als Augen!«

Wir blinzeln, tasten, rempeln uns an.

»Und jetzt bildet einen Kreis!«

Sofort lege ich die Arme über den Kopf, beuge mich vor und versuche, mich so rund wie möglich zu machen. Als jemand schnaubt, blicke ich hoch – alle anderen haben sich in einem lockeren Kreis um den Lehrer versammelt und starren mich an.

Was um alles in der Welt –

Beschämt stehe ich auf und reihe mich in den Kreis ein.

»So!« Der Lehrer sieht uns nacheinander an. »Holt euch einen Stuhl! Wenn ich LOS rufe, dann sagt zu eurem Stuhl, dass ihr eine Tasse Kaffee möchtet. Und … LOS!«

Yep. Ich habe definitiv etwas verpasst.

»Ich möchte eine Tasse Kaffee«, sagt ein blondes Mädchen, auf dessen Namensschild IVY steht, zu ihrem Stuhl.

»Ich *möchte* eine Tasse *Kaffee*«, verlangt ZACH.

»*Ich möchte eine Tasse Kaffee!*«, fordert ZOE, eine große Brünette, wütend. »*Gib mir sofort eine Tasse Kaffee!*«

Ratlos schaue ich zum Lehrer.

»Hast du Schwierigkeiten?« Er kommt zu mir und lächelt mich freundlich an. »Würdest du den Stuhl lieber um eine Tasse Tee bitten?«

»Nein, nein. Kaffee ist ... mir recht. Es ist nur ...« – wie drücke ich das jetzt höflich aus? –, »ich glaube ... ich bin vielleicht in der falschen Klasse gelandet, Sir.«

Ich kann mir kaum vorstellen, dass Dame Sylvia Valentine oder meine Mutter *jemals* einen Stuhl um ein Heißgetränk gebeten haben. Das hier könnte genauso gut eine inoffizielle Schulung für Starbucks-Mitarbeiter sein.

»Schauspielen für Film und Fernsehen.« Der Lehrer nickt wie selbstverständlich. »Wo genau liegt das Problem?«

Ich lasse den Blick durch den Raum schweifen.

»ICH MÖCHTE EINE TASSE KAFFEE!«

»Ich möchte eine Tasse ... Kaffee?«

»WO IST MEINE VERDAMMTE TASSE KAFFEE?« Zoe flippt völlig aus. »WO IST SIE? WO? HER DAMIT!«

»Ähm.« Ich schlucke. »Das Ganze kommt mir nur ein bisschen ... albern vor?«

Der Lehrer lacht. »Das ist es auch«, stimmt er mir zu. »Genau deshalb machen wir es.«

32

Ich möchte eine Tasse Kaffee.

Die nächste Stunde verbringe ich damit, ohne jeden Grund zu brüllen, zu schreien, zu flüstern und zu flehen. Und nie höre ich mich wie eine echte Person an. Meine Stimme ist zu flach, zu laut, zu piepsig, zu atemlos, zu tief, zu hoch. Der Satz beschleunigt, bremst ab, schwillt an, steigt in die Höhe, zerbricht. Die fünf Wörter drehen und wenden sich, bis sie jede Bedeutung verloren haben.

Gegen Mittag bin ich so frustriert, dass ich dem Stuhl am liebsten die Beine ausreißen würde. Es ist *meine* Stimme – warum gehorcht sie mir dann nicht?

»Okay!« Der Schauspiellehrer – sein Name ist Mr. Hamilton – klatscht in die Hände. »Gut! Jetzt machen wir Pause!« Er grinst. »Am Ende des Gangs ist ein Getränkeautomat.«

Benommen blicke ich hoch. Ich habe tatsächlich vergessen, dass außer mir noch andere Leute im Raum sind. Allmählich verstehe ich, warum Mum immer so geistesabwesend ist, wenn sie vom Filmset kommt.

Nervös drehe ich mich zu meinen Mitschülern um. Alle acht steuern sofort die Sofas an und setzen sich: Sie flüstern, essen Chips und tun so, als würden sie mich nicht insgeheim anstarren. Dafür, dass sie Schauspieler werden wollen, stellen sie sich dabei ziemlich ungeschickt an.

Verlegen ziehe ich mein Handy aus der Tasche. *Pling*. Google Alert.

> »Faith Valentine ist meine Traumfrau!«, sagt Dylan H–

»Hey, Newbie!« Ivy winkt mir zu, dann bringt sie den Rest der Truppe mit einem *Schhh* zum Schweigen. »Komm doch her und setz dich zu uns.« Sie stößt einen Typen in oranger Jeans mit dem Ellbogen an. »Mach mal Platz, Dumbo.«

»Ich heiße Diego«, murmelt er und deutet auf seine Brust. »Wozu habe ich ein *Namensschild*?« Aber er rutscht zur Seite, so dass neben ihm eine winzige Lücke entsteht.

Unsicher schiebe ich mein Handy zurück in die Hosentasche, lächle und zwänge mich zwischen die beiden. Steif wie eine Schaufensterpuppe sitze ich an der Sofakante.

Stille.

Natürlich herrscht Stille: Bevor ich mich hingesetzt habe, drehte sich das Gespräch um mich – und selbst wenn nicht, hätte ich mit meiner ungeschickten Art dafür gesorgt, dass alle verstummen.

»Ähm«, sagt Mia mit sanfter Stimme. »Wie –«

»Alsooo …« Theo, ein Brillenträger mit zerknittertem Jeanshemd, beugt sich zu mir. »Du bist doch die, von der wir denken, dass du es bist, oder? Zach sagt, du bist es auf *keinen Fall*, aber Jem ist sich *ganz sicher*, und ich selbst schwanke noch.«

»Sie ist nicht ganz so heiß«, erklärt der blonde Zach. »Ich meine«, er dreht sich zu mir, »nichts für ungut, du bist natürlich auch ziemlich heiß und alles, aber deine Oberweite ist einfach viel zu klein.«

Ich lächle: *Nichts für ungut.*

»O Mann, du hast keinen blassen Schimmer. Selbst in einer Million Jahren hättest du keine Chance bei ihr, egal wie sie heißt.« Jemima schüttelt ihren Lockenkopf. »Aber sie ist es, eindeutig. *Schaut doch selbst.*«

Sie reicht ihr Handy herum. Alle blicken auf das Display.

Dann auf mich.

Dann wieder auf das Display.

Dann auf mich.

»Ähm ...« Zoe beugt sich über die anderen hinweg zu mir, um mein Gesicht näher in Augenschein zu nehmen – »mal im Ernst, was hast du hier in dieser Amateurtruppe verloren? Das ist ja, als würde Angelina Jolie den Hund in einer Schulaufführung spielen.«

»*WER?!*« meldet sich Rafe, ein Typ mit braunen Vintage-Wildlederschuhen, plötzlich zu Wort. »WER IST SIE? ICH KENNE DIESES MÄDCHEN NICHT.«

»Du kennst *Faith Valentine* nicht?«

»WEN?«

»Faith *Valentine*. Alter, wenn du Schauspieler werden willst, dann musst du ab und zu mal den *New Yorker* beiseitelegen und eine Illustrierte in die Hand nehmen. Es ist völlig abartig, dass du sie nicht kennst. Lebst du auf dem Meeresgrund oder was?«

Alle drehen sich wieder zu mir um und schauen mich mit großen Augen an. Mein Gesicht steht in Flammen.

»Ähm.« Ich schlucke und ziehe meine Beanie vom Kopf. »Ihr könnt mich Effie nennen.«

»Ich *wusste* es!« Jemima springt auf und boxt mit der Faust in die Luft. »*Yesss.* Voll daneben, Zachary. Da hast du dir ein Eigentor geschossen. Sie ist frisch wieder Single, und du hast's voll vermasselt.«

»Verdammt.« Zach kratzt sich am Kopf und starrt skeptisch auf meinen Ausschnitt. »Sorry. Photoshop und Wonderbras und all sowas … da kann man ja schon mal ein falsches Bild kriegen.«

»Das ist *sooo* cool«, sagt Zoe, die mich immer noch eingehend betrachtet. »Ich folge den Valentines schon seit *Jahren*. Wie geht es Mercy? Und deiner Mum? Und wie geht es *Max*?« Seufzend dreht sie sich zu den anderen um. »Ihr Bruder ist ein echter Gott. Stellt euch *sie* vor, aber *größer* und *älter* und *männlich*.«

»Und bescheuert«, ergänze ich, ohne nachzudenken.

Alle lachen.

»Recherchierst du undercover für eine Rolle?«, fragt Mia und runzelt die Stirn. »Spielst du in einem Film mit, bei dem es um eine Schauspielklasse geht?« Sie blickt sich um und senkt ihre Stimme. »Werden wir etwa gerade *gefilmt*?«

Zach streicht sich sofort die Haare glatt.

Eine lange, unangenehme Stille tritt ein, als alle mich erwartungsvoll anschauen und darauf warten, dass ich Worte der Weisheit und Erfahrung von mir gebe.

Lächeln: *ein*. Grübchen: *check*.

»Na ja«, sage ich und öffne die Hände in einer Geste der Bescheidenheit. »Ich schätze, ich bin aus dem gleichen Grund hier wie ihr. Wenn man die Schauspielerei liebt, dann möchte man immer noch mehr dazulernen. Schauspieler sollten stets erkunden, was jenseits ihrer Grenzen liegt. Spielen ist Erforschen. Sind wir nicht alle ewige Studenten jenes wundervollen Studiums, das sich *Leben* nennt?«

Am liebsten würde ich auf mein Moschino-Sweatshirt kotzen. Grandma wäre stolz auf mich.

»Klar«, sagt Zoe und nickt, obwohl man ihr die Enttäuschung ansehen kann. »Absolut. Ja, ich weiß genau, was du meinst. Cool. Total *deep* und so.«

Wieder herrscht Schweigen.

»Also, *ich* bin hier, weil ich einen Agenten suche, der mir eine große Filmrolle verschafft, damit ich für den Rest meines Lebens die heißesten Frauen aufreißen kann«, sagt Zach stirnrunzelnd. »Bis ich irgendwann uralt und grauhaarig bin, die Frauen mir aber immer noch zu Füßen liegen – aus Gründen, die nur ihre Therapeuten kennen.«

»Ich bin hier, weil ich einen Gutschein bekommen habe«, erklärt Jemima.

»Ich bin hier, weil ich ein Vorsprech-Tape brauche, um mich an der *Royal Academy of Dramatic Art* zu bewerben«, wirft Diego ein. »Bisher bestand mein einziges Film-Engagement darin, in einer Folge von *Corrie* in einem Café zu sitzen.«

»Bei mir genau das Gleiche!« Ivy lacht. »Ich war Mitglied der Studentenvertretung in *Hollyoaks*.«

»Ich habe in *Eastenders* mitgespielt.« Theo zuckt mit den Schultern. »T-Shirt-Verkäufer an einem Marktstand.«

»Meine Eltern meinten, dieser Kurs würde mir vielleicht helfen, gegenüber Fremden selbstbewusster zu sein«, fügt Mia leise hinzu.

»Ich bin ein *echtes* Schauspieltalent.« Rafe verschränkt die Arme und blickt finster in die Runde. »Ich warte nur darauf, dass *irgendjemand Wichtiges* das endlich bemerkt.«

Alle lachen. Aber ich habe den Verdacht, er hat es gar nicht lustig gemeint.

»Toll!« Ich lächle und klatsche aus irgendeinem unerfindlichen Grund ein paar Mal in die Hände. »Ich bin sicher, ihr alle werdet schaffen, was ihr euch vorgenommen habt! Viel Glück!«

Jetzt hassen sie mich, oder? Ja, ich hasse mich auch.

»So!« Mr. Hamilton kommt wieder herein. »Für unsere nächste Übung möchte ich, dass ihr euch zu Paaren zusammentut und euch gegenseitig das Wort *Kaninchen* vorsagt. Mehr nicht. Nur das Wort *Kaninchen*. Entwickelt einen Dialog daraus.«

Innerhalb von Sekunden haben sich alle zu Zweiergruppen zusammengefunden.

Seltsam, dass ausgerechnet ich übrig bleibe. Warum wählt niemand das hochnäsige reiche Mädchen, das gerade wie eine gönnerhafte Robbe ihre Lebensträume beklatscht hat? Ich blicke zu Boden.

»Kaninchen«, sagt Mr. Hamilton zu mir. »Kaninchen?«

»Kaninchen.« Ich nicke bestätigend, denn ich habe nicht den leisesten Schimmer, was ich mit diesem Wort anfangen soll.

33

Welche Blume möchte niemand im Gesicht haben?
Ein Veilchen.

Da hat jemand wohl seine Hausaufgaben gemacht.

Als ich einige Stunden später die Haustür der Valentine-Villa öffne, stehen überall gelbe Rosen. In riesigen Vasen versperren sie die ganze Eingangshalle, zieren als üppige Bouquets die wertvollen alten Schränkchen und säumen den Weg die Treppe hinauf bis zu meinem Zimmer. Vor lauter gelben Rosen kann ich kaum einen Fuß vor den anderen setzen.

Schade nur, dass meine Lieblingsblume in Wahrheit die Engelstrompete ist: eine Pflanze mit wunderschönen cremefarbenen, glockenförmigen Blüten, deren Gift zu Atemnot, Lähmungen und schließlich zum Tod führen kann.

Aber anscheinend eignet sich das nicht als Antwort für *Vanity Fair*.

»Was –«

»Jede Stunde«, sagt Mercy und kommt aus der Küche geschlendert. Mit ihrem schwarzen Jumpsuit und dem passenden mattschwarzen Lippenstift sieht sie aus, als hätte sie gerade an einem Stück Kohle herumgeknabbert. »Schon den ganzen Tag über werden pünktlich zur vollen Stunde jeweils zwölf gelbe Rosen angeliefert. Das heißt, du kriegst alle zehn Minuten eine Rose. Für den Fall, dass du das nicht alleine ausrechnen kannst.«

»Fünf«, sage ich leise und lasse den Blick schweifen. »Alle fünf Minuten, Mercy. Für den Fall, dass du dich mit Uhrzeiten nicht auskennst.«

»Mir egal. Mum kam wie ein Zombie die Treppe heruntergeschlurft, weil sie dachte, die Blumen seien für sie. Dann wollte sie alle in die Mülltonne werfen. Du hast Glück, dass ich hier war, sonst wäre das ganze Grünzeug bereits entsorgt.«

»Applaus für die furchtlose Heldin.«

Ein paar Minuten stehen wir schweigend da. Unser Streit von gestern scheint heute Feuerpause zu haben. Momentan eint uns jedenfalls die Abneigung gegen den Geruch, der das ganze Haus durchzieht und der allenfalls in einer Schale auf dem Toilettenspülkasten zu rechtfertigen wäre.

»*Gelbe Rosen*«, spöttelt meine Schwester. »Was für einen *originellen Exfreund* du hast, Eff. Noah weiß wirklich rein gar nichts von dir.«

»Freund«, korrigiere ich sie und nehme eine Blume in die Hand, um sie anzuschauen. Sie sind vermutlich sehr hübsch. Vorausgesetzt, man hat Freude daran, eine Pflanze umzubringen, indem man sie gewaltsam aus ihrem natürlichen Lebensraum entfernt, nur um sie woanders hinstellen zu können, wo sie dann langsam vor sich hinwelkt. »Wir haben nicht Schluss gemacht. Ich habe mir nur eine Auszeit genommen, um mir über einiges klarzuwerden.«

Mit einem Mal pocht mein Herz verräterisch schnell.

Sind die Rosen tatsächlich von Noah?

Wenn er sich zu einer so großen Geste aufschwingt, muss es ihm wirklich schlecht gehen. Sollte ich ihn anrufen? Ja, das sollte ich wohl. Ich möchte es aber nicht – ich brauche noch Zeit –, aber wenn ich es nicht tue, bin ich dann nicht herzlos? Unhöflich? Undankbar?

Was, wenn ich nicht anrufe und er –

Moment mal.

> Ich bin kein Fotograf,
> aber vor meinem inneren Auge
> sehe ich ein Bild von dir und mir.
> Lust auf ein Dinner?
> Dylan Harris
> (TV-Star, derzeit auf Netflix) xx

Verwirrt nehme ich ein weiteres kleines Kärtchen in die Hand.

> Ist es hier wirklich so heiß oder sind das wir beide?
> Ruf mich an.
> Dylan Harris
> (TV-Star, derzeit auf Netflix) xx

Und noch ein Kärtchen:

> Meine Eltern haben mir gesagt,
> ich solle meine Träume mit beiden Händen festhalten.
> Du bist einer von ihnen!
> Dylan Harris
> (TV-Star, derzeit auf Netflix)

Auf der Rückseite jedes Kärtchens steht:

> *Diesen Strauß hat Ihnen*
> *»Sag's durch die Blume« geliefert*
>
> *Allererste Adresse für den Beweis Ihrer Liebe bzw. Reue!*
> *x*

Ich muss so laut lachen, dass Mercy zusammenzuckt.

»Was soll –«

»Die sind nicht von Noah«, sage ich erleichtert und setze mich auf die unterste Stufe, damit ich noch lauter kichern kann. »Ein Typ von Genevieves Kandidatenliste hat sie geschickt. Sieh mal.«

Meine Schwester liest die Kärtchen.

»Wow. W-o-w.« Dann lacht sie los, was sich wie eine ratternde Gewehrsalve anhört, und lässt sich neben mir auf die Treppe plumpsen. »Für wen hält dieser drittklassige Möchtegern-Casanova sich eigentlich?«

»Das ist *Dylan Harris*, Mercy«, sage ich und verdrehe die Augen. »*TV-Star, derzeit auf Netflix*. Wie kannst du so etwas nur fragen?«

Und sofort prusten wir wieder los.

»Wobei er ja ein enger Freund unserer Familie ist.« Stirnrunzelnd fische ich ein weiteres Kärtchen aus den Blumen. »Wenn man der Presse glauben darf.«

Rosen für meine englische Rose.
Lass uns zusammen aufblühen!
Dylan Harris
(TV-Star, derzeit auf Netflix)

»Nicht eng genug, sonst wüsste er, dass wir nur zur Hälfte englisch sind«, sagt Mer schnaubend und wischt sich über die Augen. »Obwohl ich zugeben muss, dass sein Name mir vage bekannt vorkommt.«

»Mir auch«, stimme ich zu. »Und sein Gesicht. Aber leider bin ich Team Amazon Prime.«

Diesmal verliert sich unser Lachen. Mit einem Mal ist unser Streit wieder da und wartet nur darauf, wieder aufzuflammen.

»Eff, dein Spiegel –«

»Vergiss es.« Ich springe auf. »Bei meinem letzten Warm-up habe ich es wohl etwas übertrieben und bin aus Versehen gegen ihn getreten. Du kennst mich doch. Training, Training, Training. Workouts, Workouts, Workouts.«

»Ja.« Mer runzelt die Stirn. »Du bist ein Freak.«

Ich will mich heute nicht streiten. Dazu fehlt mir die Energie. Mercy soll nicht wissen, dass ich meinen Spiegel absichtlich kaputtgeschlagen habe. Außerdem habe ich seither keinen Sport gemacht, und ich fürchte, das eine hat mit dem anderen zu tun.

»Wo ist der Rest unserer Familie?«, frage ich unvermittelt und schaue mich um. Das Haus ist merkwürdig still.

»Mum ist wieder im Winterschlaf«, sagt Mercy schulterzuckend. »Ben ist mit Hope zum Rollerbladen gegangen oder so. Und Max ist abgetaucht. Ich wette einen Hunderter darauf, dass der Idiot wieder eine heimliche Romanze am Laufen hat.«

»O nein«, sage ich und seufze voller Mitleid. »Das arme Mädchen.«

»Ja, Rollerbladen ist echt das Letzte.«

Mercy sieht mich von der Seite an. Ich versetze meiner großen Schwester einen sanften Stupser mit dem Fuß. Dann ziehe ich mein Handy hervor.

MAX, WER IST SIE??? MER UND ICH SIND DIR AUF DIE SCHLICHE GEKOMMEN! SPUCK'S AUS!!!

Pling.

WELCHE SIE und BTW was hast du jetzt schon wieder angestellt, du Brandstifterin? Max xx

Verwundert blicke ich zur Küche.

Hä? Wovon redest du?

SCHAU MAL AUF TWITTER! x

Mit einem flauen Gefühl im Magen rufe ich die App auf.

1604 neue Benachrichtigungen.

Blinzelnd scrolle ich nach unten.

AUTSCH @Scarlettbell O NEIN, HAST DU DAS WIRKLICH GERADE GETAN?

@Scarlettbell Wie unsensibel bist du eigentlich! Weißt du nicht, was Faith gerade durchmacht? Reiß dich mal zusammen!

@Scarlettbell Haha! Stimmt genau. Gib's ihr! #BasicBitch

@Scarlettbell BUUURN!

Scarlett? Ich scrolle schneller. Dann wird mir ganz kalt.

Wenn du mit @FaithValentine in ihren schlimmsten Zeiten nicht umgehen kannst, dann hast du sie auch nicht verdient, WENN SIE IHRE PERSÖNLICHKEIT MIT GEKLAUTEN SPRÜCHEN VON #MarilynMonroe UNTER BEWEIS STELLEN WILL. #langweilig #gähn

»Was ist los?«, fragt Mercy und beugt sich neugierig über mein Handy. »Streitet Max alles ab? Warum machst du wieder dein gruseliges Marmorgesicht?«

»Ähm.« Ich blinzle benommen. Da ist ein Foto von Scarlett in einem Panda-Onesie und daneben ein blaues Häkchen. Kein Zweifel, sie ist es.

Meine Augen fangen an zu brennen.

»Eff?«

»Ich glaube, ich muss ...« Laufen gehen? In mein Zimmer flüchten? Laufen? Zimmer? Laufen? Zimmer? »Ähm ... mich kurz hinlegen. Es sind nur ... die Pollen von den vielen Rosen. Heuschnupfen. Ich glaube, ich bin allergisch.«

»Faith, Rosen haben keine –«

»Ach, halt die Klappe, Mercy.«

Ich schleppe mich die Stufen hinauf bis zum Treppenabsatz, der im Dunklen liegt. Dort bleibe ich stehen und presse Daumen und Zeigefinger gegen meine Nasenwurzel.

Geklaute Persönlichkeit. Langweilig. Gähn.

Die Tage, die ich mit Scarlett verbracht habe – all die Dinge, die ich ihr anvertraut habe –, und sie hat mir die ganze Zeit zugehört, nur um jetzt alles gegen mich zu verwenden? Ich habe ihr *vertraut*. Ich habe ihr mein Herz ausgeschüttet. Ich habe mich mit ihr angefreundet und mich verletzlich gemacht. Ich bin so dumm, so dumm, so dumm, so dumm, *so dumm.*

Konsequenzen können bis morgen warten. Tja, hier sind sie nun, in den sozialen Medien für jeden zu lesen.

Mit feuchten Augen öffne ich meine Zimmertür.

»Hallihallo!« Scarlett grinst mich von meinem Bett aus an. Ihre kurzen Haare stehen wie Stacheln ab, und ihr Katzenaugen-Make-up ist verschmiert. »Feuerleitern kann man in beide Richtungen benutzen, wusstest du das? Du solltest dein Fenster verriegeln. Für den Fall, dass Dylan Harris hochklettert, um dich im Schlaf zu beobachten und dich dann unsterblich zu machen und all sowas.«

Ich wische mir über die Augen. »*Was zum –?*«

»Hach!« Sie fuchtelt mit ihrem Handy herum und lacht laut auf. »Mir ist langweilig geworden, während ich auf dich gewartet habe. Also komm, Valentine! Mal sehen, ob du genauso gut austeilen wie einstecken kannst.«

34

Nichts für ungut, aber –

Genau das ist der Grund, warum uns Valentines immer eingebläut wurde, dass wir uns nicht auf Menschen außerhalb unseres eigenen Genpools einlassen sollen. In unserer Familie gibt es schon genug bizarre Verhaltensweisen, da brauchen wir nicht noch zusätzlichen Input von außen, vielen Dank auch.

»Hi.« Steif setze ich mich auf die Bettkante neben Scarlett. »Ich verstehe nicht ganz, was –«

»Jetzt mach schon«, sagt sie unbekümmert, während sie mit beiden Daumen munter vor sich hin tippt. »Sonst serviere ich dir schon die nächste Ansage, während du noch damit beschäftigt bist, den Schwan zu geben. Ups. Schon passiert.«

Ich blicke auf ihr Handy.

@FaithValentine Große Geister sprechen über Ideen, durchschnittliche Geister sprechen über Geschehnisse, kleine Geister POSTEN IHR FRÜHSTÜCK – #Basic #EleanorRoosevelt

Scarlett kichert, als die Benachrichtigungen wieder durch die Decke gehen. »Jetzt bist du dran.«

Was um alles …? Genevieve wird so sauer sein. Sie ist wahnsinnig stolz auf ihre Smoothie-Bowl-Fotos.

»Hör mal«, sage ich verzweifelt, weil Scarlett begeistert weitertippt. *Bring das in Ordnung. Sofort.* »Du musst aufhören, Letty. Bitte. Für dich ist das vielleicht witzig, aber es ist sehr viel Zeit und Geld in meinen professionellen Online-Auftritt geflossen –«

Pling.

@FaithValentine Leben ist das, was passiert, während du dabei bist, EINEN VALENCIA-FILTER ÜBER DEINE FOTOS ZU LEGEN – #eitel #JohnLennon

Ich starre sie entgeistert an. »Ich bin *nicht* eitel.«

»Weiß ich doch, aber deine sechs Millionen Follower wissen es nicht. Außerdem kann dir völlig egal sein, was wildfremde Leute von dir denken. Also schlag zurück.«

Bring mich nicht in Versuchung. »Aber ich –«

Pling.

@FaithValentine Wenn du ein glückliches Leben willst, verbinde es mit deinem social-media-account, nicht mit Menschen oder Dingen – #seicht #AlbertEinstein

»Okay«, fauche ich. »Du hast es nicht anders gewollt.«

Ich fange an, auf meinem Handy zu tippen.

Ich denke, @Scarlettbell braucht vielleicht –

»*Vielleicht?*« Scarlett verdreht die Augen. »Und du *denkst*? Das kannst du besser, Valentine.«

Stirnrunzelnd lösche ich den Text und schreibe:

Wir werden alle unwissend geboren, aber man muss hart arbeiten, um dumm zu bleiben. Dann musst du ja ziemlich erschöpft sein @Scarlettbell #doof #BenjaminFranklin

Scarlett lacht entzückt. »Na also! Mach weiter.«

@Scarlettbell auf Twitter zu sein – das ist, als wärst du eine Friedhofsverwalterin: Du hast viele Leute unter dir, aber keiner hört dir zu. #6kfollowers #BillClinton

Wir fangen an zu kichern.

Keep calm und SELFIE ON @FaithValentine. #selbstverliebt #Churchill

Du bist niemand, bis jemand dich liebt, also ist @Scarlettbell … wer? #who #FrankSinatra

Unser größter Ruhm liegt nicht darin, niemals zu fallen, sondern darin, jeden Fall auf instagram zu posten. @FaithValentine #publicity #Konfuzius

Ein Ding von Schönheit ist ein Glück für immer. Pech gehabt, @Scarlettbell #erbärmlich #Keats

Mittlerweile kugeln wir uns vor Lachen.

@Scarlettbell Alles vergeht, alles verweht – sogar deine Darmwinde #stinkig #anon

Die Zahl unserer Benachrichtigungen explodiert, unsere Handys werden von Retweets und Kommentaren überflutet.

YESSS! KRIEG!

Eure Witze fallen auf euch selbst zurück – die Zitate sind falsch! #einfachnurdumm #fail

»Weißt du was?«, sagt Scarlett, während sie unermüdlich weitertippt. »Dein Leben komplett durchzustylen, damit es zum Konsumartikel für andere wird, ist einfach nur gruselig. Heutzutage ist praktisch jeder gezwungen, sein eigener PR-Manager zu sein, und das ist *abartig*. Wie wär's damit …«

@FaithValentine riecht wie ein pupsender Dachs #Descartes

Ich kriege einen Schluckauf.

»Das gibt *richtig* Ärger.« *Hicks*. »Genevieve wird mich« –

hicks – »nachts in einem Boot aussetzen und mir dann« – *hicks* – »Grandmas Oscars an die Füße binden und mich ins Meer werfen.« Hicks. »Wo wir gerade dabei sind …«

Vom vielen Kichern fast schon im Delirium, ziehe ich eine irre Grimasse und mache spontan ein Selfie, auf dem ich mit meiner inzwischen völlig verschmierten Mascara aussehe wie ein tollwütiger Dachs, und stelle es als neues Profilbild ein.

»Wer von uns ist jetzt eitel?«

»Wie zur Hölle schaffst du es, so ein Gesicht zu machen?« Scarlett gluckst dermaßen hysterisch, dass sie einen Hustenanfall bekommt. »Ein normaler Mensch ist zu so was gar nicht fähig. Außerdem« – *hust* – »kannst du deiner Omi sagen, dass die Golden Globes viel schwerer sind.« *Hust*. Sie blickt auf ihr Handy. »Hallooo. Wir sind nicht mehr allein.«

@Scarlettbell Pass bloß auf, ich krieg dich, du Nobody alias Möchtegernstar #wannabe #Lassmeineschwester inruhe #MercyValentine

Mein Schluckauf ist schlagartig weg.

Verdammt, Mercy. Nur meine Schwester bringt es fertig, physische Gewalt anzudrohen und ihren Namen dann mit Hashtag danebenzuschreiben.

»Oje, Letty«, sage ich zu Scarlett, die mich mit ihren großen grünen Augen anschaut. »Mer ist unten in der Küche. Ich geh runter und erkläre ihr die Sache.«

»Machst du Witze?« Scarlett legt ihre Hand aufs Herz.

»So etwas Wundervolles habe ich noch nie gelesen. Einfach so für dich in die Bresche zu springen! Ohne irgendwelche Fragen zu stellen! Ich bin ein Einzelkind, und ich vergehe gerade vor Neid.«

Bei ihren Worten könnte ich platzen vor Stolz. »Mercy ist ziemlich brutal.«

»Völlig durchgeknallt. Vielleicht sogar eine Soziopathin.« Lächelnd sinkt Scarlett in mein Kissen zurück. »Und sie hat den Nagel auf den Kopf getroffen. Ich *bin* ein Nobody. Insider im Business kennen mich zwar – aber deine Schwester hat trotzdem recht. Ich bin ein Nobody, weil ich nicht das tue, was ich wirklich will.«

»Und das wäre?«

Verlegen verzieht sie das Gesicht. »Musical.«

»Nicht dein Ernst!« Ich blinzle überrascht. »Wirklich? So richtig mit Tanzen, Singen, aufgesetzten Katzenohren und so?«

»Genau das. Mit Jazz-Händen und dem ganzen Drumherum. Es ist meine geheime Leidenschaft.« Sie tippt sich an die Brust. »Und mein Herz ist aus Marzipan.«

Ich lache. »Aber warum hast du dann –«

»… eine Rolle in einer Zombie-Serie angenommen? Ich bin eine mittellose Schauspielerin, Eff. Ich wohne in einer heruntergekommenen Studiowohnung im Arbeiterviertel Brixton. Ich nehme jede Rolle, die ich kriegen kann. Weißt du was … ich denke gerade über Pizza nach.«

Ähm, was kann man darauf antworten?

»Ja, ich … weiß, was du meinst.« Ich nicke langsam und

versuche, ihre Metapher aufzugreifen. »Zuerst bestehst du nur aus den beiden Grundzutaten Käse und Tomaten. Dann kommen irgendwelche Leute und klatschen einen Belag auf dich drauf – Peperoni, Pilze, Oliven –, aber niemand fragt, was *du* willst …« Ich erwärme mich immer mehr für das Thema. »Vielleicht bist du eine Krabbenpizza. Oder Erdbeeren und Ziegenkäse. Vielleicht sogar Karamellapfel und Kokosnuss mit Tintenfischtinte! Aber wie willst du das jemals herausfinden, wenn andere für dich den Belag auswählen?«

Stille.

»Ja.« Scarlett runzelt die Stirn. »Ich meinte eigentlich: Lass uns eine Pizza bestellen. Hör mal, vielleicht solltest du mit einem Profi darüber sprechen.«

Plötzlich ist mein Gesicht gleichzeitig kalt und heiß.

Was um alles in der Welt?

»Oh!« Ich nicke. »Ja. Ähm. Pizza … klingt gut.«

»Hm.« Scarlett schnappt sich einen Stift von meinem Nachttisch und kaut mit ihren kleinen spitzen Zähnen darauf herum. »Das ist vielleicht sogar eine Geschäftsidee. Karamellapfel-Kokosnuss-Pizza? Würde ich sofort essen. Du solltest mal mit einem Unternehmensberater sprechen.«

Ich nehme ihr den Stift aus der Hand und versetze ihr damit einen Klaps. »Dumbo.«

»Dumme Nuss.«

»Völlig gestörte Psychopathin.«

»Emotional verkümmerter Roboter.«

Wir prusten wieder los.

»Also gut.« Scarlett wirft ihr Handy ans Fußende des Betts, fischt einen Zwanziger aus ihrer Jeanstasche und lässt ihn in meinen Schoß fallen. »Internet terrorisiert, Follower in Rage versetzt, Einstein vernichtet. Bestell mir eine mit Blauschimmelkäse und extra viel Ananas, okay?«

Zickenkrieg um Tage der Angst

In jüngster Zeit wächst die Sorge um die mentale Gesundheit von Faith Valentine, die seit dem Seitensprung ihres Exfreunds Noah Anthony nicht mehr in der Öffentlichkeit gesehen wurde, sich kürzlich jedoch eine Auseinandersetzung mit der aufstrebenden Jungschauspielerin Scarlett Bell geliefert hat.
Die launische Sechzehnjährige, die sich – offenbar als Antwort auf Noahs Affäre (links) – den Kopf kahlgeschoren hat, leistete sich auf Twitter eine regelrechte Schlammschlacht mit der weitaus weniger bekannten Schauspielerin, nachdem Scarlett ausgerechnet die Rolle in *Vierzehn. Tage der Angst* bekommen hat, die ursprünglich als Faiths Debüt geplant war.
»Faith ist außer sich«, behaupten Insider. »Sie fühlt sich vor den Kopf gestoßen, weil man in Windeseile Ersatz für sie gefunden hat. Momentan ist sie sehr verletzt und äußerst labil. In ihr brodelt es.«
Im Verlauf der für Faith völlig untypischen Twitter-Tirade bezeichnete sie ihre Konkurrentin unter anderem

als »doof« und »erbärmlich«, machte sich über ihre vergleichsweise geringen Followerzahlen lustig und stellte ein neues, bedrohlich wirkendes Profilbild auf ihren Account. »Wir erleben gerade eine Faith, wie wir sie nicht kennen«, erklärt ein besorgter Freund. »Wir hoffen, dass sie Noah verzeiht. Normalerweise ist sie so ein nettes Mädchen.«

35

Hast du schon gehört, was auf Twitter passiert ist?
Tut mir leid, ich kann dir nicht folgen.

Ich bin von allem abgeschnitten.

Man hat mich nicht ins Meer geworfen, aber am nächsten Morgen um sieben bin ich aus dem Internet verbannt, als wäre es ein exklusiver Nachtclub und ich hätte versucht, mich in Jogginghosen am Türsteher vorbeizustehlen. Ich habe keinen Zugang mehr zu sämtlichen sozialen Medien. Meine Passwörter wurden ausgetauscht, die Tweets sind nicht mehr auffindbar, und das Dachs-Profil wurde durch ein makelloses Foto ersetzt. Dazu ernste Worte der Entschuldigung:

> *Ich möchte aufrichtig um Verzeihung bitten, falls ich die wunderbare @Scarlettbell gestern beleidigt haben sollte. Ich bin zutiefst beschämt über meinen Ausbruch. 1/3*

> *Meine einzige Entschuldigung ist, dass ich sehr erschöpft bin und ein Anflug von Grippe mein Urteilsvermögen getrübt hat. Scarlett ist eine hochtalentierte Schauspielerin, die ich sehr respektiere und der ich für ihre Zukunft alles Gute wünsche. 2/3*

Ich weiß die Unterstützung meiner Follower und Fans in dieser schwierigen Zeit sehr zu schätzen. Faith xxx #LoveLightLaughter ♡ ♡ ♡ ♡ 3/3

Außerdem gibt es mehrere neue Fotos von mir auf Instagram.

Auf dem neuesten ist ein Herz in weißen Sand gemalt und mit pinken Muscheln dekoriert, die am Rand von türkisblauem Wasser umspielt werden. Darunter steht: *Liebe ist wahr und schön, bewahre dir stets dein inneres Leuchten. Donut let the haters hate.*

#LoveLightLaughter ♡

Viele finden den Tippfehler unfassbar lustig. Genevieve nicht.

»*Don't*«, murmelt sie entnervt, als ich in die Limousine steige, um zu meiner zweiten Unterrichtsstunde an die Schauspielschule gefahren zu werden. Zornig tippt sie auf ihr Handy: *bang, bang, bang, bang*. »Es heißt *don't*. Außerdem schreibt man in England *Doughnut* und nicht *Donut*.«

Überrascht lasse ich mich auf die Rückbank fallen. Die Assistentin meiner Großmutter trägt Ripped Jeans und T-Shirt, hat die Haare zu einem unordentlichen Pferdeschwanz gebunden und auf jegliches Make-up verzichtet. Sie ist außer sich. Von ihrer professionellen Zurückhaltung und ihrem altmodischen Rüschen-Styling ist nichts mehr übrig.

»Genevieve …«

»Ist dir klar, was für einen Schaden du angerichtet hast?«, sagt sie scharf, ohne mit dem Tippen aufzuhören. »Ich halte *so vieles* von den Medien fern – den Zusammenbruch deiner Mutter, die bevorstehende Scheidung deiner Eltern, die Existenz einer neuen Freundin deines Vaters, Hopes unbeaufsichtigter Ausflug nach L.A., Max' ständige Indiskretionen, Mercy …«

Sie hält inne: Allein der Name *Mercy* umfasst so unendlich viel.

»Und dir fällt nichts Besseres ein, als eine unbekannte Schauspielerin ONLINE zu mobben? Weißt du eigentlich, welchen Eindruck das von der Valentine-Familie vermittelt? Deine Großmutter schäumt vor Wut. Sie verlangt, dass Twitter komplett aus dem Internet gelöscht wird!«

Meine Nase zuckt, und ich senke rasch den Blick.

Ach, Grandma.

»Tut mir leid, Genevieve«, sage ich und blicke schuldbewusst hoch. »Ich wollte dir keine Extraarbeit aufhalsen, ich –«

»Oh, schon gut«, unterbricht sie mich schnippisch und bläst sich eine blonde Strähne aus dem Gesicht. »Ich verbringe meine Abende regelmäßig damit, Blumen auf einen Cappuccino zu malen und den Mops meiner Nachbarin zu fotografieren. Auf die Idee, ein *eigenes Leben* haben zu wollen, käme ich sowieso nie.«

Missmutig tippt sie weiter.

Ich schaue sie verblüfft an. Moment mal – das ist gar nicht ihr Hund? Kann es sein, dass sie nicht mal Yoga macht? Schaut sie für die Captions in einer Zitatsammlung nach oder kennt sie die Sprüche auswendig?

Ist alles fake?

»Ich –«

»Hast du dir einen neuen Verehrer ausgesucht?« Sie sieht mich scharf an. »Auf der Liste stehen *zehn* geeignete Junggesellen, du musst dir *einen* davon aussuchen. So schwer kann das doch nicht sein, Faith. Die meisten jungen Mädchen wären selig, wenn bei ihnen die Nachfolgerfreunde Schlange stünden.«

Ihre Bemerkung lässt meinen Zorn wieder aufflammen. »Ich will aber keinen –«

»Ich habe bereits eine Pressemitteilung rausgegeben und in deinem Namen Geld an wohltätige Jugendorganisationen gespendet. Ich werde mit Scarletts Agenten Kontakt aufnehmen und ein versöhnliches, freundschaftliches Fotoshooting organisieren. Ich schlage ein Naturkost-Café mit schmeichelhaften Lichtverhältnissen vor.«

Scarlett hat mir bereits am frühen Morgen geschrieben.

ALTER, haben die noch alle Tassen im Schrank? ICH war doch diejenige, die den Streit vom Zaun gebrochen hat! xx

Mach dir keine Gedanken. Der Spaß war es wert :) xxx

»Aber ich –«

»Bis dahin«, fährt Genevieve ungerührt fort und ignoriert meinen Versuch, einen Einwand vorzubringen, »… halte dich zurück. Wir können es uns nicht leisten, auch nur einen Tropfen Öl ins Feuer zu gießen.«

Sie setzt eine randlose Brille auf, die sie garantiert nicht braucht.

»Na gut«, sage ich, obwohl ich innerlich grummle. »Tut mir leid.«

»Und setz die auf.« Genevieve kramt eine große verspiegelte Sonnenbrille hervor und reicht sie mir. »Und die auch.« Sie drückt mir eine nagelneue Baseballmütze in die Hand. »Und das.« Ein schlabbriger weißer Pullover und ein langer weißer Rock. »Versuch, vornübergebeugt zu laufen. Zeig dich zerknirscht. Entsetzt über dein eigenes Benehmen – du weißt schon, was ich meine.«

Schweigend ziehe ich die Sachen an, als auch schon das Auto vor der Schauspielschule hält.

Wumm. Eine Hand klatscht gegen die Scheibc, ungefähr auf Höhe meines Kopfs.

»Faith! Faith Valentine!!! Warum hast du öffentlich eine Schauspielerin aus der Arbeiterklasse angegriffen?«

»Hast du mit deinen Wutausbrüchen Noah vertrieben?«

»Hast du den Verstand verloren?«

Wutentbrannt drehe ich mich zu Genevieve. »Wieso sind die Paparazzi hier?«

»Ich habe sie angerufen«, sagt sie und nickt, als ein Dutzend Presseleute mit Kameras und Diktiergeräten das Auto umzingelt. »Ursprünglich wollten wir die Sache mit der Schauspielschule geheim halten, aber nach deiner kleinen Online-Eskapade ist es nur gut, wenn die Öffentlichkeit erfährt, dass du ganz normal Unterricht nimmst. Das betont deine *Bescheidenheit*.«

»Natürlich.« Mein Magen verkrampft sich beim Anblick der aufblitzenden Kameras, und ich ziehe mir die Mütze noch tiefer ins Gesicht.

»Also. Was soll ich sagen?«, frage ich und steige aus dem Wagen.

»Nichts«, raunt Genevieve mir verärgert hinterher. »Halt einfach den Mund.«

Stets zu Diensten.

36

Wann ist die Butter am lustigsten?
Wenn sie ausgelassen ist.

Schweigen kann ich.

Als ich mich endlich an den lauten Paparazzi vorbeigezwängt habe – Sonnenbrille auf der Nase, Baseballmütze tief in der Stirn –, hat der Unterricht längst begonnen. Jemima kauert in einer Ecke und tut so, als würde sie ihr Bein lecken, Zach brüllt aus Leibeskräften, Ivy hüpft im Hocksprung durch den Raum, und Mia rutscht bäuchlings über den Fußboden und zischt … *ssssss*.

Mein Handy macht *Pling*.

Auf Instagram ist ein neues Selfie von mir. Umgeben von Papierschmetterlingen liege ich da und lächle.

> *Liebe und Mitgefühl sind keine bloßen Luxusgüter – Dalai Lama #Lernkurve #tutmirleid*

Mich schüttelt es. Genevieve sollte mehr Geld für ihre Überstunden bekommen.

»Komm rein, Faith«, ruft Mr. Hamilton. »Leg das Handy beiseite und denke dir ein Tier aus. Brille und Mütze bitte ablegen! Du bist hier nicht in Hollywood.«

Peinlich berührt nehme ich beides ab und blinzle.

Diego segelt mit ausgebreiteten Armen durch den Raum und stürzt sich immer wieder auf Theo, der jedes Mal zu quietschen anfängt und sich unter einem Stuhl verstecken will.

Ich schlucke schwer und überlege, welches Tier ich verkörpern könnte. Schade, dass die *Maus* schon vergeben ist.

»Ah«, sage ich schließlich. »Ich bin ein –«

»Nicht verraten, bitte! Nimm Kontakt mit deinen Mitschülern auf, ohne ihnen zu sagen, was du bist! Dein Agieren *muss für sich sprechen*.«

Also rolle ich mich zu einer Kugel zusammen und lege die Hände über den Kopf. Dann warte ich darauf, dass der Lärm aufhört.

»Sehr schön!« Jemand klatscht in die Hände. »Kurze Pause. Danach widmen wir uns Spolins Theorie und versuchen, eine Szene aus dem Augenblick heraus zu durchleben!«

Mit steifen Gliedern rapple ich mich auf. Viel Glück, Mr. Hamilton. Meine Großmutter hat ein ganzes Jahr lang vergeblich versucht, mir genau das beizubringen.

Meine Mitschüler haben sich bereits in die Sofaecke verzogen, wo sie angeregt über die Übungen des Vormittags diskutieren. (»Was war mit deinem Adler, Diego?« / »Ich war ein *Turmfalke*.«)

Ich setze meine Mütze auf und rücke meine Sonnenbrille zurecht, bevor ich zu den anderen gehe, mich ungeschickt am Rand des Sofas niederlasse und mich so klein wie möglich mache. *Halte dich zurück, Faith.*

Mein Handy macht schon wieder *Pling*. Verstohlen werfe ich einen Blick darauf. Auf meinem neuen Instagram-Post drehe ich in einem blauen Ballkleid Pirouetten.

Hab keine Angst vor Perfektion, denn du erreichst sie nie – Salvador Dali #Fehler #dazulernen

Kurioserweise war meine Taille vor Photoshop mindestens acht Zentimeter breiter, meine Oberarmmuskeln waren viel definierter und das Kleid nicht blau, sondern gelb. Entschlossen stecke ich das Handy weg.

»Wer ist dieser Spoon überhaupt?«, fragt Jemima.

»Viola *Spolin* war eine sehr berühmte Theaterakademikerin und Schauspiellehrerin«, erklärt Rafe und verdreht leicht die Augen. »Ich halte allerdings mehr vom *Method-Acting*, wie es Lee Straßberg lehrt.«

»Ist das der Typ, der die Jeans erfunden hat?«

»Nein.«

»Was ist mit Tschechow?« Zach überfliegt den Wochenplan. »Ist das auch so einer? Und Meisner? Adler? Uta Hagen? Wer sind diese Leute?«

In der Runde herrscht Schweigen.

»Tja«, sagt Rafe schließlich, »warum fragen wir nicht unseren *Promi*? Faith weiß bestimmt *alles* über die Welt des Theaters.«

Erwartungsvoll drehen sie sich zu mir.

Halt deinen Mund, Faith.

»Ähm«, murmle ich und mache mich noch etwas kleiner, als mein Handy im selben Moment schon wieder *plingt*.

»Bei Tschechow geht es darum, die Rolle auf eine physische Weise zu erfassen. Meisner fordert Schauspieler auf, ganz unmittelbar auf ihre Umgebung zu reagieren. Adler legt den Schwerpunkt auf die Imagination und weniger auf das Abrufen von Emotionen. Hagen dagegen empfiehlt ihren Studenten, ihre eigenen Erfahrungen einfließen zu lassen, und Spolin ist eine Vertreterin des Impro-Theaters.«

Ich ziehe meine Baseballmütze noch etwas tiefer ins Gesicht. Ein endlos langes, langweiliges Jahr habe ich mit diesem Zeug verbracht, da wäre es doch unhöflich, die Fragen nicht zu beantworten.

Tut mir leid, Genevieve.

»Was willst du überhaupt hier?« Zoe wirft die Hände hoch. »Du weißt doch schon alles! Ich an deiner Stelle würde meine Zeit nicht mit Leuten wie uns verschwenden. Ich würde auf Partys von A-Promis gehen, Kaviar essen und rumknutschen, natürlich nur mit phantastisch aussehenden –«

»WEIL SIE NICHT SCHAUSPIELERN KANN«, unterbricht Rafe sie laut. »Hast du keine Augen im Kopf? Sie ist furchtbar. Sie ist die Schlechteste in der Klasse! Berühmt zu sein hilft dir gar nichts, wenn du keinen Funken Talent hast.«

Ich glaube, ich habe gerade Mercys Dreamboy gefunden.

»Also wirklich, Rafe«, sagt Zoe entrüstet. »Die Valentines gehören zum *Hochadel* der Schauspielzunft. Wir können uns glücklich schätzen, mit einer von ihnen die gleiche Luft einatmen zu dürfen.«

Und jetzt habe ich auch noch Grandmas Dreamgirl entdeckt.

Wieder richten sich alle Blicke auf mich, und plötzlich habe ich es satt, *immer, immer, immer* den Mund zu halten.

Irgendetwas in mir zerspringt.

»Er hat recht.« Ich nehme meine dämliche Brille ab und werfe sie auf den Boden. »Ich kann nicht schauspielern.«

Ein warmes Kribbeln durchläuft mich. *Wusch.*

»Ich bin sicher, du –«

»Nein.« Noch ein *Wusch.* »Ich. Kann. Nicht. Spielen. Wenn ihr die Wahrheit wissen wollt: Ich bin hier in dieser Klasse, weil ich so mies bin, dass meine Familie fürchtet, ich könnte ihren ach-so-kostbaren Ruf im Alleingang ruinieren.«

OMG, das fühlt sich *so gut* an.

Die anderen blinzeln verwirrt, aber bei mir ist plötzlich der Damm gebrochen, und ich kann nicht aufhören, *will* nicht aufhören …

»Warum springt die Kuh auf und ab?« Ich ziehe meine Mütze herunter und fahre mit der Hand über meinen kahlen Kopf. »*Sie will einen Milchshake.* Wie nennt man Nudeln, die zwischen den Zähnen hängen bleiben? *Zahnpasta.* Was sagt der Gabelstaplerfahrer, wenn er mit der Arbeit fertig ist? *Alles paletti.* Welcher Käse beschwert sich ständig? *Der Mozzarella.* Was ist grün und hat zwei Räder? *Gras. Das mit den Rädern war gelogen.*«

Verstörtes Schweigen.

Wusch.

»Ja«, sage ich und grinse übers ganze Gesicht.

Wusch.

»Witze erzählen kann ich auch nicht. Kein Gefühl fürs Timing. Nicht lustig. Ich mag keine Hunde – und welches *Monster* mag keine Hunde? Ich ziehe meine Laufleggins ungefähr acht Tage hintereinander an, bis sie zu müffeln anfangen und es einfach nur eklig ist. Und seht euch das mal an …«

Ich ziehe mein Handy hervor. Prompt ertönt ein *Pling*, und ein neuer Post erscheint in meinem Feed.

Ein Foto von zierlichen braunen Füßen in seidenen Ballettschuhen.

»Das habe ich nicht einmal selbst gepostet.« Ich zeige das Handy in die Runde. »Irgendwo sitzt eine extrem genervte blonde Frau auf dem Rücksitz einer Limousine und sorgt für Nachschub auf *meinen* Social-Media-Profilen, während sie im Stau steht. Ich habe nicht einmal mehr Zugang zu meinen Accounts. Alles, was ihr über mich lest, ist Fake – und das war schon immer so.«

Stille.

Aber mir ist plötzlich ganz warm, und ich bin so verdammt erleichtert, dass ich losheulen könnte. Scarlett hatte recht. *Es kann mir egal sein, was sie denken. Es kann mir egal sein, was sie denken. Es kann mir egal sein, was sie denken. Es kann mir egal sein, was sie denken –*

»Ähm.« Zoe räuspert sich. »Bei jedem Foto, das ich von

mir poste, verkleinere ich meine Nase mithilfe von Photoshop und trage tonnenweise Make-up auf, nur um das Foto dann mit dem Hashtag #nomakeup zu versehen. So einzigartig bist du auch wieder nicht, Faith Valentine.«

»Ich habe mal so getan, als wäre ich auf dem Festival in Glastonbury«, meldet sich Ivy zu Wort. »Ich habe mich in die passenden Klamotten geworfen und Fotos von mir geschossen, wie ich auf einem Acker herumtanze. Dabei war ich nie in Glastonbury. Ich hasse Menschenmengen.«

»Oh!« Theo klatscht in die Hände. »Ich habe eine Freundin erfunden, um meine Ex eifersüchtig zu machen! Mein Mitbewohner hat mich fotografiert, wie ich mit geschlossenen Augen auf dem Sofa liege, und ich habe es gepostet, mit der Caption: *Ich hasse es, wenn Bae mich beim Schlafen beobachtet #newlove.*«

»Ich kaufe teure Kleider, die ich mir nicht leisten kann, ziehe sie an und verstecke die Preisschilder. Unter die Fotos schreibe ich #werbung und #influencer, danach schicke ich die Sachen wieder zurück«, gesteht Jemima und wird rot.

»Ich gebe mit Hobbys an, die ich nicht habe«, verkündet Diego laut. »Und zwar ständig.«

»Mein Freund und ich können uns nicht ausstehen«, flüstert Mia. »Wir schreien uns den ganzen Tag an, und ich weine und weine, und dann, wenn er davongestürmt ist, poste ich ein Foto von uns, wie wir zusammen auf dem Sofa kuscheln, mit vielen Herzchen drumherum.«

»Ich habe mir Follower gekauft«, gibt Zach grinsend zu.

»Mir folgen ungefähr sechzehntausend Roboter aus Russland.«

Unwillkürlich drehen sich alle zu Rafe um.

»Wie erbärmlich«, sagt er und rümpft die Nase. »In welcher Welt leben wir eigentlich? Ich lege keinen Wert auf die sozialen Medien.« Er hält inne, dann blickt er zu Boden. »Aber der Account meines Dackels ist echt gelungen. Wollt ihr mal sehen?«

Alle prusten los. Wir halten uns den Bauch vor Lachen, schnauben, machen peinliche Japs-Geräusche. Jedes Mal, wenn einer von uns den Kopf hebt und unsere Blicke sich treffen, geht es wieder von vorne los. Wir sind alle ständig damit beschäftigt, eine perfekte Version von uns selbst zu präsentieren, und merken dabei gar nicht, dass auch alle anderen mehr Schein als Sein sind.

»Okay!« Mr. Hamilton ist ins Klassenzimmer zurückgekehrt. »Bildet einen Kreis!«

Wie aufs Stichwort lassen sich die anderen auf den Boden fallen, rollen sich zur Kugel zusammen und legen die Hände über den Kopf. Dann kichern alle hysterisch los.

»Sehr witzig.« Ich lache, und plötzlich breitet sich ein warmes, helles Gefühl in mir aus, bis ich mir vorkomme, als würde ich von Kopf bis Fuß strahlen. »Ich hab's kapiert.«

Auf einmal bin ich nicht mehr die berühmte Valentine.

Sondern einfach nur Faith.

37

Warum sieht man nie Elefanten,
die sich auf Bäumen verstecken?
Weil sie sehr gut im Verstecken sind.

Die restliche Unterrichtsstunde macht richtig Spaß.

Natürlich bin ich genauso schlecht wie vorher – wir sollen eine imaginäre Tür mit unsichtbaren Schlüsseln aufschließen und so tun, als würde uns dahinter eine nicht vorhandene Überraschung erwarten. Ich sehe weder die Schlüssel noch die Tür und schon gar nicht das dahinter lauernde Monster.

Aber Jemima tritt für mich die Tür auf, Zoe zerrt das Ungeheuer hindurch, und Diego versetzt ihm einen Kinnhaken, während ich die Hände vors Gesicht schlage und loskreische. Ich lache mit meinen Klassenkameraden und tausche Handynummern aus und vergesse dabei ganz, dass ich immer noch die schlechteste Schauspielerin der Welt bin.

Als ich später wieder zu Hause bin, fühle ich mich … glücklich. *Leicht.* Als würde sich langsam ein Knoten lösen und mich freigeben.

Vibrierend vor Energie schreibe ich an Scarlett:

Der Unterricht war toll! Hast du Lust, rüberzukommen? Ich bin total aufgekratzt, aber zu müde, um noch wegzugehen xx

Sie schreibt sofort zurück.

Muss am Skript von 14 arbeiten, um mich auf die Leseprobe vorzubereiten :(Aber yasss, girl! Ich wusste, dass du es schaffst! Alles nur eine Sache der Übung. Bin stolz auf dich xxx

Lächelnd schließe ich die Haustür auf, während ich gleichzeitig eine Antwort tippe. *Ja, ich bin auch stolz auf mich.*

Klar, viel Glück bei

Etwas trifft mich mitten ins Gesicht.

»AAAAAAAAAAAAHHH!«, kreische ich. »HÄNDE WEG, ICH BIN GEÜBT IN SELBSTVERTEIDIGUNG. ICH MACHE JEDEN PLATT, DER … *oh.*«

Es ist ein Heliumballon in Herzform.

Blinzelnd spähe ich ins Haus. Dutzende von pinken Herzen schweben in der Eingangshalle. Ihre mit Gewichten beschwerten Schnüre stehen senkrecht in der Luft wie Bäume eines Gruselwalds. Es sieht aus, als wäre ich in ein Horrorfilm-Remake von *Oben* geraten.

»Was zum –«

An jedem Luftballon ist ein Kärtchen befestigt.

Du bringst mein Herz zum schweben!!!
Lust auf einen Drink?
Dylan Harris
(TV-Star, derzeit auf Netflix)

Ich verzichte darauf, den Rest zu lesen. Es braucht keine große Phantasie, um zu ahnen, was darauf steht.

Mit zusammengebissenen Zähnen sammle ich die Luftballonschnüre ein und reiße ein Kärtchen nach dem anderen ab. Dann ziehe ich den quietschenden Strauß aus tanzenden Ballons die Treppe hoch. Bei jedem Schritt klatscht mir ein Ballon ins Gesicht, und ständig verfängt sich eine Schnur im kunstvoll geschmiedeten Geländer. Von Stufe zu Stufe wächst mein Ärger.

Was hat der Typ eigentlich für ein *Problem*?

Ein Mädchen, das sich so verhält, würde sofort als verzweifelte Loserin gelten, die es einfach nicht checkt. Aber wenn *er* so was macht, soll ich dahinschmelzen und mich von seiner Aktion auch noch geschmeichelt fühlen. *Klar doch.*

Schlecht gelaunt klopfe ich an Hopes Zimmertür. Keine Antwort. Wahrscheinlich ist sie wieder mit Ben unterwegs, also gehe ich einfach rein und lasse die pinken Ballons zur Decke steigen. Überall stehen gelbe Rosen herum. Wie es aussieht, hatten meine kleine Schwester und ich die gleiche Idee: das ganze Zeug dort abzuladen, wo sich jemand tatsächlich darüber freut.

Ich bin gerade dabei, Dampf abzulassen, indem ich Hopes staubige rote Samtvorhänge ausklopfe, als mein Handy klingelt.

»Hm-hm«, melde ich mich, ohne mit dem Klopfen aufzuhören.

»*Wie bitte?*«

»Ich sagte … – klatsch – »hm-hm.«

»Ich habe dich sehr wohl verstanden«, erwidert meine Großmutter entrüstet. »Dies ist keine angemessene Art, sich am Telefon zu melden, Faith. *Hm-hm* ist kein richtiges Wort, geschweige denn zwei Wörter.«

»Zwei Wörter? Kannst du haben«, sage ich und lege auf.

Wusch. Schon wieder wird es mir ganz warm.

Okay, langsam werde ich süchtig danach.

Mein Handy klingelt.

»Aus unerklärlichen Gründen wurden wir mitten im Gespräch unterbrochen«, fährt meine Großmutter ungerührt fort. »Aber wir haben jetzt keine Zeit für den Austausch von Nettigkeiten. Du musst in einer Stunde im Stadtzentrum von London sein.«

Klatsch. »Warum?«

»*Wie bitte?*«

»Ich fragte: Warum?« *Klatsch, klatsch.* »Ich bin gerade ziemlich beschäftigt.« *Klatsch, klatsch, klatsch.*

Am anderen Ende herrscht schockiertes Schweigen.

»Faith Valentine! Würde ich Wert auf eine *Laissez-faire*-Attitüde legen, dann hätte ich deinen Bruder angerufen. Du hast den sprichwörtlichen Bock geschossen und deinen Ruf in den nationalen Medien ruiniert, daher sehe ich mich dazu gezwungen, selbst einzuschreiten und dich wieder auf den richtigen Weg zu bringen.«

Missmutig lasse ich die Vorhänge los. Natürlich, was hatte ich auch erwartet?

»Also gut.« Mit einem resignierten Seufzen verlasse ich Hopes Zimmer und gehe in mein eigenes. »Was hast du geplant?«

Ich komme mir vor wie einer von Dylans großen pinkfarbenen Ballons – an leere, nichtssagende Worte gebunden, mit dem Kopf gegen die Decke stoßend und von einem schweren Gewicht nach unten gezogen.

»Das *Sketch* in Mayfair. Ein Tisch ist für 19:00 Uhr reserviert.«

Ich lasse den Blick über meine Garderobe gleiten. »Dresscode?«

»Glamourös, aber respektabel. Hübsch, aber nicht nach Aufmerksamkeit heischend. Schlicht, aber wirkungsvoll. Du darfst weder todunglücklich noch triumphierend erscheinen. Du bist kein *Opfer*, aber auch nicht *angriffslustig*. Ich schlage das Blassblaue von *Chanel* vor.«

Ich schiebe die Kleiderbügel hin und her und nehme schließlich ein unfassbar langweilig geschnittenes Etuikleid aus dem Schrank.

»Dir gefällt es im *Sketch* doch gar nicht«, sage ich gereizt und ziehe Genevieves *Bescheiden-und-beschämt*-Outfit aus, um es gegen mein nagelneues *Feminin-und-sittsam*-Kleid auszuwechseln. »Ständig beschwerst du dich darüber.«

»Darling, wenn mir der Sinn nach Milchschokolade mit Gänseleber und Erdbeeren an Kabeljau stünde, dann würde ich mir mein Dinner von einem fünfjährigen Kind zubereiten lassen. Aber da nicht *ich* es bin, mit der du dich dort treffen wirst, kümmert mich das wenig.«

»Nicht du?« Ich halte inne. »Wie meinst du das?«

»Was würde dir ein Abendessen mit deiner Großmutter nützen? Der Gedanke ist lächerlich. Nein, ich habe ein Date für dich arrangiert.«

Wut steigt in mir hoch, brodelnd und heiß.

»Das hast du NICHT.«

»O DOCH.« Grandma bringt ihre Stimme für die große Bühne zum Einsatz.

»Das kannst du nicht machen.«

»Ich kann es, und ich habe es. Du hast dich geweigert, eine Wahl zu treffen, also habe ich das für dich in die Hand genommen. Natürlich erwarte ich nicht, dass du dich verliebst. Es handelt sich lediglich um ein Arrangement, aus dem beide Seiten einen Nutzen ziehen. Der Kandidat verspricht sich davon gesteigertes Medieninteresse. Und dir verschafft es die Chance, als wertvolle, begehrte und starke junge Frau wahrgenommen zu werden. Als jemand, der sich von Rückschlägen nicht aus der Bahn werfen lässt.«

Ihre Worte stacheln meine Wut nur noch mehr an. Mein Herz ist kein Word-Dokument, in dem sich Probleme mit der *Suche-Ersetze*-Funktion lösen lassen. Sie kann nicht einfach *Noah* markieren, damit sein Name automatisch durch einen anderen ausgetauscht wird.

»Also, Schluss mit den Albernheiten. Sei die freundliche, aufmerksame und charmante Faith, die wir alle kennen und lieben, dann kann nichts schiefgehen, Darling.« Meine Großmutter ist wieder zu ihrer Kammerbühnenstimme übergegangen. »Vielleicht wird es sogar ein vergnüglicher Abend.«

Ich schleudere das Etuikleid auf den Boden und versetze ihm einen kräftigen Tritt.

»Wer ist es?«

»Ein Fernsehstar, soweit ich weiß.« Ich kann förmlich hören, wie Grandma die Namen auf der Liste überfliegt. »Er nennt sich *Dylan Harris*.«

38

Die Show kann beginnen.

»Faith Valentine? Willkommen im Sketch. Sie haben die Tischnummer …«

»DYLAN? DYLAN HARRIS? BIST DU HIER, DILLLLLLLLY? BEREIT FÜR DAS DATE DEINES LEBENS, BABY?«

Die Wut, die mich hergeführt hat, ist heißer und heller als je zuvor.

»WO IST ER?« Köpfe drehen sich nach mir um, als ich durch das schicke Restaurant stolpere und mit schriller Stimme rufe: »WO IST MEIN ZUKÜNFTIGER EHEMANN? GLÜCKWUNSCH, DU HAST DEN HAUPTGEWINN IN DER LIEBESLOTTERIE GEZOGEN, HONEY-BUNNY!«

Für diesen Abend voller knisternder Romantik habe ich ein ganz besonderes Outfit gewählt: eine viel zu große, schmuddelige Jogginghose, die ich aus den Tiefen von Max' Wäschekorb gefischt habe, einen unförmigen khakifarbenen Hoodie, den ich aus Dads Zimmer stibitzt habe, dazu zwei nicht zusammenpassende Neonsocken und die pinken Badeschlappen, die Mum manchmal als Gartenschuhe benutzt.

Hübsch. Schlicht. Nicht *allzu* glamourös.

»Hallihallo«, flöte ich und schnappe mir ein Brötchen aus dem Korb, der vor Gästen auf einem Tisch steht. »Ich *liiiebe* kostenlose Kohlenhydrate.«

Dann setze ich mich zu Dylan an den Tisch und grinse ihn an.

Auch ohne je ein Foto von ihm gesehen zu haben, hätte ich ihn sofort erkannt. Er ist der gutaussehende, gebräunte Typ mit strahlend weißen Zähnen, gegeltem schwarzem Haar und grünen Augen, der verzweifelt gegen den Drang ankämpft, sich unter dem Tisch zu verstecken.

»Alles klar, Dilbo?« Ich stopfe mir das Brötchen in den Mund und sprühe beim Weitersprechen Krümel in alle Richtungen. »Gute Idee, dass du einen Tisch direkt neben dem Klo ausgesucht hast. Habe ausgiebig gefrühstückt, wenn du verstehst, was ich meine.« Ich tätschle meinen Bauch. »Kann nur hoffen, dass sie hier genug Lufterfrischer in der Toilette haben – ich würde dich ja noch mal fragen, ob du verstehst, was ich meine, aber ich glaube, das kann ich mir sparen, oder?«

Ich zwinkere ihm zu. Und seine Augen werden noch größer.

Eine Stimme in mir schreit: *Sei schön! Sei elegant! Sei weiblich! Sei nett!* Aber diesmal höre ich nicht auf sie.

»… Faith?«

»Darauf kannst du Gift nehmen.« Ich kratze mich an meiner linken Brust. »Hey, mir gefällt dein künstlicher Teint, Dylster. Es ist echt cool, dass du dir eine Farbe aussuchen konntest, die normalerweise in der Natur nicht vorkommt.«

Dylan öffnet den Mund. »Eigentlich ist das meine echte –«

»Hautkrebs.« Ich schüttle betrübt den Kopf. »Sei nicht unvernünftig, Mann.«

Dann lehne ich mich zurück, verschränke die Hände hinter meinem kahlen Kopf und mustere Dylan von oben bis unten, von unten bis oben, von oben bis unten. Zugegeben, er ist wirklich heiß, vorausgesetzt, man steht auf Jungs, die glänzen wie ein glasierter Schinken – was leider so gar nicht mein Fall ist.

»Danke für die Blumen«, sage ich. Dann bohre ich ein bisschen mit dem Finger in der Nase herum und schnippe einen unsichtbaren Popel quer durch den Raum. »Und die Herzballons. Ziemlich verzweifelt, wenn du mich fragst – aber hey, du hast gewonnen! Ich bin hier, mein Herz gehört dir!«

»Na ja, die Konkurrenz war stark, also –«

»Bitte unterbrich mich nicht, wenn ich spreche. Also, erzähl mir *allllllles* über dich, Dillibilly. Wer bist du? Was machst du? Deine Lebensgeschichte. Aber fass dich bitte kurz, ich habe nicht den ganzen Tag Zeit.«

Ein paar Sekunden lang starrt er mich mit offenem Mund an.

»Ähm ... wie gesagt, ich bin derzeit auf Netflix. Die Serie heißt *Wolfgang*, und ich spiele die Hauptrolle: Ich bin ein ganz normaler Junge, der zur Schule geht, aber bei Vollmond verwandle ich mich in einen ...«

»Klavierspielenden Hamster?«

»*Neeein!* Einen Werwolf.«

»Wow. Das kam unerwartet.«

»Ja. Und –«

Ich schnippe mit den Fingern einen armen Kellner herbei. »Bringen Sie uns zweimal Kabeljau, ich bin am *Verhungern*!«

Dylan räuspert sich. »Eigentlich esse ich keinen –«

»Ach, du wirst ihn mögen, Schatz. Vertrau mir.« Ich lehne mich wieder zurück, lege den Fuß auf den Tisch und krempele meine Jogginghose hoch. »Was hältst du von meinen Waden? Nicht schlecht, was? Sie sind so haarig, dass es sich anfühlt, als hätte ich zwei Pudel in der Hose.«

Das Pärchen am Nebentisch fängt an zu kichern.

Für den Bruchteil einer Sekunde überkommen mich Gewissensbisse, aber dann fällt mir wieder ein, dass dieser mir bis vor kurzem völlig unbekannte Typ in der Presse verkündet hat, wir hätten eine *besondere Beziehung* und die *Zeit für uns beide* sei jetzt *endlich gekommen*.

Wusch.

»Also«, setzt Dylan erneut an. »Ich wollte –«

»*Schhh.*« Ich lege sanft meinen Finger auf seine Lippen und hole tief Luft. »Merk dir, was du sagen wolltest. Ich muss mich jetzt wirklich konzentrieren.« Dramatisch verdrehe ich die Augen. »Noch nicht. Noch nicht. Noch –«

Ich stoße einen gigantischen Rülpser auf.

»Meine Fresse.« Ich lächle Dylan triumphierend an und wedle mit den Händen. »Das hat sich ja angehört wie mein nagelneuer Ferrari. Hast du auch einen? Könnte wetten, du hast keinen.«

Dylan öffnet den Mund.

»Klapp den Mund zu, Baby. Du siehst aus wie der Fisch, den wir gerade bestellt haben.«

Vom Nebentisch kommt lautes Glucksen.

»Du bist … nicht ganz so, wie ich dachte.« Dylan schaut sich im Restaurant um – alle Blicke sind auf uns gerichtet. Er zuckt zusammen. Ich fürchte, das ist nicht die Art von *Publicity*, die er sich erhofft hatte. »Wir sind uns schon einmal begegnet, bestimmt erinnerst du dich daran: Bei der Premiere deiner Mum vor ein paar Wochen. In der Tate Modern. Du hast damals … anders ausgesehen.«

Ah, das erklärt, warum er ein *»enger Freund der Familie«* ist. Er hat mich ein einziges Mal getroffen.

Es war noch nicht einmal eine gute Party. Die meiste Zeit des Abends war ich damit beschäftigt, eine selbstzerstörerische Mercy vom DJ-Pult herunterzuziehen und mich mit ihr zu zoffen, um dann im Nachhinein festzustellen, dass Hope sich auf die Party geschlichen, uns belauscht und daraufhin fluchtartig das Land verlassen hatte.

Und Dylan glaubt, ich würde mich ausgerechnet an ihn erinnern, wenn ich an diesen Abend zurückdenke?

»Kann nicht behaupten, dass ich mich an dich erinnere«, sage ich schulterzuckend und bohre in der Nase. »Ich kenne so viele gutaussehende Jungs, dass ich sie nicht auseinanderhalten kann.«

»Danke!« Aus unerfindlichen Gründen wirkt er geschmeichelt. »Ich habe mich eine Weile mit deiner kleinen Schwester unterhalten. Hat sich ziemlich an mich rangemacht, aber sie ist nicht mein Typ. Ein bisschen aufdringlich, wenn du mich fragst.«

Sagt ausgerechnet einer, der mir *alle fünf Minuten* eine Rose geschickt hat.

Außerdem hat meine süße, romantische und hoffnungsvolle kleine Hope sich ganz sicher nicht an diesen totalen … okay, machen wir uns nichts vor, genau das sieht ihr ähnlich.

»Erst neulich hat sie einen Schäferhund um ein Date gebeten«, sage ich und nicke. »Die Ärmste, ihre Sehfähigkeit ist genauso schlecht wie ihr Urteilsvermögen.«

»Hier, bitteschön. Madam, Sir.« Zwei winzig kleine Teller mit unter Erdbeeren begrabenem weißen Fisch werden uns serviert. »Ich hoffe, es schmeckt Ihnen.«

Ich werfe dem Kellner ein Lächeln zu und nehme mir vor, ihm später ein üppiges Trinkgeld zu geben.

Höchste Zeit, die Sache abzukürzen. Ein kleiner Endspurt, dann kann ich nach Hause gehen, mich in meinem Pyjama einkuscheln, einen Käsetoast essen, Scarlett anrufen und einschlafen. Ziel erreicht – Dylan erledigt, Boyfriend-Liste abgehakt. Genevieve und Grandma werden mich nie mehr wieder mit einem ihrer Kandidaten irgendwohin schicken.

Das offiziell schlimmste erste Date aller Zeiten: *Check.*

»Ähm«, sage ich, als der Star von *Wolfgang* nach seiner Gabel greift. »Warte mal, deins ist größer. Tauschen wir?« Ich verschiebe die Teller auf dem Tisch und begutachte sie erneut. »Nein, doch nicht. Ich will meinen zurück. Aber mit deiner Soße. Und mehr Erdbeeren.«

Mit einem irren Grinsen schnappe ich mir den Dessertlöffel und schaufle den Großteil von seinem Teller auf meinen. Grandma hatte recht: Der Abend ist tatsächlich sehr *vergnüglich*.

»*Was?*«, sage ich, als ich merke, wie Dylan mich anstarrt. Etwas Spucke mit Fisch fliegt aus meinem Mund. »*Wassn los?*« Schluck. »Dieses Date läuft doch super, findest du nicht auch, Dillybaby? Könnte sein, dass ich in dir meinen Traummann gefunden habe. Ich spüre die *besondere Verbindung* zwischen uns. Gut möglich, dass *endlich unsere Zeit gekommen* ist.«

Eine Weile herrscht Schweigen.

Und mit einem Mal verpufft meine ganze Energie.

»Weißt du«, sagt Dylan schließlich und lehnt sich auf seinem Stuhl zurück. »Meine Agentin meinte, du wärst gut für meinen Ruf. Eine echte Valentine zu daten, könnte meiner Karriere einen Schub verleihen.«

Ich mache mich weiter über meinen Fisch her. Ja, wir wissen beide, warum er hier ist, aber vielen Dank für die Klarstellung.

»Ich war gar nicht so scharf darauf«, fährt er fort. »Ich meine, du bist umwerfend, aber ich fand dich immer irgendwie, ich weiß nicht … langweilig? Kalt? Ich date ständig hübsche Mädchen – nichts kommt besser bei den Ladys an als ein Werwolf aus dem Fernsehen –, aber es ist immer ein bisschen lahm. Eine ist wie die andere.«

Ich schlucke einen großen Bissen hinunter.

»Aber *du* bist nicht wie die anderen Mädchen.« Plötzlich

erhellt ein blendend weißes Lächeln sein Gesicht. »Das hier ist … *fresh*. Eine *Herausforderung*. Du stehst ganz offensichtlich nicht auf mich, und ich … *ich liebe es*.«

Entsetzt blinzle ich, dreimal.

»Also.« Dylan Harris nickt, als hätte er gerade einen Entschluss gefasst. »Ich nehme dein Angebot an und würde mich freuen, dich wiederzusehen, Faith Valentine.«

Ach verdammt, das kann doch nicht dein Ernst sein.

39

AUFKEIMENDE ROMANZE FÜR VALENTINE-SPROSS

Die hinreißende Faith Valentine wurde gestern Abend an der Seite von TV-Star Dylan Harris gesichtet. Damit bestätigen sich die Gerüchte um das heißteste neue Promi-Paar. Die beiden hatten sich seit Faiths Trennung von Frauenheld Noah Anthony abseits der Öffentlichkeit angenähert. Nun haben sie sich im *Sketch* erstmals zusammen gezeigt. »Sie wirkte sehr entspannt«, berichtete einer der Anwesenden. »Dylan ist hin und weg«, bestätigt ein gemeinsamer Freund. »Es sieht aus, als könnte er in Faith seine Traumfrau gefunden haben!«

NOOOOOOOOOOOOOOOOOOOOOO, sagt *Go-Zip*. Wieder meine Chance verpasst!

ENTGANGENER ANRUF: Noah

ENTGANGENER ANRUF: Noah

ENTGANGENER ANRUF: Noah

ENTGANGENER ANRUF: Noah

Hey! Wir haben ganz vergessen, Handynummern auszutauschen! Keine Sorge, habe deine Nummer von deiner Agentin bekommen. Ruf dich an.
Dilbo xxx

ENTGANGENER ANRUF: Unbekannt

Heute Abend Party – Lust, mitzukommen?
D xxx

PS: Dresscode formell, also solltest du vielleicht auf die Jogginghose verzichten und deine Beine rasieren! LOL xxx

ENTGANGENER ANRUF: Unbekannt

ENTGANGENER ANRUF: Noah

Eff, WAS IST LOS? Ist das der Grund, warum du Freiraum wolltest? Um andere zu daten?! Nx

Auf einmal bin *ich* diejenige, die durchgeknallt ist? Sofort schreibe ich zurück.

Noah, das war alles arrangiert. Ehrenwort. Ich date niemand anderen. F xx

Am liebsten würde ich Dylan postwendend in die Wüste schicken, aber leider habe ich verschlafen und bin wieder mal zu spät dran für meinen Workshop. Außerdem würde er es womöglich als eine glühende Liebeserklärung missverstehen.

Rasch speichere ich seine Nummer unter FREAK: NICHT RANGEHEN. Dann eile ich die Treppe hinunter.

»Morgen, Sis!« Eine Dose Sprühsahne schüttelnd, taucht Max in der Eingangshalle auf. »Wie geht's? Wie war dein großes Rache-Date? Ich habe diesen Schleimbeutel schon einmal wegjagen müssen, als er versucht hat, sich an Pudel ranzumachen. Sag mir Bescheid, wenn ich ihn mir wieder vorknöpfen soll.«

Wie zum Beweis lässt er seine Oberarmmuskeln spielen. Ich nehme meine Tasche. So sehr ich meinen Bruder auch liebe, ich werde meine nicht-romantischen Eskapaden auf keinen Fall mit jemanden diskutieren, der sich eine halbe Dose Sahne auf einmal in den Mund sprüht.

»Max.« Ich blicke zur Küche und blinzle überrascht. »Hast du … *geputzt?*«

»Hm?« Er drückt noch einmal auf den Sprühknopf und schluckt einen ganzen Mund voll Sahne hinunter. »*Niemals!* Bist du verrückt? Ich bin gerade erst nach Hause gekommen. Mum ist wieder mal nachts durchs Haus gegeistert wie ein abgemagerter Weihnachtsmann. Anscheinend ist ihr dabei zufällig ein Wischtuch in die Hände gefallen, hurra!«

Ach, Mum. Nach dem Unterricht muss ich unbedingt nach meiner Mutter sehen. Ich greife nach meinen Schlüsseln. »Und wie war *deine* Nacht?«

»Grandios.« Er grinst mich an. Seine Nasenspitze hat ein Sahnehäubchen. »Ich sag nur so viel, Eff: Endlich wird mir die Verehrung zuteil, die ich verdiene. Diesmal dreht sich alles nur um mich.«

Im Ernst, jemand sollte seine neue Freundin vor ihm warnen, damit sie rechtzeitig die Flucht ergreift.

»Wo wir gerade davon sprechen«, fährt mein Bruder fort, als ich an der Haustür bin. Draußen wartet bereits der Chauffeur, diesmal allerdings zum Glück ohne Genevieve. »Für dich ist wieder mal ein nicht-ganz-so-kleines Geschenk abgegeben worden, du Herzensbrecherin. Moment mal, ich hole es.«

Max verschwindet im Wohnzimmer, um gleich darauf mit dem größten, flauschigsten und hässlichsten pinken Teddybären zurückzukehren, den ich je gesehen habe. Er hat die Größe einer kleinen Kuh und hält ein Herz in der Hand, auf dem *DU BIST MEIN* steht.

Nein, Dylan, das bin ich garantiert nicht.

»Willst du wissen, was er auf das Kärtchen geschrieben hat?«, fragt Max und winkt mir mit einer grässlichen Flauschpfote zu. »Dillydings hat sich richtig ins Zeug gelegt, es reimt sich sogar!«

»Nein, danke«, sage ich knapp und schlage die Tür hinter mir zu.

Als ich die Schauspielschule betrete, ist der Unterricht bereits in vollem Gange.

»ICH HABE EIN MASCHINENGEWEHR!«, brüllt Diego Zoe quer durch den Raum hindurch an. »*Und ich werde es auch benutzen! Also versuch gar nicht erst, mich aufzuhalten* –«

Zumindest *hoffe* ich, dass der Unterricht bereits begonnen hat. Denn wenn nicht, sollte sich dringend jemand um den armen Diego kümmern und ihm wenn möglich die Feuerwaffe abnehmen.

Die Woche war für uns alle sehr anstrengend.

»Guten Morgen«, flüstert Mia und lacht mich verschmitzt an, als ich leise auf den freien Platz neben ihr schleiche. »Wie war dein Date mit Dylan Harris? Ich habe es heute Morgen in der Zeitung gelesen. Er ist *so* süß. Bist du wirklich verknallt in ihn, oder ist das auch nur gelogen?«

»Alles nur Show«, erwidere ich mit einem schiefen Lächeln.

»Ich weiß nicht mehr, was ich glauben soll.« Mia macht eine Geste, als würde ihr Kopf explodieren. »Aber sieh mal –« Sie deutet auf Diego, der immer noch die bedauernswerte Zoe anbrüllt. »Endlich ist es so weit, wir *filmen*, Effie! Richtige Szenen! Für unsere Demo-Videos!«

Mit vor Aufregung geröteten Wangen beugt Ivy sich vor. »Zuerst Impro, und heute Nachmittag dann mit Skript.«

Ein leichtes Schaudern überläuft mich. *Improvisation.*

Von allen Varianten der Schauspielerei, für die ich kein Talent habe – sprich *alle* –, ist das Stegreiftheater, bei dem man sich den Text selbst ausdenken muss, das Schlimmste.

»Was habt ihr bisher gemacht?« Die Angst schnürt mir bereits wieder die Kehle zu. »Bekommen wir ein Szenario vorgegeben?«

»Wir haben gerade erst angefangen«, flüstert Theo. »Diego soll einen Mönch aus dem sechzehnten Jahrhundert verkörpern, aber er macht einen auf Liam Neeson. Zoe versucht, irgendwie auf ihn einzugehen.«

»Ich bezweifle, dass diese Waffe ein Maschinengewehr ist, *Pater*«, sagt sie mit Verzweiflung in der Stimme. »Was hauptsächlich daran liegt, dass noch niemand es erfunden hat.«

Wir anderen schauen uns grinsend an.

»Meine Szene ist *Warten an der Bushaltestelle*«, sagt Ivy. »Bin ehrlich gesagt ein bisschen enttäuscht. Genau das habe ich vor fünfundvierzig Minuten schon gemacht, und zwar *in real life*.«

»Ich bin eine Flugbegleiterin«, erklärt Mia und rutscht aufgeregt auf ihrem Stuhl hin und her. »Rafe ist ein Pilot, der während des Flugs das Bewusstsein verloren hat, und ich muss versuchen, ihn aufzuwecken, bevor es zu einem Crash kommt. Also jede Menge *Drama*!«

»Das ist so unfair«, beschwert sich Rafe. »Wie soll ich mein Talent unter Beweis stellen, wenn ich die ganze Szene vor mich hindöse?«

»Irgendwas sagt mir, dass er genau das nicht tun wird«, kichert Ivy.

Wieder lächeln wir uns verschwörerisch zu.

Mr. Hamilton runzelt die Stirn. *Schhh.* Wir rutschen näher zusammen.

Theo zeigt mir ein Blatt Papier, auf dem steht: *Du bist beim Ladendiebstahl erwischt worden.* »Jem ist die Kaufhausdetektivin, die mich schon seit Jahren im Visier hat.«

»Yep.« Jemima grinst. »Noch ein Päckchen Kaugummi, und du bist *dran*.«

»AAAAAAH!«, brüllt Diego in der Ecke. Er zieht etwas hervor, vermutlich eine Handgranate aus dem 16. Jahrhundert, und beendet abrupt die Szene. »*KABUMM!*«

»Was war *das* denn?«, ruft Zoe entnervt und wirft die Hände in die Luft. »Dee, nichts gegen deinen Enthusiasmus, aber wir hatten noch ungefähr Dreiviertel unserer Zeit übrig, und ich konnte gerade mal zwei Sätze sagen!«

»Ich habe mich von meinem Bauchgefühl leiten lassen«, verteidigt er sich.

»Ich verpass dir gleich ein ganz anderes Bauchgefühl«, knurrt Zoe.

Immer noch grummelnd, gesellen sich die beiden zu uns. Ich schlucke nervös und schaue mich in der Runde um.

Dann ist mein Partner also –

»Zachary und Faith!«, ruft Mr. Hamilton energisch. »Ihr seid als Nächste dran! Mal sehen, ob wir diesmal die zehn Minuten ausfüllen können. Ansonsten müssen wir wieder zu unseren Aufwärmballspielen zurückkehren!«

Das Kameralicht fängt an zu blinken. Ich erstarre.

Vor drei Jahren habe ich Mum als Hermione in Shakespeares *Wintermärchen* gesehen. Da gibt es diese unglaublich eindrucksvolle Szene, in der alle sie für eine Statue halten, die dann aber zum Leben erwacht. Genau das Gegenteil passiert jetzt mit mir: Ich komme mir vor, als wäre ich plötzlich in einem steifen, kalten Körper gefangen – unfähig, mich zu bewegen.

So viel zu Schauspieltraining, Aufwärmübungen und ermutigenden Worten. Jetzt bin ich nicht mehr nur hölzern, sondern aus *Marmor*.

»Hey!«, sagt Zach gut gelaunt und stupst mich am Arm. »Eff, ich dachte, wir könnten eine *Liebesszene* daraus machen? Du weißt schon, sehnsuchtsvolle Blicke und vielleicht ein bisschen Händchenhalten. Von mir aus könnten wir … knutschen? Ich meine, wenn du mitmachst? Ich wäre jedenfalls dabei. Alles für die Kunst und so weiter.«

»Netter Versuch«, spottet Jemima. »Wer hätte gedacht, dass ausgerechnet *du* auf so eine Idee kommst, Zach?«

Ich versuche zu lächeln, aber ich habe das Gefühl, als würde grauer Zement durch meine Adern rinnen. Ich kann mich nicht bewegen, ich kann mich nicht bewegen, ich kann mich nicht *bewegen*.

»Du schaffst das!« Mia drückt meinen Arm. Auch die anderen lächeln mich aufmunternd an. »Kein Grund, nervös zu sein, Eff. Du bist eine *Valentine*, das Schauspielern liegt dir im Blut!«

»Hier.« Zach reicht mir ein Blatt Papier. »Unsere Szene.«

Ich starre auf den Zettel: *Du sitzt im Wartezimmer einer Notaufnahme.*

Mit steinernen Gliedern stehe ich auf.

»Und …«, ruft Mr. Hamilton und lächelt uns zu, »Kamera läuft!«

40

Widerstrebend nehme ich meine Position ein.

»Ach herrje«, sagt Zachary und seufzt übertrieben. Er setzt sich auf einen als Requisite bereitgestellten Stuhl. »Es gibt nichts Schlimmeres, als im Wartezimmer eines Krankenhauses zu sitzen, stimmt's, Darling?« Er nimmt meine Hand und drückt mir einen Kuss auf die Wange. »Was sollen wir nur mit all der Zeit anfangen, die wir jetzt haben? *Hm*?«

Die anderen Kursteilnehmer kichern.

Ich starre ihn an. Hier sieht es überhaupt nicht aus wie im Wartebereich eines Krankenzimmers. Es gibt keine abblätternden Poster, die über Darmkrankheiten aufklären oder dazu aufrufen, sich regelmäßig die Brust auf Knoten abzutasten. Es liegt kein scharfer, metallischer Geruch in der Luft. Die Wände sind nicht mintgrün. Mein Stuhl ist nicht hart, und man klebt auch nicht daran fest, und um uns sitzen auch keine Leute mit gebeugten Rücken, denen die Angst und Erschöpfung ins Gesicht geschrieben steht.

Niemand flüstert, niemand weint, niemand wimmert vor Schmerzen, niemand ist auf dem Boden zusammengesackt.

»Was meinst du, wie es ihr geht?« Zach drückt meine Hand und wirft einen Blick auf die Uhr an der Wand. »Ich hoffe, es ist alles in Ordnung. Sie ist schon seit *Stunden* da drin.«

Ich blicke hoch.

Es sind nicht nur Stunden.

Es fühlt sich an, als wären Tage, Wochen, Jahre vergangen, als wären Sterne implodiert und Zivilisationen ausgestorben und Ozeane ausgetrocknet und Regenwälder verschwunden, und wir sind immer noch hier und starren auf die Tür.

»Wie wär's, wenn wir uns einen Kaffee holen?« Zach berührt mein Knie. »Ich könnte einen vertragen, um mich wachzuhalten.«

Ich blicke auf seine Hand.

Ich brauche nichts, das mich wachhält. An Schlafen ist ohnehin nicht zu denken.

Schweißgebadet liege ich da, mitten in der Nacht, den Arm quer über Mercy gelegt. Der Wecker ist auf sechs Uhr gestellt, damit die Nacht nicht so lange dauert.

»Faith?«

Es ist dunkel, und ich geistere alleine durch den Gang.

»Faith?«

Ein glühender Schmerz durchfährt mich.

»Hallo, Faith? Bist du noch da?«

Von Kopf bis Fuß, als würde mir jemand die Haut abziehen – mich aufschneiden, schälen und zerlegen wie eine Orange eine Orange eine Orange eine Orange *eine Orange.*

»Ähm, Eff …«

»LASS MICH! NIMM DEINE HAND DA WEG! *FASS MICH NICHT AN!*«

»T-tut mir leid, ich wollte nicht –«

»NEIN!« Am ganzen Körper bebend, springe ich auf. »LASS MICH IN RUHE! ICH WILL DEINE ENTSCHULDIGUNG NICHT HÖREN! ICH WILL, DASS DU IN DER *HÖLLE* SCHMORST!«

Mach, dass es aufhört. Dass es aufhört. *Dass es aufhört.*

»Faith, ich –«

Mit beiden Händen packe ich Zach an seinem Pullover, zerre ihn vom Stuhl hoch und schleife ihn quer durch den Raum.

»*ICH HASSE DICH!*«, schreie ich und stoße ihn gegen die Wand.

»Ähm.« Blinzeln. »Ich weiß nicht, was du –«

Wumm, gegen die Wand.

»DU HAST TELEFONIERT.«

Wumm.

»DU HAST TELEFONIERT, DU EGOISTISCHER ARSCH. ICH WILL DIR WEH TUN. ICH WILL DICH UMBRINGEN. ICH MÖCHTE DICH IN KLEINE STÜCKE ZERREISSEN, SO WIE DU UNS ZERRISSEN HAST.«

Mein Gesicht ist nass von Tränen, Spucke, Rotz.

Wumm.

»Autsch, Faith!«

»DU BIST SCHULD DARAN, DASS ICH JETZT ALLEINE MIT ALLEM ZURECHTKOMMEN MUSS. ICH SOLL ALLES ZUSAMMENHALTEN UND IN ORDNUNG BRINGEN. ABER ICH KANN ES NICHT.

ICH WEISS NICHT, WIE. *ICH BIN NICHT STARK GENUG.*«

»*Faith!*«

»ES IST MIR EGAL, OB ES DIR LEIDTUT! ES IST MIR EGAL, OB DU SCHLAFLOSE NÄCHTE HAST. DU BIST FREMD, UND DU KANNST HIER JEDERZEIT RAUSGEHEN, ABER WIR KÖNNEN DAS *NIE WIEDER.*«

»*Cut*, Faith. *Ende der Szene.*«

Tränen strömen mir übers Gesicht, so dass alles vor meinen Augen verschwimmt. Ich zittere am ganzen Körper.

»Und ich bin *müde*«, flüstere ich. »Ich bin so *müde*, mich immer verstellen zu müssen. Ich kann keine Schauspielerin sein, *weil mein ganzes Leben daraus besteht, anderen etwas vorzuspielen.*«

»FAITH!«, ruft Mr. Hamilton. »Lass Zachary los, bevor du ihm weh tust!«

Schluchzend öffne ich meine Hände und starre sie an.

Violett.

Violett, alles ist violett.

Ich habe den Verstand verloren.

»Ähm.« Zach reibt sich die Schultern. »Faith, alles okay? Respekt für deinen Einsatz, aber ich glaube, du hast mir gerade etwas ausgerenkt.« Er wendet sich an Mr. Hamilton. »Ich hätte mich natürlich wehren können. Aber für ein so gutaussehendes Mädchen ist sie überraschend kräftig. Ich mein ja nur …«

Ich kann den Blick nicht von meinen Händen lösen.

Es ist so weit. Das, was mit Mum geschehen ist, passiert jetzt auch mir. Es ist, als würde um mich herum Nebel aufsteigen und mich verschlingen.

Benommen drehe ich mich zu den anderen um. Sie sehen mich entsetzt an, vor Schreck erstarrt, mit bleichen Gesichtern und runden, leeren Augen.

»O nein, Sir …«, flüstert Zoe, die Hand vor dem Mund. »Sie haben ihr ausgerechnet *diese* Szene gegeben?«

Ich weiß nicht, wie –

Ich kann nicht –

Sie haben etwas gesehen, das ich nicht mehr zurücknehmen kann.

»Es tut mir leid.« Ich wische mir übers Gesicht und greife nach meiner Tasche. »Es tut mir schrecklich leid. Ich muss … gehen.«

41

Was ist rot und bewegt sich auf und ab?
Eine Tomate in einem Aufzug.

Was hat acht Beine und fliegt ins Weltall?
Eine Krakete.

Warum ging der Luftballon kaputt?
Aus Platzgründen.

Warum summt die Biene?
Weil sie den Text nicht kann.

Welcher Fall tut nicht weh?
Der Beifall.

Welches Haus hat kein Dach?
Das Schneckenh-

»… sie gehen lassen? Machst du Witze? Sie ist *nicht* in der richtigen Verfassung, um sich in der Öffentlichkeit zu zeigen. Stellt euch das doch nur mal vor: Es wäre eine *Blamage*.«

»Sie kann ihre eigenen Entscheidungen treffen!«

»Für die Presse wäre es ein gefundenes Fressen! Willst du unbedingt unseren Ruf ruinieren. *Jetzt ist es offiziell: die Valentines sind übergeschnappt*. Und die Sache mit den Haaren!«

»Also, mir gefällt's! Es sieht doch ganz hübsch aus.«

»Es ist nicht *hübsch* – es lässt sie nur noch mehr wie eine *Verrückte* aussehen.«

»Sie ist sehr verletzlich, es hat sie wie aus dem Nichts getroffen. Sie ist einfach noch nicht so weit.«

»Ja.« Ein scharfes Auflachen. »Zum Glück geht es in dieser Familie ja immer nur um sie. Sie ist die *Einzige* mit Gefühlen, schon vergessen?«

So viel zu meinem Plan, mich zu Hause zu verkriechen, um ungestört weinen zu können.

Kein Wunder, dass Hope vor ein paar Wochen abgehauen ist. In diesem Haus kann man keinen Schritt tun, ohne in ein schonungslos offenes Gespräch über einen von uns zu platzen. Vielleicht sollten wir anfangen, Glöckchen zu tragen oder so.

Mein Ärger kocht wieder hoch. In mir ist eine Quelle aufgebrochen, und ich finde keinen Hahn, um die sprudelnde Wut abzudrehen.

»Und was ist mit ihrem kleinen *Ausraster*, den sie gerade erst hatte?«, fährt Mercy aufgebracht fort. »Wollen wir zulassen, dass so etwas in der –«

»HÖRT AUF!«, rufe ich und stoße die Tür auf. »WÜRDET IHR BITTE …«

Klatsch. Schon wieder ist mir ein Herzballon ins Gesicht geflogen. Ich schlage ihn mit der Faust weg.

»… AUFHÖREN.« Der Ballon trudelt mit seiner kleinen pinkfarbenen Schnur davon. »ICH bin NICHT ÜBERGESCHNAPPT« – *gut möglich, dass ich übergeschnappt bin* – »und auch nicht VERLETZLICH« – *ich bin sogar extrem verletzlich* –, »und ich bin sehr wohl in der richtigen Verfassung, um mich in der Öffentlichkeit blicken zu lassen« – *ich bin garantiert nicht in der richtigen Verfassung dafür* –, »und ich werde keine BLAMAGE für euch sein« – *höchstwahrscheinlich doch* –, »und die Sache mit meinen Haaren war –«

Ein weiterer Ballon klatscht mir ins Gesicht.

Ich schlage ihn beiseite.

»KANN ENDLICH MAL JEMAND DIESE VERDAMMTEN BALLONS WEGBRINGEN?«

»Tut mir leid!« Hope springt vom Stuhl hoch und zieht die auf und ab tanzenden Luftballons fort. »Entschuldige, Eff! Ich habe sie in meinem Zimmer entdeckt! Keine Ahnung, von wem sie sind, aber am Tag zuvor habe ich *Hunderte* von gelben Rosen bekommen. Jemand muss sich *rettungslos* in mich verliebt haben! Wahrscheinlich ein heißer Junge aus der Schule. Offenbar habe ich ziemlichen Eindruck hinterlassen.«

Sie strahlt mich an, ganz zappelig vor Glück. Überrascht blicke ich zu Mercy. Hat *sie* die Rosen etwa in Hopes Zimmer gebracht?

Unsere große Schwester zuckt nur mit den Schultern.

»Hört mal«, sage ich, jetzt viel ruhiger. »Ihr müsst mich nicht im Haus einsperren wie eine –«

»Ähm«, unterbricht mich Max. »Nichts für ungut, aber du hast dich gerade mit zwei Herzballons geprügelt, Eff.«

»Außerdem«, sagt Mer stirnrunzelnd, »läufst du mit einem Stapel vollgekritzelter Post-it-Zettel herum.«

Meine Wangen werden heiß; sofort lasse ich die Zettel in meiner Hosentasche verschwinden.

»Ach, kommt schon«, sage ich. »Man wird doch noch ab und zu ein Herz hauen können, ohne gleich –«

»Wir haben nicht über dich geredet, Eff.« Max tätschelt meine trotzig hochgezogenen Schultern. »Es ging um Mum. Sie soll heute Abend eine wichtige Charity-Auktion moderieren –«

»Aber in ihrem derzeitigen Zustand können wir sie nicht aus dem Haus gehen lassen«, fällt ihm Mercy ins Wort.

»Ich finde, Mum sieht hübsch aus«, verteidigt Hope sie. »Wie diese Figuren, die Maggie im Garten aufstellt, um die Tauben zu verscheuchen.«

»Mum?« Ich blinzle verwirrt, und mein Herz rutscht nach unten. »Aber … wieso habt ihr von ihren Haaren gesprochen?«

»Schau sie dir an.«

Mit einem mulmigen Gefühl gehe ich durch den Gang zum Zimmer meiner Mutter und klopfe leise an die Tür. Es dauert eine ganze Minute, bis Mum mir öffnet.

Klopf, klopf, wer ist da?

»Hallo, Schatz.« Mum blickt geradewegs durch mich hindurch. »Wie nett von dir, mich zu besuchen. Ich fürchte, du kannst nicht lange bleiben. Wie du siehst, bin ich gerade am

Gehen.« Meine Mutter schwebt zurück in ihr dunkles, stickiges Schlafzimmer. »Aber ich kann meinen Ehering nicht finden. Was wird dein Vater nur dazu sagen?«

Vermutlich sehr wenig, angesichts der Tatsache, dass er eine neue Freundin hat, längst nicht mehr hier wohnt und ihr euch mitten in einem Scheidungskrieg befindet.

»Ähm, Mum …« Ich folge ihr in das muffig riechende Zimmer. »Wo willst du denn hin?«

»Auf eine Party, mein Schatz.« Sie unterstreicht ihre Worte mit einer anmutigen Geste ihrer schlanken Hand. »Alle meine Freunde von früher werden da sein. Wie du dir sicher vorstellen kannst, freuen sie sich schon sehr darauf, mich zu sehen.«

Ich starre auf den blassen, knochigen Rücken meiner Mutter.

Sie trägt ein langes grünes Satinkleid – das früher einmal wunderschön an ihr aussah, jetzt aber viel zu groß für sie ist –, und ihre Füße sind nackt und ungewaschen. Ihr normalerweise glänzendes blondes Haar ist stumpf und verfilzt, am Ansatz bereits aschgrau. Eingeflochten in die wirren Strähnen sind zahllose kleine Juwelen: Diamanten, Smaragde, Saphire, Amethyste. Perlenketten, Broschen, Ohrringe. Sie funkelt im dämmrigen Licht, als trüge sie das Nest einer übereifrigen Elster auf dem Kopf.

In ihrer eigenen Welt hat Juliet Valentine nie aufgehört, die Ophelia zu spielen.

Sie war *eindeutig* noch nicht so weit, aus der Reha wieder nach Hause zu kommen.

»Ach, Mum.« Behutsam gehe ich zu ihr. »Was hast du mit deinen Haaren gemacht?«

»So wunderschöne Haare. Diese vielen Locken.«

»Mum.«

»Sie waren das Erste, was ich gesehen habe, weißt du.«

»*Mum.*«

»Aber versteh doch, ich *muss* dorthin gehen, mein Schatz.« Sie nimmt eine geschmackvoll in Gold und Creme gestaltete Karte von ihrem Schminktisch und reicht sie mir. »Sieh mal. Da steht, es ist für *Charity*.«

Ich muss schlucken. Meine Geschwister haben recht. Wir können nicht zulassen, dass Mum das Haus verlässt. Nicht nur, weil sie morgen früh auf allen Titelblättern erscheinen würde, ungepflegt, glitzernd wie ein Weihnachtsbaum, schmuddelig und mit leeren Augen, sondern weil das letzte bisschen, was in ihr heilgeblieben ist, dann endgültig in die Brüche ginge.

Es ist meine Aufgabe, dafür zu sorgen, dass das nicht passiert.

»Stell dir vor«, sage ich abrupt und drücke ihr einen Kuss auf die Wange. »Gerade hat die Agentur angerufen! Sie haben die Auktion heute Abend um ein paar Wochen verschoben. Es scheint Probleme mit dem Caterer gegeben zu haben. Offenbar sind die Kühlschränke ausgefallen: Die Drinks können nicht gekühlt werden, die Horsd'œuvres sind futsch, eine einzige Katastrophe!«

Mum lässt sich elegant auf ihr Bett sinken. »Oh.«

»Sie wollen unbedingt dich als Moderatorin … aber erst,

wenn alles wieder in Ordnung ist. Alle haben dich sehr vermisst, das weißt du doch.«

Meine Mutter nickt vage. »Also gut, Schatz. Wenn du glaubst, dass es das Beste ist.« Sie blinzelt, und als sie mich anschaut, ist ihr Blick ungewohnt klar. Eine zarte Hand streicht über meine Wange. Mums Lächeln ist warm und hell und in diesem Moment nicht mehr so geistesabwesend wie sonst.

»Danke, Faith. Du warst schon immer besonders lieb, das süßeste von meinen kleinen Mädchen.«

Meine Kehle wird so eng, dass ich keine Luft mehr bekomme.

Vorsichtig entferne ich die Juwelen aus Mums Haar und lege sie in eine Glasschale auf dem Nachttisch. Dann hülle ich Mum in ihre seidene Bettdecke ein. »Ruh dich ein wenig aus«, flüstere ich und küsse sie auf die Stirn. »Du wirst noch viele Partys besuchen können, wenn es dir wieder besser geht.«

Mum nickt und schließt die Augen. Ich ziehe die Vorhänge ein Stück zur Seite und öffne das Fenster einen Spalt breit. Dann versprühe ich etwas Parfum und sammle Teller mit unberührtem Essen und Tassen mit kaltem Tee ein. Mit voll beladenen Armen kehre ich zu meinen wartenden Geschwistern zurück.

»Hört mal«, sage ich und reiche ihnen die Teller und Tassen. »Es ist nicht so, als könntet ihr nicht auch mal selbst in Mums Zimmer gehen. Sie beißt nicht, wisst ihr? Traurigkeit ist nicht ansteckend.«

»Und ob sie das ist«, sagt Mercy und späht mit zusammengekniffenen Augen in eine Tasse.

»Also, wie sieht der Plan aus?« Max läuft mir hinterher wie ein schlaksiger Welpe. »Die Tickets für diese Protzparade waren absurd teuer, Eff. Ich rede hier von Tausenden von Pfund. Und eine Stunde vor Beginn wird sich niemand finden lassen, der ohne Bezahlung einspringt. Sollen wir sie mit Koffein aufputschen und sie notfalls im Rollstuhl dorthin verfrachten?«

Ich bin schon längst auf dem Weg zu meinem Zimmer. Noch nie in meinem Leben habe ich mich mehr wie eine Valentine gefühlt – so verwirrend, verstört und verkorkst wir auch sind.

»Nein«, sage ich ruhig. »*Ich* werde hingehen.«

42

Mein ganzes Leben lang habe ich mich darauf vorbereitet.

Haute-Couture-Kleid, Designerschuhe, eine Clutch aus einer Limited Edition, eigens für mich entworfenes Parfüm, Primer, Foundation, Highlighter, Bronzer, Rouge, Contouring, Lidschatten, Eyeliner, Wimpern, Augenbrauen. Jahrelang habe ich meine Beauty-Pflege perfektioniert, bis ich im Tupfen und Zupfen und Sprühen die akkurate, mechanische Routine eines unterbezahlten Fleischfabrikarbeiters erlangt habe.

Nur dass ich in diesem Fall auch das Hühnchen bin.

In den wenigen Minuten, die mir bleiben, bis John mit der Limousine vorfährt, hebe ich das auf, was wie ein schlafender Zwergspitz auf dem Boden meines Zimmers liegt, und stülpe es mir auf den Kopf. Die Perücke ist teuer, aus Echthaar und mit handgeknüpftem Ansatz. Ich küsse sie dankbar. *Wie gut, dass du deinen Kram immer überall rumliegen lässt, Mer.*

Dann stelle ich mich vor meinen zersprungenen Spiegel.

Mein Kleid ist bodenlang, handgeschneidert und mehrere Tausend Pfund wert: ein Kunstwerk aus makellos weißen Stoffschichten, mit weiten, fließenden Ärmeln und einem Schlitz an der Seite. Die goldenen Prada-Schuhe lassen mich über eins achtzig groß erscheinen, und meine Beine wirken lang wie die einer Cartoon-Figur. Die weiche, glänzend schwarze Perücke umspielt meine Schultern. Mein Gesicht ist das einer Puppe: volle Lippen, hohe Wangenknochen, kleine Nase. Die riesigen haselnussbraunen Rehaugen mit den dichten, geschwungenen Wimpern lassen mich aussehen wie ein Reh im Wald.

Meine Haut schimmert braun, mein Körper ist schlank und perfekt in Form. Was kein Zufall ist, denn mit Ausnahme der letzten Woche habe ich den vergangenen zwei Jahren täglich mehr als vier Stunden mit Training verbracht.

An meinem Spiegelbild entdecke ich nichts, woran Grandma etwas auszusetzen hätte. Ich bin perfekt.

Eine Welle der Übelkeit schwappt in mir hoch.

»Hey!«, sagt Max, als ich die Treppe hinunterstakse. Er hält einen Camcorder hoch. »Lächeln, kleine Sis!«

Ohne stehen zu bleiben, zeige ich ihm entschlossen einen Finger – welchen genau, verschweige ich lieber. Dann steige ich, strahlend und makellos, in die Limousine.

Ich kann das. Ich. Kann. Das.

Ich muss auf die Bühne gehen, nett lächeln, Grübchen zeigen, mich bedanken, einen Text vom Blatt ablesen, und schon sind alle froh und glücklich. Mum hat ihre Ruhe, Genevieve hat etwas zum Posten, Grandma wird stolz auf mich sein, die Paparazzi bekommen ihre Fotos und die Charity-Organisation ihr Geld.

Eine Fake-Show für die Valentines.

»Faith! FAITH VALENTINE! WIE GEHT ES DEINER MUTTER?«

»Stimmt es, dass du anstelle von Juliet den Abend moderieren wirst? Was ist denn diesmal mit ihr los?«

»Sollte das nicht ihr großes Comeback werden?«

Die Limousine ist lautlos vor dem *Dorchester*-Hotel zum Stehen gekommen – cremefarben ragt es mit seinen geschwungenen Baldachinen und schmiedeeisernen Balkongittern vor mir auf wie eine überdimensionierte Hochzeitstorte. Sofort scharen sich die Paparazzi um das Fahrzeug und schreien mich durch die getönten Fensterscheiben hindurch an.

Ich warte ein paar Sekunden, bis meine Hände nicht mehr zittern. Bis ich mein wahres Ich tief in meinen Inneren verborgen habe – vielleicht in einer Niere oder in der Bauchspeicheldrüse.

»Auf die Plätze«, flüstere ich. »Fertig … los.«

Der Chauffeur öffnet meine Tür, und ich steige genau so aus, wie ich es gelernt habe: die Knie zusammengepresst, mit Schwung nach draußen, Füße fest auf den Boden, Beine anmutig abgewinkelt und langsam aufrichten. Dann zeige ich der Presse mein süßestes Grübchenlächeln.

»Guten Abend allerseits.« *Flash, flash, flash, flash.* »Aufgrund einer zahnärztlichen Notbehandlung ist meine Mutter leider indisponiert. Ihre Genesung schreitet bestens voran, vielen Dank der Nachfrage.«

Flash, flash, flash, flash, flash.

»WAS IST MIT DYLAN HARRIS?« *Flash.* »Wird er dich

heute Abend begleiten, Faith?« *Flash, flash.* »Was sagt Noah dazu? Haben die beiden sich schon kennengelernt?«

»Du strahlst heute ganz besonders, Faith. Ist das die *LIEBE*?«

»Heute Abend«, sage ich mit einem charmanten Lächeln, »geht es darum, Geld für einen wunderbaren Zweck zu sammeln. Daher freue ich mich ganz besonders darauf, mich in den nächsten neunzig Minuten ausschließlich dieser guten Sache widmen zu können.«

Ich hätte weniger Highlighter auftragen sollen.

»Faith! Faith! Was –«

Mit einem höflichen, aber kalten Lächeln – *dieses Gespräch ist jetzt beendet* – entschwebe ich, vorbei an sich verbeugenden Türstehern und durch gläserne Drehtüren hindurch in eine Empfangshalle mit Marmor, falschem und echtem Gold, Eichenvertäfelungen, Rosenbouquets und stuckierter Decke.

Die Reichen und Berühmten flanieren durch das Foyer. In ihren Smokings und Abendkleidern glänzen sie geschmeidig glatt und gurren wie höfliche Ringeltauben. Ihre Köpfe wippen auf und ab, während sie die Hälse recken und sich drehen, um zu sehen, wer sonst noch gekommen ist und ob es nicht noch einflussreichere oder attraktivere Gesprächspartner gibt.

Mich überkommt das übermächtige Verlangen, sie alle mit Ketchup zu bekleckern. Oder mit Senf, damit es richtig brennt.

»Effie!« Eine A-Promi-Freundin meiner Mutter rauscht

in einem langen Fuchspelzmantel herbei und nimmt meine Hand in ihre Klaue. »Ach, *Schätzchen*! Du wirst von Tag zu Tag *hübscher*! Und wie *dein Haar* gewachsen ist!«

Bei dem Mantel, den sie trägt, müsste man meinen, dass sie den Unterschied zwischen echt und falsch erkennen könnte.

»Wie reizend von Ihnen«, sage ich lächelnd.

»Und wie …« – die Frau beugt sich zu mir und zieht merkwürdig die Luft ein, als wollte sie mein Schlüsselbein beschnüffeln – »geht es deiner *lieben Mutter*?«

Sie schwindet *allerliebst* dahin, vielen Dank.

»Es geht ihr sehr gut, danke.«

»Faith!« Ein Produzent kommt herbeigeschlendert und rückt seine Krawatte zurecht. »Was für ein Anblick für meine müden Augen! Sag, wie alt bist du gleich noch mal?«

»Sechzehn!« *Mindestens drei Jahrzehnte jünger als Sie.*

»Was du nicht sagst! Und … ähm … wo treibt sich dein Vater derzeit herum? Immer noch in Hollywood, um an seinem nächsten Meisterwerk zu tüfteln?«

»Dad ist momentan in London.« *Wenn Sie mir noch näher auf die Pelle rücken, dann erwürgt er Sie mit bloßen Händen.* »Vielleicht schaut er heute Abend kurz vorbei.«

Garantiert nicht. Er hasst solche Veranstaltungen.

»Ach ja … ähm, bin schon gespannt, was er zu erzählen hat.«

Mein Handy klingelt.

FREAK: NICHT RANGEHEN

Ich drücke den Anruf weg. Es klingelt erneut.

FREAK: NICHT RANGEHEN

»EFFIE?« Eine unangenehm vertraute Stimme schallt durch die Lobby. »WARUM HAST DU NICHT ZURÜCKGERUFEN? DANN HÄTTEN WIR GEMEINSAM EINEN GROSSEN AUFTRITT HINLEGEN KÖNNEN!«

Dylan bahnt sich energisch einen Weg durch die Menge und wedelt mit seinem Handy in der Luft herum.

Was um alles in der –

Ich bin noch keine drei Minuten hier und schon jetzt völlig erschöpft. Vielleicht stimmt es gar nicht, dass alle nach besseren Gesprächspartnern Ausschau halten. Vielleicht versuchen wir alle nur verzweifelt, *nicht* miteinander zu sprechen.

Entnervt lasse ich den Blick über die Gäste schweifen, bis ich in einer Ecke einen platinblonden Dutt erspähe. »Wenn Sie mich bitte entschuldigen würden«, sage ich mit unbewegter Miene zu dem Produzenten und der sogenannten *Freundin* meiner Mutter. »Es war wundervoll, mit Ihnen zu plaudern, aber ich fürchte, ich muss jetzt weiter.«

Kaum habe ich Ihnen den Rücken zugedreht, fängt die Pelzmantel-Lady an zu lästern. »Tochter von ... *Ja, genau.* Eiskalt, die kleine Lady, finden Sie nicht auch?«

»Ganz anders als ihre Mutter, die –«

Man würde doch meinen, in einem Saal voller Schauspieler könnten die Leute wenigstens für ein paar kostbare Sekunden ihre Meinung für sich behalten.

Zum Glück bin ich gerade rechtzeitig außer Hörweite, bevor sie richtig loslegen.

»Darling!« Dame Sylvia Valentine steht im Mittelpunkt eines auserlesenen Kreises und hält Hof. Sie trägt ein glitzerndes schwarzes Givenchy-Kleid und hat den Gehstock fest auf den Boden gestützt, unverrückbar wie ein Maibaum. »Darf ich vorstellen: meine Enkelin Faith Valentine.«

Ich werfe einen Blick über die Schulter. Dylan bewegt lautlos die Lippen und fragt: *Soll ich zu dir kommen?*

Alarmiert schüttle ich den Kopf und drehe ihm wieder den Rücken zu.

»Nun, Faith«, wendet sich eine in feine Spitze gehüllte Dame mittleren Alters an mich. »Wie läuft es denn mit dem *Vorsprechen*? Deine Großmutter hat uns verraten, dass du großen Lerneifer an den Tag legst.«

»Ach«, sagt eine ältere Frau und nickt, »quäl dich nicht unnötig mit Lernen ab, meine Liebe. Viel wichtiger ist doch, dass du genug Schönheitsschlaf bekommst!«

»In der Tat«, stimmt ihr ein noch älterer Mann zu. »Dieses hübsche Gesicht musst du dir um jeden Preis bewahren. Die liebe Sylvia war stets eine *Charakterdarstellerin* – überragendes Talent, aber nie das schönste Mädchen im Raum. Du kommst mehr nach deiner Mutter, Faith. Die perfekte Besetzung für romantische Hauptrollen.«

»Genauso ist es.« Ein Mann mit grauen Zähnen beugt sich zu mir und begutachtet mich, als wäre ich ein Stück Torte. »Mit welchen *Financiers* arbeitest du zusammen, Faith? Ich habe nämlich Kontakte zu –«

Ich öffne den Mund.

»Wenn es euch nichts ausmacht«, sagt meine Großmutter seidenweich, »dann muss besagte *Charakterdarstellerin* nun einen Sitzplatz für sich finden. Meine Beine sind nicht mehr das, was sie einmal waren. Faith, Darling – wollen wir?«

Mit ihrer zarten, blassen Hand führt sie mich davon.

»Bist du müde?«, frage ich überrascht, als wir in einer ruhigen Ecke stehen bleiben. »Dann gehe ich und hole dir einen –«

»Sei nicht albern, meine Liebe. Manchmal frage ich mich, ob ich dir überhaupt etwas beigebracht habe. Nun gut.« Dame Sylvia sieht mich über den goldenen Rand ihrer Brille hinweg eindringlich an. »Mir ist klar, warum du heute Abend hierhergekommen bist, Faith, und ich bin dir sehr dankbar. Deine Mutter ist mein einziges Kind, und hier ist ganz sicher nicht der Ort, an den sie jetzt hingehört.«

Im Foyer ertönt eine Glocke, woraufhin alle zu einer Tür an der Seite strömen. Eine Frau in einem kunstvoll gerüschten Rock eilt auf mich zu und schlägt die Hände zusammen.

»Faith! Ach du meine Güte, wir müssen dich schleunigst –«

Ein Blick meiner Großmutter genügt, und die Frau tritt sofort den Rückzug an.

»Ich habe angeboten, persönlich durch den Abend zu führen«, fährt Grandma fort und rückt fast unmerklich meine Perücke zurecht. »Aber sie wollen junges Blut. Das durch Adern fließt, die nicht ganz so verkalkt sind, nehme ich an.

Aber vergiss nicht, Faith – egal was passiert, du bist eine *Valentine.*«

»Ja, Grandma.«

»Wir mögen einflussreich sein, aber die Leute in diesem Raum können immer noch über unser Wohl und Wehe entscheiden.«

»Ja, Grandma.«

»Valentines. Zeigen. Immer. Klasse.«

»Stets zu Diensten, Grandma.«

Meine Großmutter blinzelt. Ich auch.

Ups, habe ich das gerade laut ausgesprochen?

Grandma zieht die Augenbrauen hoch.

»Dame Sylvia Valentine?« Die Rüschenfrau taucht hinter uns auf und räuspert sich. »Es tut mir *sehr* leid, aber ich muss Faith jetzt wirklich für ihren Auftritt vorbereiten. Wenn Sie sich bitte in den Ballsaal begeben würden, für Sie ist ein Tisch mit *bester Aussicht* reserviert.«

Nervös fahre ich mir mit der Zunge über die Lippen und drehe mich noch einmal zu Grandma um. »Danke.«

Sie legt ihre schmale Hand auf meine Schulter und drückt sie. »Was ich damit sagen will, Liebes«, erklärt sie mit sanfter Stimme und schenkt mir ein kleines, seltenes Lächeln. »Viel Glück. *Mach uns alle stolz.* Ich bin sicher, das wird dir gelingen.«

43

Mach uns alle stolz.

In einem Nebenraum werde ich mit mattierendem Puder eingestäubt, meine Lippen werden nachgezogen, jemand drückt mir wortlos ein Skript in die Hand. Die Tür geht auf, und ein Kellner bringt mir ein Glas Mineralwasser, das ich dringend nötig habe. Hinter ihm glitzert und vibriert der Ballsaal. Gelächter und Stimmengewirr dringen zu mir herein.

Auf der Bühne quietscht ein Mikrophon. Ich fahre mir wieder mit der Zunge über die Lippen und trinke einen Schluck Wasser.

Mach uns alle stolz.

Neben mir macht jemand missbilligend *ts-ts* und frischt erneut meinen pinken Lippenstift auf.

»Ladys und Gentlemen!« *Tapp.* »Ich bitte um Ruhe.« *Tapp.* »Willkommen zu diesem Abend, der ganz im Zeichen unserer Charity-Aktion steht. Bitte begrüßen Sie unsere bezaubernde Gastgeberin mit einem warmen Applaus … FAITH VALENTINE!«

Applaus brandet auf.

Meine Hände sind so feucht, dass ich kaum die Tür öffnen kann. Eine hübsche Kellnerin, die ein Tablett mit Krabbencocktails balanciert, hält sie für mich auf. Ich lächle sie dankbar an. Dann hole ich noch einmal tief Luft, bevor ich auf die Bühne hinaustrete und vorsichtig das Mikrophon aus der Halterung neben dem Podium nehme.

Mach uns alle stolz.

Die grellen Lichter blenden mich für einen Moment, der Applaus schwillt an und verebbt wieder, und ganz ohne Vorwarnung bin ich plötzlich wieder neun Jahre alt: auf der Bühne, in ein weißes Bettlaken gehüllt, mit dem Hut meiner Mutter auf dem Kopf und ihren Tennisschuhen an den Füßen.

Ich schlucke und blicke blinzelnd in die Menge.

Viele von diesen Gesichtern waren auch an jenem Abend im Publikum: die Berühmten, die Schönen und die Mächtigen, versammelt in einem weißen Partyzelt und mit Gläsern in der Hand, um auf den Hochzeitstag meiner Eltern anzustoßen. Amüsiert lachend, als Max sein senfgelbes Springseil schwang, während Hope, ganz in Türkis, fröhlich tanzte und Mercy in ihrem roten Kleid allen die Show stahl.

Es ist Jahre her, dass ich diese Leute zuletzt gesehen habe … fast genau zwei Jahre, um genau zu sein.

Konzentrier dich, Eff.

»Guten Abend!« Mit einem wohldosierten Lächeln tippe ich gegen das Mikrophon. *Tapp, tapp.* »Ich bin Faith Valentine.« Ich blicke auf das iPad, das vor mir auf dem Pult liegt und auf dem ich mich durch meine vorformulierte Rede scrollen kann. »Es ist mir ein außerordentliches Vergnügen, heute Abend bei Ihnen zu sein, umgeben von Freunden und

Familie. Von Menschen mit großem Talent, großem Herz und noch größerem Bankkonto.«

Ein Lachen geht durch die Reihen.

»*Whoop-whoop!*«, ruft Dylan von irgendwo ganz hinten. »Das ist mein Mädchen!«

Meine Augen gewöhnen sich langsam an die Bühnenbeleuchtung. Ich entdecke meine Großmutter an einem der vordersten Tische. Die Hände vornehm übereinandergelegt und die Lippen zusammengepresst, schaut sie mich mit ihren kühlen grauen Augen an.

»Ich freue mich sehr, heute hier vor Ihnen zu stehen«, fahre ich fort und blicke wieder in die Scheinwerfer, »um gemeinsam mit Ihnen das zu versteigern, was großzügige Wohltäter für unsere Auktion zur Verfügung gestellt haben. Der gesamte Erlös ist bestimmt für …«

Ein rascher Blick nach unten. *Was zum Geier?!*

»… das Künstlerrefugium *Insel der Inspiration ohne Termindruck.*« Ich räuspere mich. »Auch bekannt unter I – D – I – O –«

»Wir kürzen es *nicht* ab!«, zischt mir eine Frau vom Bühnenrand zu.

»Ja.« Meine Nasenflügel blähen sich leicht. »… eine neugegründete Wohltätigkeitsorganisation, die es sich zur Aufgabe gemacht hat, einen Zufluchtsort für jene zu bieten, die sich von den Strapazen ihres kraftraubenden Berufs in der Schauspielbranche erholen müssen.«

Das kann doch wohl nicht ernst gemeint sein.

»Ich denke, wir sind uns alle darin einig …« Ich blicke

wieder auf das iPad und nehme hastig einen Schluck aus dem Wasserglas, das unauffällig daneben auf dem Pult steht.

»… dass wir in einem äußerst anspruchsvollen Metier tätig sind. Wir haben uns ganz der Suche nach *Wahrheit* verschrieben. Wir erschaffen *Kunst*. Wir ergründen, was es heißt, *Mensch* zu sein. Oft unter schwierigen Bedingungen und nicht selten unter Aufopferung unserer eigenen Gesundheit.«

Ich blicke zu meiner Großmutter. *Mach uns alle stolz.*

Aber ich kann es nicht.

Nein. Einfach … *nein.*

»Denn, seien wir doch ehrlich …« Ich beuge mich vor und stütze meine Ellbogen auf das Pult. »Niemand hat eine Auszeit nötiger als jene, die ihren Lebensunterhalt damit verdienen, sich zu verkleiden.« Gespielt nachdenklich halte ich kurz inne. »Ganz anders als Krankenschwestern. Ärzte. Feuerwehrleute. Lehrer. Polizisten. Soldaten und Soldatinnen. Farmer. Dachdecker. Sanitäterinnen. Klempner. Elektriker. Taxifahrerinnen. Reinigungskräfte. Die Leute, die jeden Abend hinter der Bar stehen. Kellnerinnen.«

Das Mädchen mit den Krabbencocktails blickt hoch.

Und in diesem Moment erfasst mich von Kopf bis Fuß ein unbezähmbarer Zorn.

Wusch.

»Also, dann fangen wir mal an …« Ich lösche das Skript und tippe auf das iPad, um den ersten Posten aufzurufen. Wie eine glitzernde Furie schnappe ich mir den kleinen

Auktionshammer. »Mal sehen, was wir Multimillionäre heute verhökern, um Geld für uns selbst sammeln.«

Auf einem riesigen Bildschirm hinter mir erscheint ein Foto von einem tropischen Strand.

»Ah ja.« Ich lache. »Ein luxuriöser *Fünf-Sterne-Urlaub*, exklusiv für Leute, die Krankenschwestern spielen – nicht zu verwechseln mit denjenigen, die tatsächlich Krankenschwestern sind. Das Startgebot liegt bei zwei Pfund fünfzig. Jemand Interesse?«

Im Saal ist es mucksmäuschenstill geworden.

»*Sie*, Sir.« Ich deute auf einen Ober, der unauffällig an einem Rotweinfleck auf einem weißen Tischtuch herumtupft, und lasse den kleinen Holzhammer niedersausen. »*Verkauft*. Glückwunsch, viel Spaß auf den Bahamas!«

Er stößt vor Schreck die Weinflasche um.

Mit einem breiten Grinsen tippe ich wieder auf das iPad und blicke über meine Schulter. »Ah, *wunderbar*, ein anonym gespendeter grüner Porsche 911 3.8 Carrera – eines von vierzehn Fahrzeugen, die derzeit irgendwo in einer Garage herumstehen, das aus steuerlichen Gründen losgeschlagen werden musste.«

Ich lasse den Blick suchend durch die Menge gleiten.

»Drei Pfund«, rufe ich ins Mikrophon. »Drei Pfund für dieses *herrliche* Stück Metall, dessen Wert ungefähr dem Startkapital für ein Haus entspricht. Wie sieht es aus? Wäre das nicht etwas für die Kellnerin mit den Krabbencocktails? Ich nehme das als Gebot.« *Peng*. »Verkauft für drei Pfund!«

Das Mädchen lässt klirrend ihr Tablett fallen.

»So, was kommt als Nächstes?« Ich tippe auf das Display. »Ein deprimierendes Gemälde einer toten blonden Frau in einem Boot. Als Startgebot schlage ich einen Fünfer vor.« Sofort schießt die Hand des Produzenten in die Höhe. Wie lustig, dass er tatsächlich mitbieten will. »Niemand? Nein? Okay, dann gehe ich runter auf vier. Hat jemand vier Pfund für einen alten Meister übrig?«

Die Küchentür geht auf.

»*Sie da!*« Ich fuchtle mit dem Hammer, als ein alter Mann in weißem Hemd und schwarzer Hose mit einem Tablett voller Champagnergläser den Saal betritt. »Ich fürchte, diese Störung muss ich als Gebot werten. Glückwunsch, Sie sind der stolze Besitzer eines sehr wertvollen Kunstwerks.«

»*W-was?*« Er sinkt auf einen freien Platz und schlägt die Hände vors Gesicht. »Ach herrje.«

Der ganze Saal beginnt zu brodeln. Alle drehen sich nach den Kellnerinnen und Kellnern um, die im Hintergrund ihre Arbeit verrichten – die Gäste bedienen und hinter ihnen herräumen –, als würden sie diese Menschen zum ersten Mal in ihrem Leben wahrnehmen.

»Das kannst du nicht machen!« Ein ältlicher Schauspieler steht auf. »Das ist *mein* Porsche, du freches kleines –«

Alle Kameras spielen verrückt.

»Setzen Sie sich bitte wieder hin, Sir.« Ich strahle ihn an, befeuert von meiner Rage. »Wir wissen Ihre Midlife-Crisis sehr zu schätzen, und wir haben ja auch schon fast zehn Pfund zusammenbekommen. Aber lassen Sie uns das Ganze abkürzen. Fünf Pence für jeden der verbleibenden

Posten.« *Peng.* »Eine Diamantenkette von Tiffany für den Herren, der die Würstchen im Schlafrock serviert.« *Peng.* »Die Yacht geht an … den Mann, der gerade Tisch sechs abräumt.« *Peng.* »Ein nagelneuer Laptop für die Dame, die das Gebäck herumreicht.« Peng. »An das Mädchen, das dort hinten in der Ecke wischt … leider hast du gerade ein Galadinner mit diesem Idioten gewonnen.«

Hinter mir erscheint ein überdimensionales Porträt von Dylan.

»Faith!« Er springt erbost auf. »*Du* hättest dafür bieten sollen! Mich wie im Film zu ersteigern, das wäre die *perfekte* romantische Geste gewesen!«

»Tja, jetzt gibt's dich wohl für lau«, sage ich und wende mich wieder der jungen Reinigungskraft zu. »Tut mir leid. Aber du solltest auf alle Fälle Hummer bestellen.«

Entzückt winkt sie Dylan zu, der sich auf scinen Stuhl plumpsen lässt und die Arme verschränkt.

»Damit hätten wir's auch schon.« Ich lasse den Blick über den Saal schweifen, der langsam im Chaos versinkt. *Tapp, tapp, tapp.* »Zum Abschluss möchte ich noch die Gelegenheit ergreifen, mich im Namen der ganzen Familie Valentine zu bedanken. Es war eindrucksvoll, wie Sie uns alle in den vergangenen zwei Jahren den Rücken zugekehrt haben.«

Ich lächle liebenswürdig in die Runde.

»Dies gilt ganz besonders für diejenigen unter Ihnen, die meine Mutter im Stich gelassen haben, als sie Ihren Beistand am meisten gebraucht hätte. Fünfunddreißig Jahre lang war sie Ihnen eine Freundin, Kollegin und Mentorin.

Das Verhalten, das Sie alle an den Tag gelegt haben, war eine *äußerst* lehrreiche Erfahrung.«

Mein Blick fällt auf meine Großmutter, und für einen Moment überkommen mich Gewissensbisse. Stocksteif und blass sitzt sie da und sieht plötzlich sehr, sehr alt aus.

»Warum ist die Glühbirne so wütend?«, rufe ich laut ins Publikum hinein. »IHR IST DIE SICHERUNG DURCHGEBRANNT.«

Nur mein hysterisches Lachen durchbricht die absolute Stille.

»Stoßen wir an … auf uns alle, mich eingeschlossen.« Das Wasser in meinem Glas schwappt über, als ich schwungvoll dem Publikum zuproste. »Wir dürfen uns offiziell IDIOT-en nennen.«

Dann lasse ich den Hammer fallen.

Peng.

44

Wo gerät man leicht hinein,
aber schwer wieder hinaus?
In Schwierigkeiten.

Ich gehe von der Bühne – und dann immer weiter.

Mit erhobenem Kopf und ohne innezuhalten: durch die Hintertür des Dorchester und quer durch London. Vorbei an der Hyde Park Corner, dem Buckingham Palace, der Westminster Cathedral, dem Tesco-Express-Supermarkt und dem Gebäude der litauischen Botschaft. Über die Vauxhall Bridge und die Themse. Durch Stockwell, vorbei an Lidl und der O2-Academy.

Zwei Stunden lang laufe ich durch die nur von Straßenlampen erhellte Dunkelheit. Fünfzehn Minuten davon in meinen qualvoll hohen Prada-Schuhen, danach humple ich mit verrenktem Knöchel barfuß über den schmutzigen Asphalt, bis meine Füße voller Blasen sind. Aber um ehrlich zu sein, spüre ich den Schmerz überhaupt nicht.

Ich … *bzzz* … bebe am ganzen Körper.

Bzzz bzzz bzzz. Bzz. Bzz. Bzzzzzz bzzzzzz bzzz.

Bzzzzzzzzzzzzzzzzz.

Das ist das Surren einer Türklingel, nicht ich – obwohl ich innerlich genauso vibriere.

»Hey, kein Grund, so aggressiv um Einlass zu bitten. Komm rein, wer immer du auch bist. Vierundfünfzigster Stock. Der Aufzug ist defekt.«

Der Türöffner klickt.

Ich blicke an mir herab: Mein linker Knöchel ist geschwollen, meine Füße sind dunkelgrau, und die weißen Blasen fangen schon an zu nässen. An meiner rechten Sohle habe ich mir einen Schnitt zugezogen, weshalb ich bei jedem Schritt eine kleine Blutspur hinterlasse.

Mein Blick gleitet die Betonstufen hinauf. *Vierundfünfzigster Stock.*

Na dann.

Bei jedem Schritt zusammenzuckend, humple ich nach oben. *Erster Stock. Zweiter …*

Autsch.

Dritter.

Im Ernst, langsam tut es wirklich weh.

Vierter.

Ich lehne mich gegen die Wand und reibe meinen wunden Knöchel. Eine meiner Blasen platzt, und eine helle Flüssigkeit läuft mir über die Finger. Jede Wette, dass Marilyn Monroe die gleichen Probleme hatte.

Ich humple weiter. *Fünfter –*

»Faith?« Eine belustigte Stimme aus dem Stockwerk unter mir ruft: »Wo willst du hin, Goofy? Und warum ziehst du eine Blutspur hinter dir her wie eine Schnecke, die ihre Tage hat?«

Ich blicke nach unten. Scarletts sommersprossiges Elfengesicht späht durch das Treppengeländer hindurch zu mir hoch. Sie hat die Augenbrauen hochgezogen und sieht mich fragend an.

»Hattest du nicht was vom vierundfünfzigstem Stock gesagt?«

»Ja. Das war ein Witz, Dummerchen«, sagt sie und lacht schnaubend. »Wir sind hier in Brixton, nicht in Dubai.«

Ich blicke die Treppe hinauf. *Oh.* Wenn ich nicht bereits den Großteil meines Bluts im Treppenhaus verteilt hätte, würde ich jetzt wahrscheinlich rot werden.

Mit schmerzverzerrtem Gesicht humple ich wieder ein Stockwerk nach unten und in Scarletts Wohnung.

»Willst du ein Paar High-Heels von Prada?« Ich ziehe mir die Perücke vom Kopf, lasse mich auf den Teppichboden fallen und reiche ihr die goldenen Folterinstrumente. »Als Wanderschuhe kann ich sie allerdings nicht uneingeschränkt empfehlen.«

Scarlett hält die Schuhe kurz ins Licht, dann lässt sie sie achtlos fallen.

»Hm, nein danke, ich verzichte. Und was ist mit deinem kleinen Rasse-Wauwau?« Sie stupst die am Boden liegende Perücke mit dem Zeh an. »Den kauft dir keiner mehr ab. Ich fürchte, das arme Tier ist hinüber.«

»Endlich! Es hat den ganzen Abend an meinem Kopf herumgenagt.«

Wir müssen beide lachen.

Scarlett lässt sich an ihrer Wohnzimmerwand nach unten gleiten und setzt sich schweigend neben mich. Heute Abend haben mich schon Hunderte von Leuten angestarrt – draußen vor dem Hotel, bei der Auktion und während meiner Barfußwanderung durch Westminster –, aber in diesem Moment habe ich das Gefühl, als würde mich zum ersten Mal jemand richtig *wahrnehmen*.

»Okay, schieß los«, sagt meine Freundin und wickelt behutsam einen Pullover um meine malträtierten Füße. »Bevor die Blutvergiftung einsetzt. Erzähl mir alles, von Anfang an.«

Ich räuspere mich, hole noch einmal tief Luft und lasse zu, dass die Erinnerungen an den heutigen Vormittag mich einholen.

»Also … ich hatte wieder einen Ausraster. Einen … großen. Ich … ähm … bin beim Impro-Unterricht total ausgeflippt. Vor den Augen der anderen. Ich habe mich einfach … davontragen lassen.«

»Was genau meinst du damit?«

»Ich habe einen anderen Kursteilnehmer gepackt, ihn durchs Zimmer geschleift und mehrfach gegen die Wand geknallt, dabei Todesdrohungen ausgestoßen und dann hysterisch losgeheult.«

Scarlett lacht los. »Klingt eher, als wäre *er* davongetragen worden, Eff.« Sie knufft mich mit dem Ellenbogen. »Zu früh, um Witze darüber zu machen? Okay, erzähl einfach weiter. Was war denn eure Aufgabe?«

»Einfach … eine Impro-Szene.«

Ja, es ist zu früh. Die Wunde ist zu frisch.

»Faith.« Scarlett runzelt die Stirn. »Dir ist schon klar, dass in einer Theaterklasse jeder irgendwann mal einen Ausraster hat, oder? Das ist der ganze Zweck der Übung. Genau dafür bezahlst du dein Geld. Du kannst nicht eine Flasche voller intensiver Gefühle schütteln und dich dann wundern, wenn sie zu schäumen anfängt und explodiert.«

Überrascht schaue ich sie an. »Wirklich?«

»Ähm, ja? Als ich in der Schauspielschule war, hat jeden Tag irgendjemand geweint, geschrien oder gekotzt, und alle waren begeistert. Es war der Beweis dafür, dass wir *Fortschritte* machen.«

Hm. »Heißt das, ich bin nicht … verrückt?«

»Natürlich bist du verrückt. Du bist eine Schauspielerin.« Scarlett verzieht die Lippen zu einem breiten Joker-Lächeln. »Eff, das ist phantastisch! Ich wusste, dass du es draufhast! Jetzt ist es nur noch eine Frage der Zeit, bis du ein echter Filmstar bist. Glückwunsch!« Mit einem vielsagenden Blick auf meine ramponierten Füße fügt sie hinzu: »Und was ist heute sonst noch so passiert?«

Mein Magen zieht sich zusammen, und ich merke, wie mir übel wird.

Ich öffne den Mund. Der warme Adrenalinrausch lässt langsam nach – zusammen mit dem tauben Gefühl in meinen Füßen –, und so langsam dämmert mir, was ich heute Abend getan habe.

Das Entsetzen im Gesicht meiner Großmutter.

Die versammelte Filmbranche.

Der Aufruhr.

Mein dramatischer Kopfsprung ins Karriere-Aus.

Dabei glaube ich nicht einmal, dass alle im Publikum

meine Vorwürfe verdient hatten. Die meisten kannten meine Mutter gar nicht persönlich. Sie waren nur in diesem Saal, weil jemand sie dorthin geschickt hatte.

Scham, Schuldgefühle und Angst holen mich wieder ein.

Mach uns alle stolz.

»Nein«, sage ich ausweichend und zupfe an meinem zarten, inzwischen schmutzig-weißen Chiffonkleid herum. »Das ist alles.«

»Wirklich?«

»Hmm-hmm.«

»Ach so.« Scarlett runzelt die Stirn. »Dann hast du also *keine* Porsches und Diamanten und Luxusurlaube und wertvolle Gemälde verschleudert? Ich muss sagen, ich bin enttäuscht – was für ein langweiliger Freitagabend.«

Ich starre sie an.

»Das ganze Internet ist voll davon.« Sie lacht unbekümmert und hält mir ihr Handy hin. »Manchmal glaube ich, du vergisst, wer du *bist*.«

IST DAS NOCH FAITH VALENTINE
ODER SCHON ROBIN HOOD?

PROMITOCHTER PLÜNDERT HIGH SOCIETY

»O mein Gott.« Ich schlage die Hand vor den Mund. »Bin ich eine Diebin?«

»Definitiv.« Scarlett scrollt nach unten. »Die berühmteste Ganovin der Welt. Schau selbst.«

Beklommen lese ich den Artikel.

Heute Abend hat Faith Valentine – Enkelin der Schauspiellegende Dame Sylvia Valentine – auf einer Charity-Auktion im Dorchester Sachspenden im Wert von 2,8 Millionen Pfund zu einem symbolischen Preis an das Personal verteilt. »Als ich heute zum Dienst kam, hatte ich zweiunddreißig Pfund auf dem Bankkonto«, sagte der einundsechzigjährige Kellner Tim McConnell. »Als ich das Hotel verließ, war ich Besitzer einer Yacht. Mir fehlen die Worte.« Das Publikum reagierte mit Standing Ovations, und prominente Vertreter der Filmindustrie schlossen sich Faiths politischem Statement an. »Es war längst an der Zeit«, kommentierte ein A-Promi auf Twitter. »Verteilt den Reichtum unter den Leuten! Faith ist eine Inspiration für uns alle. Wenn dieses Projekt in *Insel der idealistischen, offenen Teilhabegesellschaft* umbenannt wird, spende ich sofort.«
Die aufstrebende Schauspielerin, die unter anderem Diamantschmuck von Tiffany, ein Gemälde von unschätzbarem Wert, einen Luxusurlaub und einen Porsche 911 unter die Leute brachte, verschwand unmittelbar nach der Auktion. Auch ihre Großmutter, die an der Veranstaltung teilgenommen hat, war für eine Stellungnahme nicht erreichbar.
Ein offizieller Sprecher der Organisation betonte: »Wir kürzen unseren Namen *nicht* ab.«

»Vielleicht solltest du öfter mal einen Ausraster haben, Valentine.« Scarlett grinst mich an und drückt meine Hand. »Vielleicht sollten wir das *alle*.«

Ich erwidere ihr Lächeln und den Händedruck. Meine

Augen fangen an zu brennen, als ich plötzlich einen ganz unerwarteten Ausdruck auf ihrem Gesicht bemerke.

In diesem Moment klingelt mein Handy.

»Scarlett?« Ich drücke den Anruf weg, ohne hinzuschauen, und sehe meine Freundin beunruhigt an. In ihren Augen liegt eine Traurigkeit, die ich von ihr nicht kenne. Ihr Kiefer ist zusammengepresst, und ihre Oberlippe bebt fast unmerklich. »Erzähl mir alles, von Anfang an. Bevor die Blutvergiftung einsetzt.«

Sie lacht und stößt seufzend den Atem aus. »Also … ich habe das Angebot erhalten, auf einer Amerika-Tournee von *Les Misérables* die Éponine zu spielen.«

Mir bleibt die Luft weg.

»Nein.« Ich springe auf. »Nein, Letty. Nicht dein Ernst! Das ist … SOGAR ICH WEISS, WAS FÜR EINE ROLLE DAS IST, OBWOHL ICH KEINE AHNUNG VON MUSICALS HABE! DU HAST ES GESCHAFFT!«

Wer hätte gedacht, dass ich so *quietschen* kann?

»Wir haben ein Apartment in New York!« Ich zucke zusammen, als mein Handy schon wieder klingelt, und drücke den Anruf sofort weg. »Da kannst du wohnen! Und ich kann dich besuchen, und wir können uns gemeinsam Broadway-Shows anschauen, und du wirst durch Boston touren und durch Colorado und Chicago, wo es die beste Pfannenpizza der Welt gibt, und … und …«

Sie bricht lautstark in Tränen aus.

»Ach, Scarlett!« Besorgt setze ich mich wieder neben sie und sage: »Du hast keinen Grund, nervös zu sein! Amerika ist supercool, und du wirst es rocken! Diese Rolle ist wie für dich gemacht!«

»Ich *weiß*!« Sie schluchzt nur noch heftiger. »Ich habe *On my own* in meine Shampooflasche gesungen und mir Dreck ins Gesicht geschmiert, seit ich drei Jahre alt war. Es ist *meine* Rolle. *Meine.*«

»Aber warum –«

»Weil ich sie nicht annehmen kann!« Scarlett wischt sich über die Augen. Inzwischen hat sie einen Schluckauf. »Nächste Woche starten in Island die Dreharbeiten zu *Vierzehn. Tage der Angst*, und mein Vertrag läuft sechs Monate. Sie würden mich verklagen, wenn ich jetzt einen Rückzieher mache.«

Mein Handy klingelt zum dritten Mal. Ich drücke den Anruf wieder weg.

»Aber kannst du denn nicht …?« Meine Gedanken überschlagen sich. »Es muss doch eine Möglichkeit geben, wie du …«

»Nein, kann ich nicht. Die Leute vom Fernsehsender sind ein großes Risiko eingegangen, indem sie eine so prominente Rolle mit einer unbekannten Schauspielerin besetzt haben. Ich kann sie nicht in letzter Minute hängenlassen, das weißt du doch, Eff.«

Wir starren ratlos ins Leere.

Ich würde sie so gerne trösten, aber sie hat recht – jetzt aus dem Vertrag auszusteigen, wäre glatter Karriereselbstmord.

Mein Handy klingelt, schon wieder.

Ich betrachte das hübsche Gesicht meines Freunds, das mir ein paar Sekunden lang vom Display entgegenleuchtet. Offenbar hat auch er die Zeitungen gelesen.

»Und?« Scarlett wischt sich über ihr Gesicht und lächelt matt. »Willst du rangehen, oder soll ich mich wieder auf den Typen draufsetzen?«

Schuldbewusst beiße ich mir auf die Oberlippe.

»Ich gehe ran. Vielleicht. Ich weiß nicht. Ich habe ihn um Zeit gebeten, aber …« Meine Atemzüge werden schneller, flacher, abgehackter. »Ich muss eine Entscheidung treffen. Das weiß ich selbst. Er hat lange genug gewartet. Es ist nur … ich bin noch nicht … ich …«

Wo zum Teufel sind meine Laufschuhe, wenn ich sie brauche?

Das Klingeln verstummt. Das blaue Licht fängt an zu blinken. Scarlett nimmt mir das Handy behutsam aus der Hand, legt es auf den Boden und steht auf.

»Bevor du deine Entscheidung triffst, möchte ich dir etwas zeigen.«

45

Warum streiten sich Skelette nie?
Weil sie keinen Nerv dafür haben.

Ähm, ausgerechnet jetzt will sie putzen?

Erstaunt sehe ich zu, wie Scarlett anfängt, ihre Wohnung aufzuräumen. Zuerst schiebt sie das Schlafsofa an die Wand, dann packt sie mit beiden Händen den Couchtisch und wuchtet ihn daneben. Sie rollt den Teppich ein und lehnt ihn gegen die Tür, sammelt ein paar Kissen auf und schleift eine große Yucca-Palme in die Ecke.

Mit wachsender Verwirrung beobachte ich, wie sie in der Mitte des Wohnzimmers eine große freie Fläche schafft. Ich dachte, Scarlett würde die Unordnung lieben? Was hat sie vor, will sie mich zu einem *Ringkampf* herausfordern?

Nachdem sie Platz gemacht hat, geht sie durch ihre chaotische Wohnung und holt kleine Gegenstände: die Fernbedienung ihres Fernsehers, einen goldenen Prada-Schuh, meine Perücke, eine Tasse mit kaltem Tee, eine halb geschmolzene Kerze, ein gerahmtes Foto, Stanislawskis Schauspielhandbuch, einen kleinen Kaktus und einen gelben Spielzeugroboter aus Plastik.

Nacheinander reiht sie alles auf dem Boden auf.

»Okay.« Leicht außer Atem stellt sie noch eine Bratpfanne

dazu und streicht sich den Pony aus dem Gesicht. »In die Mitte, Valentine.«

Ich blicke erst zu ihr, dann auf die geometrisch arrangierten Gegenstände. Okay, Scarlett Bell ist wahrscheinlich meine beste Freundin, und ich halte wirklich sehr viel von ihr und alles … aber das hier wirkt wie ein Ritual, das Anhänger *satanischer Kulte* abhalten, kurz bevor sie ein Menschenopfer darbringen.

»Da hinein?«, frage ich und stehe zögernd auf.

»Das ist ein Kreis, Eff.« Sie lacht. »Jeder Kreis hat eine geometrische Mitte. Für die folgende Übung musst du in diese Mitte gehen und dort bleiben.«

Folgsam betrete ich den Kreis und setze mich.

»Soll ich jetzt die ganze Welt ausblenden?« Skeptisch blicke ich auf das Schauspielhandbuch. »Denn was das angeht, muss ich dir leider sagen, dass meine Großmutter schon unzählige Male versucht hat, mir diese Technik beizubringen. Aber ich bin nicht –«

»Ach, vergiss den ollen Stanislawski. Bleib einfach sitzen.«

Scarlett verschwindet in der Küche und kehrt mit einer Großpackung von Marsriegeln, einigen Ingwerkeksen, Chips und einem großen Becher voller Geleebohnen zurück. Dann steigt sie auf einen Stuhl und fängt an, laut schmatzend vor sich hin zu mampfen.

Mein Magen knurrt. Mehrere unkontrollierte Gefühlsausbrüche in der Öffentlichkeit, eine Abendveranstaltung, bei der ich kein einziges Schnittchen abbekommen habe, und ein langer Barfußmarsch quer durch London – das alles ist offenbar ziemlich appetitanregend.

»Letty, könnte ich bitte auch –«

»Nein«, sagt sie. »Sei bitte still.«

Ah, ich verstehe. Sie will mich auf Zuckerentzug setzen, bis ich irgendwann so weit bin, dass ich alles sage, was sie will.

»Wie lange muss ich denn – AUTSCH!«

Eine gelbe Geleebohne trifft mich mitten im Gesicht.

»Ups«, sagt Scarlett und steckt sich einen Keks in den Mund. »Das war keine Absicht. Wie blöd von mir.«

Eine kurze Bewegung aus dem Handgelenk, und schon folgt eine orange Geleebohne. Sie prallt von meinem Kopf ab und landet irgendwo im Raum.

»Hey!« Ich starre Scarlett an. »Was machst du da?«

»Nichts.«

Als Nächstes kommt ein Mini-Marsriegel angeflogen. Er knallt unsanft gegen meine Nase.

»*Scarlett!*« Ich springe auf. »Keine Ahnung, was hier eigentlich los ist und welches Spielchen du spielst, aber ich –«

Ein Ingwerkeks segelt durch die Luft wie eine Frisbee und trifft mich am Bauch.

»Was soll das?« – eine Handvoll Chips – »Würdest du bitte *aufhören*, mich zu bombardieren? Ich weiß ja, dass du Leute gerne mit Essen bewirfst, aber –«

»Wo ist das Problem?« Scarlett runzelt die Stirn und schnippt die nächste Geleebohne auf mich. »Beim letzten Mal hast du doch mitgemacht.«

»Ja, aber …«

Sie blickt mir direkt in die Augen und versetzt der Yucca-Palme einen Tritt. Dann stampft sie auf den Plastikroboter, kickt die Tasse um, so dass der Tee in alle Richtungen spritzt, und schleudert die Fernbedienung an die Wand. Sie tritt wild um sich, dann steigt sie breit grinsend über die umgestürzte Topfpflanze.

Mit einem furchteinflößenden, irren Joker-Blick kommt sie langsam auf mich zu. Mein Herz hämmert. Meine Kehle wird immer enger. Mein ganzer Körper juckt und fühlt sich heiß an. Wozu auch immer dieses dämliche Psychospiel gut sein soll, es gefällt mir ganz und gar nicht.

»Letty –«

Meine Freundin stupst mich mit dem Finger. »Hmm?«

»Hör bitte auf, mich zu stupsen.«

»Ich stupse dich nicht«, sagt sie und stupst mich.

»Doch, das tust du. Und ich bitte dich, damit aufzuhören.«

»Tja, Pech für dich.« *Stups.* »Das ist *mein* Wohnzimmer.« Stups. »Und es ist *mein* Finger.« *Stups.* »Wenn ich Lust darauf habe, dich in dein Gesicht zu stupsen …« *Stups.* »… dann mach ich das auch.«

Ich habe einen Kloß im Hals und bin kurz vorm Losheulen. *Nicht weinen, nicht weinen, nicht weinen, nicht weinen.*

Instinktiv drehe ich mich um und will die Flucht ergreifen.

»Jetzt willst du wieder wegrennen, was?« Scarlett packt mich am Handgelenk, zerrt mich zurück in die Mitte des

Kreises und hält mich fest. »Ich lass dich aber nicht. *Also, was willst du jetzt machen, Valentine?*«

Diesmal ist es kein warmes *Wusch*. Sondern ein kaltes Messer.

Die Wut fährt durch mich hindurch, so schneidend und scharf, dass ich sie wie eine Waffe halten und damit die ganze Wohnung kurz und klein schlagen könnte. Mit zusammengebissenen Zähnen befreie ich mich aus Scarletts Griff.

Dann gehe ich in die Hocke und sammle verärgert die kreuz und quer im Raum verteilten Gegenstände ein: die Teetasse, die Topfpflanze, die Fernbedienung, den zerbrochenen Spielzeugroboter, die Perücke, die Kerze, den goldenen Schuh. Weil ich gerade in Fahrt bin, nehme ich auch noch ein paar andere Sachen mit: mehrere Kissen, einen Laptop, eine Handtasche.

Wutentbrannt reihe ich alle Gegenstände um mich herum in einem Kreis auf.

Scarlett macht einen großen Schritt auf mich zu.

»NEIN!«, schreie ich und springe auf die Füße.

Sie zieht die Augenbrauen hoch. »*Wie bitte?*«

»ICH SAGTE NEIN!« Meine Wut ist kalt und glasklar. Obwohl ich zittere, strecke ich die Arme aus wie ein Ninja. »*Ich mag es nicht*, mit Sachen beworfen zu werfen. *Ich mag es nicht*, wenn man mir den Mund verbieten will. *Ich mag es nicht*, gegen meinen Willen gestupst zu werden. *Ich mag es nicht*, wenn jemand mich packt und herumzerrt. Ich habe dich darum gebeten, aufzuhören, aber du hast meine Bitte ignoriert. Also WAGE ES NICHT, MEINEN KREIS ZU ÜBERTRETEN!«

Schwer atmend, hebe ich eine rote Geleebohne vom Boden auf und schnippe sie mir in den Mund.

»MMMMMM!«, sage ich und kaue trotzig darauf herum. »LECKER.«

An der Geleebohne kleben Teppichfussel, aber ich schlucke sie trotzdem runter.

Einen Moment lang schauen Scarlett und ich uns nur an.

Komm schon. Ich hebe das Kinn und presse die Zähne zusammen. *Komm schon, greif mich an. GREIF MICH AN, SCARLETT. PROVOZIER MICH NOCH EIN EINZIGES MAL, DANN WIRST DU SCHON SEHEN, WAS PASSIERT.*

Aber Scarlett lacht zufrieden und klatscht langsam in die Hände.

»*Genau.*«

Sie kommt auf mich zu und bleibt direkt vor meinem kleinen, sorgfältig gezogenen Kreis stehen. Ihre Gesichtszüge sind wieder weich, der Joker-Blick ist verschwunden. »Es geht nicht darum, so zu tun, als gäbe es die Welt außerhalb des Kreises nicht, Eff. Sondern darum, dass du deinen eigenen Kreis ziehst und dann entscheidest, was du hineinlässt.«

Scarlett bückt sich und hebt den kaputten Spielzeugroboter auf.

»Du kannst das einfordern, was du willst. Du kannst *Stopp* und *Nein* sagen. Das nennt sich *Grenzen setzen*. Du bekommst immer wieder Ausraster, weil du keinerlei Grenzen hast – alle ziehen und zerren so lange an dir herum, bis du entweder explodierst oder wegrennst.«

Ich öffne den Mund, bringe aber kein Wort heraus.

»Es ist *dein* Leben, Faith.« Scarlett drückt mir sanft den kleinen Roboter in die Hand. »Das bedeutet: *Du selbst kannst die Regeln aufstellen.*«

In meiner Tasche hat mein Handy wieder lautstark zu klingeln angefangen. Wie auf Autopilot greife ich danach. Mein Kopf fühlt sich an, als würde er jeden Moment zerspringen.

»Faith?«, begrüßt mich Persephone knapp. »Wo bist du?«

»Bei einer Freundin«, sage ich leise.

»Gib mir bitte die Adresse durch. Wir schicken ein Auto. Du musst sofort nach Hause kommen.«

46

Du kannst das einfordern, was du willst.

»… hättest großen Schaden anrichten können. Faith, du musst solche Dinge mit mir absprechen, bevor du –«

Du kannst Stopp *und* Nein *sagen.*

»… hat großen Eindruck hinterlassen, sowohl innerhalb der Branche als auch in der Öffentlichkeit. Alle stellen sich hinter dich –«

Das nennt sich Grenzen setzen.

»… deinem Image ein neues Profil verliehen. Auf einmal verkörperst du nicht mehr nur das Klischee vom hübschen Mädchen –«

Du bekommst immer wieder Ausraster, weil du keinerlei Grenzen hast.

»… hast eine Hundertachtzig-Grad-Wendung hingelegt, was deine PR-Strategie angeht –«

Alle ziehen und zerren so lange an dir herum …

»… von Angeboten überflutet. Du kannst dir jede Rolle aussuchen, die du willst –«

… bis du entweder explodierst oder wegrennst.

»Alle Möglichkeiten stehen dir offen. *Die Welt ist deine Auster* –«

»Weißt du, woher dieser Spruch kommt?«, unterbreche ich sie.

Ich stelle Persephone auf Lautsprecher und lege mein Handy auf die Knie. Gedankenverloren blicke ich aus dem Taxifenster in die Dunkelheit. »Er ist von Shakespeare und stammt aus *Die Lustigen Weiber von Windsor*. Ich habe das Stück sechs Mal gesehen, als Mum in einer ausschließlich weiblich besetzten Inszenierung den Falstaff gespielt hat.«

Es ist das Erste, was ich in diesem Gespräch sage.

»Ja, genau!« Persephone klingt deutlich enthusiastischer als sonst. »Und es ist wahr! Es ist –«

»Weißt du, was es bedeutet?« Das Taxi biegt um eine Ecke. »Es bedeutet, dass man sich anstrengen muss, um das Leben gewaltsam mit einem Messer aufzuknacken. Und selbst dann ist die Wahrscheinlichkeit, dass man eine Perle findet, verschwindend gering.«

»Wie interessant –«

»Aber die Leute verwenden diesen Spruch, als würde er bedeuten, dass wir alles haben können, wann immer wir es wollen. Und das ist nicht wahr.«

»Nun, das ist sehr –«

Das Taxi bleibt vor den Toren des Valentine-Anwesens stehen.

»Sorry, aber ich muss Schluss machen«, sage ich und lege auf.

Da draußen sind mehr Paparazzi als ich jemals gesehen habe. Zu Dutzenden drängen sie sich in der Dunkelheit. Sobald sie das Taxi entdeckt haben, rufen sie und gestikulieren wild mit den Armen und schießen ein Foto nach dem anderen.

Flash, flash, flash, flash.

Ich schlucke schwer.

»Miss Valentine?« Der Taxifahrer wirft mir im Rückspiegel einen Blick zu. »Soll ich umdrehen und woanders hinfahren?« *Flash, flash, flash.* »Ganz egal, wohin Sie möchten.«

»Schon in Ordnung, danke.« Mit zitternden Händen streiche ich mein Kleid glatt. »Ich schaffe das.«

Ich strecke die Hand durchs Fenster – *flash* – und tippe den Zugangscode in das Tastenfeld ein. Mit einem leisen Klicken gleitet das Tor auf.

Sofort strömen die Paparazzi hindurch. Das Taxi rollt im Schritttempo über die Auffahrt, während die Reporter neben dem Fahrzeug her laufen. Sie rufen, klopfen gegen die Autotüren, rennen voran zur pompösen Treppe vor dem Hauseingang.

Das Taxi hält an. Ich hole tief Luft, dann öffne ich die Autotür und steige aus, den kleinen Plastikroboter fest in meiner Faust.

Du selbst kannst die Regeln aufstellen.

»FAITH! FAITH! Die Veranstalter der Auktion drohen mit rechtlichen Schritten – willst du dazu Stellung nehmen?«

»HAST DU SCHON MIT DAME SYLVIA GESPROCHEN?«

»WAR DAS EINE POLITISCHE AKTION? WIE LANGE HAST DU SIE GEPLANT?«

»HAT DYLAN HARRIS DIR DABEI GEHOLFEN?«

Langsam gehe ich zwischen den Paparazzi hindurch, barfuß und in meinem luftigen, schmutzigen Abendkleid. Erst auf der obersten Treppenstufe bleibe ich stehen und drehe mich um.

»HATTEST DU EINEN NERVENZUSAMMENBRUCH, SO WIE DEINE MUM?«, fragt jemand mit besonders viel Feingefühl.

Es herrscht gespannte Stille, während ich nach Worten suche. Denn diesmal gibt es kein Skript und keine vorformulierten Antworten. Diesmal wird mir niemand ins Wort fallen und mich zum Schweigen bringen, niemand wird an meiner Stelle für mich antworten. *Ich werde nicht länger den Mund halten.*

Meine Stimme gehört mir. Und ich entscheide, wann und wie ich sie benutze.

»Hallo«, sage ich laut und deutlich. »Ich bin Faith Valentine.« *Flash, flash, flash, flash.* »Ich stelle mich Ihnen vor, weil wir uns nicht persönlich kennen. Und doch stehen Sie alle jetzt hier, vor meinem Haus.«

Mein Blick gleitet über die vielen unbekannten Gesichter.

»Jedem von Ihnen wurde irgendwann einmal das Herz gebrochen«, sage ich langsam. »Wir alle haben geweint und gelacht, haben uns gefürchtet oder waren unglücklich. Wir alle haben schon einmal die falschen Worte gewählt, falsche Kleidung getragen oder sind mit den falschen Menschen ausgegangen.«

Meine Augen wandern über die Menge hinweg.

Kurz bleibt mein Blick an dem *Go-Zip*-Blogger aus dem

Park hängen, der in den hinteren Reihen steht und sein Handy hochhält. Er winkt mir aufgeregt zu, und ich muss unwillkürlich lächeln.

»Aber wer von Ihnen hat schon einmal die Erfahrung gemacht, dass die schmerzvollsten, kostbarsten oder peinlichsten Momente des eigenen Lebens zur Erheiterung fremder Menschen ausgeschlachtet wurden?«

Stille.

Der Blogger blickt zu Boden.

Ich richte mich auf und mache mich so groß ich kann. »Seit fast einem Jahr werde ich Tag für Tag verfolgt, beurteilt, kritisiert, ausgefragt und bloßgestellt. Sie haben meinen Körper bewertet und mein Gesicht benotet. Sie haben sich über meinen Charakter und mein Liebesleben lustig gemacht. Sie haben mir Beleidigungen an den Kopf geworfen und mich ohne meine Zustimmung fotografiert. Sie haben mich erst auf ein Podest gestellt und dann wieder hinuntergestoßen.«

Ein paar ältere Journalisten treten verlegen von einem Bein aufs andere, und ich sehe, wie der Blogger aus dem Park sein Handy in die Tasche zurücksteckt.

»Ich bin *sechzehn*, und Sie zerren an mir wie an einer Puppe, über die sich Kinder so lange streiten, bis sie irgendwann zerbricht. Und dann werfen sie mich weg und suchen sich eine andere, die neu ist und glänzt.«

Ich denke an meine Mutter in ihrem abgedunkelten Schlafzimmer. Nicht mehr glänzend. Nicht mehr neu.

»Aber ...« Ein Journalist hält sein Diktiergerät hoch.

»Faith, Sie müssen doch zugeben, dass mit dem Ruhm Ihrer Familie viele Privilegien einhergehen. Das alles hat eben auch seinen –«

»Preis?« Ich ziehe die Augenbrauen hoch. »Der Preis für ein Leben, das ich mir nicht aussuchen konnte und das ich nie verlangt habe? Sie alle haben entschieden, wer ich bin, bevor ich selbst eine Entscheidung treffen konnte.«

Mir ist bewusst, dass ich mich glücklich schätzen kann, ein außergewöhnliches Leben führen zu dürfen, mit all den Möglichkeiten, die der Wohlstand meiner Familie mit sich bringt. Aber die Welt ist *nicht* meine Auster.

Denn *ich* bin diejenige, deren Schale aufgebrochen wird. Deren Perle herausgerissen und verkauft wird, immer und immer wieder, ohne dass ich es will. Seht mal, was wir gefunden haben! Gefällt uns das? Wie viel können wir dafür bekommen? Was ist es wohl wert? Sollen wir noch weitersuchen? Schaut mal alle her!

Vielleicht wollte die Auster geschlossen bleiben. Vielleicht wollte sie ihren geheimen Schatz für sich behalten und *verdammt nochmal in Ruhe gelassen werden.*

»Nichts von alldem ist real.« Ich deute auf mich. »Weder meine Posts in den sozialen Medien noch meine Zitate noch meine Interviews. Alles ist Fake: Was ich anziehe, wo ich mich aufhalte, wen ich date. Sie haben *keine Ahnung*, wer Faith Valentine ist.«

Hinter mir geht die Tür auf, und eine große Hand streckt sich nach mir aus.

Schnell, schnell, schnell.

»Könnten Sie also bitte ein für alle Mal –«

Mit einer einzigen raschen Bewegung werde ich ins Haus gezogen.

47

AUFHÖREN.

»Okay.« Max schleppt mich ins Wohnzimmer und setzt mich auf einem Sessel ab. »Das reicht, du kleine Rebellin. Zwing mich nicht dazu, die imaginären Hunde loszulassen.«

Wütend versetze ich ihm einen Tritt und beiße ihn.

»Autsch!«, jault Max und setzt sich auf mich drauf. »Eff, hast du mich gerade *gebissen*? Also, das ist neu – ich bin beeindruckt und möglicherweise infiziert.«

»Runter von mir.« Ich boxe ihn. »Was fällt dir ein?«

»Das ist eine Interaktion«, erklärt Hope, die sich zu meinen Füßen niedergelassen hat und mich mit ihren großen Augen ernst anschaut. »Wir interaktionieren, Faith Valentine.«

»Intervenieren«, korrigiert Max sie und steht auf.

»Auch das.« Meine kleine Schwester nickt zustimmend. »Wir venieren für dich, Eff, damit du wieder für uns venieren kannst.« Sie runzelt die Stirn. »Sollte es nicht besser *ventilieren* heißen? *Interventilation*. Jemand sollte das mal klären.«

Verblüfft blicke ich meinen Bruder und meine kleine Schwester an, dann Mercy, die schweigend am Kamin steht und einen Kerzenleuchter hin und her schiebt.

Ich schnaube frustriert. *Ausgerechnet jetzt* kommen sie mir damit?

»Das kann nicht euer Ernst sein. Ich brauche keine –«

»O doch.« Mercy dreht sich um und wirft einen vielsagenden Blick auf meine schmutzigen Füße. »Wo sind deine Schuhe? Wo sind deine Haare? Faith, du bist nicht mehr du selbst. Du zertrümmerst Spiegel. Streitest dich auf Twitter. Beschimpfst vor unserer Haustür die Medien. Du boxt, schreist, beißt. Das alles sieht dir kein bisschen ähnlich.«

»Wir wissen, dass dein Herz gebrochen ist«, sagt Hope und tätschelt liebevoll meine Knie. »Ich kann mir gar nicht vorstellen, wie es für dich gewesen sein muss, Noah zu verlieren, deinen Seelenverwandten, die Person, der du mehr vertraut hast als allen anderen …«

Ich öffne den Mund, um etwas zu sagen. Mercy seufzt theatralisch.

»Hör auf!« Erbost dreht Hope sich um und funkelt Mercy wütend an. »Hör auf, Mer! Nur weil dein eigenes Herz verschrumpelt und leer und schwarz wie die Nacht ist, musst du nicht so tun, als dürften andere Menschen keinen Herzschmerz haben.«

Hopes scharfe Worte lassen Mercy zusammenzucken. Sie senkt den Blick.

»Es geht hier nicht um –«, fange ich an.

»Sie hat recht«, sagt Max nachdenklich. »Seit diesem Kuss bist du nicht mehr du selbst, Eff. Wir vermissen dich. Wir wollen einfach nur unsere süße Faith zurück, die wir kennen und lieben.«

»Ich –«

»Wir sind für dich da, Eff.« Hope ergreift meine Hand. »Sag uns, wie wir dich glücklich machen können. Wir werden *alles* tun, damit du wieder *unsere Effie* bist.«

Aufmunternd drückt sie meine Finger. Meine Geschwister sehen mich erwartungsvoll an.

Einen Augenblick herrscht Stille.

»Darf ich jetzt auch mal was sagen?« Ich stehe auf. Alle drei machen Anstalten, mich zu unterbrechen. »Ach so. Nein. Wie ich sehe, seid ihr noch nicht fertig. Bitte, lasst euch nicht stören. Möchte sich einer von euch wieder auf mich draufsetzen, oder reicht es euch, wenn ihr verbal auf mir herumtrampeln könnt?«

Alle drei klappen ihren Mund wieder zu.

Mein Herz schlägt schneller, und meine Atemzüge sind abgehackt, als hätte ich einen sehr langen Lauf hinter mir. Vielleicht habe ich das auch.

»Ihr kapiert es nicht, oder?«, fahre ich sie an. »Ich habe es satt, immer so zu sein, wie ihr mich gerne hättet. Manchmal denke ich, ich bin nur dazu da, euch alle im Gleichgewicht zu halten. Ihr habt die guten Rollen abbekommen, und ich bin eine Randfigur, die euch als Sprungbrett dient.«

Ihre Augen werden noch ein wenig runder.

»Denkt ihr, es macht mir Spaß, die Hübsche zu sein? Die Gute? Die Nette? Habt ihr eine Ahnung, wie langweilig das ist? Wie sehr es mich einengt?«

Mein Bruder öffnet den Mund. »Nein, Max. Ich habe *dir*

zugehört, jetzt hörst du *mir* zu. Du kannst tun, was du willst, hingehen, wohin du willst, der sein, der du gerne sein willst. Du bist der Älteste, aber du hast keine Lust, das Zepter der renommierten Schauspieldynastie zu übernehmen. Zu anstrengend? Macht nichts, die gute alte Faith springt für dich ein.«

Max wird rot, was ganz untypisch für ihn ist. Ich wende mich an Hope.

»Schatz.« Mein Magen verkrampft sich, und ich verspüre Gewissensbisse. »Tut mir leid, aber ich bin alles andere als perfekt. Nicht alles, was ich tue, ist richtig. Nicht alles, was ich denke, ist gut. Ich mache Fehler wie jeder normale, leicht verkorkste Teenager. Aber ich kann mich *nie frei bewegen*, aus Angst, dich im Stich zu lassen.«

Hope blinzelt ein paar Mal, dann lässt sie sich in den Sessel plumpsen, von dem ich gerade aufgestanden bin.

»Oh«, haucht sie leise.

Ich drehe mich zu Mercy um.

»Und du, Mer …« Alles Blut ist aus ihrem Gesicht gewichen, aber ich kann nicht mehr aufhören. Ich will es auch nicht. »Du darfst nur deshalb du selbst sein, weil ich es nicht sein darf. Du darfst schnippisch und gemein sein, weil ich freundlich und lieb bin. Du darfst der Schwarze Schwan sein, weil ich der Weiße Schwan bin.«

Meine Kehle wird immer enger.

»Aber ich habe mir diese Rolle nicht freiwillig ausgesucht, und ich habe sie auch nie gewollt. Ich möchte nicht im Scheinwerferlicht Pirouetten drehen und dabei Angst haben müssen, dass ich hinfalle und die ganze Welt mir dabei zuschaut.«

Mein Herz rast, meine Stimme bebt.

»Vielleicht bin ich momentan tatsächlich nicht ich selbst. Vielleicht bin ich nicht die Faith Valentine, die ihr *kennt und liebt*. Vielleicht möchte ich herausfinden, wer ich sein *könnte*.«

»Faith –«

»Bitte! Ich möchte doch nur *ein bisschen Raum für mich*.«

Mit brennenden Wangen renne ich die Stufen hinauf, hole meinen Pass aus dem Safe an der Treppe und stecke ihn in meine Handtasche. Dann eile ich wieder nach unten zum Hinterausgang.

Noch bevor ich nach der Klinke greifen kann, wird die Tür schon aufgestoßen.

»Effie!«

»Noah?«

»Ich bin so froh, dass du hier bist! Die Medienleute da draußen drehen total durch. Ich habe dich eine Million Mal angerufen, aber du hast mich immer weggedrückt, also dachte ich mir, ich komme –«

»Nein«, unterbreche ich ihn und gehe an ihm vorbei.

»Ähm.« Noah folgt mir. »Was meinst du mit *Nein*? Ich weiß, ich hätte schon viel früher herkommen sollen, aber ich war auf Tournee, Eff, und ich habe dir *pausenlos* geschrieben. Währenddessen warst du ja damit beschäftigt, mich eifersüchtig zu machen. Ich habe die Presseberichte gesehen, die Story mit diesem Dylan und –«

»Nein.« Ich gehe weiter.

»Ich verstehe nicht … was soll das heißen?«

Noah beschleunigt seine Schritte, um mich einzuholen. Als er sich mir in den Weg stellt, überkommt mich plötzlich eine tiefe Traurigkeit, denn in diesem Moment sehe ich unser gemeinsames Jahr vor meinem inneren Auge vorüberziehen.

So viele Male bin ich brav dorthin gegangen, wo er mich hingeschickt hat. Habe das angezogen, was er an mir sehen wollte. Bin zu der Person geworden, die er sich vorgestellt hat. Wie oft habe ich genickt und gelächelt und aufs Stichwort ein Grübchen hervorgezaubert.

Wie oft hat er mir entweder nicht zugehört oder gar nicht erst gefragt, wie es mir geht. Wie oft habe ich versucht, ihm zu sagen oder zu zeigen, was ich mir von ihm wünsche, aber er hat es immer ignoriert. Wie oft haben wir seine Bedürfnisse über meine gestellt.

Wie oft habe ich *Ja* gesagt oder *Okay* oder *Einverstanden*, dabei meinte ich eigentlich …

»Nein.«

»Aber …« Noah rennt hinter mir her. »Ich *liebe* dich, Eff, du bist –«

»Du liebst mich nicht«, widerspreche ich ihm. »Tut mir leid, aber du liebst Faith Valentine, und das ist nicht dasselbe.«

Noah runzelt verwirrt die Stirn. Er ist seit über einem Jahr mein fester Freund, aber er begreift nicht, was ich meine.

»Aber …« Noah zerrt an meinem Ärmel. »Geht es immer

noch um den blöden Kuss, Eff? Ich kann nur das wiederholen, was ich schon eine Million Mal gesagt habe – dass er *völlig bedeutungslos* war. Wenn du mir verzeihst, können wir wieder dort weitermachen, wo wir aufgehört haben.«

Ich starre ihn an. Er. Kapiert. Es. Nicht.

Ich will keine *Schimmelsandwich-Liebe*. Ich will keine Beziehung, bei der ich mich langsam auflöse und nichts dagegen habe. Ich möchte mit jemandem zusammen sein, bei dem ich auch mal Nein sagen kann. Aber bei Noah geht das nicht. Denn er war glücklich, wenn ich es nicht war.

Ich schüttle seine Hand ab.

»Nein«, sage ich zum allerletzten Mal, bevor ich zwischen den Büschen verschwinde. Es geht nicht um den Kuss, das ging es noch nie. »Tut mir leid, Noah. Aber zwischen uns ist es aus.«

48

Meine Agentin hebt sofort ab.

Durch das Loch im Zaun am hinteren Ende des Gartens – das geheime Loch, durch das die Valentines seit fast einem Jahrhundert heimlich davonschleichen – sehe ich das Dach meines Zuhauses, das teilweise hinter den Bäumen verborgen ist.

Es ist *mein* Leben, und ab sofort mache *ich* die Regeln.

»Hallo, Persephone«, melde ich mich. »Hast du das ernst gemeint, als du sagtest, ich könnte mir jede Rolle aussuchen, die ich will?«

Diesmal habe ich selbst entschieden, wie mein nächster Schritt aussehen soll.

Und ich weiß genau, wer ich sein will.

49

KARRIESPRUNG FÜR FAITH VALENTINE

Nach wochenlangen Spekulationen hat Faith Valentine nun offiziell bestätigt, dass sie die Hauptrolle in *Vierzehn. Tage der Angst* übernimmt. Die britische Eiskönigin, die zuvor aus privaten Gründen einen Rückzieher gemacht hatte (siehe *Chart of Shame*), gab öffentlich zu, »einen Fehler begangen zu haben«.
»Wir sind hocherfreut, Faith Valentine wieder in unserem Team zu haben«, verkündete ein Sprecher der Produktionsfirma. »Sie war von Anfang an unsere erste Wahl.«
Scarlett Bell, die unbekannte Schauspielerin, die in letzter Minute aus der Serie flog, ist Berichten zufolge »völlig fassungslos«.

Diesmal haben die Zeitungen den Nagel auf den Kopf getroffen.

Scarlett ist tatsächlich in Schockstarre verfallen, als ich bei ihr aufgetaucht bin und ihr die Neuigkeit überbracht habe. Und auch achtundvierzig Stunden später hat sie sich noch nicht ganz davon erholt.

»Ich … ich kann nicht …« Letty läuft im Kreis umher wie eine Rennmaus mit Gehirnerschütterung. »Ich wollte nie, dass du … es macht keinen … ich kann nicht glauben, dass …«

Lachend genehmige ich mir noch einen Nachschlag von der kalten Lasagne.

Zwei Tage ist es nun her, dass ich bei den Valentines ausgezogen bin. Bei Scarlett gibt es keine Queensize-Betten, keine Seidenlaken, kein Vogelgezwitscher bei Sonnenaufgang, keine Yoga-Stunden, keine marmornen Privatbäder. Das zerschlissene Schlafsofa ist kratzig, und wenn ich mich zu schwungvoll umdrehe, klappt es zusammen, und ich stecke in der Mitte fest wie in einem Burrito. Das Handtuch, das ich benutze, riecht nach ungewaschenen Socken. In meinem Kissen sind undefinierbare Knubbel, und ich will gar nicht erst wissen, woraus sie bestehen.

Um drei Uhr nachts fangen die Nachbarn über uns an zu schreien.

Um fünf Uhr und um sechs Uhr zehn stimmt ein Baby in das Geschrei mit ein.

Aber inmitten von all dem Chaos habe ich dennoch das Gefühl, die richtige Entscheidung getroffen zu haben.

»Scarlett«, sage ich und stopfe mir gut gelaunt eine weitere Portion Lasagne in den Mund. »Hör auf, durchs Zimmer zu tigern. Ein weises Mädchen kennt seine Grenzen; ein kluges Mädchen weiß, dass es keine hat.«

Scarletts leuchtend grüne Augen werden schmal.

»Unvollkommenheit ist Schönheit«, sage ich und nicke mit vollem Mund. »Wahnsinn ist Genialität, und es ist besser, total lächerlich als total langweilig zu sein.«

Sie stemmt die Hände in die Hüfte.

»Wir alle sind Stars.« Ich breite die Arme aus und wackle mit den Augenbrauen. »Und wir verdienen es, zu funkeln –«

Ein Kissen trifft mich am Kopf.

»Hör auf, hier die Marilyn Monroe zu geben«, sagt Scarlett lachend und fuchtelt mit der Takeaway-Schachtel herum. »Ich bin dir wirklich dankbar, Eff, aber *so sehr* nun auch wieder nicht. Wer würde nicht liebend gern sechs Monate auf einem gefrorenen Lavafeld in Island verbringen?«

Scarlett schlägt die Hand vor den Mund und geht weiter auf und ab.

»Krass.« Sie hält inne. »Du gehst *meinetwegen* für sechs Monate auf ein isländisches Lavafeld.« Sie läuft wieder im Kreis. »Ich werde in Amerika Party machen, während du … ich kann es einfach nicht fassen, dass ich … dass du …« Sie eilt aus dem Zimmer und kehrt wenig später mit einem Stapel Kleidung zurück.

»Scarlett«, sage ich lächelnd. »Du musst mir nicht –«

»Ich weiß«, unterbricht sie mich und drückt mir die Sachen in die Hand. »Warme Jacke. Schneestiefel. Thermoweste. Pullover. Handschuhe. Schals. Sonnenbrille. Nimm es. Bitte. In Island ist es kalt. Und einsam. Und leer und dunkel und kahl und eisig und …«

Mit einem Quietschen lässt Scarlett sich überwältigt aufs Bett fallen und schlingt ihre sommersprossigen Arme um mich.

»*Danke*«, haucht sie.

»Hör mal, vielleicht hast du das nicht mitbekommen …«,

sage ich und tätschle ihren blondierten Haarschopf, »aber ich bin sehr, sehr reich und sehr, sehr berühmt. Du brauchst mir keine Kleidung zu schenken. Schon gar nicht von …« – ich blicke auf das Etikett – »Primark.«

»Sonderangebot«, erklärt sie ernst. »Nimm auch gleich noch den Koffer mit dazu.«

»Ich mache das freiwillig«, versichere ich ihr lachend. »Ich habe lange darüber nachgedacht, und du ahnst nicht, wie sehr ich mich danach sehne, mal aus England rauszukommen. Eine Zeit lang meine Zelte woanders aufzuschlagen. Kalt, eisig, leer und kahl? Ich bin die *Eiskönigin*, Letty. Meine Lieblingsfarbe ist Grau. Island und ich, wir sind füreinander geschaffen.«

Scarlett grinst übers ganze Gesicht.

»Das stimmt. Es ist das Land deiner Seele, du wunderschöne, abweisende Göttin.« Sie zieht einen großen Papierstapel unter dem Sofa hervor und lässt ihn in meinen Schoß fallen. »Hier. Das ist jetzt deins.«

Mein Magen schlägt einen Purzelbaum. *Das Filmskript.*

Es ist das Einzige, an das ich lieber nicht denken will. Ich freue mich darauf, meine Heimat zu verlassen, in ein anderes Land zu fliegen und mich irgendwo im Nirgendwo durchzuschlagen. Aber wenn ich nach Island gehe, dann muss ich auch …

Eine *Schauspielerin* sein.

»Cool!« Ich lächle und nicke entschlossen. »Sieht nach jeder Menge Spaß aus!«

»Die geheuchelte Fröhlichkeit kannst du dir sparen«, sagt

Scarlett und seufzt. »Die nehme ich dir ohnehin nicht ab, also verwende deine Energie lieber darauf, den Job zu machen, den du mir unter der Nase weggeschnappt hast.«

»Wie bitte?« Ich lache. »*Weggeschnappt?*«

»Na ja, du hast ihn dir großzügigerweise mal eben ausgeliehen – bitte gib ihn nicht zurück.« Scarlett schlägt das dicke Skript auf und ächzt. »Wir haben zwei Tage, bevor dein Flug geht, also lass uns gleich anfangen.«

Die folgenden achtundvierzig Stunden verbringen wir damit, das Skript durchzuarbeiten.

Wir schlagen unser Lager auf dem Sofa auf, essen Unmengen von Pizza und holen das Letzte aus uns heraus. Scarlett geht mit einem Leuchtstift meine Szenen durch und hämmert mir den Text ein, bis ich ihn nicht nur auswendig kann, sondern auch verstehe und genau weiß, welche Reaktionen ich zeigen muss. Sie schreibt Tipps an den Rand: *hier nicht weinen, den Schmerz verinnerlichen, Anflug von Nervosität, wie bringt sie ihre Angst zum Ausdruck?*

Und langsam nimmt die Figur Gestalt an, bis Frankie fast zum Leben erwacht. Meine Freundin hat mir in zwei Tagen mehr über die Schauspielerei beigebracht als meine Großmutter in einem ganzen Jahr.

Bei dem Gedanken an sie überkommen mich Gewissensbisse. *Grandma.*

Gleich nach meiner Flucht von zu Hause habe ich mein Handy ausgeschaltet und es seither nicht wieder angemacht. Mit Scarletts Handy habe ich noch einmal bei Persephone angerufen, um die Reiseplanung zu besprechen. Aber wenn ich an meine Großmutter denke, dann sehe ich immer noch ihr Gesicht bei der Auktion vor mir – gespenstisch blass und tief enttäuscht.

Und Mum?

An sie kann ich im Moment nicht denken. Es ist an der Zeit, dass meine Geschwister ihren Part erfüllen. Ich … ich *kann* es nicht.

»Also gut«, sagt Scarlett und zieht meinen übervollen Primark-Koffer in den Aufzug. Der Fahrer des Filmstudios wartet bereits geduldig vor dem Haus. »Das wär's dann wohl. Wenn ich dich wiedersehe, stehst du auf dem Flughafen von Reykjavik und wunderst dich über meinen Videoanruf. Dann wirst du mir erklären, dass wir uns doch erst vor ein paar Stunden verabschiedet haben und ich mich endlich um mein eigenes Leben kümmern soll.«

Lachend steige ich in den Aufzug. Morgen fliegt Scarlett nach Amerika, und meine Gefühle sind eine wirre Mischung aus bittersüßem Glück und Dankbarkeit. Sie hat mein wahres Ich hinter der Fassade erkannt, ohne meine Schale aufzubrechen. Sie hat mir die Chance gegeben, mich langsam zu öffnen, weil ich selbst es so wollte, und das hat … *alles verändert*.

Tiefe Zuneigung überkommt mich. Ich springe noch einmal aus dem Aufzug und umarme sie ganz fest.

»Whoa.« Lächelnd streckt sie die Hand aus, damit die Aufzugstür sich nicht schließt und uns beide einklemmt.

»Was für eine untypische Zurschaustellung menschlicher Wärme. Pass auf, Eff, sonst ist dein Ruf als Eiskönigin dahin.«

Lächelnd wische ich mir über die Augen. »Viel Spaß in Amerika.«

»Viel Spaß in Island.«

»Hey.« Ich trete einen Schritt zurück und blinzle. »Hast du nicht gesagt, der Aufzug sei defekt?«

Scarlett schickt mir ein spitzbübisches Grinsen hinterher, als die Tür sich schließt.

»Ein Witz, Valentine. Alles nur ein Witz.«

50

WILLKOMMEN ZURÜCK BEI GO-ZIP – HEUTE MIT EINER BESONDEREN ANKÜNDIGUNG!

Nach reiflicher Überlegung habe ich beschlossen, den Blog zu schließen.
Danke für die unerschütterliche Treue – wir sehen uns nach der Pause vor dem Chemiesaal, Kevin.
Love and dragons. Tim x
PS: Was genau bedeutet eigentlich *Go-Zip*, weiß das jemand?

Stille.

Ich trete in die Kälte hinaus.

Es ist Nacht, als ich in Island ankomme. Die frische Luft ist sauber und riecht auch ohne Tageslicht hell und klar. Die wenigen Passagiere, die sich noch am Flughafen von Reykjavik aufhalten, streben nach und nach durch die Glastüren hinaus zum Parkplatz. Keine Journalisten, keine Kameras, keine Fragen. Zögernd nehme ich meine Sonnenbrille ab.

Der Himmel scheint hier besonders weit weg zu sein, und dort, wo die Lichter der Stadt ihn erhellen, ist er in ein mattes Orange getaucht. Mit einem leisen Seufzer schließe ich die Augen und lege den Kopf in den Nacken. Belebende kalte Luft steigt mir in Nase und Rachen, so eisig und weich, dass sie sich wie Wasser anfühlt.

Gegen die Kälte anblinzelnd, atme ich ein.

Noch einmal.

Und noch einmal.

»Miss Valentine?«

Vor mir steht eine blonde Frau in einem dicken grünen Stepp-Parka. Ihre türkisfarbenen Augen schauen unter einer tief ins Gesicht gezogenen pelzbesetzten Kapuze hervor. Sie trägt ein offizielles Umhängeband der Produktionsfirma und hält ein großes, laminiertes Schild hoch mit der Aufschrift *Scarlett Bell – Vierzehn. Tage der Angst*.

Ich lächle sie an und hole noch einmal ganz tief Luft. Wieso gibt es hier *viel mehr Luft* als anderswo?

»Ich bin Berglind.« Die Stimme der Frau ist sanft und hat einen Akzent. »Ich werde dir dabei helfen, dich in Island einzuleben. Aber jetzt bitte ich dich erst einmal, mitzukommen.«

Ohne ein weiteres Wort nimmt sie meinen Koffer und rollt ihn zu einem schwarzen Jeep.

Einen Moment lang möchte ich mich nicht von der Stelle bewegen. Ich möchte dastehen und die Leere und Stille spüren und die Kälte ein- und wieder ausatmen.

Unentschlossen kaue ich auf meiner Lippe, dann ziehe ich mein Handy aus der Hosentasche, schalte es ein und warte darauf, dass die Nachrichten, E-Mails und verpassten Anrufe angezeigt werden, all die Benachrichtigungen und Schlagzeilen, das wiederkehrende *Pling, Pling, Pling, Pling, Pling.*

KEIN DIENST VERFÜGBAR

Ich lächle. Mit einem tiefen Atemzug nehme ich die gefrorene Luft in mich auf. Dann schalte ich mein Handy wieder aus.

Die Fahrt dauert Stunden.

Sie führt weg von den Lichtern Reykjaviks in eine sich endlos ausdehnende Dunkelheit, in der nur die Lichtkegel der beiden Scheinwerfer auf die lange schwarze Straße vor uns gerichtet sind. Berglind ist schweigsam, also schaue ich aus dem Fenster und versuche herauszufinden, wohin es geht. Von Minute zu Minute kommt mir die Nacht dunkler, die Landschaft karger und die Straße einsamer vor. Irgendwann biegen wir ab und fahren auf einem Kiesweg weiter.

Der Jeep knirscht und holpert durchs undurchdringliche Nichts, bis zwei kleine Holzhütten vor uns auftauchen – schwarz gestrichene Vierecke, von der Umgebung kaum zu unterscheiden.

»Hier übernachten wir heute«, verkündet Berglind.

Sie gibt mir einen Schlüssel und eine Taschenlampe, deutet kommentarlos auf die Hütte, die am weitesten weg ist, winkt mir noch einmal kurz zu, und das war's dann auch schon mit der versprochenen Hilfe. Ich schlucke nervös – dieses Land hat nicht umsonst ein eigenes Horrorfilmgenre hervorgebracht –, dann stapfe ich durch die pechschwarze Nacht zur Hütte, schließe die Tür auf und schalte das Licht ein.

Sperrholzverkleidung an den Wänden, eine nackte Glühbirne an der Decke, ein einzelner grauer Stuhl, eine weiße Tasse, ein Bett, ein Kissen. Eine Wand besteht ganz aus einer gläsernen Schiebetür mit freiem Blick auf einen See. Das von hohen, dürren Bäumen gesäumte Wasser glitzert silbrig im Mondlicht.

Ich lasse den Koffer fallen. All das Gold, den Samt, den Marmor und die Seide der Valentines habe ich gegen eine spärliche Glühbirne und einen blassgrauen See eingetauscht.

Ich öffne die Glastür und gehe zum Ufer.

Kein Lebewesen ist zu hören oder zu sehen. Sogar die Büsche sehen knochig und tot aus. Abgeschiedenheit in Gestalt einer sturmzerzausten, durchgerüttelten Leere.

Als ich am See stehe und zum Himmel hinaufschaue, ist er so schwarz, dass er fast blau aussieht. Er scheint zurückzuweichen, sich vom Boden zu heben wie ein abgenommener Deckel. Zahllose weiße Sterne, ein frischer Wind und dazu eine Stille, die fast weh tut. Mit einem Mal fühle ich mich …

Klar. Ruhig. *Frei.*

Und ganz langsam spüre ich es wieder – wie sich in mir etwas lockert, sich von den Zügeln befreit.

Mich überkommt ein Glücksgefühl, und ich strecke entschlossen das Kinn vor.

»Was SAGT der Buddhist zum Hotdogverkäufer?«,

schreie ich in die Dunkelheit hinaus und drehe mich im Kreis. »EINS MIT ALLEM.«

Am Himmel über dem See erscheint ein zarter lindgrüner Streifen.

Ha!

Wusste ich's doch, der war gut.

Lachend drehe ich mich um und kehre in die Einsamkeit meiner Hütte zurück.

51

Wie findest du heraus, wo die Sonne aufgeht?
Es dämmert dir.

»Faith?« Berglind klopft leise an die Tür. »Bist du schon angezogen? Wir haben eine lange Fahrt vor uns, und es braut sich ein Sturm zusammen.«

Rasch ziehe ich zwei Paar Leggins übereinander, dazu einen Fleece-Hoodie und Scarletts Schneeboots, dann klappe ich den Koffer zu und schlinge meinen Stoffbeutel um die Schulter.

Als wir unser Gepäck im Jeep verstaut haben, sind bereits dunkle Wolken aufgezogen, und der Himmel hat sich grauschwarz verfärbt. Wir holpern langsam über den Kiesweg und beschleunigen das Tempo, als wir die schwarze Straße erreicht haben.

Mit jeder Meile, die wir zurücklegen, verändert sich die karge Landschaft. Das flache Land geht in Hügel über, die wiederum von Bergen abgelöst werden. Zwischen den sich auftürmenden Wolken ragen immer wieder zerklüftete Vulkane hervor, deren Gipfel mit Schnee bedeckt sind. Neontürkise Rinnsale durchziehen das lindgrüne Gras, werden zu Flüssen und Seen, rinnen aus Felsspalten herab.

Während das Auto immer schneller fährt, gleitet mein

Blick über die schroffe Landschaft, die sich hebt und senkt, als würde sie ruckartig ein- und ausatmen.

Vor uns erstrecken sich weite schwarze Felder aus längst erkalteter Lava. Rechts kommt das Meer in Sicht, dessen wilde Brandung gegen die Klippen schlägt wie eine geballte Faust. Der Himmel verdüstert sich zunehmend, und in den Felsfurchen sammelt sich klares Wasser, das sich zu einem reißenden Fluss vereinigt und donnernd über die Felsen in die Tiefe stürzt – mit solcher Gewalt, als wollte es alles zerstören und mit sich reißen.

In meinem Inneren erwacht ein seltsames Gefühl. Dieses Land ist wunderschön, aber nicht passiv. Es ist nicht *hübsch*. Es brodelt und lebt. Es ist gefährlich. Kraftvoll. Island ist ein Land, das dir unerschrocken in die Augen blickt.

»Ich glaube, es sieht dich.« Berglind nickt, als hätte sie meine Gedanken gehört. »Das *Huldufólk*.«

»Wie bitte?« Ich drehe mich zu ihr. »Das was?«

»Das verborgene Volk.« Sie nickt erneut. »Elfen. Kobolde. Feen. Sie sind sehr neugierig, wenn Fremde kommen. Diese Felsen da drüben …« Sie deutet auf zwei eindrucksvolle Klippen, die sich an der Spitze berühren. »Das sind Trolle, die sich küssen. Die Sonne hat sie in Stein verwandelt.« Sie senkt ihre Stimme und lächelt verschwörerisch. »Trolle mögen uns nicht besonders. Sie sind sehr stark, aber zum Glück nicht sehr schlau.«

Ich kann den Blick nicht von den beiden Felsen abwenden, bis wir sie hinter uns gelassen haben.

»Glauben in Island viele Menschen an Magie?«

»Ja.« Berglind nickt. »Ich denke, die meisten von uns. Woran sollen wir denn sonst glauben?«

Zu jeder anderen Zeit und an jedem anderen Ort hätte ich ihre Antwort nur für einen weiteren Scherz gehalten, den ich nicht verstehe, und aus Höflichkeit gelacht. Aber wenn es irgendwo Magie gibt, dann hier.

Die Sturmwolken türmen sich immer höher. Berglind kneift die Augen zusammen und drückt aufs Gaspedal.

Zuerst landen nur ein paar Tropfen auf der Windschutzscheibe. Dann kommt Wind auf.

»Es geht los«, sagt Berglind ruhig.

Innerhalb von Sekunden geht ein Riss durch den Himmel, und die Wolken erbeben. Im nächsten Moment ist eine Wand aus Regen vor uns, so undurchdringlich, dass wir kaum noch die Straße erkennen können. Das Auto gerät ins Schlingern, schlittert wie von einer unsichtbaren Hand gelenkt auf das Gras zu. Es ist so dunkel, dass Berglind die Scheinwerfer einschalten muss, obwohl es noch nicht einmal Mittag ist. Blitze jagen über den Himmel, begleitet vom Heulen der Sturmböen.

Unsicher werfe ich einen Seitenblick auf Berglind.

Ich habe mich schon vor vielem gefürchtet – davor, auf eine Bühne zu gehen, mit Fremden zu sprechen, vor einer Kamera zu stehen, zur richtigen Person das Falsche zu sagen und zur falschen Person das Richtige. Aber jetzt wird mir klar, wie übertrieben das war – denn das, was ich jetzt verspüre, ist die pure Angst.

Ich verschränke meine Finger und hole tief Luft.

»Uns kann doch nichts passieren …« Ich atme langsam wieder aus. »… oder?«

»O doch«, sagt Berglind, als das Auto erneut ins Schlingern gerät. »In Island kommt es immer wieder vor, dass die Natur Menschenleben nimmt. Stürme sind hier sehr, sehr gefährlich.«

Okay, das war nicht ganz die Antwort, die ich mir erhofft hatte.

»Vielleicht sollten wir … anhalten?«

»Warum?« Sie blickt mich überrascht an. »Ich wohne in einem Dorf dort drüben.« Sie deutet mit einem Nicken in die Richtung. »Dort leben wir am Fuß eines aktiven Vulkans. Eigentlich sollte er schon vor achtzig Jahren ausbrechen. Wenn es so weit ist, bleiben uns nur zehn Minuten. Vielleicht fünfzehn.«

Ich reiße die Augen auf. »Was passiert dann?«, frage ich, obwohl ich weiß, dass die Frage dumm ist.

»Feuer.« Berglind zuckt mit den Schultern. »Lava. Asche. Dorf weg. *Puff!* Familie verdampft!«

Oh.

Der Himmel reißt noch weiter auf. Das Auto wackelt.

Ich kralle meine Finger ineinander. »Und … wie gehen Sie damit um?«

»Wir leben jeden Augenblick in dem Bewusstsein, dass es unser letzter sein könnte.« Sie lacht. »Oder wir suchen uns einen Job in der Filmindustrie.«

Der Sturm hört so abrupt auf, wie er angefangen hat. Mit dem Wetter verändert sich auch die Landschaft. Der Himmel klart auf und nimmt eine saphirblaue Farbe an.

Kurz nach Mittag hält Berglind auf einem Parkplatz, wo bereits viele andere Autos stehen. Mein Magen verknotet sich. Dutzende von Leuten mit dicken Jacken und warmen Mützen sind gerade dabei, große Filmkameras auf Stativen aufzubauen, Kabelrollen abzuladen und Scheinwerfer, Reflektoren und Metallwagen mit komplizierten technischen Geräten hin und her zu schieben. Mein Blick fällt auf einen langen schwarzen Stab, an dessen Ende sich ein grauer Wuschel befindet, der aussieht wie ein fluffiges Meerschweinchen.

Hier können mir weder Meisner, Tschechow, Stanislawski noch Hagen weiterhelfen.

Warum hat mir nie jemand gesagt, wie all das Zeug heißt?

Wozu sind diese vielen Leute da?

»Faith!« Christian Ellis – auch diesmal ganz in Schwarz, damit er auf den ersten Blick als Regisseur erkennbar ist – löst sich aus der Menge.

»Hallo, Mr. Ellis.« Lächelnd strecke ich ihm die Hand hin. »Danke, dass Sie mich wieder ins Team geholt haben. Ich bin sehr froh, dass Sie –«

»Bringen wir's gleich hinter uns.« Ohne zu fragen, zieht er mich in eine stürmische Umarmung. »Lass uns offen miteinander sein. Hast du uns beim ersten Vorsprechen überzeugt? Nein. Hast du uns beim zweiten Vorsprechen überzeugt. Ganz und gar nicht. Hättest du uns überzeugt, wenn wir dir noch weitere Chancen gegeben hätten? *Höchst unwahrscheinlich.*«

Mit einem schiefen Lächeln lässt er mich los und tritt einen Schritt zurück.

»Aber Gratisschlagzeilen sind auch was wert, daher sind wir jetzt quitt. Einverstanden? Schön, dass du da bist.« Mein neuer Regisseur winkt die Crew herbei. »ALLE MAL HERHÖREN! Darf ich vorstellen: Faith Valentine, unser neuer Star. Nicht Scarlett Bell, wie fälschlich noch im Memo steht.«

Alle blicken hoch, nicken mir kurz zu und fahren dann mit ihrer Arbeit fort.

Ich spüre, wie meine Schultern sich entspannen. Hier erwartet niemand von mir, dass ich *Faith Valentine* bin – im Gegenteil, sie wollen, dass ich eine andere werde.

»Wir haben noch genug Tageslicht übrig.« Christian winkt eine hübsche Brünette herbei. »Können wir Frankie auf die Schnelle ein Make-up verpassen?«

Ich ziehe das Skript aus meiner Tasche.

Dank der Übungsstunden mit Scarlett kenne ich den Großteil des Textes auswendig. Ich glaube, ich kriege jede Szene hin, egal welche.

»Also«, sage ich möglichst selbstbewusst. »Womit fangen wir an?« Ich blättere durch das dicke Skript. »Die Rede am Wasserfall oder der Zusammenbruch in der Hütte oder vielleicht die –«

Der Regisseur lacht.

»Heute wirst du aus einem fahrenden Auto springen.«

52

Ähm … das steht nicht in dem Skript, das ich in den Händen halte. Das wäre mir aufgefallen, da bin ich mir sicher.

»Wie bitte?«

»Wir haben ein paar Änderungen vorgenommen«, erklärt Christian, als die Visagistin mich zu dem größten Trailer auf dem Parkplatz führt. »Wir haben einige Textzeilen rausgenommen und durch jede Menge Action ersetzt. Du bist die sportliche Eiskönigin, das sollten wir nutzen.«

Das ist ein Witz, oder? Bestimmt macht er Witze.

Ich habe doch nicht die vergangenen zwei Tage und die komplette Reise damit verbracht, meinen Text zu lernen, nur damit er in letzter Minute gestrichen wird.

Nicht schon wieder.

Fassungslos starre ich den Regisseur an.

»Ja!« Er klatscht in die Hände. »Das ist genau der Ausdruck, den wir brauchen! Kalt, emotionslos, stählern. Wunderbar! Und jetzt lass dich mit Blut besprenkeln, mein frostiger Eislolly.«

Hätten sie mich nicht wenigstens *vorwarnen* können?

»Mmm«, antworte ich, obwohl ich innerlich koche.

Verärgert kneife ich die Augen zusammen, doch dann steige ich möglichst lässig in den Trailer, den Kopf hoch erhoben und die Schultern gestrafft. Ich habe mir diesen Job selbst ausgesucht, und ich bin hier, um eine Rolle zu spielen.

Sie wollen, dass ich athletisch und stark bin? Kein Problem.

Sie wollen, dass ich aus einem fahrenden Auto springe? Wird gemacht.

In ihren Augen bin ich abweisend und unterkühlt, ein eisiger Albtraum? Dann sollen sie genau das haben.

Ich bin Faith Valentine, ich bin eine Schauspielerin, und ich kann so sein, wie ihr mich haben wollt.

Die Visagistin reicht mir meine Kleidung. Ich tausche meine beiden Leggins gegen eine zerrissene, schlammbespritzte Jeans, meinen Fleece-Hoodie gegen einen total verdreckten Kapuzenpulli und meine Turnschuhe gegen ein fast identisches Paar ein. Dann besprüht sie mein Gesicht mit einer merkwürdigen Glyzerinmischung, damit es schweißnass aussieht. Mit sehr viel Geschick befestigt sie eine künstliche Ohrmuschel an meinem echten Ohr und formt sie so, dass der obere Teil aussieht, als hätte jemand herzhaft daran herumgenagt.

Danach holt sie grinsend eine Flasche mit einer roten Flüssigkeit. »Jetzt kommt das Beste«, verkündet sie fröhlich. »Mach die Augen zu.«

Kaum habe ich die Augen geschlossen, fängt sie an, das rote Zeug auf meine Kleider, meinen Hals, mein Gesicht, mein Ohr und meinen Haaransatz zu träufeln und sorgfältig zu verreiben. »Okay, das war's.«

Blinzelnd blicke ich in den Spiegel. Ich bin von Kopf bis

Fuß mit Blut beschmiert – besser gesagt mit zähem, klebrig rotem Glibber. Abgesehen von der Party bei Scarlett habe ich in meinem ganzen Leben noch nie so viel Ähnlichkeit mit einem Hotdog gehabt.

»Cool.« Meine Nase zuckt. »Danke.«

Ich hole noch einmal tief Luft, dann verlasse ich den Trailer und kehre möglichst ruhig und gelassen zum Regisseur und seiner Crew zurück. Mit unbewegter Miene blicke ich sie an. »Guten Tag«, sage ich tonlos und nicke knapp. »Zeigen Sie mir bitte das Fahrzeug, aus dem ich springen soll.«

Christian starrt mich ein paar Sekunden lang an. »Du willst das wirklich durchziehen?«

»Natürlich.«

»Das Auto fährt mit über hundert km/h.«

»Okay.«

»Du willst ohne jedes Training aus einem Auto springen, das mit über hundert km/h eine Asphaltstraße entlangbrettert?«

»Ja.«

Er blinzelt, dann bricht er in lautes Lachen aus. »Weißt du was, du gefällst mir. Taff bis in die Knochen, so wie deine Großmutter. Ich habe nur Spaß gemacht, Faith. Wir können uns nicht leisten, dich schon am ersten Tag umzubringen, dafür bist du viel zu teuer. Darf ich dir die großartige Dominique Weston vorstellen? Sie ist dein persönliches Double für die Stunts.«

Verwirrt drehe ich mich um. Hinter mir steht ein Mädchen: großgewachsen, braune Haut, muskulöser Körper. Haselnussbraune Augen, eine kleine Nase, volle Lippen. Wir tragen ein identisches Outfit, ihr linkes Ohr ist ebenfalls angeknabbert, und sogar die Kunstblutspritzer scheinen genau übereinzustimmen.

Selbst ihr Kopf ist kahlgeschoren.

»Hi«, sagt sie und streckt mir die Hand hin. »Ich bin Westie. Keine Sorge, ich habe eine Entschädigung für den Haarschnitt bekommen. Ehrlich gesagt, gefällt er mir sogar. Wollen dir auch ständig Leute über die Stoppeln streichen?«

Ich lache, dann fällt mir ein, dass ich angeblich humorlos bin. »Nein.«

»Hm. Mein Kopf ist zu einer echten Attraktion geworden.«

Ich warte, bis Christian in eine andere Richtung schaut, dann grinse ich sie an, nicke und forme lautlos mit den Lippen: *Ja, geht mir auch so!* Sie kichert und gibt mir einen Fist-Bump.

»Westies Szene ist schon im Kasten.« Der Regisseur führt mich zu einer langen, geraden Straße, die mit einem Band abgesperrt ist. In der Ferne steht ein kleines weißes Auto, und etwa hundert Meter vor uns hat die Crew mit ihrer Ausrüstung Position bezogen. »Wir brauchen nur noch die Nahaufnahme.«

Ich nicke. Meine inneren Schwanenfüße fangen an zu paddeln.

Nicht absaufen, nicht absaufen, nicht –

»Ja.«

»Sobald das Auto diese Markierung erreicht hat« – er

deutet auf eine mit Kreide gezogene Linie – »möchte ich, dass du dich zu Boden fallen lässt, Faith. Halte dich gar nicht damit auf, Gefühle zu zeigen. Hauptsache, du knallst auf den Asphalt.«

Was mein Schauspieltalent angeht, sind seine Erwartungen gleich null.

»Ja.«

»Schaffst du das?«

»Ja.«

»Ausgezeichnet.« Christian tritt einen Schritt zurück. »*RUHE AM SET! Letzte Vorbereitungen!*«

Hektische Aktivität bricht aus: Kameras werden eingeschaltet, Scheinwerfer justiert, letzte Korrekturen vorgenommen. Jemand hält den Stab mit dem flauschigen Meerschweinchen in die Höhe. Ich muss *unbedingt* herausfinden, wie dieses Ding heißt.

»Alles fertig!«, ruft jemand.

»Ruhe bitte!«

»Ton?«

»Ton ab.«

»Klappe?«

»Klappe bereit.«

»Kamera?«

»Kamera läuft.«

»Szene zweiundvierzig, die Erste.«

»ACTION!«

Die Filmklappe klackt, und ich hole tief Luft.

Der Automotor heult mehrmals hintereinander auf. Die

Reifen quietschen, und mit einem lauten Röhren beschleunigt das Fahrzeug. Es fährt eine gefühlte Ewigkeit lang auf mich zu. Ich kann das. Ich schaffe es.

Lass dich einfach fallen, Faith. Einfach fallenlassen.

Fallen, fallen, fallen, fallen, fallen, fallen, fallen, *fallen* –

Das Auto erreicht die Markierung, und meine Beine geben unter mir nach. Ich werfe mich auf den Boden. Die Wucht des Aufpralls nimmt mir den Atem, und mein Kopf schlägt auf den Asphalt. Benommen bleibe ich ein paar Sekunden lang liegen, während sich um mich herum alles dreht.

Ich habe es geschafft.

»Und CUT!« Christian kommt auf mich zu. »Gleich noch einmal!«

Ich knalle fünfzehn Mal auf den Boden.

Immer und immer wieder, bis der Schmerz und der Schock sich echt anfühlen und nicht mehr nur Kunstblut fließt.

Nach dem letzten »*CUT!*« rapple ich mich mit steifen Gliedern auf. Erst als jemand mir eine große Aludecke um die Schultern legt und mir eine Tasse Tee in die Hand drückt, merke ich, dass ich zittere.

»Alles okay?«, fragt der Regisseur und kommt zu mir.

Ich erwidere seinen Blick mit unbewegter Miene. »Ja.«

»Muss zugeben, ich bin beeindruckt. Teddy wird an die Decke gehen, wenn ich ihm das erzähle.« Er lächelt freundlich. »Jetzt schlage ich vor, du ruhst dich aus, um möglichst viel Schlaf abzubekommen. Wir fangen morgen in aller Frühe an, und du musst in Topform sein.«

Was erwartet mich morgen? Bungee-Jumping, Felsklettern, Fallschirmspringen …?

»In Ordnung. Sollte ich irgendetwas vorbereiten?«

»Nein.« Der Regisseur grinst vielsagend. »Morgen wirst du rennen.«

53

Was ist orange und kann laufen?
Eine Wanderine.

Rennen kann ich.

Es ist noch dunkel, als ich kurz vor Sonnenaufgang zu einem Ort mitten in der Wildnis gefahren werde. Ich bekomme die gleichen Kleider wie gestern und erhalte ein kurzes Briefing zur geplanten Szene und dem Kontext. Nur ein paar Kameraleute sehen mir zu, als ich losrenne. Ich sprinte durch flaches Gras und hohes Gras, renne steile Hügel hinauf und wieder hinunter; durch zähen Schlamm und eiskalte Flussläufe; über Felsen und Zäune hinweg. Um Bäume und Pferde und Schafe und querliegende Stämme herum.

Ich renne stundenlang, und als die Sonne aufgeht, spüre ich es schließlich.

Das vertraute Brausen in meiner Brust. Meine brennenden Beine, mein hämmerndes Herz, die Hitze auf meinen Wangen und das rhythmische *Wusch* in meiner Lunge. Während das Schwarz des Himmels zu Silber verblasst und meine Füße unablässig über den Boden trommeln, verwandle ich mich.

Denn wenn ich laufe, bin ich keine Valentine. Ich bin keine Exfreundin, keine große oder kleine Schwester; ich bin keine Tochter oder in Ungnade gefallene Enkelin. Ich breche keine Herzen, und niemand hat mir das Herz gebrochen.

Aber ich bin auch nicht *Niemand*. Ich bin ich. Wie sehr ich das vermisst habe!

»CUT!«, ruft Christian, nachdem ich so schnell aus einem Wald hervorgeschossen bin, als hätte ich Feuer unter den Füßen. »Donnerwetter, Faith! Ich habe damit gerechnet, dass wir ziemlich viel nachbearbeiten müssen, aber das hast du super hingekriegt.«

Ich atme langsam aus und fahre mit dem Finger über eine Schramme auf meiner Wange.

»Leider bist du gar nicht ins Schwitzen gekommen«, sagt er seufzend und winkt die Visagistin herbei. »Kann jemand sie mal einsprühen, wir brauchen ein bisschen mehr Schweiß! Und kannst du bitte etwas mehr nach Luft ringen? Du bist auf der Flucht vor Zombies, aber bei dir sieht es so aus, als müssten sie vor dir davonrennen und nicht umgekehrt.«

Ich kann ein Lachen nicht unterdrücken. »Verstehe. Dann also weiter.«

Während ich laufe und laufe, verwandelt sich die Landschaft in eine Komposition aus Schwarz, Weiß und Blau. Mit vor Konzentration zusammengekniffenen Augen renne ich über einen Parkplatz, dann eine felsige Anhöhe hinauf und einen schmalen Grat entlang. Eine Kamera verfolgt mich aus der Ferne, eine zweite wartet am Ziel auf mich.

Als ich ganz oben angekommen bin, schnappe ich überrascht nach Luft. Vor mir erstreckt sich ein Gletschersee, hinter dem sich ruhig und majestätisch ein schneebedeckter schwarzer Vulkan erhebt. Aus dem flachen türkisfarbenen Wasser ragen Hunderte von metallicblauen Eisbrocken, matt schimmernd wie zackige Splitter aus Meerglas. Graue Robben haben sich auf den Schollen ausgestreckt, sie räkeln sich faul wie Urlauber beim Sonnenbaden. Der graue Sand am Seeufer ist bedeckt von Hagelkörnern, die so groß sind wie Golfbälle, Fußbälle oder sogar Strandbälle.

Es ist so wunderschön – und so kalt –, dass mir Tränen in die Augen steigen, die sofort gefrieren und meine Wimpern zu winzigen Rasierklingen aus Eis erstarren lassen.

Ich muss blinzeln, und der Kameramann kommt ganz nah an mich heran. Ich wette, er denkt, alles ist nur gespielt, aber in Wahrheit hatte ich für einen Moment vergessen, dass er überhaupt da ist.

»CUT!«, ruft Christian. Als ich wieder bei ihm am Fuß des Hügels bin, sagt er: »Phantastisch! Schnell rein ins Auto für eine kurze Pause. Du hast heute noch weitere Läufe vor dir.«

Wortlos steige ich ein und sinke gegen die Lehne.

Meine Füße sind taub, meine Kleider durchnässt, und mein ganzes Gesicht pocht. Und ich bin am Verhungern. Ich überlege, wie Scarlett den heutigen Tag wohl überstanden hätte. Wahrscheinlich hätte sie eine Pizza mit doppelt Peperoni und extra Käse bestellt.

»Hier.« Jemand drückt mir ein Thunfischbaguette in die

Hand, und Christian setzt sich zu mir auf die Rückbank. »Bestimmt hast du Hunger.«

Ich schiebe mir die Hälfte des Baguettes in den Mund, bevor ich mich mit einem Nicken bedanke.

»Gute Arbeit heute«, sagt er, als das Auto auf die Hauptstraße einbiegt. »Morgen wird es körperlich nicht ganz so anstrengend werden. Bestimmt freust du dich, zu hören, dass wir das Skript noch einmal umgeschrieben haben, damit es besser zu dir passt.«

»*Mmmanke*«, nuschle ich mit vollem Mund.

»Ich schicke es dir per E-Mail. Wir gehen die Änderungen gemeinsam durch, sobald wir für heute mit dem Dreh fertig sind. Dann kannst du am Abend im Hotel noch etwas üben.«

Mit einem flauen Gefühl schlucke ich den Bissen hinunter.

»Ähm, gibt es auch … einen Ausdruck, mit dem ich arbeiten kann? Mir ist lieber, wenn ich das Skript … auf echtem Papier anschauen und anfassen kann.«

»Na klar, Faith. Kein Problem, ich frag die Robbe da drüben, ob sie es mal eben für mich ausdruckt.«

Was?

»Wir sind hier im absoluten Niemandsland«, erklärt Christian leicht amüsiert. »Außerdem ist es sowieso einfacher, den Text am Bildschirm zu lesen.«

Unendlich langsam hole ich mein Handy aus der Tasche. Abgesehen von den dreißig Sekunden am Flughafen war es fast eine ganze Woche lang ausgeschaltet. Ich hatte gehofft, die Funkstille noch etwas länger ausdehnen zu können, aber wie es scheint, geht mein selbstgewähltes Exil dem Ende entgegen.

Innerlich zieht sich mir alles zusammen, als ich das Handy einschalte.

Pling. Pling. Pling. Pling. Pling. Pling. Pling. Pling. Pling. Pling. Pling. Pling. Pling. Pling. Pling –

»Donnerwetter«, sagt Christian. »Ist das ein Handy oder eine Fahrradklingel kurz vor dem Zusammenstoß?«

Ich überfliege die Liste meiner verpassten Anrufe.

Noah. Hope. Hope. Hope. Max. Grandma. Genevieve.
Dad. Dad. Hope. FREAK: NICHT RANGEHEN.
FREAK: NICHT RANGEHEN. Max. Grandma. Dad.
FREAK: NICHT RANGEHEN. Noah. Genevieve. Grandma.
Max. Hope. FREAK: NICHT RANGEHEN.
Persephone.

Dann die Nachrichten.

Wo bist du??? Bitte, komm nach Hause! Lass uns nicht allein! Xxxxxx

Yo, Sis, immer noch eingeschnappt? Kannst du etwas zu essen mitbringen, wenn du heimkommst? Mum ist nachts wieder durchs Haus gegeistert und hat Chaos angerichtet. Wir brauchen dich hier.

Hey! Heute Abend Lust auf ein Date? Ich komm zu dir! Dilbo x

Sis, der solariumgebräunte Schleimer steht vor unserer Tür. Darf ich ihm eine reinhauen?

Problem gelöst, ich habe gerade den Riesenteddy auf ihn geworfen.

Hi, Faith. Hier Genevieve. Das Passwort für deine Social-Media-Accounts lautet LEBENLIEBELACHEN666 – bitte lade regelmäßig neue Inhalte hoch.

ALLES OK? Keiner von uns hat von dir gehört, seit du aus dem Unterricht gestürmt bist. Wir machen uns echt Sorgen um dich. Bitte lass uns kurz wissen, ob es dir gut geht! Mia x

EFFIE, WAS LESE ICH DA IN DER ZEITUNG? BIST DU NACH ISLAND GEZOGEN, OHNE DICH VON UNS ZU VERABSCHIEDEN? Hope xxxx

PS: Bitte bring mir einen von diesen coolen Pullovern mit.

PPS: Und auch eines von den kleinen Ponys x

Effie, ich habe gerade erst erfahren, dass du AUSGEZOGEN bist, ohne es mit deiner Mutter oder mir abzusprechen. Wir müssen dringend miteinander reden. Bitte ruf mich ASAP an. Alles Liebe, Dad x

Faith, wo bleiben deine Updates?! Habe soeben einen Post für dich hochgeladen. Genevieve.

Hier schreibt deine Großmutter. Setz dich bitte mit mir in Verbindung, sobald es dir möglich ist. Vielen Dank.

Pling.

KOMMST DU AN DEM TAG NACH HAUSE

Das ist Mercy.

Ich mag mir gar nicht vorstellen, welche Flut über mich hereinbrechen wird, sobald ich meine E-Mails und Google Alerts aufrufe. Schon jetzt ist meine Kehle wie zugeschnürt, und ich kriege kaum noch Luft. Was hatte ich eigentlich erwartet? Dass ich klar und deutlich um etwas Freiraum bitte … und alle *meinen Wunsch respektieren*?

Wie zum Teufel soll ich Grenzen setzen, wenn *niemand* sich daran hält?

Das Auto biegt auf einen weiteren verlassenen Parkplatz ein.

»Bereit für den nächsten Dreh?«, fragt Christian. Ich

stecke das Handy in die Tasche zurück und lege den Rest meines Baguettes obendrauf. »Die Crew ist schon an Ort und Stelle. Du sollst so schnell du kannst zum Strand laufen. Etwas Schreckliches ist hinter dir her, also musst du so aussehen, als wärst du verzweifelt und in die Enge getrieben.«

Mal im Ernst, ich habe doch nichts Falsches gemacht, oder? Es ist ja nicht so, als wäre ich einfach untergetaucht. Ich habe einen *Schauspieljob* angenommen. Genau das ist doch angeblich der Sinn meines Lebens, so wie es mir alle von klein auf eingetrichtert haben.

»Wir wollen versuchen, die Szene gleich beim ersten Take im Kasten zu haben. Ich würde den Rest gerne drehen, bevor der nächste Sturm kommt.«

Also, warum habe ich das Gefühl, als würde es immer noch nicht reichen? Warum habe ich das Gefühl, als hätte ich wieder einmal alle enttäuscht?

»Wenn du fertig bist, übernimmt Westie. Sie rennt dann für dich ins Wasser.«

Wann hört das alles endlich auf?

»Klar.« Ich fasse mir an den Hals. »Okay.«

Benommen steige ich aus dem Auto und stapfe zu dem schwarzen Sandstrand, der sich vor einer Kulisse aus schwarzen Klippen erstreckt. Das Meer ist grau, mit weißen Schaumkronen. Der Himmel hat die Farbe von Schiefer. Es ist, als wäre die Welt plötzlich schwarz-weiß und nur ich noch in Farbe.

Still warte ich an der Markierung. Atme langsam ein und

aus. Alles verschwimmt im Rhythmus meiner Atemzüge. *Ruhe am Set, letzte Vorbereitungen, alles fertig* – atmen – *Ruhe bitte, Ton?, Ton ab* – atmen – *Klappe?, Klappe bereit, Kamera?* – atmen – *Kamera läuft, Szene sechsundzwanzig, die Erste* – atmen – *und …*

»ACTION!«

Ich renne los. Fliege förmlich über den schwarzen Sand.

Ich kann das nicht mehr. Ich kann nicht.

Meine Beine geraten ins Stolpern. Ich strauchle, falle, rapple mich wieder auf, renne weiter. Denn Scarlett hatte recht – das ist genau das, was ich immer tue.

Ich mache, was man mir sagt. Und wenn alles zu viel wird, renne ich weg.

Wenn ich nicht *Nein* sagen kann, renne ich weg.

Wenn etwas zu sehr schmerzt, renne ich weg.

Wenn jemand, den ich liebe, unglücklich ist, und ich nichts dagegen machen kann, dann renne, renne, renne, renne, renne ich. Aber ich bin nie schnell genug. Ich renne nie weit genug. Und ich komme nie irgendwo an. Jedes Mal kehre ich wieder an den Ausgangspunkt zurück, weil ich selbst nicht weiß, was ich eigentlich will. Und auch jetzt bin ich hier und fühle mich –

»Und … CUT!«

Gefangen.

»CUT, FAITH!«

Das Meer spritzt wütende Gischt. Ich schlage einen Haken und renne direkt in die Brandung hinein.

»FAITH VALENTINE! DAS IST NICHT DEIN PART!«

Als das eisige Wasser gegen meine Beine schwappt, ziehe ich scharf die Luft ein.

»FAITH, WAS UM ALLES IN DER WELT MACHST DU DA?«

Ich atme noch einmal tief ein, dann werfe ich mich in das kalte, zornige Wasser. Die Wellen treffen mich wie ein Faustschlag.

»FAITH, NEIN!«

Ich schließe die Augen und spüre, wie eine Woge über mich hinwegschwappt. Das Wasser dröhnt in meinen Ohren, zerrt an meinen Kleidern, wäscht das Blut ab … bis ich das Gefühl habe, zu verschwinden.

Aber ich bin noch da. Ich werde nicht verschwinden, und ich will es auch nicht.

Es reicht.

Mit einem kräftigen Beinschlag kämpfe ich mich wieder nach oben und durchbreche die Wellen. Nach Atem ringend schaffe ich es bis zum Ufer und stolpere auf den schwarzen Sand.

»Faith!« Ein wütender Christian kommt auf mich zugerannt, hinter ihm die Crew mit Handtüchern, heißen Getränken und wärmenden Aludecken. »Hast du mir nicht *zugehört*? Das war nicht deine Szene!«

Ich nehme ein Handtuch und lege es mir um die Schultern.

»Ups.«

Aber was ich eigentlich meine, ist: *Stimmt genau.*

54

Was sagt der Pazifik zum Strand?
Nichts, es ist der Stille Ozean.

Ich schreibe nur eine einzige Nachricht, und zwar an alle:

Ich werde mich melden, wenn mir danach ist.

Danach schalte ich mein Handy auf Flugmodus und verbringe den Abend damit, mir fieberhaft meine neue Szene einzuprägen. Aber der Aufruhr, der in meinem Inneren tobt, will sich einfach nicht legen. Ich spüre Wut und eine Wildheit in mir – einen Drang danach, etwas zu zerstören. Langsam verstehe ich, wie Mercy sich achtundneunzig Prozent des Tages fühlen muss.

»Hey Hübsche, lächle doch mal!«, spricht irgendein Typ mich beim Frühstück an, während ich mir gerade eine Tasse Kaffee einschenke.

Ich drehe mich zu ihm um. »Ich lächle, wenn mir danach ist«, sage ich mit eisigem Blick. »Es ist *mein* Gesicht.«

In mir rumort es immer noch, während ich mit dem Regisseur das Skript durchgehe und dabei angestrengt versuche, höflich zu bleiben. Anschließend werde ich in ein Hotelzimmer gebracht, wo bereits die Stylistin auf mich wartet.

Sie gibt mir das gleiche Outfit wie in den vergangenen zwei Tagen, nur dass es diesmal neu und sauber ist. Danach bekomme ich ein frisches, hübsches Make-up: ohne Blut, ohne Kratzer und ohne Schweiß. Wir springen zurück an den Anfang, zu der Szene, mit der alles begann.

Wie passend.

Dann werde ich zum heutigen Filmset gefahren, ein weiteres karges Feld mit einer einsamen Holzhütte in der Mitte: halb eingefallen, mit Löchern im Dach und einer alten Schaukel vor der Tür – das klassische Gruselszenario. Die Crew ist mit der schier unmöglichen Aufgabe beschäftigt, ihre komplette Beleuchtungs- und Kameratechnik in einem zehn Quadratmeter großen Schuppen unterzubringen.

»Frankie!« Christian Ellis winkt mich zu sich. »Ich möchte dir deinen Co-Star und Kusspartner vorstellen! Das ist –«

»Fred«, falle ich ihm ins Wort.

»Ich heiße Ambrose«, sagt ein gutaussehender blonder junger Mann und streckt mir die Hand hin. »Aber du hast recht, ich werde deinen Freund spielen.«

»Hurra.« Ich seufze. »Noch einer.«

Er blinzelt verwirrt, aber ich drehe mich schon zu Christian.

»Also.« Ich will es einfach nur hinter mir bringen. »Wo soll ich mich –«

»Hallo, Effie.«

Plötzlich sackt etwas in mir nach unten. Ich drehe mich um.

»Ah!«, ruft der Regisseur. »Perfektes Timing! Faith, das ist Patricia Allerton. Sie gehört zu den besten Schauspiel-Coaches im Business. Heute könnte es etwas knifflig werden – als ob wir das nicht alle wüssten, haha! –, daher wird sie dir zur Seite stehen.«

Es ist die ältere Dame mit der Schildpattbrille, die bereits beim Vorsprechen dabei war und mir damals schon bekannt vorkam, ohne dass ich mich an ihren Namen erinnern konnte. Sie lächelt mich an, dann nimmt sie meine Hände und drückt sie sanft.

»Wir kennen uns, nicht wahr?« Ihre Stimme ist freundlich. »Erinnerst du dich noch? Ich habe deine Mutter gecoacht und kannte dich schon als kleines Mädchen.«

Plötzlich habe ich einen Kloß im Hals. Denn ich erinnere mich *tatsächlich* an sie, wie sie auf der Party meiner Eltern im weißen Zelt neben einer großen Vase mit Orchideen stand und uns beobachtete. Ich erinnere mich an unsere Kostüme in Weiß, in Rot, in Blau, in Gelb, in Grün, in Violett. Ich erinnere mich an das Lächeln meiner Eltern und an das Publikum und an die Lichter und meine Angst, die alles andere in den Hintergrund treten ließ.

Ich erinnere mich an alles, und mit einem Mal verpufft meine Wut.

»Ich weiß, dass ich mich nicht bei euch gemeldet habe«, sagt sie leise und drückt erneut meine Hände. »Und das tut mir sehr leid. Ich wusste nicht, was ich sagen sollte, auch wenn das keine Entschuldigung ist.«

Ich nicke und muss schlucken.

»Effie, mir ist bewusst, dass dir das Schauspielen nie leichtgefallen ist. Ich habe eure Aufführung auf der Hochzeitstagsparty deiner Eltern gesehen, weißt du noch? Aber gemeinsam werden wir diese Szene hinbekommen. Einverstanden?«

Plötzlich bin ich wieder neun Jahre alt und trage die viel zu großen Schuhe meiner Mutter.

»Ja, bitte«, sage ich mit piepsiger Stimme.

»Bestens!«, mischt sich Christian ein. »Also los, Frankie, ab in die Hütte mit Fred. Patricia, du begleitest sie, ja? Gehen wir's an, die Anfangsszene muss sitzen!«

Meine Hände fangen wieder an zu zittern. Mein Gesicht wird ganz steif. Meine Schultern ziehen sich zusammen. Mein Magen dreht sich um. Mein ganzer Körper verkrampft sich und erstarrt nach und nach zu Eis, bis ich eine lebende, atmende Statue bin.

Ich habe geübt. Ich habe geprobt. Ich habe dieses Skript Dutzende Male gelesen. Ich habe diese Szene sogar schon einmal *durchgespielt*. Ich weiß genau, worum es geht: Frankie liebt Fred. Draußen sind seltsame Geräusche zu hören. Er wird sie alleine in der Hütte zurücklassen, obwohl sie ihn bittet, nicht zu gehen. Sie hat Angst. Die beiden küssen sich …

Also, *warum* verwandle ich mich wieder in einen Eisklotz? *Was stimmt nicht mit mir?*

»Du schaffst das«, sagt Patricia, als mein Blick auf der Suche nach einem Ausweg panisch umherhuscht. »Ich bin da, wenn du mich brauchst.«

Ich nicke und blinzle die Tränen zurück. Dann betrete ich die Hütte.

Christian Ellis zeigt mir meine Position, die auf dem Boden markiert ist, erklärt uns kurz, aus welchen Winkeln die Kamera uns filmen wird, und geht dann nach draußen, um durch ein Fenster, bei dem die Scheibe fehlt, zuzuschauen. Ich werfe Ambrose ein entschuldigendes Lächeln zu – *tut mir leid, dass ich unhöflich war* –, und er lächelt zurück.

»RUHE AM SET!«

»Ton?«

»Ton ab.«

»Kamera?

»Kamera läuft.«

»Szene eins, die Erste.«

»Und … ACTION!«

Von draußen sind Geräusche zu hören: verschreckte Tiere, knackende Zweige, Schritte. Fred sieht mich mit angstvoll geweiteten Augen an. Meine erste Zeile lautet:

Fred! Was war das? Ich habe etwas gehört … da draußen ist jemand!

Dann seine Zeile: *Da ist niemand*

Dann ich: *Wir haben einen Fehler gemacht – wir sollten gehen*

Dann er: *Es ist nur ein Schaf oder so*

Dann ich: *Aber Schafe machen nicht solche Geräusche*

Dann er: *Dann eine Kuh*

Dann ich: *Bitte lass mich nicht allein,* und wir küssen uns, küssen uns, küssen uns.

Ich starre Fred stumm an.

Ich kann es nicht. Ich will es nicht.

»Nein.«

»Ähm.« Fred sieht mich fragend an, dann blickt er zur Crew, zur Kamera und dann wieder zu mir. »Das ist nicht dein Text.«

Doch, genau das ist er.

»Ich möchte keine Schauspielerin sein.«

Ich drehe mich zu unserem Regisseur um. Meine Stimme ist klar und grau und ruhig. »Ich wollte nie eine Schauspielerin sein. Es gefällt mir nicht. Es macht mich nicht glücklich.«

Seit fast einem Jahr hat mein Körper NEIN geschrien, aber ich habe nicht auf ihn gehört. Ich war so in meiner Angst gefangen, nicht gut genug für diesen Beruf zu sein, dass ich mich nie gefragt habe, ob ich das alles überhaupt will. *Ich will es nicht.* Das weiß ich jetzt.

Ich muss meinen Kreis von hier wegbewegen, bevor er für immer am Boden kleben bleibt.

»Tut mir leid, Mr. Ellis, dass ich diesen Job angenommen habe und …« Ich halte inne. »Eigentlich tut es mir überhaupt nicht leid. Ich bin erst sechzehn, aber Sie haben mich für Ihre Schlagzeilen ausgenutzt. Das ist nicht in Ordnung. Es tut mir leid, dass die Crew Zeit damit verschwendet hat, mich zu filmen, aber lieber verschwende ich drei Tage von Ihrem Leben als den ganzen Rest von meinem.«

Er starrt mich verständnislos an.

»Daher sage ich … Nein.«

Ein leises, aber unaufhaltsames Brausen breitet sich in mir aus, von den Zehen über die Fußknöchel zu den Knien und weiter über die Hüften und den Bauch und die Brust bis zu den Schultern und in die Ellbogen und die Fingerspitzen und wieder die Schultern hinauf über die Wangen bis in meine Augen, und als ich schließlich lächle, spüre ich es in meinem ganzen Körper.

Ich lächle, und das ganz ohne Grübchen.

»Also gut.« Christian blickt hinauf zum grellen Himmel und reibt sich die Nasenwurzel. »Ja. Vielleicht ist es das Beste. Ich bin sowieso nicht scharf darauf, meine Protagonistin bei jeder Szene an die Hand nehmen zu müssen, wenn ich stattdessen eine professionelle Schauspielerin haben kann, die einfach ihren Job macht. Wir lassen die Zweitbesetzung noch heute Abend einfliegen.«

Ich blinzle – erst überrascht, dann erleichtert. »Danke«, sage ich, und diesmal meine ich es auch.

Patricia lächelt mich an. Ich lächle zurück.

Dann gehe ich nach draußen und hole tief Luft.

Ich atme

Ich atme

Ich atme

Ich atme

Ich atme.

Ich ziehe mein Handy aus der Tasche und sende eine Nachricht, aber diesmal nur an eine einzige Person.

JA.

55

Was steht zwischen Schwester
und Schwester?
Das und.

Mercy wartet auf mich.

Als ich am darauffolgenden Abend durch mein Fenster steige, ist sie genau da, wo ich dachte, dass sie sein würde. Zusammengekauert auf meinem Bett. Gegen die Wand gelehnt, die Arme um die Beine geschlungen, das Kinn auf die Knie gestützt und die großen, tiefdunklen Augen zur Tür gerichtet.

Mein Herz zieht sich zusammen. »Hi, Sis.«

Sie hebt den Kopf. Der Schmerz in ihrem Blick raubt mir fast den Atem. »Hi.«

Wir schauen einander an.

»Mercy –«, sage ich.

»Ich war es«, unterbricht sie mich mit leiser Stimme. »Ich habe Noah geküsst.«

Eigentlich müsste meine Welt in diesem Moment aus den Angeln kippen, sie müsste aus der Bahn geraten und in sich zusammenfallen … aber das tut sie nicht.

»Er hat dich nicht verstanden«, sagt sie aufgewühlt in die Stille hinein. Ihre Augen glitzern. »Du bist nicht so wie wir, Eff. Das warst du noch nie. Wir anderen brauchen das Scheinwerferlicht, um zu spüren, dass wir *existieren.* Um uns größer und lebendiger zu fühlen. Wir brauchen es, um *gesehen* zu werden.«

Sie blinzelt angestrengt.

»Bei dir ist genau das Gegenteil der Fall. Das war schon so, als wir noch klein waren. Der Ruhm … er lässt dich *schrumpfen.* Und Noah hat das nie begriffen, ein ganzes Jahr lang nicht. Ich konnte nicht einfach tatenlos zusehen, wie du kleiner und kleiner wurdest. Irgendwann wärst du … ganz verschwunden. Aber mir war klar, dass du dich nie von ihm trennen würdest, also …«

Meine Schwester wird rot und wendet den Blick ab.

»… also habe ich eine blonde Perücke aufgesetzt und mir ein Taxi gerufen. Dann habe ich mich auf die Aftershow-Party geschlichen und einem Typen einen Fünfziger in die Hand gedrückt, damit er ein Foto schießt. Dann habe ich Noah geschnappt und ihn geküsst. Er hat mich nicht mal erkannt. Danach habe ich das Foto an die Presse weitergegeben.«

Faith, es tut mir so leid.

»Ich war es auch, die am nächsten Tag die Paparazzi aufs Grundstück gelassen hat«, fügt sie mit trotziger Stimme hinzu und reckt das Kinn.

Ich kenne diesen Ausdruck. Es ist der gleiche, den sie früher hatte, wenn sie Max' neues Fahrrad kaputt gemacht oder Mums schönste Vase zerbrochen oder Hopes Lieblings-T-Shirt beim Fangenspielen zerrissen hatte: Kinn vorgestreckt, Kiefer zusammengepresst, herausfordernd blitzende Augen.

Es ist immer noch da, das kleine Mädchen in dem großen Mädchen. Die Liebe zu meiner Schwester überfällt mich so plötzlich und ungestüm, dass sie sich anfühlt wie das Brüllen eines wilden Tiers. Ich möchte Mercy in den Arm nehmen, sie umbringen, sie küssen, sie verletzen, sie in der Luft zerreißen und wieder zusammensetzen.

Meine Schwester schleicht sich nicht jede Nacht in mein Bett, um mich zu ärgern, oder weil sie keine Lust auf ihr eigenes hat. Sie kommt zu mir, weil sie immer noch Albträume hat und nicht allein sein will.

Weil sie weiß, dass auch ich diese Albträume habe.

»Okay«, sage ich ruhig.

Einen Moment lang herrscht Stille, dann dreht Mercy den Kopf zu mir – so abrupt, als hätte ich ihr eine Ohrfeige verpasst. »*Okay?*«

»Ja.«

»Hast du gerade *okay* gesagt?«

»Ja. Ich verstehe –«

»HÖR AUF!« Meine Schwester springt aus dem Bett. Sie hat die Hände zu Fäusten geballt, ihr Atem geht schwer. »SAG NICHT, DASS DU MICH VERSTEHST! Versuch nicht, es von meiner Seite aus zu sehen! Wage es nicht, mich so sehr zu lieben! Untersteh dich, Faith!«

Mer verpasst mir einen Schlag gegen den Arm.

»SCHREI MICH AN!« Noch ein Schlag. »HASSE MICH!« Noch einer. »HASSE MICH!« Und noch einer. »WAS ICH

GETAN HABE, IST UNVERZEIHLICH! Ich bin deine Schwester. *DEINE SCHWESTER!*«

Sie fängt an zu weinen.

»Mer –« Ich strecke die Arme aus, um sie an mich zu ziehen. »Du wolltest nur, dass ich glücklich bin. Du wolltest –«

»NEIN, WOLLTE ICH NICHT!« Sie weicht zurück. Inzwischen bebt sie am ganzen Körper. »ICH HABE ES GETAN, WEIL ICH SCHRECKLICH BIN, FAITH! Weil ich alles kaputt mache! Weil ich alles zerreißen und zerbrechen und zerstören will, bis NICHTS MEHR DA IST.«

Mercy schlingt ihre Arme um sich. Ihre Augen glänzen feucht.

»Ich habe dir *weh getan*, Faith. Ich habe sie alle hereingelassen und die Sache nur noch schlimmer gemacht. Ich bin schuld daran, dass du weggelaufen bist. Ich hätte nie … ich hatte kein Recht … ich kann selbst nicht glauben, dass ich …« Ihre Stimme ist vor Tränen ganz erstickt. »Ich habe einen *Riesenfehler* gemacht.« Schluchzend schlägt sie die Hand vors Gesicht. »Es tut mir so leid. Bitte hasse mich nicht, Faith. Hasse mich nicht, hasse mich nicht, hasse mich nicht …«

Mein Herz schreit so laut, dass ich zu keiner Bewegung fähig bin. Der Schmerz steigt in mir hoch, bis irgendwo in meiner Kehle etwas einrastet und mir die Luft nimmt.

Vor zwei Jahren sind die Valentines nicht nur auseinandergerissen worden – wir wurden in eine Million Einzelteile zersprengt.

»Ich kann nicht …« Mercy sackt auf den Boden und schluchzt in ihre Hände. »Ich kann nicht … bitte verzeih mir, Eff. Bitte. Ich kann nicht noch eine Schwester verlieren.«

56

Acht Jahre zuvor.

»Beleuchtung! Kamera! Action!«

»So etwas sagen echte Filmleute nicht«, erklärt Max, der neben der Bühne steht und lässig sein senfgelbes Springseil über die Schulter wirft. »Das ist doch nur ein Klischee.«

»Du bist so ein Knautschfrosch«, sagt Hope und seufzt entnervt. »Du bist den ganzen Tag knautschig und quakst herum. Quak. Quak. Quak.«

»Du meinst wohl Knallfrosch.«

»Was ist ein Knallfrosch?«

»Ein Feuerwerkskörper!«, ruft jemand aus den hinteren Reihen. »Aber einer, der nicht richtig zündet, denn dafür sind Frösche viel zu nass.«

Hope dreht sich um und strahlt das prominente Publikum an. »Oh, hallo, ich habe ganz vergessen, dass Sie alle da sind! Vielen Dank!«

Allgemeines Gelächter.

»*Ladys und Gentlemen!*« Meine Schwester breitet die Arme aus. »Höchstkaratige Mitglieder der Hollywood-Industrie! WILKOMMEN zu unserer Vorstellung. Heute Abend feiern wir den zehnjährigen Hochzeitstag unserer Eltern. Zu diesem Anlass werden wir – die berüchtigten und bejubelten

Valentine-Kinder – Sie mit unserem eigenen, selbst verfassten Theaterstück in Extasion versetzen!«

Sie dreht in ihrem türkisfarbenen Pullover eine Pirouette und schlackert mit den Armen. Wir anderen sehen uns schulterzuckend an: *Was macht sie da? Bei ihr weiß man das nie.*

»Freuen Sie sich auf einen faszinierenden Abend und lassen Sie sich von uns hypo… hipno… hyperi…« Meine kleine Schwester hält einen Moment inne und überlegt. »… mitreißen! Und nehmen Sie sich gerne eine meiner Visitenkarten von dem Tisch dort rechts. In etwas über acht Jahren stehe ich für alle guten weiblichen Rollen zur Verfügung. Ich danke Ihnen.«

Hope zeigt mit großer Geste auf einen Stapel mit vollgekritzelten Kartonschnipseln, die sie aus alten Cornflakes-Verpackungen gebastelt hat, was das Publikum mit wohlwollendem Lachen quittiert.

»Bühne frei füüür … *Mord im Regionalexpress*!«

Unter lautem Applaus tritt sie ab.

Während Mercy und Max sich noch darüber streiten, wer von ihnen in die Trompete blasen darf, verziehe ich mich in die hinterste Ecke des Zelts. Alles ist so schön – die Blumen, das Essen, die Kleider –, und es sind so viele bekannte Leute da. Ganze Generationen von Filmstars sind heute Abend hier zusammengekommen.

Meine Eltern stehen ganz vorne, strahlend und glücklich. Mums schimmerndes grünes Abendkleid betont ihre Kurven. Dad, der in seinem Smoking unglaublich gut aussieht, zieht sie grinsend an sich. Beide lachen ein bisschen zu laut.

»Ach, du meine Güte«, höre ich Dad sagen. »Juliet, siehst du, was wir angerichtet haben? Warum sind alle so süchtig nach Aufmerksamkeit? Müssen wir unsere erzieherischen Fähigkeiten infrage stellen?«

»Ich fürchte ja.« Mum lächelt unbeschwert. »Unsere kleinen prahlerischen Theaterhelden.«

»Tut mir leid, Leute«, ruft mein Vater seinen berühmten Freunden zu. »Das ist der Preis, den ihr für das erstklassige Buffet zahlen müsst.«

Wieder Gelächter. Alle lieben die Valentines.

»*Los*«, flüstert Mercy und schubst Max nach vorne. »*Los*, du Idiot.«

Mein schlaksiger elfjähriger Bruder betritt mit großen Schritten die Bühne und wirbelt scin Springseil durch die Luft. In diesem Moment beschleicht mich die Angst. Wir haben wochenlang geübt, aber jetzt sind wir nicht mehr nur zu sechst. Plötzlich ist alles so real, so … öffentlich.

»Das ist *nicht* meine Schokoladenseite«, sagt Hope zu Ben und deutet auf ihre linke Gesichtshälfte. »*Die hier* ist hübscher.«

Ben – mit einer riesigen Brille und einem großen grünen Schal ausgestattet – dreht meine kleine Schwester herum und tippt ihr auf den Hinterkopf. »Stimmt nicht, *das* ist deine beste Seite.«

»Wie kannst du so etwas sagen!« Hope wirft gut gelaunt ihr Haar zurück. »Das ist sehr unhöflich von dir!«

»*Faith*«, zischt Mercy. »Gleich bist du dran!«

Ich fange an zu zittern. Nervös kralle ich meine Finger ineinander. Die Bühne ist plötzlich viel näher, das Publikum viel lauter, die Lichter greller, meine Stimme dünner. Ich kann das nicht, ich kann das nicht, ich kann –

Eine Hand legt sich sanft auf meinen Arm.

»Sei die Orange, Eff.« Ein heiseres Flüstern an meinem Ohr. »Und wenn das nicht klappt, dann sei die Clementine. Die ist kleiner und hat weniger Kerne.«

Ich drehe mich zu Charity um, die ganz in Violett gekleidet ist.

Unsere große Schwester: drei Minuten älter als Mercy und äußerlich nur durch die kleine Narbe über der linken Augenbraue von ihr zu unterscheiden. Charakterlich ist sie allerdings das genaue Gegenteil. Wenn Mercy ungeduldig ist, bleibt Charity gelassen. Während Mer alles ernst nimmt, kann Ty immer lachen.

Für sie ist das ganze Leben wie ein einziger lustiger Streich.

Transparenter Klebestreifen auf der Klobrille. Gras, das aus Dads Laptop sprießt. Zahnpasta statt weißer Creme in einem Oreo. Ein Donut mit einer Füllung aus Mayonnaise.

Ihre Musik ist immer zu laut, ihr Zimmer viel zu hell.

»*Charity!*«, ruft Mum mindestens einmal die Stunde. »Licht!«

»Wir sind hier nicht am Filmset!«, ruft meine Schwester mit einem unbekümmerten Lachen. »Du bist wirklich eine *Diva*, Mutter!«

Und doch kreisen wir alle um sie. Denn auf irgendeine Weise schafft sie es, uns im Gleichgewicht zu halten. Sie stärkt Hope den Rücken, ist für Max eine Freundin, macht Mercy sanfter, schenkt Mum Leichtigkeit, erfüllt Dad mit Stolz und Grandma mit Zuneigung.

Mir gibt sie das Lachen.

»Hier.« Ty grinst, als Max noch ein letztes Mal sein Springseil schwingen lässt, bevor Mercy ihn ungeduldig von der Bühne winkt. »Nimm das mit, das bringt Glück.«

Meine Schwester zieht einen gelben Post-it-Zettel von ihrem Skript ab, nimmt einen Stift, schreibt etwas auf den Zettel und drückt ihn mir in die Hand.

Ich lese das, was sie geschrieben hat.

Was ist ein Keks unterm Baum?
Ein schattiges Plätzchen.

»Das verstehe ich nicht.«

Meine neun Jahre alte Schwester lacht. Es ist ein vergnügtes, albernes Glucksen, und Mercy wirft ihr einen warnenden *Wage-es-ja-nicht*-Blick zu.

»Ich weiß«, sagt Charity mit einem Augenzwinkern. »Das tust du nie. Aber versuch's doch mal.«

Stirnrunzelnd lese ich den Zettel noch einmal. Der Witz ist immer irgendwo versteckt, wo ich ihn nicht sehen kann. Er ist die Antwort auf eine Frage, die ich nie gestellt habe.

»Kennst du ein anderes Wort für Keks, Eff?«

»Ein Gebäck? Ein Mini-Kuchen? Ein …« Ich reiße die Augen auf. »Ein Plätzchen!«

»Na also, da hast du es!«

Wir sehen uns an – das Gesicht meiner Schwester ist dem von Mercy so ähnlich, und doch ganz anders –, und plötzlich fängt mein ganzer Körper an zu beben.

Ich schnaube laut durch die Nase, und bevor ich es verhindern kann, kichere ich los. Ich lache und pruste und quietsche, bis meine Anspannung verfliegt und sich zu einem violetten Nebel auflöst.

»Wenn dir alles zu viel wird, dann musst du einen Witz daraus machen, Eff.« Meine Schwester zerzaust mir die Haare. »Man kann alles schaffen, wenn man dabei lacht.«

Ich nicke und stecke den Witz in meine Tasche.

»Ich hab dich lieb, Ty.«

Meine große Schwester, das älteste Valentine-Mädchen, legt ihren violetten Arm um mich.

»Ich hab dich auch lieb, Effiemaus.« Sie gibt mir einen kleinen Schubs Richtung Bühne. »Und jetzt zeig's ihnen, meine lustige kleine Schwester.«

57

In einer einzigen, fließenden Bewegung lasse ich mich zu Boden fallen.

Ich ziehe Mercy an mich, bis wir Knie an Knie daliegen und sie in meine Halsbeuge schluchzt. »Du hast mich nicht verloren«, flüstere ich eindringlich. »Mer, ich lass dich nicht allein. Das verspreche ich dir.«

Ihr Weinen wird zu einem leisen Hicksen, und allmählich wird sie ganz ruhig.

»Aber jetzt muss ich trotzdem kurz weg.« Ich küsse sie sanft auf die Stirn. »Wir treffen uns in fünf Minuten draußen im Gang.«

Denn es reicht. Genug ist genug.

58

Nach und nach hole ich die ganze Familie herbei.

Heute ist es zwei Jahre her, dass Charity gestorben ist, und wir alle haben uns wie selbstverständlich im Haus eingefunden. Hope ist im Kinoraum, Dad sitzt in seinem Sessel im Wohnzimmer, Grandma ist in der Bibliothek, Max in der Küche und Mum in ihrem verdunkelten Schlafzimmer.

Wir sind alle beisammen, aber jeder ist mit seinem Schmerz allein.

»Wo kommst *du* denn her?« Max blinzelt verwundert und bleibt im Gang stehen. »Ich dachte, du bist in Alaska.«

»Du bist wieder da!« Hope springt die Stufen herauf. Überglücklich schlingt sie die Arme um mich und bedeckt meine Wangen mit kleinen Küssen. »Effie, du bist zu Hause! Du bist zu Hause! Ich *wusste*, dass du zurückkommst! Er hat behauptet, du wärst emigriert, aber das machen nur Vögel. Ich hab's doch gesagt!«

Die Zimmertür meiner Mutter geht einen Spaltbreit auf. Als Mum uns sieht, zögert sie. Doch dann macht sie einen kleinen Schritt und kommt zu uns in den Gang heraus.

»Mum!« Hope löst sich von mir und rennt zu ihr. »Du bist auch da! Und wie *hübsch* du wieder aussiehst! Ich *liebe* dein Nachthemd, von welchem Designer ist es? Leihst du es mir aus, bitte, bitte, bitte?«

Mum schreckt kurz zurück, doch dann legt sie die Hand auf Hopes Kopf. »Aber natürlich, mein Schatz.«

»Hallo, Juliet.« Dad füllt mit seiner Größe den ganzen Gang aus.

Mum nickt. Ihre Augen sind wässrig und gerötet. Niemand verliert ein Wort darüber, dass sie vor zwei Tagen das ganze Haus auf den Kopf gestellt hat, auf der Suche nach einer Babydecke für die Wohltätigkeitsauktion. Für *Charity*.

»Kann mir bitte mal jemand erklären«, sagt meine Großmutter schnaufend und stemmt sich mit ihrem Gehstock die letzte Treppenstufe hinauf, »warum ich ins oberste Geschoss eines dreistöckigen Gebäudes *zitiert* werde, als wäre ich ein *dressiertes Äffchen*?«

Die Tür meines Schlafzimmers geht auf. Mercy hat ihr Make-up weggeschrubbt, ihr Gesicht ist sauber und vom Weinen verschwollen. Ohne Schminke sieht sie unglaublich jung aus. Sie trägt schwarze Jeans und einen schwarzen Pullover – sie hat die Trauerkleidung nie abgelegt.

Sie blinzelt mir zu – *danke* –, dann senkt sie wieder den Kopf und blickt zu Boden.

Es ist wohl das erste Mal seit der Trauerfeier, dass wir alle an einem Ort versammelt sind.

Ich ziehe einen Schlüssel aus meiner Tasche.

»Ich möchte euch allen etwas zeigen«, sage ich und schließe die Tür auf, die sich zwischen Mums und Mercys Zimmer befindet – die Tür zu dem Raum, der früher so bunt und voller Licht war und der jetzt so ohrenbetäubend still ist.

Schweigend treten wir ein. Dann stößt Mer einen leisen, kehligen Laut aus und schlägt die Hand vor den Mund.

Überall kleben gelbe Post-it-Zettel. Um den staubigen Spiegel herum und an den Wänden. An den Ecken von Postern und an den Schubladen einer Kommode, auf der immer noch geöffnete Lippenstifte und ausgelaufene Make-up-Tübchen herumliegen. Über dem Türrahmen und am Kopfteil des Betts und auf den gerahmten Bildercollagen mit Fotos von uns allen.

Welcher Tisch hat keine Beine?
Der Nachtisch.

Welcher Mann wird in der Sonne kleiner?
Der Schneemann.

Was kommt raus, wenn man einen
Dinosaurier mit einer Zitrone kreuzt?
Ein Dinosauer.

Ein Witz nach dem anderen. Die meisten davon sind schrecklich, furchtbar kitschig, sie stammen zum Großteil aus dem Internet und aus billigen Büchern, die ich irgendwo aufgetrieben habe. Ich habe immer dann einen Witz aufgeschrieben, wenn alles zu viel für mich wurde, wenn ich dringend einmal lachen musste, wenn ich mich meiner Schwester näher fühlen wollte.

Eins mit allem.

»Ich werde verrückt«, sagt Max und sieht sich mit großen Augen um. »Faith, ist alles in Ordnung mit dir?«

»Nein«, antworte ich. »Das siehst du doch.«

Hope wandert durch das Zimmer und berührt vorsichtig Charitys Bücher und ihre alten Teddybären. Mum blinzelt immer wieder, als wäre alles viel zu hell für ihre Augen.

Dad nimmt ein aufgeschlagenes Magazin in die Hand.

»Hat denn niemand …?« Er stößt langsam den Atem aus. »Es ist alles noch genau so … Haben wir nicht …? Ich dachte, wir … ich meine, hat Maggie nicht alles weggeräumt?«

»Nein«, sage ich ruhig. »Mum hat sie gebeten, nichts anzurühren.«

Grandma setzt sich abrupt auf einen staubigen Sessel.

»Ich verstehe das nicht.« Mercy nimmt einen gelben Zettel in die Hand. »Hast du die alle geschrieben, Faith? Das sind doch … *Hunderte?*«

»Der Ertrag von zwei Jahren, in denen ich nach etwas zum Lachen gesucht habe.«

»Aber …« Ein Schluchzen verfängt sich in ihrer Kehle. »Wir sprechen nie über sie. Niemand von uns. Alle wechseln immer das Thema, sobald die Rede auf sie kommt. Ich dachte, alle würden sie … vergessen.«

»Nein«, sagt Hope und fährt mit ihrem Finger über ein Regal. »Wir reden nicht über sie, weil sie immer in unseren Gedanken ist.«

Ich schaue meine kleine Schwester überrascht an.

Dann lasse ich den Blick durch den Raum schweifen, den

Charity hellgelb gestrichen hat. Sogar die Zimmerdecke ist mit fröhlichen, nachlässig getupften Pinselstrichen dekoriert. »Sie hat sich immer einen Scherz aus allem gemacht. Sie hätte das Elend in diesem Haus gehasst.«

Ich nehme eine Rolle Toilettenpapier von ihrem Nachttisch.

»Die hier ist ein *Fake*.« Ich halte sie hoch und ziehe die oberste Lage Papier ab. Darunter kommt Plastik zum Vorschein. »Unsere kindische Schwester hat allen Ernstes eine falsche Klopapierrolle gebastelt, damit wir auf der Toilette festsitzen, während sie draußen schadenfroh kichert.«

Max lacht laut auf. »Sie hat mich fürs Leben traumatisiert, die kleine Ratte. Jahrelang konnte ich nicht aufs Klo gehen, ohne eine Packung Taschentücher dabei zu haben.«

»Mer.« Ich nehme eine lange rote Perücke von Charitys Schreibtisch. »Die hat sie über dein Bett gehängt, damit du beim Aufwachen denkst, ein Geist würde durch die Decke herunterschweben.«

»Ja.« Meine große Schwester zuckt mit den Schultern. »Hat nie funktioniert.«

»Ähm, du hast das ganze Haus zusammengeschrien. Und was ist damit?« Ich nehme einen Papierstreifen in die Hand, auf den die Worte *mit Sprachsteuerung* gedruckt sind. »Wisst ihr noch, wie sie den auf unseren neuen Toaster geklebt hat? Pudel hat Stunden damit verbracht, das Gerät anzuschreien, damit es Frühstück macht.«

»Hey!«, sagt Hope entrüstet und zieht einen Vorhang auf. »Wir sind sehr reich und sehr berühmt. *Wenn* jemand einen magischen Robotertoaster haben kann, dann ja wohl wir!«

Dad bricht in unerwartet lautes Gelächter aus. Im selben Moment fällt von draußen ein Sonnenstrahl in unsere Dunkelheit und trifft auf die gelben Wände. Staubkörnchen tanzen und hüpfen wie Millionen von kleinen Lichtern.

Hallo, Sis. Da bist du ja.

»Charity war eine Nervensäge«, sage ich und ziehe den anderen Vorhang auf. »Sie war total bescheuert, konnte uns auf die Palme bringen wie niemand sonst und hat einen Großteil ihres Taschengelds für Pupskissen ausgegeben.« Ich reiße das Fenster auf. »Wir haben sie geliebt, und diese Liebe hat Sonne in unsere Herzen gebracht. Daran möchte ich mich erinnern. Ich möchte über sie sprechen. Über sie lachen. Und ich möchte, dass wir wieder anfangen zu leben, statt uns … in unserer Dunkelheit zu verkriechen.«

Alle blicken zu Boden.

Ich gehe zum nächsten Fenster und ziehe mit einem Ruck die Vorhänge zur Seite. Goldenes Licht erfüllt den Raum. Es ist, als würden wir im Blütenkelch einer Butterblume stehen. Meine Mutter tritt ans Fenster und blickt in den Garten hinaus, still und mit kerzengeradem Rücken.

»Eine Sache noch …«, sage ich und schlucke. Grandma hebt ruckartig den Kopf.

Seit der Auktion habe ich nicht mehr mit ihr gesprochen. Jetzt hole ich tief Luft und blicke direkt in ihre grauen Augen.

»Ich möchte keine Schauspielerin sein. Ich möchte nicht

berühmt sein. Ich möchte keine Interviews mit falschen Antworten geben und nicht für Fotos posieren. Ich möchte nicht, dass mein Leben jeden Tag in der Öffentlichkeit zerpflückt wird. Ich sehne mich nach einem Privatleben. Ich sehne mich danach, normal zu sein. Ich habe mich immer bemüht, euch alle glücklich zu machen, und dabei ganz vergessen, dass auch ich glücklich sein darf.«

Meine Großmutter umklammert ihren Gehstock noch etwas fester. »Was um alles in der Welt willst du uns damit zu verstehen geben, Kind?«

Ich blicke die Mitglieder meiner Familie an, die ich von ganzem Herzen liebe und die mich alle in verschiedene Richtungen zerren.

Die Welt ist meine Auster.

»Ich möchte keine Valentine mehr sein.«

59

Stille. Dann …

»NEEEIIIIIIIIIIIIIIN!« Hope lässt sich auf die Knie fallen und streckt ihre Fäuste Richtung Decke. »ICH WUSSTE ES! ICH WUSSTE, DASS DU DICH VON UNS SCHEIDEN LÄSST! ICH WUSSTE, DASS DAS PASSIEREN WÜRDE! NEIIIN! ICH DESPEKTIERE EUCH, STERNE!«

Lachend greife ich meiner kleinen Schwester unter die Achseln und ziehe sie wieder auf die Füße.

»Ich lasse mich nicht von euch scheiden«, beruhige ich sie. »Ich werde immer noch Teil der Familie sein. Ich möchte nur woanders leben. Etwas anderes tun. Einen anderen … Namen tragen.«

Okay, das klingt jetzt aber *tatsächlich*, als wollte ich mich scheiden lassen.

»Aber, Eff …«, meldet sich Max zu Wort. »*Alle* wollen so sein wie wir. Warum um alles in der Welt willst du so sein wie *die anderen*? Was willst du denn anfangen mit der …« – er verzieht das Gesicht zu einer Grimasse – »… *Normalität*?«

»Keine Ahnung.« Ich grinse. »Genau darum geht es ja.«

Denn der Nebel ist verschwunden, und als ich nach unten blicke, sehe ich meine Füße und den Boden – und ich kann gehen, wohin ich will.

Auch wenn ich noch nicht weiß, welche Richtung ich einschlagen werde. *Gerade,* weil ich es noch nicht weiß.

Das warme Brausen durchströmt mich wieder. Ich sehe meine Mutter zärtlich an. Hatte sie in ihrem Leben jemals diese Wahl?

Sie steht noch immer am Fenster, zerbrechlich und in sich gekehrt. Bei ihrem Anblick zieht sich mein Herz zusammen. Ich bin nicht sicher, ob sie mir überhaupt zugehört hat. Es wird nicht leicht für sie sein, zu uns zurückzukehren. Eine Schwester zu verlieren ist unerträglich, aber eine Tochter? Wie kann man diese Art von Trauer je überwinden? Wo will man da anfangen?

Als hätte sie meine Gedanken gehört, dreht Mum sich um und sieht mich mit Tränen in den Augen an. *Es tut mir leid.*

Ich lächle traurig. *Mir auch.*

Ohne ein Wort zu sagen, geht Dad zu ihr und nimmt sie in seine Bärenarme, während sie ihren leeren Blick wieder auf die Bäume draußen richtet. Dann dreht er sich zu mir um und fragt: »Wenn du keine Valentine mehr sein möchtest, Effie … wer willst du dann sein?«

»Faith Rivers«, sage ich schlicht.

»Aber …« Mein Vater ist wie vom Donner gerührt. Der Arme kippt fast aus seinen riesigen Latschen. »Du willst *meinen* Namen annehmen? Moment mal … geht das überhaupt?«

»Das machen ganz viele Leute so«, erklärt ihm Hope und tätschelt seinen Arm. »Das nennt man *Gleichberechtigung*, Dad.«

Ich blicke zu meiner Großmutter. Sie hat bisher kaum ein Wort gesagt, und sie sitzt so steif und samtig da, dass sie praktisch nicht vom Sessel zu unterscheiden ist.

Jetzt stützt sie sich auf ihren Gehstock und stemmt sich langsam hoch.

»Faith.« Mit festem Blick sieht sie mich an. »Weißt du, warum ich dich ein Jahr lang jeden Mittwoch unterrichtet habe?«

»Ja.« Ich nicke und schlucke schuldbewusst. »Es tut mir auch wirklich leid, Grandma. Ich weiß, wir gehören zu einer Dynastie, die hundert Jahre zurückreicht. Mir ist klar, dass ich eine einzigartige Chance in den Wind schlage. Ich weiß, dass ich die Zukunft der Valentines sein sollte, aber ich –«

»Ich habe dich unterrichtet«, unterbricht sie mich, »weil du Hilfe gebraucht hast.«

Ich werde rot. »Ja, das weiß ich. Ich bin eine fürchterlich schlechte Schauspielerin, aber –«

»Nein. Es hat nichts mit deinen Qualitäten als Schauspielerin zu tun. Hollywood verdankt seinen Ruhm unzähligen schönen Frauen, die über keinen Funken Schauspieltalent verfügt haben. Ich habe dich unterrichtet, damit du deine *Privatsphäre* bewahren kannst.«

Ich starre sie an. »Was?«

»Glaubst du, ich wüsste nicht, was deine Lieblingsfarbe ist?« Sie beobachtet mich aufmerksam. »Oder welche Eiscreme du besonders magst? Dachtest du, ich habe Antworten für dich vorformuliert und Genevieve beauftragt, deine sozialen Medien zu pflegen, weil dein wahres Ich keine Rolle spielt? Liebes, genau das Gegenteil ist der Fall.«

Mir bleibt der Mund offen stehen. Bei all dem ging es ihr nie darum, dass die ganze Welt jedes Detail über mich erfährt. Sondern darum, genau das zu *verhindern.*

Nach sechs Jahrzehnten in der Öffentlichkeit hat meine Großmutter alles darangesetzt, mich mit einer harten Schale auszustatten, die niemand aufbrechen kann.

Damit mir nicht das Gleiche passiert wie meiner Mutter.

»Aber wenn du tatsächlich keine Schauspielerin sein willst …«, fährt Dame Sylvia Valentine fort und stützt sich noch stärker auf ihren Stock, »dann solltest du dich weiß Gott nicht mit dem ganzen Unsinn herumschlagen müssen, den dieser Beruf mit sich bringt. Denn das würde dich in der Tat nur unglücklich machen.«

Plötzlich habe ich einen Kloß im Hals. »Danke.«

»Allerdings muss ich zugeben«, fügt sie trocken hinzu, »dass ich deinen denkwürdigen Auftritt bei der Auktion sehr genossen habe. Auch wenn das Altmeistergemälde, das du für ein paar Pennys verscherbelt hast, aus unserem Familienbesitz stammte.«

»Moment mal«, fragt Hope. »Von welchem Gemälde sprecht ihr?«

Ups.

Nach und nach füllt sich der Raum mit Geräuschen und Farben. Dad betrachtet liebevoll ein altes Foto von sich und Charity. Hope liest einige der Witze auf den Zetteln und kichert. Meine Mutter hat sich vom Fenster abgewandt und streicht zärtlich über die Kleider in Charitys Schrank, während Grandma ihr mit wehmütigem Blick zusieht.

Die Familie Valentine justiert sich langsam wieder: Alle nehmen ihre Plätze ein, erinnern sich an ihren Text und schlüpfen in ihre Rollen. Nur dass ich mir meine diesmal selbst ausgesucht habe.

»Mercy«, sage ich unvermittelt und drehe mich mit einem gelben Post-it-Zettel in der Hand zur einzigen Ecke des Raums, die still und dunkel geblieben ist. »Weißt du noch, wie Ty sich darüber kaputtgelacht hat –«

Aber da ist niemand, und ich ahne, dass die Ecke schon eine ganze Weile leer ist.

Meine Schwester ist weg.

60

Warum spendet der Kaffee nie für Charity?
Es interessiert ihn nicht die Bohne.

Jetzt bleiben mir nur noch ein paar Dinge zu tun.

Still kehre ich in mein leeres Zimmer zurück und klebe den letzten (miesen) Witz neben mein Bett, so dass ich ihn jeden Morgen beim Aufwachen sehe.

Und jetzt zeig's ihnen, meine lustige kleine Schwester.

Dann stelle ich mich vor meinen zersprungenen Spiegel. Ich hebe die Fersen vom Boden und beobachte mein Spiegelbild, wie es die linke Hand zur Seite streckt: *Grand Plié*. Dann setze ich die Ferse wieder auf und strecke das andere Bein nach hinten: *Arabesque*. Ein *Relevé* mit gestrecktem Fuß. *A la seconde.*

Der Weiße Schwan hätte sich nicht im See ertränken müssen.

Battement fondu, battement frappé, quatrième devant.

Glissade.

Odette hatte Flügel, sie hätte einfach davonfliegen können.

Entrechat.

Lächelnd stelle ich mich auf die Zehenspitzen, hebe ein Bein und drehe mich mit hochgestrecktem Arm langsam im Kreis. Dann verscheuche ich ein paar Fledermäuse. *Kawumm!* Lachend knickse ich vor den tausend Versionen meiner selbst im Spiegel. Denn vor mir sehe ich all die Frauen, die ich bin. All die Frauen, die ich sein möchte. All die Möglichkeiten, die mir offenstehen.

Und ich alleine werde entscheiden, welche davon ich wähle.

Mit einer letzten schwungvollen Bewegung beuge ich mich vor und küsse den Spiegel. Dann schlüpfe ich in meine neonfarbenen Laufschuhe, schnappe mir mein Handy und meine Kopfhörer und eile die Treppe hinunter.

»– *tun*!« Hopes fröhliche Stimme hallt durch den Gang. »Im Ernst! Er hat mir *hundert* gelbe Rosen geschickt! Und *fünfzig* Herzballons! Und alles anonym! Wer immer er auch ist, er muss ganz *verrückt* nach mir sein. Liebe auf den ersten Blick, würde ich sagen.«

Neugierig bleibe ich vor dem Kinoraum stehen. Die Tür ist einen Spalt breit offen, daher sehe ich, dass ein Film läuft. Über die Lehne des Sofas hinweg erkenne ich nur zwei Hinterköpfe, dicht nebeneinander.

»Das kann nur ein Spinner sein.« Ben lacht und versetzt meiner Schwester spielerisch einen Knuff. »Du warst gerade mal drei Stunden in dieser Schule. Wenn du mich fragst, gehört zum Verlieben dazu, dass man sich mit Namen vorstellt und das Gesicht des anderen sieht. Woher soll er überhaupt deine Adresse haben? Außerdem ist Mohn deine Lieblingsblume, also ist das schon mal ein *Fail*.«

»Pfff.« Sie seufzt. »Was weißt du denn schon?«

»Jedenfalls mehr als dieser Blödian.«

»*Blödian*? Wer sagt heute noch Blödian? Bist du hundert Jahre alt oder was?«

»Und wenn schon. Mir doch egal. Der Typ hat's jedenfalls versaut. Mehr sage ich ja gar nicht.« Ben schnaubt verächtlich. »*Gelbe Rosen*. Sowas von lahm.«

Für einen Moment herrscht Stille. Dann dreht sich Hope plötzlich zu ihm.

»Ben, bist du etwa *eifersüchtig*?«

»Ähm, nein.«

»Doch, das bist du! Du bist *eifersüchtig* auf meinen geheimen Verehrer! Und wenn du eifersüchtig bist, dann … dann …« Ich kann förmlich hören, wie das Zahnrad im Kopf meiner kleinen Schwester rattert. »… dann heißt das, du *magst* mich.« Sie hält inne. »Ben-jamin-o, *magst* du mich? Und *wie* du mich magst! Du *stehst* auf mich, stimmt's? Oh, du bist total in mich *verknallt*!«

Bens Nacken leuchtet feuerrot.

Wurde auch Zeit, Pudel. Hat lange genug gedauert.

Schmunzelnd schleiche ich mich davon.

Ich öffne die Haustür so leise wie möglich, stöpsle meine Kopfhörer ein und bleibe einen Moment lang auf der obersten Stufe stehen. Draußen ist niemand. Keine Limousinen, keine Paparazzi, keine Exfreunde, keine Genevieve, niemand, der eine Rede von mir erwartet. Vor mir liegt eine Welt, die nur aus frischer Luft und neuen Möglichkeiten besteht. Sie wartet darauf, von mir aufgeklappt zu werden wie eine Auster.

Ich ziehe mein Handy aus der Hosentasche und lösche nacheinander alle meine Social-Media-Accounts.

Bis dann, Faith Valentine.

Die Musik auf volle Lautstärke gedreht, strecke ich die Arme, drehe mein Gesicht zur Sonne und atme tief ein.

Atme wieder aus.

Atme ein, um das Glück in mich aufzunehmen – und auch, weil ich Sauerstoff brauche.

Mein Handy macht *Pling*.

Yo yo! Die Proben laufen supergut. Flieg doch rüber, falls du Zeit hast. Und übrigens, kennst du jemanden, der auf meine Wohnung aufpassen kann? Jemand muss sich um meine Partys kümmern, solange ich nicht da bin. S xxx

Grinsend tippe ich eine Antwort.

Ja und noch mal ja. Ich glaube, ich kenne da jemanden xx

Ich muss selbst über meine Albernheit lachen, als ich mich auf der obersten Treppenstufe vornüberbeuge und die Hände über den Kopf lege.

Bilde einen Kreis.

Ich sehe nicht, wie Mercy im Garten immer wieder gegen einen Baumstamm tritt. Ich sehe nicht, wie sie ihn mit den Fäusten traktiert und dabei einen lauten Schrei ausstößt.

Denn das ist ihre eigene Geschichte, und nur sie selbst kann sie erzählen.

Ich blicke zum Himmel hinauf und schicke meinen Schwestern einen Luftkuss. Auf den Fußspitzen balanciere ich am Rand einer Welt, die hell und offen ist und nur auf mich wartet.

Dann renne ich los.

Danksagungen

Dies ist mein zehntes Buch.

Dass ich so viele Geschichten schreiben durfte, ist ein großes Geschenk. Und dass ich dabei so viel Unterstützung, Zuspruch und Ermunterung erfahren habe, macht dieses Geschenk noch viel größer.

Meine Agentin Kate Shaw begleitet mich nun schon seit zehn Jahren (auch das ist ein Jubiläum!). Ohne ihre Visionen und ihren leidenschaftlichen Einsatz wäre ich immer noch eine untalentierte Kellnerin. Dafür bin ich sehr dankbar – auch im Namen aller potenziellen Gäste, die das Pech gehabt hätten, von mir bedient zu werden. Auch meine geniale Lektorin Lizzie Clifford war von Anfang an meiner Seite: von den kleinen Dinosaurierkeksen, die sie für unser erstes GEEK-GIRL-Meeting gebacken hat, bis hin zu all den Ideen und Nuancen und Schlenkern. Ihnen beiden verdanke ich alles, und diese Worte der Wertschätzung sind nur ein Tropfen in einen großen Eimer voller Liebe und Dankbarkeit.

Ohne ein phantastisches Team, das Talent und Leidenschaft und harte Arbeit in sich vereint, bleibt jedes Buch im Kopf der Autorin (oder in einer Schachtel unter dem Bett). Ich habe das große Glück, bei HarperCollins eine Heimat gefunden zu haben. Ann-Janine Murtagh, Rachel

Denwood, Nick Lake, Samantha Stewart, Michelle Misra, Yasmin Morrissey, Jess Dean, Lowri Ribbons, Jane Tait, Mary O'Riordan, Elorine Grant, David McDougall, Elisa Offord, Beth Maher, Alex Cowan, Geraldine Stroud, Jo-Anna Parkinson, Louise Sheridan, Sam White, Robert Smith, Carla Alonzi, Sarah Mitchell, Aisling Smith – mit euch zu arbeiten, war das reine Vergnügen und eine große Ehre. Jessie Ford danke ich für ein weiteres wundervoll illustriertes Cover der englischen Ausgabe.

Nach zehn Büchern fürchte ich, dass die Erwähnung in den Danksagungen für meine Liebsten mittlerweile den Reiz des Neuen verloren hat. Aber Mum, Dad, Tara, Autumn, Grandad – all das ist nur dank euch und für euch entstanden. An den Rest meiner großen Familie – Caro, Louise, Adrien, Vincent, Vero, Charlie, Simon, Ellen, Freya, Robin, Lorraine, Romayne, Dixie, Grandma, Judith: Danke für eure Liebe, eure Umarmungen und dafür, dass ihr bis hierhin mitgelesen habt.

Ein großes Dankeschön geht an meine liebe Freundin Emma Jane Unsworth, die mir eine Rolle in ihrem großartigen Film *Animals* gegeben und mir auf diese Weise ermöglicht hat, selbst zu erleben, wie es an einem echten Filmset zugeht (und mich die Erfahrung machen ließ, dass ich – genau wie Faith – keinen Funken Schauspieltalent habe). An Maya, Alice, Ben, Steve, Steven, Lucy, Nina und Helen: Danke dafür, dass ihr in diesem Jahr dafür gesorgt habt, dass ich bei Verstand geblieben bin und glücklich war – und oft auch dehydriert. Mit euch macht alles so viel mehr Spaß.

Zum Schluss möchte ich meinen Leserinnen und Lesern danken. Wenn es euch nicht gäbe, würde es auch diese Geschichten nicht geben – denn dann würde ich nur Selbstgespräche führen (was ich auch tue, allerdings ohne Geld dafür zu bekommen). Eure freundlichen Worte, eure Unterstützung, eure Zuneigung und eure Treue machen meinen Beruf zum besten der Welt.

Also, lest weiter – dann, das verspreche ich euch, schreibe ich auch weiter.

Auf die nächsten zehn.

Die charmanteste Doppelgänger-Verwechslungs-Liebesgeschichte des Jahres von Dagmar Bach!

Zimt und weg
320 Seiten
ISBN 978-3-7373-4047-2

Zimt und zurück
368 Seiten
ISBN 978-3-7373-4048-9

Zimt und ewig
400 Seiten
ISBN 978-3-7373-4049-6

Zimt und verwünscht
224 Seiten
ISBN 978-3-7373-4152-3

Das gesamte Programm gibt es unter
www.fischerverlage.de

Alle Bände von Holly Smale

Habe ich — *Wünsche ich mir*

Habe ich		Wünsche ich mir
	›Die Valentines – verdammt berühmt‹ Happy Girl (Band 1)	
	›Die Valentines – verdammt berühmt‹ Perfect Girl (Band 2)	
	›Die Valentines – verdammt berühmt‹ (Band 3 – erscheint im Herbst 2021)	

Deine Wunschliste bitte hier ausschneiden.

Das gesamte Programm gibt es unter
www.fischerverlage.de